D1498947

L'Amie du Diable

Peter Robinson

L'Amie du Diable

ROMAN

*Traduit de l'anglais
par Valérie Malfoy*

Albin Michel

COLLECTION « SPÉCIAL SUSPENSE »

À Dominick Abel, mon agent,
avec toute ma gratitude

1

P EUT-ÊTRE avait-elle contemplé la mer, la ligne floue où les eaux grises rejoignent le ciel gris. Le même vent salin qui précipitait les vagues contre le rivage souleva une boucle de ses cheveux secs et la laissa retomber contre sa joue. Mais elle ne ressentit rien ; elle se contentait de rester là, dans son fauteuil, avec son visage pâle, inexpressif et bouffi, ses yeux écarquillés à la pupille ternie. Une bande de mouettes se querella au-dessus d'un banc de poissons repéré tout près du rivage. L'une d'elles descendit et plana au-dessus de cette forme inerte, au bord de la falaise, avant de rejoindre la mêlée en poussant de grands cris. Au large, un cargo en route vers la Norvège formait une tache rouge à l'horizon. Peut-être attirée par le mouvement des cheveux dans le vent, une autre mouette se rapprocha de cette femme. Quelques instants plus tard, le reste de la bande, lassé de se disputer les poissons, se mit à l'encercler. Enfin, l'une d'elles vint se poser sur son épaule, dans une grotesque parodie du perroquet de Long John Silver. Pourtant, la femme ne bougeait toujours pas. Penchant la tête, la mouette regarda dans toutes les directions comme une écolière fautive, puis lui plongea le bec dans l'oreille.

Pour l'inspecteur Banks, le dimanche matin n'avait vraiment rien de sacré. Après tout, il n'allait pas à la messe, et il était rare qu'il se réveille avec une gueule de bois carabinée rendant pénible le fait de parler ou bouger. La veille,

il avait regardé *Le Dahlia noir* sur DVD en buvant deux verres d'un excellent cabernet chilien pour faire passer sa
pizza aux champignons réchauffée. Mais il ne détestait pas
traîner un peu au lit et jouir d'une heure ou deux de
calme pour lire les journaux. Cet après-midi-là, à l'occasion de la fête des Mères, il avait l'intention de téléphoner
à la sienne, puis d'écouter un quatuor à cordes de Chos-
takovitch récemment téléchargé sur iTunes et de poursuivre la lecture d'*Après-guerre*, le livre de Tony Judt. Ces
temps-ci, il lisait de moins en moins de romans, ayant plutôt soif de comprendre, sous un autre angle, le monde où
il avait grandi. Les romans donnaient le ton d'une époque,
mais lui, il recherchait des faits, des analyses – le grand jeu.
Ce dimanche-là, le troisième du mois de mars, ce luxe
allait lui être refusé. La journée commença de façon bien
anodine, comme souvent quand il s'agit d'une succession
d'événements graves, à environ huit heures trente, par un
appel du major Templeton, de garde à la brigade.
– Chef, c'est moi ! Templeton...
Banks ressentit une légère contrariété. Il n'aimait pas
Templeton et attendait avec impatience sa mutation. Parfois, il essayait de se convaincre que c'était parce que ce
type lui ressemblait trop, mais ce n'était pas le cas. Templeton ne se contentait pas de contourner les règlements ; il
piétinait allègrement ceux qui se trouvaient en travers de
sa route et, pire, semblait y prendre plaisir.
– Qu'est-ce qu'il y a ? râla Banks. Vous avez intérêt à ce
que ce soit important.
– Ça l'est, chef ! Vous allez aimer...
On décelait les traces d'un enthousiasme obséquieux
dans sa voix. Depuis leur dernière querelle, le jeune flic
s'efforçait de rentrer dans ses bonnes grâces de diverses
manières, mais cette déférence mielleuse était insuppor-
table.
– Pourquoi ne pas me dire ça tout de suite ? Dois-je
m'habiller ?
Il écarta l'écouteur de son oreille pendant que l'autre
gloussait :
– Sûrement, chef. Et venez au Taylor's Yard dès que vous
pourrez...

10

Le Taylor's Yard[1] était l'un des étroits passages menant dans le Labyrinthe, ensemble de ruelles situées derrière la place du marché d'Eastvale. Si on disait le « Yard », ce n'était pas parce qu'il ressemblait à un square ou à un jardin, mais parce qu'un petit futé avait un jour remarqué qu'il ne faisait pas plus d'un mètre de large.

– Et que trouverai-je, là-bas ?

– Le cadavre d'une jeune femme. J'ai vérifié. En fait, je suis sur place, actuellement.

– Vous n'avez pas...

– Je n'ai touché à rien, chef ! Et, entre nous, l'agent Forsythe et moi avons fait sécuriser la scène et appeler le médecin.

– Bien...

Banks repoussa ses mots croisés du *Sunday Times* à peine entamés et considéra avec regret sa toujours fumante tasse de café noir.

– Vous avez prévenu la commissaire ?

– Pas encore, chef. J'ai préféré vous attendre. Pas la peine de se presser...

– Entendu, dit Banks.

La commissaire Catherine Gervaise devait se prélasser dans son lit après avoir vu *Orphée* la veille, à l'opéra de Leeds. Banks l'avait vu jeudi, avec Tracy, sa fille, et avait beaucoup apprécié. Pour sa fille, c'était moins sûr. Elle semblait assez repliée sur elle-même, ces temps-ci.

– Je serai là dans une demi-heure, dit-il. Trois quarts d'heure, tout au plus. Prévenez l'inspectrice Cabbot et le brigadier Hatchley. Jackman aussi !

– Cabbot est toujours en mission à l'extérieur, chef.

– Ah oui ! Zut...

S'il s'agissait d'un meurtre, il aurait bien aimé pouvoir compter sur elle. Malgré leur contentieux sentimental, ils s'entendaient toujours très bien dans le travail.

Banks monta prendre une douche et s'habiller en vitesse. Puis, revenu dans la cuisine, il remplit son mug isotherme avec du café, vérifiant que le couvercle était hermé-

---

1. *Taylor's Yard* : le Mètre du Tailleur *(toutes les notes sont de la traductrice).*

tiquement fermé. Plus d'une fois, il s'était brûlé avec ces trucs-là. Ayant tout éteint, il ferma sa porte à clé et se dirigea vers sa voiture.

C'était la Porsche de son frère. Quoique pas spécialement à l'aise au volant d'un véhicule aussi luxueux, il commençait à s'y faire. Un temps, il avait songé à la donner à son fils, Brian, ou à Tracy, et cette idée n'était pas tout à fait écartée. Mais il ne voulait pas avoir l'air d'en favoriser un. Le groupe de rock de Brian avait connu des changements de personnes récemment et il répétait avec de nouveaux musiciens. Tracy n'avait pas trop bien réussi ses examens, ce dont Banks n'avait pas été étonné, et elle passait son temps à gagner une misère dans une librairie de Leeds tout en partageant une maison à Headingley avec de vieux camarades de fac. Donc, qui méritait cette Porsche ? On ne pouvait pas la couper en deux.

Une fois dehors, constatant que la température avait baissé et qu'il y avait du vent, il retourna troquer sa veste de sport contre son blouson de cuir à fermeture Éclair. Tant qu'à faire le pied de grue dans une ruelle sordide pendant que les types du service technique, le photographe et le médecin de la police s'activeraient, autant ne pas attraper froid... Une fois au volant, il démarra et traversa le petit village de Gratly avant d'entamer la descente sur Helmthorpe et d'emprunter la route d'Eastvale. Il brancha son iPod sur l'adaptateur, le réglant sur « mode aléatoire », et une chanson de Ray Davies, qui lui plaisait tout particulièrement – surtout le passage sur la grosse serveuse australienne – se fit entendre. Pas mal pour accompagner une balade en voiture en direction d'une scène de crime, songeat-il. Pas mal du tout.

Gilbert Downie n'aimait pas spécialement promener le chien. Il le faisait, mais c'était une corvée. Tout cela, c'était évidemment la conséquence d'une décision familiale prise à la légère. Kylie, sa fille, avait voulu un petit chien, ne parlait que de ça depuis l'âge de huit ans. Finalement, baissant les bras, ses parents lui en avaient offert un pour son anniversaire, alors même que Brenda n'aimait pas franche-

12

ment les chiens, qui la faisaient éternuer. Quelques années plus tard, Kylie s'en était désintéressée, passant aux garçons et à la musique pop, si bien que c'était lui à présent qui s'occupait de Hagrid.

Ce dimanche-là, le temps était particulièrement décourageant, mais Gilbert savait qu'il n'avait pas à se plaindre. Au moins, il avait un prétexte pour fuir la maison tandis que Brenda et Kylie, à présent âgée de quatorze ans, avaient leur habituelle dispute dominicale sur ce que Kylie avait fait la veille. Il n'y avait pas de belles balades à faire près du village – d'ailleurs, il les connaissait toutes par cœur – et, comme il aimait la mer, il prit la voiture pour parcourir la courte distance qui l'en séparait. Un coin morne et désert, mais justement, il préférait. Personne pour l'embêter. Ces temps-ci, il se mettait à apprécier la solitude, la compagnie de ses propres pensées. Il se demanda si c'était la vieillesse, mais il n'avait que quarante-six ans. On n'était pas vieux à cet âge, sauf aux yeux de Kylie et de ses chiffes molles d'amis.

Relevant le col de son ciré, il frissonna sous la gifle du vent chargé d'embruns. L'herbe était restée glissante d'une précédente averse. Hagrid ne semblait pas s'en soucier. Tout de suite, le chien prit de l'avance pour aller renifler des touffes d'herbe et des broussailles, tandis que son maître marchait derrière à grandes enjambées, jetant des coups d'œil à la mer houleuse et rêvant au temps où les matelots s'embarquaient sur les baleiniers, à Whitby. L'équipage était au loin pendant des mois et les femmes attendaient à la maison, quand elles n'arpentaient pas la côte pour guetter une voile, dans l'espoir de voir la mâchoire d'une baleine clouée au mât, signe que tout le monde était sain et sauf.

C'est alors qu'il aperçut une silhouette assise au bord de la falaise. Hagrid, toujours aussi sociable, se précipita dans sa direction. L'étrange, aux yeux de Gilbert, c'était qu'elle avait une mouette sur chaque épaule. Cette vision lui rappela une vieille dame qu'il avait vue un jour, sur un banc dans un parc, submergée par les pigeons qu'elle nourrissait. Lorsque Hagrid, arrivé là-bas, se mit à japper, les mouettes s'envolèrent tranquille-

13

ment pour se mettre à planer au-dessus des flots, montrant clairement par leur vol circulaire et leurs coups d'œil en arrière, que ce n'était qu'un repli temporaire. Gilbert s'imagina qu'elles se moquaient par leurs cris des pauvres créatures qui, comme lui et Hagrid, clouées au sol, ne pouvaient les suivre.

Sa curiosité épuisée, Hagrid s'était approché d'un buisson à l'écart du sentier, ayant sans doute flairé un lapin, et Gilbert alla vers la silhouette pour voir si on n'aurait pas besoin de lui. Il s'agissait d'une femme. Du moins, la posture du corps et les cheveux bouclant par-dessus son col l'indiquaient. Il appela, mais sans provoquer de réaction. Puis, il vit qu'elle était dans un fauteuil roulant, avec un plaid sur les genoux, la tête maintenue par quelque chose. Une paralytique ? Cela n'aurait rien eu d'étonnant – la résidence médicalisée n'était pas très loin et les familles emmenaient parfois leurs parents ou grands-parents en promenade le long de la côte –, mais que diable faisait-elle là toute seule, un jour de fête des Mères par-dessus le marché, abandonnée dans une position aussi précaire ? Il aurait suffi d'un rien pour faire basculer le fauteuil dans le vide – un simple changement de direction du vent. Où était passée l'auxiliaire de vie, ou bien sa famille ?

Quand il fut sur place, deux choses insolites le frappèrent presque en même temps. La première – des griffures qui ne saignaient pas autour des oreilles –, il la remarqua parce qu'il s'était approché par-derrière, et quand il fit le tour, il vit que la moitié supérieure du torse, y compris la couverture, depuis le cou jusqu'au haut des cuisses, était littéralement trempée de sang. Avant même de regarder les yeux, il sut qu'elle était morte.

Refoulant une montée de bile dans sa gorge, il siffla Hagrid et se mit à courir vers sa voiture. D'expérience, il savait que son mobile serait inutilisable par ici et qu'il faudrait parcourir au moins deux kilomètres vers l'intérieur des terres avant de pouvoir alerter la police. Il ne voulait pas la laisser là, livrée à ces mouettes, mais que faire ? Comme lisant dans ses pensées, deux des plus audacieuses se rapprochèrent de la silhouette inerte dès qu'il eut le dos tourné.

Débranchant son iPod au beau milieu d'une chanson de Tom Waits, Banks le fourra dans sa poche et quitta la chaleur de la Porsche pour affronter le vent, qui semblait à présent souffler de la neige fondue dans sa direction. La place du marché était pleine de fidèles endimanchés qui se rendaient à l'église romane, les femmes retenant leur chapeau pour l'empêcher de s'envoler, et les cloches sonnaient comme si tout allait pour le mieux dans le meilleur des mondes. Des touristes, cependant, s'étaient attroupés devant le ruban barrant l'accès au Taylor's Yard. D'un côté se trouvait un pub, The Fountain ; de l'autre, l'échoppe d'un maroquinier. Entre eux, l'étroite rue pavée conduisait au cœur du Labyrinthe, dédale de venelles, passages, placettes, courettes, coins et recoins, et petits entrepôts demeurés inchangés depuis le XVIII\ :sup:`e` siècle.

À moins de tout abattre, il n'y avait pas grand-chose à faire de ces espaces exigus et mal placés, sinon s'en servir de remises ou les laisser vides. Les ruelles ne constituaient pas des raccourcis, sauf – quand on connaissait bien le coin – pour accéder au parking au-dessus des jardins en terrasse qui se succédaient en pente douce jusqu'à la rivière passant au pied du château. En dehors d'une rangée de quatre maisonnettes occupées côté parking, les constructions étaient en général inhabitables, même pour des squatters, mais comme elles étaient classées, leur démolition était interdite et voilà pourquoi le Labyrinthe restait ce qu'il était : une cachette commode pour s'envoyer en l'air, se taper du crystal meth ou de la marijuana avant de passer la nuit en ville.

Les balayeurs municipaux s'étaient plaints plus d'une fois à la police de devoir ramasser des seringues, des mégots de joints, des préservatifs usagés ou des sacs en plastique pleins de colle, surtout derrière le Bar None ou aux abords du Fountain ; mais même si le Labyrinthe était juste de l'autre côté de la place, en face du commissariat, on ne pouvait pas y faire la police vingt-quatre heures sur

15

vingt-quatre. L'agent Rickerd et sa police de proximité, les « flics aux sacs-poubelle », comme les avait surnommés la population, faisaient de leur mieux, mais ce n'était pas suffisant. À la tombée du jour, on évitait ce coin. Les braves gens n'avaient d'ailleurs aucune raison de s'y rendre. Il y avait même des rumeurs disant que le Labyrinthe était hanté, que des malheureux s'étaient perdus là-dedans et n'avaient jamais pu en sortir.

Banks prit ses vêtements de protection dans son coffre, signa le registre pour l'agent en faction et passa sous le ruban bleu et blanc. Au moins, la neige fondue pénétrait à peine dans le Labyrinthe : les constructions étaient si hautes et rapprochées, comme dans le quartier médiéval d'York, qu'elles bouchaient le ciel dont on ne voyait qu'une mince bande grise. Si les derniers étages avaient été habités, on aurait pu facilement serrer la main à ses voisins en se penchant de sa fenêtre. Les blocs de tuf qui constituaient le Labyrinthe étaient assombris par l'averse récente, et une vague odeur de feu de tourbe, provenant des maisonnettes à distance, flottait dans l'air. Cela rappela à Banks sa marque préférée de whisky au malt et il se demanda s'il en retrouverait un jour le goût. Le vent sifflait, gémissait, changeant de tonalité, d'intensité et de timbre, comme si on avait soufflé dans un instrument. Oui, le Labyrinthe était un orgue gigantesque, songea Banks.

Comme promis, Kevin Templeton montait la garde devant le bâtiment où le cadavre avait été retrouvé, à l'intersection de Taylor's Yard et de Cutpurse Wynde. Ce n'était guère qu'une simple dépendance, une remise en dur servant à entreposer les pièces et les coupons de cuir de Joseph Randall, le maroquinier. La façade était en tuf et il n'y avait pas de fenêtre. En général, si un bâtiment présentait la moindre ouverture au rez-de-chaussée dans le Labyrinthe, celle-ci était condamnée.

Templeton était fidèle à lui-même – cheveux noirs brillantinés, pantalon beige coûteux, mouillé au niveau des genoux, et pimpant blouson de cuir que la pluie avait arrosé. Ses yeux étaient injectés de sang, signe d'une nuit mouvementée, et Banks l'imagina en train de se contorsionner à une rave-party sur de la techno ou un mixage

16

Elvis-Presley/Eminem concocté par un DJ. Se droguait-il ? Pas sûr. Rien ne le prouvait, mais Banks l'avait à l'œil depuis que ce super-ambitieux avait essayé de devenir le chouchou de la nouvelle commissaire. Il s'était rétamé, grâce à un petit coup de pouce de Banks et d'Annie, mais cela n'avait pas modéré son ardente soif d'avancement, ni son goût évident pour la lèche. Templeton n'était pas pour le travail d'équipe – ça, c'était certain. À présent, il ne restait plus qu'à croiser les doigts et à espérer qu'on l'enverrait un jour régler la circulation au fin fond de l'Angleterre.

– Alors, qu'est-ce que c'est ? demanda Banks.

– Le Dr Burns est là, répondit Templeton.

– Et la police scientifique ?

– Elle arrive.

– Alors, mieux vaut aller regarder avant que ces petits Hitler ne prennent le relais...

Templeton sourit jusqu'aux oreilles.

– C'est pas joli joli, là-dedans.

Banks le dévisagea. Dans le genre commentaires inutiles, il avait déjà entendu pire, mais ce n'était pas mal. Templeton haussa les épaules, sans même songer à manifester de la gêne. Banks se demanda si c'était un trait propre aux psychopathes, à égalité avec le manque de conscience, l'absence totale d'humour et l'incapacité absolue à éprouver de la pitié pour ses semblables.

Ayant revêtu sa combinaison protectrice et ses gants, il poussa la porte de bois peinte en vert. Elle grinça sur ses gonds rouillés en s'ouvrant et révéla le Dr Burns, agenouillé au-dessus d'un corps à la lueur d'une ampoule nue. Pendant une fraction de seconde, cela lui rappela une scène d'un film – Jack l'Éventreur penché sur l'une de ses victimes. En fait, le Labyrinthe avait assurément des ressemblances avec le quartier de Whitechapel, à Londres, où l'Éventreur avait sévi, mais on pouvait espérer que la comparaison s'arrêtait là.

Il se tourna vers Templeton.

– Vous savez si la porte était fermée avant que la victime ne soit mise là-dedans ?

17

– Difficile à dire, chef ! Le bois est vieux et pourri. Une bonne bourrade aurait suffi... C'était peut-être défoncé depuis des lustres !

Banks fit face à la scène. Ce qu'il remarqua en premier, en dehors de la poussière, des murs passés à la chaux et des toiles d'araignées, ce fut les odeurs mêlées de cuir, vomi et sang – cette dernière, plus vague, douceâtre et métallique, mais tout de même perceptible. La victime était couchée sur un tas de coupons et déchets de cuir. Dans la pénombre, on pouvait voir qu'ils étaient de diverses couleurs – vert, bleu, rouge, brun – et en général de forme rectangulaire ou triangulaire. Banks en ramassa un. Un cuir très souple, lisse, utilisable pour une coudière ou un porte-monnaie.

Le Dr Burns jeta un coup d'œil par-dessus son épaule et se recula pour être à son côté. Le plafond était juste assez haut pour leur permettre de se tenir droits.

– Ah, Alan ! J'ai dérangé le moins possible. Je connais les gars de la police scientifique...

Banks les connaissait, lui aussi. Très jaloux de leurs prérogatives, ils vouaient aux gémonies quiconque se mettait sur leur chemin, inspecteur ou pas.

– Vous avez pu déterminer la cause de la mort ?

– Pour moi, on l'a étranglée, à moins qu'il y ait des causes cachées...

Le docteur se pencha pour soulever délicatement une mèche de cheveux blonds, désignant les ecchymoses sous le menton et l'oreille de la victime.

À vue de nez, il s'agissait d'une très jeune fille – pas plus vieille que sa fille, Tracy. Vêtue d'un haut vert et d'une minijupe blanche avec une large ceinture en plastique rose parsemée de paillettes. La jupe avait été retroussée, exhibant le haut des cuisses. Le cadavre semblait mis en scène. Il était couché sur le côté gauche, les jambes croisées en ciseaux, comme si elle avait couru dans son sommeil. Quelque chose brillait sur la peau pâle, un peu plus bas, juste au-dessus du genou – sperme ? En ce cas, il y avait de bonnes chances pour qu'on puisse prélever de l'ADN. Sa culotte rouge, microscopique, s'était accrochée à sa cheville gauche. Elle portait des escarpins en cuir noir verni et

18

une chaînette en argent à la cheville droite. Juste au-dessus, il y avait un petit papillon tatoué. Son haut retroussé montrait le profil de ses petits seins pâles aux mamelons bombés, et ses yeux ouverts fixaient le mur. Deux ou trois chutes de cuir sortaient de sa bouche.

– Jolie fille, déclara le médecin. Quelle pitié...
– C'est tout ce qu'elle portait ! Par ce froid... ?
– Les jeunes d'aujourd'hui... Vous avez dû remarquer...

Oui, Banks avait remarqué. Des bandes de filles couraient la ville, allant de pub en pub, en plein hiver, avec de fins tops sans manches et des jupettes. Pas de collants. Il avait toujours présumé que c'était pour montrer leur corps, mais c'était peut-être une question pratique. C'était peut-être plus facile quand on était en vadrouille : pas de bazar, rien à perdre, sinon un sac à main. Cela favorisait la mobilité, et peut-être était-ce aussi le propre de la jeunesse, cette indifférence au froid, faire la nique aux éléments.

– Ce n'est pas naturel, cette posture, n'est-ce pas ? dit-il.
– Non. Normalement, après avoir été violée et étranglée, elle aurait dû se retrouver sur le dos, cuisses écartées...
– Donc, il l'a déplacée ensuite, la mettant sur le flanc, visage de profil, pour faire plus convenable, comme si elle dormait. Il l'a peut-être nettoyée, aussi.
– Si c'est le cas, il a oublié quelque chose ! dit le médecin en désignant l'endroit brillant.

En se rapprochant de nouveau, le docteur se cogna la tête à l'ampoule, qui se mit à osciller. Dans l'angle, près de la porte, Banks aperçut quelque chose qui accrochait la lumière. Là, sur le sol crasseux en pierre, un sac doré à fine bandoulière. Précautionneusement, de ses mains gantées, il le ramassa et l'ouvrit. Rouge à lèvres, poudrier avec miroir, trois préservatifs, quatre cigarettes Benson & Hedges, briquet Bic violet et pochette d'allumettes offerte par le pub Duck and Drake, lingettes démaquillantes, paracétamol, lime à ongles et coupe-ongles, un Tampax, un bâton de gel turquoise bon marché, un baladeur numérique dans son étui de cuir rose, un permis de conduire, une fiole sans étiquette avec quatre cachets blancs – ecstasy, chacun marqué d'une couronne –, un porte-monnaie contenant vingt livres sterling en billets et soixante-cinq pence en pièces. Enfin, un petit carnet d'adresses avec des fleurettes en couverture et, en première page, un nom, Hayley Daniels, qui figurait déjà avec la photo sur le permis de conduire, ainsi qu'une adresse à Swainshead, village situé à une cinquantaine de kilomètres d'Eastvale.

Banks griffonna ces informations dans son calepin et remit le tout dans le sac à main qui serait examiné par la police technique. Il appela Kevin Templeton et lui dit de contacter la gendarmerie locale, afin qu'on aille prévenir les parents. Il faudrait prendre des dispositions pour qu'ils viennent identifier le corps. Inutile de donner plus de précisions pour le moment.

Puis, il se concentra de nouveau sur le cadavre contorsionné.

– Et l'élément sexuel ? dit-il à Burns. En dehors de ce qui est évident...

– Rien n'est encore certain, mais je dirais qu'elle a été brutalement violée. Viol vaginal et anal. Le Dr Wallace pourra vous en dire plus une fois qu'elle sera sur la table de dissection. Une chose est étrange...

– Oui ?

– Elle était rasée. De ce côté-là...

– L'assassin ?

– Possible. Mais certaines jeunes filles font cela... enfin, à ce qu'on m'a dit. Et il y a un tatouage à la place des poils. On ne peut pas bien voir d'ici, et je ne veux pas bouger le corps plus qu'il n'est nécessaire avant l'intervention de la police scientifique, mais apparemment, elle l'avait depuis un certain temps. Vous voyez le tatouage à la cheville, en plus...

– Oui.

En principe, le rôle du Dr Burns se limitait à constater le décès sur place avant de remettre le cadavre au coroner. Ensuite, c'était au Dr Wallace, le nouveau médecin légiste du ministère de l'Intérieur, de pratiquer l'autopsie. Mais le Dr Burns avait déjà rendu service à Banks par le passé. Comme tous les médecins, il rechignait à s'engager, mais pouvait se laissait aller à spéculer sur la cause et l'heure du décès, et ses estimations étaient en général assez précises pour faire gagner à Banks un temps précieux. Ce fut le sens de sa question suivante.

Burns consulta sa montre.

– Il est neuf heures trente. La rigidité cadavérique a dû être accélérée par le froid, et comme elle est jeune et en bonne santé... Enfin, manière de parler...

Banks avait compris. Au fil des années, il s'était habitué à entendre dire de cadavres qu'ils étaient « en bonne santé ».

– Ce n'est qu'une présomption, bien sûr, mais je dirais après minuit, vers deux heures du matin, mais sans doute pas plus tard...

– Elle aurait été tuée ici ?

– On dirait...

Banks survola la pièce du regard.

– C'est un coin assez isolé. Et insonorisé, par-dessus le marché ! Ces murs épais... Ça m'étonnerait qu'on ait pu entendre quoi que ce soit, s'il y a eu des choses à entendre.

Il regarda les déchets de cuir dans la bouche.

– Même si elle a crié au début, il avait de quoi la faire taire...

Burns ne répondit rien. Sortant son propre calepin, il prit un certain nombre de notes – l'heure probable, la température, la position du corps et ainsi de suite. On avait besoin très vite du photographe. Les techniciens devraient attendre qu'il en ait terminé, bien sûr, mais cela ne leur plairait pas. Ils tireraient sur leurs chaînes comme une meute de dobermans qui n'ont pas vu de viande depuis un mois.

Les gonds grincèrent et Peter Darby, le photographe de la police, arriva avec son vieux Pentax et sa nouvelle caméra numérique. La pièce étant petite, Banks et Burns se retirèrent. Banks avait très envie d'une cigarette. Il se demandait bien pourquoi, puisque personne ne fumait à côté de lui. Peut-être était-ce les Benson & Hedges qu'il avait vues dans le sac de la victime. À présent, la pluie avait remplacé la neige fondue. Jadis, il avait aimé tout particulièrement fumer sous la pluie, et cela lui était resté. Mais il chassa ce souvenir et l'envie s'estompa. Il crut reconnaître l'hymne chantée par l'assemblée de fidèles, provenant de

21

l'église sur la place, et cela lui rappela que, dans quelques semaines, ce serait Pâques.

– Elle a vomi, aussi, ajouta le Dr Burns. J'ignore si c'est significatif, mais j'ai noté des traces sur le mur, à l'intérieur comme à l'extérieur.

– Oui, dit Banks. J'ai senti. Ça pourrait être l'assassin... Tout le monde n'a pas les tripes pour faire ce genre de chose, Dieu merci. Je veillerai à ce que les techniciens s'y intéressent de près. Merci, toubib !

Burns acquiesça et s'éloigna.

Templeton s'avança alors et se mit à se dandiner sur place, en se frottant les mains.

– Alors, c'est pas du croustillant ? Quand je vous disais que vous ne seriez pas déçu...

Banks ferma les yeux, leva la tête vers la bande de ciel gris, sentit quelques gouttes de pluie sur ses paupières, et soupira.

– C'est un meurtre, Kev ! dit-il. Elle a été violée et étranglée. Je ne suis pas un pisse-froid, mais vous ne pourriez pas juguler votre gaieté pendant quelques minutes ?

– Pardon, chef ! répondit Templeton, sur un ton indiquant qu'il ne voyait pas du tout de quoi il devait s'excuser.

– Et il va falloir interroger tous les délinquants sexuels – ceux qui sont répertoriés et ceux qui devraient l'être.

– Oui, chef !

– Et prévenez la commissaire. C'est le moment.

Templeton s'empara de son mobile.

Pendant un moment, Banks apprécia le calme, la musique du vent, l'eau dégouttant d'un chéneau et les échos du chœur dans l'église. Il y avait bien longtemps qu'il n'était allé à l'église. Puis, il perçut d'autres bruits et vit alors le brigadier Winsome Jackman et l'inspecteur Stefan Nowak, coordinateur des scènes de crime, débarquer dans la ruelle avec une bande de techniciens déguisés en cosmonautes. Bientôt, l'endroit serait aussi éclairé qu'un décor de film, et les divers instruments et gadgets aspireraient ou illumineraient les traces les plus infimes des substances les plus insolites et quasi invisibles. Toutes ces choses seraient soigneusement ensachées, étiquetées et emmagasinées pour être utilisées dans l'éventualité d'un procès, ou même servir à identifier l'assassin. Avec de la chance, on trouverait de l'ADN qui correspondrait à un échantillon déjà présent dans la banque nationale des données ADN. *Avec de la chance.*

Banks accueillit Nowak et lui expliqua ce qu'il savait de la situation. Nowak alla dire quelques mots à son équipe, et quand Darby sortit, ils le remplacèrent. Il leur faudrait un certain temps pour installer leurs affaires et se mettre en train, expliqua Nowak, et ils voulaient avoir le champ libre. Banks vérifia l'heure. Malgré la nouvelle législation, plus permissive sur les horaires, aucun pub local n'en profitait pour ouvrir le dimanche matin à dix heures, et c'était bien dommage.

Banks envoya Winsome à Swainshead pour y interroger les parents de la victime puis les amener à la morgue afin d'identifier le corps. Il avait besoin de recueillir le maximum d'informations sur les endroits où elle était allée, cette nuit-là, et avec qui. Il y avait beaucoup de choses à mettre en place, et le plus tôt serait le mieux. Les pistes avaient la fâcheuse habitude de s'évanouir très vite.

Trois quarts d'heure plus tard, Banks put jouir d'un nouveau répit pendant lequel il évalua la situation. Vu sa tenue, la jeune fille était allée faire la bringue en ville, sans doute avec un copain ou un groupe de copains. Il faudrait les retrouver et les interroger. Quelqu'un devrait s'emparer de toutes les bandes des caméras de surveillance – la plus grande partie de la place était couverte, même s'il restait des zones aveugles. Comment avait-elle fait pour se retrouver isolée ? S'était-elle éloignée avec quelqu'un, ou l'assassin s'était-il tapi dans le Labyrinthe pour guetter une victime ? Pourquoi s'était-elle aventurée là toute seule ? Hélas, il n'y avait pas de caméras à l'intérieur du Labyrinthe.

Une voix rompit le fil de sa rêverie :

– J'espère pour vous que c'est important, inspecteur ! J'ai dû abréger mon galop matinal et mon fils et sa femme m'ont invitée à déjeuner !

Du fond de la ruelle, voici que s'avançait en se pavanant la minuscule mais svelte et énergique silhouette de la commissaire Catherine Gervaise, resplendissante avec sa culotte de cheval, sa bombe et ses bottes. Tout en s'avançant, elle fouettait légèrement sa cuisse de sa badine.

Banks sourit.

– Quelle allure, madame ! Un café ? On pourra bavarder et laisser l'inspecteur Nowak surveiller les opérations.

Était-ce son imagination ou la commissaire avait-elle bel et bien rougi sous le compliment ?

Quelque part au loin, par-delà sa migraine, les cris des mouettes et les cloches de l'église, l'inspectrice Annie Cabbot crut entendre sonner son mobile. De nos jours, les téléphones ne sonnent plus véritablement, songea-t-elle en émergeant péniblement. Ils vibrent, tintent, jouent des airs. Le sien jouait la *Rhapsodie bohémienne* et cela l'horripilait. Petite plaisanterie du vendeur. Il faudrait apprendre à changer cela. Juste au moment où elle réussissait à entrouvrir un œil et à tendre la main vers la table de chevet, ça s'arrêta. « Flûte ! » se dit-elle en tâtant le vide. Plus de table de chevet ! Où était-elle passée ? Elle eut un accès de panique, à se demander où – et même qui ! – elle était. En tout cas, pas dans le *bed-and-breakfast* de Mme Barnaby, comme il aurait fallu. Puis elle sentit la présence d'un lourd truc tiède sur sa hanche.

Ouvrant les deux yeux, elle eut aussitôt conscience de trois choses : elle n'était pas dans son lit, d'où l'absence de table de chevet ; elle avait une migraine atroce ; et le lourd truc tiède sur sa hanche était un bras masculin. Heureusement – ou pas, ça restait à voir –, ce bras était encore rattaché à un homme.

Morceau par morceau, comme quand on feuillette des cartes pour obtenir un film animé, mais qu'il en manque certaines, des fragments de la veille lui revinrent en mémoire. C'était vague, flou, et il y avait de grands blancs, mais elle se rappelait la bière, la musique tambourinante, la danse, les pétillantes boissons bleues et leurs petites ombrelles, les spots, un orchestre, les rires, une balade dans des rues tortueuses, chichement éclairées, jusqu'en haut d'une colline, un escalier raide... Puis, c'était encore

24

plus embrouillé. Un verre ou deux de plus, peut-être, des gestes avinés, à tâtons, et le fait de basculer dans un lit. Celui-ci ! Délicatement, elle dégagea le bras. Son propriétaire remua et marmonna dans son sommeil – heureusement, sans se réveiller. Se redressant sur son séant, Annie fit l'inventaire.

Elle était nue. Ses vêtements étaient éparpillés sur le parquet avec le genre de négligence qui suggérait un abandon aveugle et désespéré ; sa culotte de soie noire était pendue au montant du lit comme quelque obscène trophée. Elle la rafla, passa les jambes de son côté et l'enfila, puis ratissa sa chevelure ébouriffée. Elle se sentait minable. « Idiote, se dit-elle. *Idiote !* »

Elle jeta un coup d'œil au corps à côté d'elle, là où le drap avait glissé. De courts cheveux noirs qui rebiquaient ici ou là, une boucle sur l'œil droit, la mâchoire carrée, de larges épaules, une poitrine sympathique, pas trop velue mais assez virile. Dieu merci, ce n'était pas un collègue, quelqu'un du commissariat. Elle ne pouvait pas voir la couleur de ses yeux, car ils étaient fermés, et eut honte de ne pas s'en souvenir. Il avait besoin de se raser, mais cette nécessité du rasage devait être assez récente dans sa vie. Quel âge avait-il ? Vingt-deux, vingt-trois ans, à tout casser. Et elle, quel âge avait-elle ? Quarante ans, depuis peu. Au moins, il n'était pas marié ; en tout cas à en juger par l'aspect de cet appartement. C'était en général des types plus âgés, des mariés, qu'elle tombait amoureuse.

Avec un soupir, elle se mit à rassembler le reste de ses vêtements et à s'habiller. La chambre était assez agréable, avec ses murs bleu pâle, le poster d'un nu de Modigliani, et un store vénitien qui ne faisait pas tellement barrage contre la lumière. Il y avait aussi une affiche d'un groupe de rock qu'elle ne reconnut pas sur le mur d'en face. Pire – une guitare électrique calée contre un petit ampli. Oui, il avait dit jouer dans un groupe. Avait-elle vraiment couché avec un musicien ? « Vois le bon côté des choses », se dit-elle. Au moins, c'était le guitariste, pas le batteur ni le bassiste, aurait dit sa vieille copine Jackie, et quant au saxophoniste... « Ne va jamais avec des saxophonistes, ma

25

chère, ils ne pensent qu'à leur prochain solo. » Enfin, quel cliché...

Dans la froide clarté matinale, pouvait-il être encore plus jeune qu'elle ne l'avait cru ? Elle vérifia. Non. Au moins vingt-deux ans. Plus jeune tout de même que Brian, le fils de Banks, la rock star. Peut-être aurait-il fallu se réjouir qu'un être aussi jeune et séduisant ait pu être attiré par elle, à l'idée d'être encore sexy ; mais non, elle se faisait l'effet de n'être qu'une vieille putain. Un homme d'un certain âge avec une jeune, d'accord. Mais ça... Elle ferma la braguette de son jean. Ciel, comme c'était serré ! Elle avait pris beaucoup de poids ces temps-ci, et ce petit bourrelet de graisse à la place de son ventre plat n'était pas pour lui remonter le moral. Il était temps de faire plus d'exercice et d'oublier la bière.

Trouvant son mobile dans son sac à bandoulière, elle vérifia l'appel. Le commissariat. Elle ne savait pas si elle pourrait affronter le travail, vu son état. Elle alla s'enfermer avec son sac dans la salle de bains. D'abord, les W-C, puis trouver du paracétamol dans le petit placard au-dessus du lavabo ; ensuite se débarbouiller de son mieux avant de se maquiller. Il n'y avait pas de douche, et elle n'avait pas envie de se redéshabiller pour prendre un bain. Autant partir. Trouver sa voiture, répondre au message, puis rentrer « à la maison », ou ce qui en tenait lieu pour le moment, pour un bon bain et une séance d'autoflagellation. Mille fois, tu écriras : « Je ne dois pas rentrer avec de jeunes guitaristes rencontrés dans un bar. » Au moins savait-elle avoir laissé son véhicule près du club. Elle n'avait pas été assez bête pour conduire. Donc, elle n'avait pas complètement perdu la tête. Et il lui semblait même se rappeler dans quel club ils avaient échoué.

Dans la chambre, ça sentait la cigarette, ou pire, et Annie aperçut sur une petite table, près de la porte, un cendrier avec des mégots et deux joints. À côté, un petit sac en plastique de marijuana et ses grandes boucles d'oreilles. Mon Dieu, elle avait eu la présence d'esprit d'ôter ses créoles, et cependant elle avait fumé des joints et... fait quoi d'autre ? Elle n'avait pas envie d'y penser. Non sans mal, elle réussit à remettre ses boucles.

Au moment où elle ouvrait la porte, il remua mais seulement pour tirer le drap sur lui, s'en envelopper et se recroqueviller comme un enfant. Annie ferma la porte derrière elle et descendit l'escalier pour affronter cette nouvelle journée dans ce nouveau décor. Sitôt dehors, elle put humer l'air pur du large, sentir le vent froid et entendre les cris des mouettes. Heureusement, elle avait sa petite laine.

Tandis qu'elle descendait la colline en direction du club et de sa voiture, elle manipula maladroitement son mobile et accéda à sa messagerie vocale. Ses efforts furent enfin récompensés par la voix sévère du commissaire Brough, du QG du secteur est, lui ordonnant d'aller tout de suite à Larborough Head. Il y avait eu un meurtre et la police locale avait besoin d'elle. Le fait d'être « détachée », songea-t-elle en mettant fin à ce message, lui donnait l'impression d'être une prostituée. C'est alors qu'elle réalisa qu'elle avait eu la même pensée deux fois en une demi-heure, dans des contextes différents, et elle décida qu'il était temps de changer d'image. Une putain, non, mais un ange de miséricorde. Voilà ce qu'elle était : Annie Cabbot, Ange de Miséricorde, à votre service.

Ayant trouvé son Astra violette sur le parking public près du club, elle pensa pour la centième fois qu'il était temps d'acheter une voiture neuve, consulta la carte routière et, dans un grincement de vitesses, partit pour Larborough Head.

Au moins, les cafétérias sur la place étaient-elles ouvertes. Banks en choisit une tout près du lieu du meurtre, au-dessus d'une boutique, où il savait que le café était bon et corsé, et il s'installa avec la commissaire. Elle était assez attirante, nota-t-il, avec son nez effronté, ses yeux bleus, sa bouche en arc de Cupidon et la légère rougeur que l'exercice matinal avait apportée à son teint pâle. Cette petite cicatrice sous l'œil gauche était presque le reflet de la sienne. Elle avait sans doute dix bonnes années de moins que lui – donc, la quarantaine. Une fois passée la commande – pour lui, un café, pour elle, un thé Earl Grey, des scones pour deux –, ils se mirent au travail.

– Sale affaire..., déclara Banks.

– On était si tranquilles, ces temps-ci..., soupira Gervaise.

Elle posa sa badine sur la table, son casque, secoua la tête et passa la main sur ses courts cheveux blonds plaqués sur son crâne.

– Enfin, depuis cette affaire avec le groupe de rock..., ajouta-t-elle en lui jetant un regard entendu.

Même si elle lui avait laissé la liberté nécessaire pour élucider son précédent meurtre, Banks savait qu'elle n'avait pas été satisfaite du résultat. Lui non plus. Mais qu'y faire ? Parfois, les choses ne prennent pas la tournure escomptée. Enchaînant aussitôt, Banks lui raconta ce que lui avaient appris Templeton et le Dr Burns.

– Le corps a été découvert à huit heures quinze ce matin, par un M. Joseph Randall, cinquante-cinq ans, habitant Hyacinth Walk.

– Et que faisait-il dans le Labyrinthe, à cette heure-là, un dimanche matin ?

– C'est le propriétaire de la maroquinerie à l'angle. Il s'agit de son entrepôt. Il prétend être allé chercher des échantillons, avoir trouvé le verrou cassé et l'avoir alors vue... Il a juré n'avoir touché à rien, être allé tout de suite au commissariat.

– Vous le croyez ?

– Il prétend avoir ouvert la porte à huit heures un quart, mais une femme a dit à Templeton l'avoir vu entrer dans le Labyrinthe à huit heures dix, selon l'horloge de l'église, ce qui est très précis. Si elle s'en souvenait, c'est qu'étant en retard pour la messe, elle avait vérifié l'heure. Le chef de poste a noté que Randall s'était présenté à huit heures vingt et une.

– Ça fait onze minutes...

La commissaire fit la moue.

– C'est mince... Où est-il, cet homme ?

– Templeton l'a renvoyé chez lui avec un agent. Apparemment, M. Randall était complètement bouleversé.

– Humm. Allez l'interroger. Sans ménagement.

– Bien, madame ! fit Banks en crayonnant dans son calepin.

Elle avait le chic pour demander des choses allant de soi. Enfin, mieux valait lui donner l'impression que c'était elle qui commandait. Le serveur arriva avec son plateau. Le café était aussi bon que dans son souvenir, et les scones généreusement beurrés.

– Que faisait-elle, toute seule, là-bas ? demanda-t-elle.

– C'est un des points à éclaircir. Mais, pour commencer, on ignore si elle était seule. Elle a pu y aller avec quelqu'un...

– Pour se droguer ?

– Possible. On a trouvé quatre comprimés d'ecstasy dans son sac. Ou bien, elle a pu être séparée de ses amis et être attirée par quelqu'un lui promettant de la drogue... Cela dit, on n'a pas besoin d'aller se cacher dans ces ruelles pour se droguer. On peut très bien le faire en ville, dans n'importe quel pub. Ou alors, elle cherchait à se rendre sur le parking, ou au bord de la rivière, en empruntant ce raccourci.

– Elle avait une voiture ?

– On ne le sait pas encore. Elle avait un permis de conduire.

– Vous me tiendrez au courant ?

– Certainement. Elle devait être ivre. Ou en tout cas éméchée. Comme il y avait des traces de vomi dans la pièce, elle a pu être malade, ou alors c'est l'assassin... Cela, les experts devraient être en mesure de nous le dire. Elle ne devait pas être préoccupée par sa sécurité, et je doute qu'il y ait un grand mystère quant à savoir comment ou pourquoi elle a pu se retrouver seule dans le Labyrinthe. Il y a plusieurs raisons possibles : elle a pu se disputer avec son ami, par exemple, et s'enfuir...

– Et quelqu'un l'attendait, dans l'ombre...

– Elle ou une fille comme elle. Ce qui indique que ce pourrait être un assassin au fait des habitudes des gens du coin, un samedi soir, après l'heure de fermeture.

– Voyez les suspects habituels, alors. Délinquants sexuels, clients notoires des « travailleuses du sexe ».

– Ce sera fait.

– On sait où elle a été ?

– Vu son accoutrement, elle avait dû aller de pub en pub sur la place du marché. Tenue de samedi soir typique. Nous allons faire la tournée des bars dès qu'ils seront ouverts.

Il consulta sa montre.

– Ce qui ne devrait plus tarder…

Gervaise lui adressa un coup d'œil oblique.

– Vous ne serez pas tout seul, j'espère ?

– Trop de travail pour moi. Je vais mettre le brigadier Hatchley sur le coup. Il n'a pas trop eu l'occasion de sortir, récemment. Ça lui fera du bien de s'aérer…

– Tenez-le bien en bride, en ce cas… Qu'il n'aille pas insulter toutes ces satanées « minorités ethniques » qu'on a en ville.

– Oh, il s'est pas mal ramolli…

Gervaise eut un regard incrédule.

– Autre chose ?

Elle se tamponna la bouche avec sa serviette en papier, après avoir grignoté un scone délicatement.

– Je vais faire visionner toutes les bandes des caméras de surveillance de la nuit dernière. Beaucoup de pubs ont leurs propres caméras, désormais. Le Bar None aussi. Ça doit faire beaucoup, et vous connaissez la qualité de la pellicule… Donc ça prendra du temps, mais on pourrait trouver quelque chose. On mène également une perquisition du Labyrinthe – bâtiments adjacents, tout – et on est aussi en train d'interroger les riverains. Le hic, c'est que certaines issues ne sont pas surveillées par des caméras – l'accès au parking au-dessus des jardins, par exemple.

– Il n'y a pas de caméras sur ce parking ?

– Si, mais pas braquées dans le sens qui nous intéresse. Elles sont orientées *vers* le parking, *depuis* la ruelle. Il doit être facile de passer par-dessous. Ce n'est qu'une toute petite ruelle, quasiment personne ne l'emprunte. La plupart des gens passent par Castle Road, qui elle est couverte par une caméra. Enfin, on va quand même essayer…

– Faites de votre mieux…

Banks lui rapporta ce que le Dr Burns avait dit concernant la cause et l'heure approximative du décès.

30

– Quand le Dr Wallace sera-t-elle disponible pour réaliser l'autopsie ?

– Demain matin, j'espère..., dit Banks.

Le Dr Glendenning avait pris sa retraite « pour jouer au golf », un mois plus tôt, et Banks n'avait pas encore vu sa remplaçante à l'œuvre puisqu'il n'y avait pas eu de mort suspecte au cours de cette période. À en juger par sa brève entrevue avec elle, c'était une jeune femme compétente et dévouée à son métier.

– La photo du permis de conduire trouvé dans le sac à main correspond à la victime, et il y a une adresse sur la feuille de garde du carnet d'adresses. Hayley Daniels. Elle habitait Swainshead.

– Sa disparition a été signalée ?

– Pas encore.

– Donc, peut-être qu'elle n'était pas censée rentrer chez elle. Quel âge avait-elle ?

– Dix-neuf ans, d'après le permis.

– Qui s'occupe de ça ?

– Jackman est allée parler aux parents. Elle doit être arrivée...

– Je lui laisse volontiers cette tâche..., déclara la commissaire.

Banks se demanda si on lui avait jamais demandé d'aller annoncer la mauvaise nouvelle aux parents d'une jeune victime.

– Je sais à quoi vous pensez, fit-elle avec un sourire. Vous vous dites : « Celle-là, avec ses origines bourgeoises, ses diplômes universitaires, sa promotion accélérée et le reste, qu'est-ce qu'elle en sait ? »

– Pas du tout, dit Banks en prenant un air inexpressif.

– Menteur !

La commissaire avala une gorgée de thé et fixa un point dans les airs.

– Ma première semaine comme simple agent stagiaire..., dit-elle. Je travaillais à Poole, dans le Dorset... ça consistait surtout à faire du thé et du café. Le vendredi matin, voilà qu'on trouve le corps d'un écolier de onze ans en pleine pâture. Violé et battu à mort. Fils d'ouvrier. Qui a-t-on envoyé, à votre avis ?

Banks ne dit rien.

– J'en étais malade. Avant d'aller sur place. Physiquement. J'étais convaincue que je ne pourrais jamais le faire.

– Mais vous l'avez fait... ?

Elle regarda Banks dans les yeux.

– Évidemment ! Et savez-vous ce qui s'est passé ? La mère a pété les plombs. Elle m'a flanqué une assiette d'œufs, haricots et patates à la tête. J'ai été blessée. Et à la fin, j'ai dû lui passer les menottes ! Provisoirement, bien sûr. Elle a fini par se calmer, et j'ai eu droit à dix points de suture.

Gervaise secoua la tête.

– Quelle journée !

Elle contempla sa montre.

– Il vaut mieux, je crois, que j'appelle mon fils pour annuler le déjeuner...

Banks regarda par la fenêtre. Le vent redoublait de violence et les fidèles sortant de l'église avaient du mal à garder leur chapeau sur la tête. Il songea au cadavre sur le tas de chutes de cuir.

– Sans doute, dit-il. De toute façon, la journée a mal commencé...

Puis il alla payer au comptoir.

Swainshead, ou « The Head », ainsi que l'appelaient les habitants, commençait par une place arborée triangulaire devant laquelle la grand-rue se scindait en deux, au niveau de l'intersection avec la route de Swainsdale. Autour de ce triangle il y avait l'église, la salle des fêtes et quelques commerces. Cette partie-là s'appelait Lower Head et était la plus fréquentée par les touristes. La famille Daniels habitait Upper Head, là où les deux bras de la rue se rejoignaient, séparant deux enfilades de cottages en pierre qui se faisaient face. Derrière ces cottages, de chaque côté, les prés s'élevaient lentement, sillonnés par des murets de pierres sèches, pour laisser finalement place aux falaises abruptes et aux plateaux, domaine de la lande.

Si le village s'appelait ainsi, c'était parce que la source de la rivière Swain se trouvait dans les collines environnantes. À l'origine, une simple petite flaque glougloutant au ras du sol, qui débordait pour former un filet d'eau et, prenant progressivement de la vigueur, plongeait enfin par-dessus le bord d'une vallée suspendue avant de se frayer un chemin à travers les plaines vallonnées du Yorkshire. Un jour, Banks avait parlé à Winsome Jackman d'une affaire sur laquelle il avait travaillé par ici, bien avant qu'elle n'arrive. Il avait dû aller jusqu'à Toronto, à la recherche d'une expatriée. Si Winsome avait bien compris, plus aucune des personnes impliquées n'habitait encore là, mais la population se souvenait bien de l'affaire : cela faisait désormais partie du folklore local. Autrefois, les gens auraient écrit des chansons là-dessus, le genre de vieilles ballades si appréciées par Banks. Aujourd'hui, quand la presse et la télévision étaient passées par là, il ne restait plus rien à exploiter pour personne...

Le claquement de sa portière fracassa le silence et provoqua l'envol de trois corbeaux bien gras jusque-là perchés dans un arbre noueux. Ils tournèrent en rond sur fond de nuages gris, tels des parapluies noirs emportés par le vent.

Tout en vérifiant l'adresse, Winsome passa devant un pub et deux maisons signalées par des pancartes BED AND BREAKFAST balancées par le vent et où des fiches CHAMBRES LIBRES étaient exposées derrière les baies vitrées. Trois vieux qui, appuyés à leurs cannes, bavardaient sur le vieux pont de pierre en dépit du temps, s'interrompirent pour la suivre des yeux. On ne devait pas en voir souvent par ici, des grandes Noires de plus d'un mètre quatre-vingts !

Le vent semblait souffler de partout et la neige fondue piquait les yeux, s'infiltrait à travers son jean noir serré aux cuisses, là où sa veste s'arrêtait. Cette veste en daim allait en souffrir, c'était sûr. Il aurait fallu choisir plus pratique, mais elle avait été pressée et c'était ce qui lui était tombé sous la main, dans le placard. Comment aurait-elle pu prévoir ?

Ayant trouvé la maison, elle sonna. Un gendarme maussade lui ouvrit, qui tâcha vainement de cacher sa surprise à sa vue, et l'emmena au salon. Une femme, l'air bien trop jeune pour avoir une fille de l'âge de la victime, regardait dans le vide.

– Madame Daniels ? dit Winsome.

– McCarthy. Donna McCarthy. Geoff Daniels est mon mari. J'ai gardé mon nom de jeune fille pour raison professionnelle. J'étais en train d'expliquer à ce monsieur que Geoff est absent pour le moment. Voyage d'affaires...

Winsome se présenta. Elle fut soulagée de remarquer que Donna McCarthy ne semblait ni surprise ni amusée par son apparence.

Les yeux de cette dernière se remplirent de larmes.

– C'est vrai, ce qu'il m'a dit ? Au sujet de notre Hayley... ?

– Hélas, répondit Winsome en cherchant le sac en plastique contenant le carnet d'adresses que Banks lui avait donné. Pouvez-vous me dire si ceci appartient à votre fille ?

Donna McCarthy examina la couverture à fleurettes. Ses larmes coulèrent.

– Ce n'est pas vraiment ma fille, vous comprenez..., dit-elle d'une voix assourdie par son mouchoir. Geoff m'a épousée en secondes noces. La mère de Hayley est partie il y a douze ans. Nous sommes mariés depuis huit ans.

– Je vois, dit Winsome en prenant note. Mais vous êtes bien certaine que ce carnet appartenait à Hayley ?

Donna opina et dit :

– Je peux jeter un coup d'œil à l'intérieur ?

– Malheureusement, on ne peut pas y toucher. Tenez, laissez-moi faire...

Enfilant les gants de latex qu'elle avait emportés justement à cet effet, Winsome sortit le carnet du sachet et l'ouvrit à la page de garde.

– Est-ce son écriture ?

Donna McCarthy remit le mouchoir contre son visage et acquiesça. Winsome feuilleta quelques pages, et elle continua à opiner. Rangeant le carnet, Winsome ôta ses gants et croisa ses jambes mouillées.

– On peut avoir du thé ? demanda-t-elle au gendarme.

Celui-ci lui jeta un coup d'œil qui en disait long. Quoi, une Noire pas plus gradée que lui, bien que dans la police judiciaire, lui demandait d'exécuter une tâche aussi servile ? Puis il fila, sans doute en direction la cuisine. Pauvre type. Winsome effleura la main de la femme.

– Je compatis. Mais j'ai quelques questions à vous poser.

L'autre se moucha.

– C'est normal. Je comprends.

Elle avait l'air toute frêle et éplorée sur ce canapé, mais on voyait néanmoins que c'était une sportive, aux épaules et aux bras bien musclés. Elle avait les yeux vert pâle et des cheveux châtains coupés court. Sa tenue était décontractée – un jean et un banal T-shirt blanc révélant les coutures du soutien-gorge moulant ses petits seins fermes. Il était juste assez court pour montrer deux ou trois centimètres de ventre plat.

– Avez-vous une photo récente d'elle ?

Elle alla fourrager dans un tiroir, puis revint avec un instantané d'une jeune fille debout près de la croix du marché, à Eastvale.

– Ça date d'un mois, dit-elle.

– Je peux vous l'emprunter ?

– Oui. Vous me la rendrez ?

– Bien sûr. Quand l'avez-vous vue pour la dernière fois ?

– Hier soir. Vers dix-huit heures. Elle allait attraper le bus pour retrouver quelques amis à Eastvale.

– Ça arrivait souvent ?

– Presque tous les samedis. Comme vous l'avez sans doute remarqué, c'est assez peu animé, par ici.

Winsome se rappela le village de son enfance, dans les montagnes jamaïcaines au-dessus de Montego Bay. Dire de cet endroit qu'il était « assez peu animé » eût été un euphémisme. L'école se composait d'une classe unique et – suivant l'exemple de sa mère et de sa grand-mère – elle aurait dû prendre sa place dans l'usine de conditionnement de bananes – si elle n'était descendue de sa montagne pour travailler tout d'abord dans une station balnéaire.

– Pouvez-vous me donner les noms de ses amis ?

– Pour certains, oui. Leurs prénoms. Mais elle ne me parlait jamais d'eux et ne les ramenait pas ici.

– C'étaient des collègues de travail ? Des camarades de classe, de fac ? Que faisait-elle dans la vie ?

– Elle était étudiante à la fac d'Eastvale.

– Elle allait là-bas en bus tous les jours ? C'est loin...

– Non, elle avait sa vieille Fiat. Une occasion achetée par Geoff. Il est dans les voitures.

Winsome se rappela le permis de conduire trouvé par Banks dans le sac à main.

– Mais hier, elle n'était pas en voiture... ?

– Eh bien, non... puisqu'elle avait l'intention de boire de l'alcool. Pour ça, elle était prudente. Jamais d'alcool au volant.

– Comment comptait-elle rentrer ici ?

– Elle ne devait pas rentrer. C'est pourquoi... Enfin, si je l'avais attendue, j'aurais signalé sa disparition ! Je ne suis peut-être pas sa mère biologique, mais je me suis occupée d'elle de mon mieux, afin qu'elle se sente...

– Bien sûr. Saviez-vous où elle avait l'intention de passer la nuit ?

– Chez une copine de fac, comme d'habitude.

– Qu'étudiait-elle, comme matière ?

– Voyage et Tourisme. Un diplôme reconnu par l'État. C'était son désir le plus cher : voyager à travers le monde.

Donna McCarthy se remit à pleurer.

– Que lui est-il arrivé ? A-t-elle été...

– On ne sait pas. Le médecin va bientôt l'examiner.

– Elle était si jolie...

– Avait-elle un petit ami ?

Le gendarme revint avec un plateau qu'il posa sèchement sur la table, devant les deux femmes. Winsome le remercia.

– Autre chose ? dit-il, la voix grosse de sarcasme.

– Non. Vous pouvez disposer, merci.

Le type bougonna, l'ignora et, s'inclinant devant Donna McCarthy, s'en alla.

Cette dernière attendit d'avoir entendu la porte claquer et dit :

– Personne en particulier. Enfin, à ma connaissance. De nos jours, un tas de jeunes préfèrent traîner avec une bande plutôt que de se fixer sur quelqu'un. Je ne peux pas leur donner tort. Ils s'amusent trop ainsi pour se caser.

36

– Je ne voudrais pas être indiscrète, mais y avait-il quelqu'un... enfin, était-elle sexuellement active ?
Après mûre réflexion, Donna répondit :
– Le contraire m'aurait étonnée, mais je ne crois pas qu'elle était facile. Je suis sûre qu'elle avait essayé. Une femme sent cela...
Le chauffage central était allumé, et il faisait trop chaud dans la petite pièce. Le front de Donna brillait.
– Mais vous ne connaissez pas le nom du garçon ?
– Non, je regrette.
– Ce n'est pas grave.
Winsome songea qu'elle en savait assez pour continuer. Elle pisterait les amis de Hayley par l'intermédiaire de la fac et partirait de là.
– Vous avez dit tout à l'heure avoir gardé votre nom de jeune fille pour raison professionnelle. Puis-je vous demander ce que c'était... ?
– Quoi ?
Elle passa le revers de sa main sur ses yeux, étalant un peu de mascara.
– Oh, j'étais professeur de gymnastique. Coach privé. Rien d'extraordinaire. Mais on me connaissait par mon nom – c'était sur mes cartes de visite, mon logo, enfin tout. Le plus simple était de le conserver. Et Geoff n'était pas contre. C'est ainsi qu'on s'est rencontrés, en fait. C'était un client.
– Pourquoi n'avez-vous pas continué ?
– J'ai arrêté il y a six mois. Geoff gagne assez pour m'entretenir et j'ai plein d'autres occupations très prenantes. De plus, je me faisais un peu vieille pour ces dépenses physiques.
Winsome en doutait.
– Qu'avez-vous fait hier soir, toute seule ? demanda-t-elle d'un ton détaché.
Donna haussa les épaules. Si elle avait deviné qu'on sondait ainsi son alibi, elle n'en montra rien.
– Je suis restée ici. Caroline, la voisine d'en face, est venue avec un DVD. *Casino Royale*. Le remake, avec le beau Daniel Craig. On a bu quelques verres, commandé une pizza, bien rigolé... Pas besoin de vous faire un dessin.

– Soirée entre filles ?

– Si on veut.

– Écoutez, savez-vous comment entrer en contact avec votre mari ? C'est important.

– Oui. Il est descendu au Faversham Hotel, à côté de Skipton. Un congrès. Il doit rentrer demain.

– Vous lui avez téléphoné ?

– Pas encore. Je... Le policier était là et... je ne sais pas quoi dire. Geoff est fou de sa fille. Il va être anéanti.

– Il doit être informé, dit doucement Winsome. C'est tout de même son père. Voulez-vous que je le fasse ?

– Vous voulez bien ?

– Avez-vous son numéro ?

– Je l'appelle toujours sur son mobile, déclara Donna, qui indiqua le numéro. Le téléphone est dans la cuisine. C'est un mural.

Songeant que ce n'était pas plus mal de laisser libre son mobile, Winsome alla dans la cuisine et Donna la suivit. La pièce donnait sur un versant de colline, à l'arrière de la maison. Il y avait un grand jardin avec une petite cabane en bois appuyée à la clôture verte. De la grêle bombardait à présent les carreaux derrière le voilage. Winsome décrocha le combiné et composa le numéro qu'on lui avait donné. Tout en attendant, elle essaya de se préparer à la conversation. Au bout de quelques instants, elle tomba sur un répondeur.

– Vous n'avez pas le numéro de l'hôtel ?

Donna secoua la tête.

– OK.

Elle joignit les renseignements et fut connectée à l'hôtel. Quand on décrocha, elle demanda à être mise en rapport avec Geoffrey Daniels. La réceptionniste la pria de rester en ligne. Il y eut un long silence à l'autre bout du fil, puis la voix dit :

– Désolée, M. Daniels ne répond pas.

– Il est peut-être en réunion ? Il participe à un congrès. Les concessionnaires. Vous pouvez vérifier ?

– Quel congrès ? dit la réceptionniste. Il n'y a pas de congrès, ici. Nous ne recevons pas les groupes.

– Merci, dit Winsome, qui raccrocha.

Elle considéra Donna McCarthy, son visage plein d'attente. Que dire à présent ? Eh bien, elle aurait tout le temps d'y penser sur la route, puisqu'elle devait l'emmener identifier le corps à la morgue d'Eastvale.

2

A NNIE mit peu de temps à gagner Larborough Head en partant de Whitby, ville où elle avait été provisoirement « détachée », les rangs du commissariat de Spring Hill, district de Scarborough, secteur est, étant décimés par la grippe et les vacances. D'ordinaire, elle passait la nuit chez Mme Barnaby, dans le *bed-and-breakfast* de West Cliff – tarifs étudiés pour officiers de police en visite, chambre agréable quoique petite au troisième étage, dont tout le luxe consistait en une salle de bains particulière, vue sur la mer, téléphone et bouilloire gracieusement prêtée, mais la nuit dernière... eh bien, la nuit dernière avait été différente.

C'était un samedi, elle avait travaillé tard et n'avait pas passé une bonne soirée depuis des lustres. Du moins était-ce qu'elle s'était dit quand les filles du commissariat l'avaient invitée à prendre un pot dans un bar, puis dans un ou deux clubs. Au cours de la soirée, elle avait perdu les autres et espérait seulement qu'on n'avait pas vu ce qu'elle était devenue. Les remords et la honte la rongeaient presque autant que ses aigreurs d'estomac quand elle s'arrêta au bord de la route, à une centaine de mètres de la falaise. Son cœur se serra lorsqu'elle vit la silhouette trapue du commissaire Brough se diriger droit sur elle.

– Bonjour, inspectrice, dit-il. Mieux vaut tard que jamais...

Compte tenu du peu de temps qu'elle avait mis à venir, c'était une remarque bête et désobligeante, mais elle laissa couler. Elle était habituée aux sarcasmes du bonhomme, connu pour être un crétin paresseux, un tire-au-flanc qui avait les deux yeux fixés sur sa retraite dans six mois, les tournois de golf interminables et les longues vacances à Torremolinos. Au cours de sa carrière, il n'avait eu ni l'énergie ni la jugeote de faire des économies et n'avait donc pas de villa, juste un appartement loué aux murs passés à l'enduit acrylique et une fiancée espagnole d'âge mûr portée sur les bijoux tape-à-l'œil, le parfum pas cher et l'alcool encore moins cher. *Dixit* la rumeur, en tout cas.

– Vous ici, un dimanche matin ? déclara Annie, sur un ton le plus enjoué possible. Je vous aurais cru à l'église…

– Oui, euh… quand le devoir nous appelle… Le devoir, Cabbot, c'est sacré ! dit-il. Et c'est dommage que tout le monde n'en soit pas persuadé…

Il désigna le bord de la falaise, où l'on pouvait apercevoir une silhouette assise, cernée par la police.

– C'est par ici, dit-il comme s'il s'en lavait les mains. Le major Naylor et le brigadier Baker vous mettront au courant. Moi, je retourne au commissariat coordonner les opérations. On a déjà dû chasser quelques journalistes mais ce n'est qu'un début… Pour le moment, je vous laisse… Et j'entends qu'on s'implique à cent pour cent dans cette affaire – à cent pour cent !

– Oui, chef ! Au revoir, chef ! dit Annie à son dos.

Elle pesta tout bas et commença à marcher non sans mal contre le vent, foulant les glissantes touffes d'herbe en direction du précipice. Elle avait un goût de sel sur les lèvres ; ça piquait les yeux. De loin, en louchant un peu, elle constata que la silhouette était dans un fauteuil roulant, face à la mer. Une fois sur place, elle vit qu'il s'agissait d'une femme, la tête maintenue par une minerve. Depuis le dessous du menton, une nappe de sang rouge foncé s'était étalée jusque sur ses genoux. Annie refoula une envie de vomir. En général, les cadavres ne lui faisaient ni chaud ni froid, mais les quelques pintes de la veille plus les pétillantes boissons bleues à petits parasols n'arrangeaient rien.

Naylor et Baker se tenaient auprès du corps que le médecin de la police examinait et que le photographe mitraillait. Annie les salua.

41

— Alors, c'est quoi ? demanda-t-elle à Naylor.

— Mort suspecte, madame, répondit ce dernier, toujours aussi laconique.

Baker sourit.

— Je le vois bien, Tommy ! s'exclama Annie.

Elle considéra la gorge tranchée d'une oreille à l'autre, le cartilage mis à nu et le sang répandu.

— L'arme a été trouvée ?

— Non, madame.

Annie désigna le bord de la falaise.

— On est allés voir en bas ?

— J'ai envoyé deux agents. Ils vont devoir se dépêcher. La marée monte…

— L'arme étant introuvable, je crois qu'on peut supposer qu'elle ne s'est pas supprimée elle-même, dit Annie. Les mouettes auraient fait le coup ?

— Elles ? fit Naylor en levant les yeux vers la bruyante bande. Elles sont de plus en plus hardies et ont visiblement endommagé le corps.

Il pointa le doigt.

— Vous voyez ces marques dans l'oreille et autour ? Si ça n'a pas saigné, c'est selon moi qu'elle avait déjà succombé à l'hémorragie au moment où on a commencé à la béqueter. Un cadavre ne saigne pas.

Le médecin releva la tête.

— Bravo, Tommy !

De nouveau, l'estomac d'Annie se rebella et, là encore, elle sentit un goût de bile dans l'arrière-gorge. Pas question de vomir devant Tommy Naylor. Mais les mouettes ? Elle les avait toujours détestées, les craignant même depuis sa petite enfance dans les Cornouailles. Elle n'avait pas attendu de voir le film *Les Oiseaux* pour être consciente de la menace inhérente à un vol de mouettes. Un jour, elle s'était retrouvée encerclée alors qu'elle était dans son landau et que son père, à vingt mètres de là, dessinait un ensemble de vieux chênes. L'un de ses tout premiers souvenirs. Elle frissonna et se ressaisit.

— Que pouvez-vous nous dire, toubib ?

— Pas grand-chose, hélas ! Elle est morte depuis une heure ou deux, et la cause est certainement l'hémorragie, comme vous pouvez le voir. Le coupable est un beau salaud ! Cette femme était infirme. Probablement incapable de lever le petit doigt pour se défendre.

– L'arme ?

– Une lame très fine et aiguisée, genre rasoir ou même un instrument chirurgical. Le légiste pourra sans aucun doute vous en dire plus. Bref, c'est net et sans bavure. L'assassin n'a pas dû s'y prendre à deux fois...

– Gaucher ou droitier ?

– C'est souvent impossible à dire avec ce genre de plaie, d'autant qu'il n'y a pas eu d'hésitation dans le geste, mais je dirais : par-derrière, de gauche à droite.

– Donc, l'assassin est droitier.

– Ou a voulu le faire croire. Cela dit, je ne suis sûr de rien. Ne me citez pas.

Annie sourit.

– Je ne me le permettrais pas ! (Elle se tourna vers Naylor.) Qui a trouvé le cadavre ?

Il désigna un banc à quelque deux cents mètres.

– Ce type-là. Gilbert Downie. Il promenait son chien.

– Pauvre bougre. Ça a dû le dégoûter à l'avance du rosbif dominical. On sait qui est la victime ?

– Pas encore ! fit Baker. Pas de sac à main, pas de porte-monnaie, rien...

Helen Baker était une femme trapue, bâtie en tonneau, mais remarquablement vive et agile pour une personne de sa corpulence. Et ses cheveux tout hérissés étaient d'un rouge flamboyant. Amis et collègues l'avaient affectueusement surnommée « Ginger » Baker.

Elle regarda autour d'elle.

– Même pas un bracelet comme on en met parfois aux infirmes... C'est très isolé par ici, surtout à cette époque de l'année. Le village le plus proche est à sept kilomètres, dans les terres. La seule maison dans les parages est cette résidence médicalisée qui se trouve à deux kilomètres. Mapston Hall.

– Une maison de retraite ?

– Je ne crois pas.

Ginger jeta un coup d'œil au fauteuil roulant.

43

– C'est une maison pour les personnes ayant les mêmes problèmes qu'elle, dirais-je…

– Mais elle n'aurait jamais pu venir toute seule jusqu'ici, n'est-ce pas ?

– Sûrement pas, intervint Naylor. Sauf si c'était une fausse infirme, comme Andy…

Annie réprima un sourire. Elle adorait *Little Britain*, la série télévisée humoristique. Banks aussi. Ils en avaient regardé ensemble certains épisodes tout en dégustant des plats à emporter pakistanais et une bouteille de rouge après une longue journée de travail. Mais il ne fallait pas penser à Banks pour l'instant. Du coin de l'œil, elle vit le fourgon de la police technique et scientifique mordre sur le talus herbeux.

– Bon boulot, vous deux ! dit-elle. On va laisser le champ libre aux spécialistes. Allons dans la voiture ; il est terrible, ce vent !

Ils marchèrent jusqu'à l'Astra d'Annie, s'arrêtant en chemin pour échanger quelques mots avec Liam McCullough, le coordinateur de la scène du crime, et s'installèrent dans l'habitacle en entrouvrant les vitres pour laisser passer un peu d'air, Ginger étant derrière. Annie avait très mal au crâne et du mal à se concentrer.

– Qui voudrait assassiner une vieille femme sans défense en fauteuil roulant ? s'interrogea-t-elle.

– Pas si vieille que ça ! protesta Naylor. Je sais bien que certains accidents peuvent faire vieillir prématurément, mais oubliez ses cheveux gris et son teint terreux, et vous verrez qu'elle n'a que la quarantaine. Voire moins. Et elle devait être jolie. Pommettes bien dessinées, bouche pulpeuse…

Quarante ans, se dit Annie. Mon âge ! Ciel ! Ce n'était pas vieux du tout.

– Enfin, dit Naylor. Chacun ses goûts…

– Oh, Tommy ! Pas de cynisme. Bien que cela s'accorde avec votre look chiffonné, on n'arrivera à rien ainsi. Vous l'avez vue – le fauteuil roulant, la minerve… – et vous avez entendu le toubib. Elle était sans doute paralysée. Peut-être même incapable de parler. Qui pouvait-elle bien gêner ?

44

– Elle n'a sans doute pas toujours été en fauteuil…, fit remarquer Ginger de sa banquette.

– Effectivement ! dit Annie en se retournant. Excellente remarque. Et dès qu'on aura découvert qui c'était, il faudra fouiller dans son passé. Que pensez-vous du type qui l'a trouvée, Tommy ?

– Si c'est lui, c'est un très bon acteur. Je pense plutôt qu'il nous a dit la vérité.

Tommy Naylor était un vrai professionnel qui avait la cinquantaine et aucune envie de grimper au poteau glissant de l'ambition. Depuis qu'elle travaillait avec lui, Annie en était venue à respecter ses opinions. Elle ne savait pas grand-chose de lui, ou de sa vie privée, à part que son épouse se mourait d'un cancer. C'était un homme taciturne et introverti et elle ignorait ce qu'il pensait d'elle, mais il était efficace et capable d'initiatives. De plus, elle se fiait à son jugement. C'était déjà ça.

– Donc, quelqu'un l'a emmenée jusqu'ici pour l'égorger et la laisser se vider de son sang ? dit-elle.

– On dirait…, répondit Naylor.

Elle réfléchit pendant un moment, puis déclara :

– Bon, Ginger, il va falloir organiser les choses au commissariat. Et dépêcher une équipe mobile ici. Tommy, on va aller ensemble à Mapston Hall, voir si on peut découvrir d'où elle venait. Avec un peu de chance, on aura même droit à une tasse de thé !

Tandis que la commissaire Gervaise allait au commissariat mettre en branle toute la machinerie d'une enquête criminelle et affronter la presse, que les spécialistes s'affairaient et que le brigadier Hatchley quadrillait les pubs du centre-ville, Banks alla rendre visite à Joseph Randall, le propriétaire de la maroquinerie qui avait découvert le cadavre de Hayley Daniels.

Hyacinth Walk était une rue quelconque bordée de maisons mitoyennes en briques rouges menaçant ruine. Elle était située juste à côté de King Street, à mi-chemin en descendant la colline entre la place du marché et la cité plus moderne de Leaview Estate – soit à quinze ou vingt minutes à pied du Labyrinthe. La maison de Randall était tristement meublée mais bien rangée ; un banal papier peint couleur corail tapissait les murs. Une grosse télévision, éteinte pour le moment, trônait dans le living.

Randall semblait encore ahuri, chose bien naturelle, songea Banks. Ce n'est pas tous les jours qu'on tombe sur le cadavre partiellement dénudé d'une jeune fille. Alors que tout un chacun devait s'apprêter à attaquer le déjeuner dominical, lui semblait n'avoir rien sur le feu. On entendait la radio en fond sonore : Parkinson interviewant une vedette sans cervelle dans son programme du dimanche. Banks n'arrivait pas à deviner qui c'était, ni ce qui se disait.

— Asseyez-vous, je vous prie, dit Randall en repoussant ses lunettes à verres épais sur son long nez.

Derrière, ses yeux étaient injectés de sang. Ses fins cheveux gris n'étaient pas coiffés, mais plaqués sur son crâne, ou bien rebiquaient. Avec son gilet beige mité sur ses épaules rondes, il faisait plus que ses cinquante-cinq ans. Peut-être le choc de ce matin...

Banks prit place dans le fauteuil de cuir brun, qui se révéla plus confortable qu'il n'en avait l'air. Un miroir à cadre doré était accroché au-dessus de la cheminée, et il s'y vit reflété. Il trouva cela perturbant et tâcha de l'ignorer de son mieux tandis qu'il prenait la parole.

— J'ai besoin d'y voir plus clair, dit-il en guise de préambule. Vous affirmez avoir découvert le corps alors que vous étiez allé chercher des échantillons. Exact ?

— Oui.

— Mais nous sommes dimanche. Qu'est-ce qui a bien pu vous pousser à faire cela un dimanche matin ?

— Quand on est son propre patron, monsieur Banks, on n'a pas d'horaires. C'est sûrement pareil pour vous ?

— D'une certaine façon, dit Banks, songeant que lui-même n'avait pas le choix, de toute manière, surtout en cas de meurtre. À qui étaient destinés ces échantillons ?

— À moi.

— À vous ?

— Un client m'avait demandé de confectionner un sac à main pour son épouse, à l'occasion de son anniversaire, et il voulait pouvoir choisir.

46

– Vous n'aviez pas d'échantillons dans votre boutique ?

– Si, mais pas les bons...

– Pourquoi cette hâte ?

– L'anniversaire, c'est mardi. C'était une commande urgente. Je me suis dit qu'en commençant à la première heure...

Il marqua une pause et ajusta de nouveau ses lunettes.

– Écoutez, monsieur Banks, je sais que cela peut sembler étonnant, mais je ne vais pas à l'église. Je ne suis pas marié. Je n'ai pas de marotte. En dehors du travail, je ne sais pas trop quoi faire de mon temps, à part regarder la télévision et lire les journaux. J'avais cette commande en tête, la boutique n'est pas très loin ; donc j'ai préféré m'y mettre plutôt que de traîner ici, à écouter les infos.

Ça ne lui aurait guère pris de temps, songea Banks, mais il saisit l'argument.

– Très bien, dit-il. Pouvez-vous me donner les nom et adresse de cette femme ? Celle qui fête son anniversaire mardi ?

Randall fronça les sourcils mais livra ce renseignement.

– Il y a une porte de sortie à votre boutique ?

– Non, on entre seulement par la devanture.

– On peut accéder à la réserve, par-derrière ?

– Non. Il faut passer par la ruelle. Le loyer de ce genre de local est faible, en raison de ces petits inconvénients.

– Bien. Maintenant, dites-moi exactement comment ça s'est passé. Comment êtes-vous arrivé sur les lieux ? Qu'avez-vous vu ?

Randall jeta un coup d'œil à la fenêtre éclaboussée par la pluie.

– Je suis arrivé sur la place comme d'habitude. Il faisait un temps de chien. La pluie s'était abattue tout à coup. Mon parapluie s'était cassé en haut de King Street et j'étais mouillé.

– Avez-vous remarqué quelque chose d'insolite sur la place du marché, un comportement suspect ?

– Non, tout était normal. Vous ne croyez tout de même pas...

Grâce au Dr Burns, Banks pensait que Hayley Daniels avait été tuée tard dans la nuit, mais l'assassin pouvait être revenu sur les lieux du crime.

– Vous n'avez vu personne sortir du Labyrinthe ?

– Seulement deux retardataires qui se hâtaient vers l'église en traversant la place. Et une file d'attente à l'arrêt du bus.

– C'est tout ?

– Oui.

– Bien. Continuez.

– Eh bien, comme j'ai dit, le temps était exécrable, mais qu'y faire ? De toute façon, la pluie avait cessé quand je suis arrivé à la réserve...

– Qu'avez-vous noté en premier ?

– Rien.

– Vous n'avez pas réalisé qu'on avait forcé la porte ?

– Non. Elle avait l'air comme d'habitude. Ça s'ouvre de l'extérieur vers l'intérieur. Il y a seulement une serrure à barillet et la poignée pour fermer.

– Et c'était fermé ?

– À mes yeux, oui, mais je n'ai pas vraiment fait attention. C'était un geste que j'avais fait une centaine de fois. Je devais être sur « pilotage automatique », j'imagine. Il devait y avoir un petit vide, si la serrure avait été forcée, mais je ne l'ai pas remarqué.

– Je comprends. Continuez...

– Quand j'ai voulu l'ouvrir avec la clé, la porte a commencé à pivoter sur ses gonds. Manifestement, elle n'avait pas pu être complètement refermée, et c'est là que j'ai compris qu'on l'avait forcée.

– À votre avis, cela a été difficile ?

– Non. Le bois était pourri ; les vis avaient du jeu... Je ne m'en suis jamais soucié... Je ne garde là que de vieux bouts de cuir sans aucune valeur ! Qui voudrait les voler ? Comme je crois vous l'avoir dit, ce sont en général des chutes, utilisables seulement pour des patchworks ou comme échantillons. Donc je les balance là-dedans dès que la corbeille est pleine. J'ai un atelier dans l'arrière-boutique où j'exécute la coupe, la couture et les réparations.

– Vous avez des employés ?

Randall eut un rire âpre.

– Vous plaisantez ? Le plus souvent, je gagne à peine de quoi payer le loyer – alors embaucher un apprenti... !

– Vous avez tout de même assez de travail pour avoir à vous lever tôt, un dimanche matin...

– Je vous l'ai dit : c'était exceptionnel. Une commande urgente. Écoutez, je commence à être fatigué de tout cela. J'ai eu un sacré choc tout à l'heure, et voilà que vous m'accusez pratiquement d'avoir agressé et tué cette pauvre fille. Je devrais être sous calmants. Je suis malade des nerfs.

– Désolé de vous avoir donné une fausse impression, dit Banks. Calmez-vous. Relax. J'essaie seulement de faire la lumière sur ce qui s'est passé ce matin.

– Il ne s'est rien passé ! Je suis allé là-bas et j'ai vu... j'ai vu...

Il porta les mains à sa tête et sa poitrine se souleva avec effort, comme s'il avait du mal à respirer.

– Oh, merde... j'ai vu...

– Un peu d'eau ? fit Banks qui redoutait une crise cardiaque.

– Mes cachets... là, dans ma veste, fit l'autre d'une voix étranglée.

Comme il pointait son doigt, Banks vit une veste de sport bleu marine pendue derrière la porte. Il en sortit un petit flacon avec une étiquette – « Ativan sublingual » – prescrit par un certain Dr Llewelyn et le donna à Randall, qui le déboucha de ses mains tremblantes avant de placer un petit comprimé sous sa langue.

– De l'eau ? dit Banks.

Randall fit non de la tête.

– Vous voyez ? dit-il au bout de quelques instants. Mes nerfs. En pelote, qu'ils sont. Je n'ai jamais été très solide. J'ai des crises d'angoisse...

– Désolé, monsieur Randall, dit Banks qui commençait à perdre patience.

Certes, il plaignait les gens qui découvrent un cadavre, mais Randall semblait pousser un peu trop la situation à son avantage.

– On pourrait peut-être revenir à nos moutons, si ce n'est pas trop pénible...

Le bonhomme lui lança un regard noir, indiquant qu'il avait saisi l'ironie.

– Pénible, ça l'est…, monsieur Banks. C'est ce que je m'efforce de vous faire comprendre. Je n'arrive pas à effacer cette vision de mon esprit, de ma mémoire. Cette pauvre fille. On aurait pu la croire endormie…

– Mais vous avez vu qu'elle était morte ?

– Évidemment. Ça se voit, ces choses-là. On voyait bien qu'elle n'était plus… là. Que son corps n'était plus qu'une enveloppe vide.

Banks savait ce qu'il voulait dire et s'était déjà exprimé dans des termes semblables.

– Ça passera avec le temps, dit-il, alors même qu'il en doutait.

En tout cas, ça n'avait pas marché pour lui.

– Dites-moi juste ce qui s'est passé, exactement. Essayez de visualiser. Concentrez-vous sur les détails. Il y a peut-être un point important que vous négligez…

Randall semblait s'être calmé.

– D'accord, dit-il. D'accord. Je vais essayer…

– Il faisait très sombre à l'intérieur ?

– Très. Je n'ai pas vu grand-chose avant d'allumer. C'est une ampoule nue, comme vous devez vous le rappeler, mais ça a suffi…

– Et vous l'avez vue tout de suite ?

– Oui, sur le tas de chutes…

– Vous la connaissiez ?

– Bien sûr que non.

– Vous l'aviez déjà vue ?

– Non.

– Vous l'avez touchée ?

– Pour quoi faire ?

– Pour vérifier si elle était encore en vie, peut-être.

– Non, je n'y ai pas pensé.

– Et ensuite ?

Randall remua sur sa chaise et tira sur son col.

– Eh bien, j'ai dû… j'ai dû rester là un moment, sous le choc. Comprenez qu'au début, ça n'avait pas l'air vrai. Je me disais qu'elle allait se relever d'un bond et partir en riant, que c'était une blague…

50

– Les jeunes du coin vous avaient déjà fait des blagues, par le passé ?

– Non. Pourquoi ?

– Peu importe. Tout à l'heure, vous avez dit avoir compris qu'elle était morte.

– Plus tard. Ces choses-là vous passent par la tête au même moment. Le choc, j'imagine…

– Avez-vous touché à quoi que ce soit ?

– Seulement la porte. Et l'interrupteur. Je suis resté sur le seuil. Dès que je l'ai vue, je suis resté où j'étais.

– Et ensuite, quand vous avez surmonté le choc… ?

– J'ai pensé retourner à la boutique pour appeler police secours, puis j'ai réalisé que le commissariat était juste à côté, sur la place, et que c'était plus logique d'aller là-bas. Ce que j'ai fait.

– Pouvez-vous me donner une idée du temps s'étant écoulé entre la découverte du corps et votre arrivée au commissariat ?

– Non. Je n'ai pas senti le temps passer. Enfin, je me rappelle seulement avoir réagi. J'ai traversé la place en courant.

– Vous avez dit avoir découvert le corps à huit heures quinze.

– C'est exact. J'avais regardé ma montre en arrivant. Par habitude.

– Et vous avez donné l'alerte à huit heures vingt et une, n'est-ce pas ?

– Si vous le dites.

– Six minutes… Votre montre est à l'heure ?

– Pour autant que je sache…

– Vous savez, dit Banks en bougeant dans son fauteuil, un témoin vous a vu entrer dans le Labyrinthe à huit heures dix, d'après l'horloge de l'église, et nous savons qu'il ne faut pas plus de trente secondes pour aller à votre réserve depuis Taylor's Yard. Qu'avez-vous fait pendant ce temps ?

– Mais alors, ça voudrait dire… onze minutes. Je n'ai pas pu mettre autant de temps !

– Se peut-il que votre montre soit en avance ?

– C'est possible.

51

– Vous permettez que je vérifie ?
– Quoi ?
Banks désigna son poignet.
– Votre montre. Je peux regarder… ?
– Oh, bien sûr !
Il l'orienta vers Banks.
Douze heures vingt-sept, comme sur sa propre montre, qui était réglée sur l'horloge de l'église.
– Elle est à l'heure.
Randall haussa les épaules.
– Ah...
– Avez-vous une explication pour ces onze minutes ?
– Je les découvre ! Comme je vous l'ai dit, je n'ai pas eu la notion du temps écoulé.
– Bon, fit Banks en se relevant. C'est ce que vous avez dit. Et cela ne fait guère que cinq minutes de différence, après tout ! Que peut-il se passer en cinq minutes ?
Il soutint le regard de Randall qui fut le premier à détourner les yeux.
– Ne vous éloignez pas, monsieur Randall. On viendra vous chercher pour prendre votre déposition en fin d'après-midi.

Mapston Hall était un vieux tas de pierres noires qui ressemblait à un crapaud cornu accroupi sur son promontoire. Au-delà du majestueux portail percé dans ses murs d'enceinte, l'allée de gravier serpentait à travers un bois pour déboucher devant la demeure, où pouvaient se garer une dizaine de voitures. La plupart des places étaient déjà occupées par le personnel ou les visiteurs, mais Annie en trouva une assez facilement, après quoi elle s'avança vers l'imposante entrée. Tommy Naylor marchait à grands pas derrière elle, toujours aussi nonchalant, admirant les lieux. En dépit du paracétamol, la migraine d'Annie était toujours aussi perturbante, et elle ressentait le besoin criant d'un bon bain.
– Ça doit coûter bonbon à entretenir, une baraque pareille, fit Naylor. Je me demande qui paie les factures...
– Pas la Sécu, j'imagine, répondit Annie, même si une plaque à l'extérieur indiquait que la Sécurité sociale

contribuait à la gestion de cet établissement spécialisé dans les soins aux personnes atteintes à la colonne vertébrale.

– Des gens friqués en petite chaise, déclara Naylor. Là où il y a testament… Une idée : et si un parent n'a pas eu la patience d'attendre son fric ? Ou si c'était un acte d'euthanasie ?

Annie lui jeta un coup d'œil.

– En l'égorgeant ? Vous avez une drôle de conception de l'euthanasie ! Mais il faudra y penser…

Jusqu'à quel point la victime avait-elle eu conscience de perdre la vie ? se demanda-t-elle. Son corps était peut-être privé de sensations, mais qu'avait-elle ressenti psychologiquement dans ses ultimes instants ? Soulagement ? Horreur ? Peur ?

Si l'intérieur était aussi ancien et ténébreux que l'extérieur, digne d'un château historique, avec son parquet, ses lambris, le large escalier aux courbes élégantes, le haut plafond orné d'un lustre en cristal, et aux murs des peintures à l'huile du XVIIIe siècle représentant des notabilités – la famille Mapston, sans aucun doute –, l'ordinateur derrière le guichet de la réception était, en revanche, tout à fait moderne, tout comme l'ascenseur. L'endroit était curieusement animé, avec ses gens allant et venant, ses femmes en blanc passant comme l'éclair et ses garçons de salle poussant des chariots dans des corridors. Un chaos maîtrisé.

Annie et Naylor présentèrent leur carte à la réceptionniste, qui avait l'air d'une écolière éreintée assumant son petit boulot du week-end, et dirent enquêter sur une patiente. La jeune fille souhaitait sans doute travailler avec des handicapés et engrangeait de l'expérience, songea Annie. Elle semblait en tout cas assez zélée et avait ce côté légèrement autoritaire, indiscret, « passif-agressif » caractéristique de la plupart des travailleurs sociaux. D'après son badge, elle s'appelait Fiona.

– Je ne peux rien vous dire, déclara-t-elle. Je ne travaille qu'à temps partiel.

– Dans ce cas, à qui peut-on s'adresser ?

Fiona se mordit la lèvre.

– On est en sous-effectifs. Et c'est dimanche. La Fête des Mères, en plus !

– Et alors ?

– Eh bien, c'est une journée chargée pour nous. Toutes ces visites ! La plupart des gens viennent le week-end, surtout le dimanche matin, et puis c'est aujourd'hui…

– La Fête des Mères, oui, je vois…, fit Annie. Qui pourrait nous aider ?

– Qu'est-ce que vous voulez savoir, exactement ?

– Je vous l'ai dit. C'est au sujet d'une patiente – d'une patiente éventuelle.

– Quel nom ?

– C'est ce qu'on essaie de découvrir.

– Eh bien, je ne…

– Fiona, c'est très important. Voulez-vous avoir la gentillesse de prévenir quelqu'un de compétent ?

– Vous n'avez pas besoin de…

– S'il vous plaît !

Fiona soutint le regard d'Annie pendant un bref instant. La tête d'Annie était près d'éclater. Puis la jeune fille prit un air dédaigneux et décrocha le téléphone. Annie l'entendit appeler une certaine Grace Chaplin par le système de sonorisation interne. Peu après, une femme qui devait avoir à peu près son âge, très à son avantage dans sa blouse blanche bien repassée, s'avança d'un pas décidé dans sa direction, une écritoire sous le bras. Elle alla demander à Fiona quel était le problème. Cette dernière regarda d'un air nerveux du côté d'Annie qui présenta sa carte.

– Y a-t-il un endroit où nous pourrions parler, madame Chaplin ?

– Appelez-moi Grace… À propos, je suis la directrice de l'établissement, pour la partie soins.

– La mère supérieure, en quelque sorte ?

Grace Chaplin se fendit d'un petit sourire.

– Il y a de ça… La salle de réunion est par-là, si vous voulez bien me suivre. Elle doit être vacante.

Annie regarda Naylor avec une mimique éloquente tandis que Grace Chaplin se retournait pour les conduire vers une porte à deux battants.

– Allez fureter, Tommy ! dit-elle. Moi, je m'occupe de ceci. Baratinez les infirmières, les patients, si vous pouvez. Usez de votre charme. Voyez si vous pouvez trouver quelque chose.

– Une chose précise ?

– Non, contentez-vous de déambuler et de vous imprégner de l'atmosphère. Regardez les réactions des gens. Prenez des notes si jamais quelqu'un vous semble pouvoir nous être utile ou cacher quelque chose. Enfin, vous voyez...

– Bien, m'dame ! fit Naylor, qui s'éloigna dans le couloir au sol carrelé.

La salle de réunion était pourvue d'une grande table ronde où trônaient une carafe d'eau et des verres sur un plateau. Grace Chaplin ne lui proposa rien, mais sitôt assise Annie prit un verre et le remplit. Plus elle ingérerait d'eau, mieux ça irait.

– Vous semblez un peu patraque, inspectrice ! dit Grace.

– Non, ça va. Un petit rhume.

– Ah, je vois ! En quoi puis-je vous être utile ?

Annie expliqua l'histoire dans ses grandes lignes et l'expression de son interlocutrice se fit plus grave.

– En définitive, il nous a paru tout naturel de venir ici. Vous avez une idée de qui il pourrait s'agir ?

– Hélas, non. Mais si vous n'êtes pas trop pressée, je vais aller me renseigner.

– Merci.

Annie se resservit. Par la grande fenêtre, elle vit Grace retourner au guichet et parler avec Fiona, qui parut tout émue. Enfin, cette dernière s'empara d'un gros registre et le remit à Grace, qui étudia la page ouverte avant de revenir avec le volume.

– On va voir, dit-elle en le déposant sur la table. C'est là que sont consignées toutes les allées et venues des patients. Quiconque sort avec un ami ou parent doit signer.

– Et alors ?

– Je ne vois qu'une seule personne. En général, il y en a bien plus le dimanche matin, mais aujourd'hui le temps était si incertain – tantôt de la grêle, tantôt de la neige fondue et un vent violent – que les visiteurs ont préféré rester à l'intérieur avec leurs proches. On a organisé un déjeuner spécial Fête des Mères, pour arranger tout le monde.

– Et la personne qui a signé ?

Grace retourna le registre pour lui permettre de lire : KAREN DREW, sortie à 9 heures 30. Pas d'heure de retour. Et près du nom une signature illisible, la première partie pouvant être, avec un peu d'imagination, « Mary ».

– Vous êtes certaine qu'elle n'est pas revenue ?

– Je n'en sais rien. Les erreurs, ça arrive. Je vais demander à quelqu'un d'aller voir dans sa chambre.

– C'est bien aimable à vous...

– Je vais demander à Fiona de prévenir Mel, l'auxiliaire de vie de Karen. Vous voudrez lui parler, je suppose ?

– Oui, s'il vous plaît, répondit Annie qui tendit de nouveau la main vers la carafe d'eau, tandis que Grace retournait à la réception.

Lorsque Banks arriva au Queen's Arms pour un déjeuner de travail, Hatchley et le nouveau stagiaire, Doug Wilson, étaient là et ils avaient eu la chance de dénicher une petite table au plateau de cuivre légèrement cabossé près de la vitre donnant sur l'église et la croix. Le pub était déjà bondé, et les gens traversaient la place avec des bouquets ou des plantes en pots, ce qui rappela à Banks qu'il n'avait toujours pas téléphoné à sa mère.

Les enquêteurs étaient toujours de service et au tout début d'une enquête importante ; aussi, sous la sévère férule de la commissaire Gervaise, la consommation d'alcool était-elle carrément proscrite. Manger, en revanche, c'était tout autre chose. Même un flic de base doit s'alimenter. Lorsque Banks arriva, Hatchley commanda du rosbif et du Yorkshire pudding pour tout le monde, et ils se mirent au boulot.

Hatchley commençait à se faire vieux, songea Banks, alors même qu'il n'avait que la quarantaine. Les soucis de la paternité avaient accusé ses poches sous les yeux, tandis que le manque d'exercice avait fait naître une bedaine qui débordait de son pantalon de costume. Même sa tignasse de cheveux filasse s'était clairsemée en haut du crâne, et les coups de peigne à la hussarde n'arrangeaient rien. Certes, Hatchley n'avait jamais été très coquet, mais le plus désolant était qu'à présent il n'aurait même pas fait peur au plus intimidable des criminels. Cependant, c'était toujours un flic têtu, tenace, quoiqu'un peu lent à comprendre, et Banks appréciait de l'avoir dans son équipe, quand on pouvait le soustraire aux piles vertigineuses de paperasse, au commissariat. Wilson, lui, était frais émoulu de l'école de police et donnait l'impression qu'il aurait préféré jouer au football avec ses copains.

Hayley Daniels, apparemment, avait circulé. Un certain nombre de patrons et d'employés l'avaient identifiée sur la photo fournie par Donna McCarthy à Winsome, même si personne n'admettait l'avoir bien connue. Elle faisait partie d'une bande hétéroclite constituée d'habitués du samedi soir, surtout des étudiants de fac. Parfois, ils étaient là à huit ou neuf, ou bien à cinq ou six. Hayley avait bu des Bacardi Breezers et, vers la fin de la soirée, un patron au moins avait refusé de la servir. Personne ne se souvenait de l'avoir vue pénétrer à l'intérieur du Labyrinthe.

– La barmaid du Duck and Drake l'a reconnue, déclara Wilson. C'est une étudiante, qui travaille à temps partiel comme beaucoup d'entre eux, et elle a affirmé avoir vu Hayley sur le campus. Mais elles n'étaient pas amies.

– C'est tout ?

– Elle a pu me donner le nom de deux personnes ayant été avec la victime samedi soir. Elle pense qu'ils étaient huit ou neuf, en tout, quand elle les a vus. Ils se sont retrouvés au Duck and Drake vers dix-neuf heures, pour boire un coup avant d'aller ailleurs. Ils n'étaient pas particulièrement bruyants, mais ce n'était que le début de soirée.

– Avez-vous demandé si quelqu'un semblait s'intéresser à eux tout particulièrement ?

– Oui. Elle a répondu que l'endroit était assez calme, mais qu'il y avait un type tout seul dans son coin qui louchait sur les filles. En toute justice, la barmaid m'a dit qu'on ne pouvait pas lui en vouloir, vu leur dégaine...

– Son nom ?

– Elle n'a pas pu me le dire. Mais il lui était vaguement familier ; elle l'avait déjà vu, sans savoir où… C'était peut-être un commerçant du coin prenant un verre après le travail. Bref, je lui ai donné mon numéro au cas où la mémoire lui reviendrait.

– Bon travail, Doug ! dit Banks.

Le pub était en train de se remplir et le volume sonore augmentait. Ce n'était pas franchement un jour pour les touristes, mais un car s'était arrêté sur la place et ils se précipitèrent tous vers le Queen's Arms, la tête sous des impers en plastique, surtout des mères de famille d'un certain âge, entraînées par leurs filles et fils.

– Donc, Wilson a trouvé un endroit où ils ont picolé, et moi, trois, déclara Hatchley. On n'a rien oublié, mon gars ? fit-il en lançant un coup d'œil à Wilson, qui n'eut pas besoin de se le faire répéter deux fois.

Bondissant de sa banquette, il se précipita vers le bar pour prendre les touristes de vitesse.

– Faut savoir les dresser ! fit Hatchley avec un clin d'œil à l'adresse de Banks.

– Vous avez trouvé autre chose sur la victime ?

– Ben, elle avait son franc-parler, cette fille, selon Jack Bagley, du Trumpeter, qui a eu le malheur de refuser de la servir. Jack n'en revenait pas, de cette avalanche de mots orduriers, de la part d'une aussi jolie fille. Et pourtant il en a entendu dans sa vie…

– L'alcool…, dit Banks. Personnellement, je ne prône pas l'abstinence, mais certains jeunes d'aujourd'hui ne savent pas s'arrêter.

– Ça ne date pas d'aujourd'hui, répondit Hatchley en se grattant l'aile du nez. Je pourrais vous raconter une ou deux histoires de clubs de rugby à vous faire dresser les cheveux sur la tête. D'ailleurs, c'est quoi, ces « bitures express » dont parlent les journaux, en définitive ? Cinq verres ou plus d'affilée, trois fois au moins dans le mois. C'est la définition des experts. Mais qui parmi nous n'a jamais fait ça ? Cela dit, vous avez raison. L'alcool est le problème social numéro un de nos jours, et Eastvale détient un triste record pour une ville de cette importance.

Hier, c'était la Saint-Patrick. Vous connaissez les Irlandais. Quelques pintes, une bonne bagarre, quelques chansons et remettez-nous ça, patron…

– Allons, Jim, j'ai promis à la commissaire que vous ne diffameriez plus personne…

Hatchley parut vexé.

– Moi, je diffame ?

Wilson venait de les rejoindre, manifestement très content de lui.

– Ils sont venus ici hier soir, tard dans la soirée.

– Et Cyril les a servis ?

– Il n'était pas là. Le jeune type au bout du bar, oui. D'après lui, ils étaient sages. Un peu éméchés, mais pas au point qu'on refuse de les servir. Ils ont pris un verre chacun – juste un – avant de sortir en bon ordre une demi-heure avant la fermeture.

– Soit à environ onze heures trente, dit Banks.

– Il a vu où ils sont allés ? demanda Hatchley.

– Au Fountain.

C'était le pub de l'autre côté de la place, à l'angle de Taylor's Yard, qui était connu pour rester ouvert jusqu'à minuit environ.

– Les autres ont dû calmer Hayley peu après sa gueulante au Trumpeter afin de pouvoir encore se faire servir, dit Hatchley. Je me demande s'ils sont allés au Bar None après la fermeture du Fountain. Ils sont plus stricts sur qui ils servent depuis la dernière fois qu'ils ont eu un problème, mais c'est le seul endroit en ville où on peut boire après minuit, à moins d'avoir envie de se taper un curry et une bière au Taj.

Le mobile de Wilson bourdonna et il le mit à son oreille. Quand il eut posé quelques questions et écouté, son front se plissa carrément.

– Qu'y a-t-il ? demanda Banks, à l'issue de la conversation.

– C'était la barmaid du Duck and Drake. Elle s'est rappelé où elle avait vu le type assis tout seul dans son coin. Il y a un mois, elle a fait un accroc à son blouson de cuir et on lui avait recommandé la boutique à l'angle de Taylor's

Yard pour la qualité du travail. Elle ne sait pas comment il s'appelle, mais c'était bien lui, le type de la boutique...

Mel Danvers, l'auxiliaire de vie de Karen Drew, était une svelte jeune femme d'une vingtaine d'années aux yeux de biche et aux cheveux bruns coupés dans un style « Jeanne d'Arc » dégradé. Si Grace Chaplin semblait à son aise, Mel paraissait nerveuse et tripotait un anneau à son doigt, peut-être à cause de la présence de sa supérieure. Annie ignorait si cette nervosité était significative, mais elle espérait le découvrir bientôt. Quelqu'un avait réussi à mettre la main sur un assortiments de sandwiches, remarqua-t-elle, en plus de petits gâteaux secs et d'une théière. La salle de réunion en était plus accueillante.

Mel se tourna vers Grace.

– Je n'arrive pas à y croire, dit-elle. Karen, assassinée ?

Elle s'était rendue dans sa chambre et ses collègues avaient fouillé le reste de l'établissement, au cas où Karen serait revenue à l'insu de tout le monde, mais elle n'était nulle part. Et elle correspondait au signalement fourni par Annie. Tommy Naylor était en train de fouiller sa chambre.

– Dites-moi ce qui s'est passé, dit Annie. Vous étiez là quand elle est partie ?

– Oui. Je l'ai même mise en garde contre la météo, mais son amie n'a rien voulu savoir. Elle disait qu'un peu de pluie n'avait jamais fait de mal à personne et qu'elle ne pourrait pas revenir avant longtemps. Je n'ai pas pu les empêcher... Enfin, ce n'est pas une prison, ici !

– C'est bien, dit Annie. On ne vous reproche rien. Comment s'appelait cette amie ?

– Mary.

– Pas de nom de famille ?

– Pas que je sache. Ça devrait être dans le registre.

Annie lui montra la signature. Mel plissa les yeux et secoua la tête.

– Je n'arrive pas à déchiffrer, dit-elle.

– Personne ne le peut. Je pense que c'était intentionnel...

– Mais vous ne voulez pas dire que... Oh, mon Dieu !

Elle mit la main devant sa bouche.

Grace lui toucha délicatement l'épaule.

– Là, là…, dit-elle. Soyez forte. Répondez aux questions de madame l'inspectrice.

– Oui, dit Mel qui se raidit et rectifia le tombé de son uniforme.

– L'heure est juste ? Neuf heures trente ? demanda Annie.

– Oui, répondit Mel.

Bon, c'était au moins ça.

– Les personnes sortant avec les patients doivent-elles présenter un papier d'identité ?

– Non, dit Grace. Pour quoi faire ? Qui voudrait…

Elle laissa sa phrase en l'air quand elle comprit ce qu'elle allait dire ensuite.

– Je comprends. Donc, en gros, n'importe qui peut entrer ici et emmener un patient… ?

– Eh bien, oui, mais en général ce sont des amis ou parents, ou encore des travailleurs sociaux ou des bénévoles, bien entendu, et ils sont au service de qui a besoin d'eux. (Elle marqua une pause.) Tous nos pensionnaires n'ont pas des parents qui se préoccupent de leur existence.

– Ce doit être difficile, dit Annie sans savoir vraiment ce qu'elle entendait par là.

De nouveau, elle se tourna vers Mel.

– Aviez-vous déjà vu cette Mary ?

– Non.

– Êtes-vous certaine que c'était une femme ?

– Je crois… C'était surtout la voix. Je n'ai pas pu bien voir son visage parce qu'elle portait un chapeau et des lunettes, et elle avait en outre un long manteau de pluie au col relevé, qui cachait ses formes… Mais je suis quasi certaine…

– Comment était sa voix ?

– Ordinaire.

– Pas d'accent particulier ?

– Non. Elle n'a pas dit grand-chose, juste qu'elle était une amie et qu'elle emmenait Karen en promenade.

– Qu'avez-vous remarqué en particulier ?

– Elle était très mince. Pas très grande.

– Vous avez vu sa couleur de cheveux ?

– Non. Ça devait être caché par le chapeau.

– Quel genre de chapeau ?

– Je ne sais pas. Un chapeau. Avec un bord.

– Quelle couleur ?

– Noir.

– Une idée de l'âge de cette femme ?

– Difficile à dire. Je ne l'ai pas regardée en face. Mais assez vieille. D'après sa façon de bouger et son allure générale, je dirais la quarantaine.

Annie ne protesta pas.

– Aucun signe caractéristique ?

– Non, elle était vraiment banale.

– OK. Vous avez vu sa voiture ? Elle n'a pas pu venir à pied.

– Non. Je n'ai pas quitté l'établissement. Mais quelqu'un a pu le faire...

– Votre parking est-il surveillé par des caméras ?

– Non. Il n'y a pas de caméras chez nous. Les patients ne sont pas prisonniers, on n'a pas à redouter qu'ils s'enfuient...

– Comment Karen a-t-elle réagi à l'idée d'aller se promener avec Mary ?

Mel joua avec son anneau et rougit.

– Elle n'a pas réagi ! C'était une tétraplégique, incapable de communiquer.

– Avait-elle des amis ici ? Quelqu'un avec qui passer le temps ?

– C'est difficile quand on ne peut pas communiquer... On en est réduit à mener une vie très solitaire. Bien entendu, le personnel veillait à ce qu'elle ne manque de rien. On lui parlait, on lui racontait ce qui se passait. Ce sont tous des gens formidables. Et elle avait la télévision, bien sûr. Mais... tout était à sens unique...

Elle haussa les épaules.

– Donc, vous n'aviez aucun moyen de savoir si elle avait reconnu Mary ou pas ? Ni si elle désirait sortir avec elle...

– Non, mais pourquoi cette Mary... enfin...

Mel se mit à pleurer. Grace lui prêta un mouchoir et lui toucha l'épaule de nouveau.

– Pourquoi emmener Karen, si elles ne se connaissaient pas ? À quoi bon ?

– Eh bien, je crois que nous connaissons la réponse à cela, dit Annie. On a voulu l'emmener dans un coin isolé pour la tuer. La question, c'est : pourquoi ? Karen était-elle riche ?

– Je crois qu'elle avait tiré un peu d'argent de la vente de sa maison, dit Grace. Mais cela a dû être absorbé par le coût des soins. « Riche » ? Non, ça m'étonnerait...

– Comment a-t-elle fini ici, au fait ?

– Un chauffard ivre l'a renversée. Elle a eu la colonne vertébrale cassée. Lésions graves de la moelle épinière. C'est plus fréquent qu'on ne croit. Un cas tragique.

– Donc, l'assurance a versé de l'argent ?

– Si c'est le cas, cela aussi a été absorbé par ses soins.

– Depuis combien de temps était-elle ici ?

– Trois mois, environ.

– Et avant, où était-elle ?

– Dans un hôpital, Grey Oaks, du côté de Nottingham. Spécialisé dans les lésions de la moelle épinière.

– Comment est-elle arrivée ici ? Quelle est la procédure ?

– Ça dépend. Parfois, la famille a entendu parler de nous. Parfois, ils sont envoyés par les services sociaux. Le séjour de Karen à l'hôpital était arrivé à son terme – on ne pouvait plus rien pour elle là-bas, et comme ils avaient besoin de tous leurs lits... Les services sociaux nous ont contactés. Une de nos chambres était libre... Ça s'est réglé très simplement.

– Connaissez-vous le nom de l'assistante sociale qui s'en est occupée ?

– Ça doit être dans le dossier.

– Karen avait-elle de la famille ?

– Pas à ma connaissance. Je devrai consulter mes dossiers pour vous fournir cette information.

– J'aimerais les emporter.

– Bien entendu. Écoutez, croyez-vous sérieusement que le mobile, c'était l'argent ?

– Je n'en sais rien. Mais aucune piste n'est à exclure. Pour avancer, nous devrons en apprendre bien plus sur Karen et sa vie d'avant. Comme personne ne semble capable de nous aider par ici, on va devoir concentrer nos efforts ailleurs.

– On vous a dit tout ce qu'on savait. Vous devriez trouver plus de renseignements dans les dossiers.

– Peut-être.

Annie regarda Mel, qui semblait s'être ressaisie et grignotait un biscuit.

– Nous allons avoir besoin d'un portrait-robot de cette Mary le plus tôt possible. On a pu l'apercevoir dans la région. Mel, vous sentez-vous capable de collaborer avec un dessinateur de la police ? Je ne sais pas si on va pouvoir trouver quelqu'un très vite, un dimanche, mais nous ferons de notre mieux.

– Je pense, dit Mel. Enfin, je ne l'ai jamais fait, mais je vais essayer. Même si, comme je l'ai déjà dit, je n'ai pas eu l'occasion de bien la regarder.

Annie la gratifia d'un sourire rassurant.

– Nos artistes sont excellents. Faites seulement au mieux. Il vous aidera à aller dans la bonne direction.

Elle se leva et dit à Grace :

– Nous allons envoyer des officiers de police recueillir les dépositions d'un maximum d'employés et de patients. Mon collègue va prendre vos dossiers avant que nous partions. J'espère que vous serez coopérative...

– Bien entendu, répondit Grace.

Annie resta dans la salle de réunion – à manger un sandwich aux rillettes, arrosé d'un verre d'eau – jusqu'à la réapparition de Naylor avec les dossiers. Après quoi, ils s'en allèrent ensemble.

– Qu'en pensez-vous ? lui dit-elle, une fois dehors.

– J'en pense qu'on a du pain sur la planche ! répondit Naylor en brandissant un dossier de plus d'un centimètre d'épaisseur. J'y ai jeté un coup d'œil et il n'y a pas grand-chose, à part du charabia médical, et on n'a même pas un parent proche à se mettre sous la dent...

Annie soupira.

– C'est toujours une épreuve, ce genre d'affaires...
Voyez si vous pouvez mettre un artiste sur le coup, bien
que je n'espère pas grand-chose de ce portrait-robot, et
pendant ce temps, j'irai voir si McCullough et la police
technique ont quelque chose pour nous.

3

EN SE GARANT devant le Faversham Hotel, cet après-midi-là, Winsome se demanda si elle avait pris la bonne décision. Elle avait dit à Donna McCarthy que Geoff était en réunion et ne répondait pas au téléphone. Plutôt que de tenter de le contacter plus tard, en laissant éventuellement un message, ou d'attendre son retour à Swainshead, elle avait déclaré qu'elle irait lui annoncer elle-même la nouvelle. Donna s'en était montrée soulagée et reconnaissante. Sur la route de Skipton, Winsome avait de nouveau essayé de joindre le mobile de Geoff et le standard de l'hôtel, mais sans succès.

L'hôtel se trouvait juste à l'extérieur de la ville, non loin de là où la pierre meulière de la lande chère aux sœurs Brontë faisait place aux vallées et collines calcaires du parc national du Yorkshire. Elle connaissait assez bien le secteur, étant allée avec son club de spéléologie du côté de Malham plusieurs fois – mais pas cet hôtel-là. On aurait dit un vieux manoir flanqué de quelques extensions. Un ruisseau passait derrière, et Winsome l'entendit chanter sur les cailloux quand elle franchit la porte d'entrée. Très rustique et romantique, songea-t-elle.

Montrant sa carte à l'accueil, elle expliqua qu'elle avait besoin de parler à M. Daniels. La réceptionniste fit sonner dans la chambre, mais sans résultat.

– Il doit être sorti, dit-elle.

– Quel est le numéro de sa chambre ?

– Je ne peux pas...

– C'est une affaire de la plus haute importance. Il a oublié d'emporter ses médicaments et cela pourrait lui être fatal. Le cœur...

C'était une rapide improvisation, mais le mot « fatal » fit mouche. Pas besoin d'être un fan de *Fawlty Towers* pour savoir qu'un cadavre dans une chambre d'hôtel, ce n'était pas très bon pour les affaires.

– Oh, mon Dieu ! dit la réceptionniste. Il n'a pas décroché le téléphone de toute la matinée.

Elle se fit remplacer à l'accueil, puis pria Winsome de la suivre. Toutes deux montèrent par l'ascenseur au deuxième étage et s'avancèrent dans le couloir encombré par les plateaux du petit déjeuner laissés par les clients devant leurs portes.

Devant la 212, il y avait un plateau avec une bouteille de champagne vide dans son seau où les glaçons avaient fondu depuis longtemps – veuve-clicquot, nota Winsome –, ainsi que deux assiettes contenant des carapaces de crevettes translucides. Un écriteau NE PAS DÉRANGER avait été pendu à la poignée.

Aussitôt, Winsome se sentit revenue à l'époque où elle travaillait à l'Holiday Inn de Montego Bay, nettoyant les chambres des touristes américains ou européens. C'était ahurissant, l'état dans lequel on en trouvait certaines, les trucs que les gens laissaient en évidence, sans vergogne, sous les yeux d'une petite fille impressionnable qui allait à l'église dans sa plus jolie robe, avec son plus joli chapeau, tous les dimanches. Winsome se rappelait combien Beryl avait ri la première fois qu'elle avait tenu un préservatif usagé en demandant ce que c'était. Elle n'avait que douze ans – comment aurait-elle pu savoir ? Parfois, il y avait aussi des clients dans ces chambres, occupés à faire certaines choses, et ce, sans avoir mis le petit panneau à la porte. Un jour, deux hommes – un Noir, un Blanc. Ce souvenir la fit frissonner. Elle n'avait rien contre les homosexuels, mais elle était jeune et innocente alors, et ne savait même pas que cela existait...

Elle regarda la réceptionniste, qui tenait le passe magnétique, et opina. À contrecœur, la femme glissa la carte dans la porte et, le témoin étant passé au vert, elle la poussa.

67

Au début, Winsome eut du mal à comprendre. Les rideaux étaient tirés, alors même qu'il était largement plus de midi. La pièce sentait le renfermé mais il y avait d'autres odeurs, que seule une longue nuit d'intimité peut conférer à un espace clos. La réceptionniste fit un pas en arrière et Winsome alluma. Quelqu'un poussa un cri aigu.

Un homme était étalé sur le lit, attaché aux montants par les chevilles et les poignets avec des foulard de soie noire. Il portait une grosse chaîne en or au cou, rien d'autre. Vêtue seulement d'un porte-jarretelles et de bas noirs, une femme, à cheval sur lui, arracha une couverture et s'en enveloppa.

– C'est quoi, ce cirque ? hurla l'homme. Vous êtes qui ?

La réceptionniste battit en retraite dans le couloir en marmonnant un : « Bon, je vous laisse… »

– Police !

Winsome montra sa carte. Elle ne se voyait pas comme quelqu'un de prude, mais la scène l'avait tellement choquée qu'elle ne voulait pas regarder ce type vautré là, avec sa virilité en berne. Et puis, elle était en colère. Geoff Daniels ne pouvait pas savoir que sa fille allait connaître une mort atroce pendant qu'il se livrait à ses petits jeux érotiques avec sa maîtresse, mais elle allait tout faire pour qu'il se sente coupable. Elle demanda son nom à sa partenaire.

– Martina, dit-elle. Martina Redfern.

C'était une rousse svelte à la bouche boudeuse qui avait l'air du même âge que Hayley Daniels, quoique devant être plus proche de celui de Donna McCarthy.

– OK, Martina. Asseyez-vous. On va bavarder.

– Et moi ? protesta Daniels. Ça vous ennuierait de me détacher ?

Martina le regarda avec anxiété, mais Winsome l'ignora et la prit à part. Elle savait bien qu'il faudrait annoncer la nouvelle à ce type, mais comment déclarer à un homme nu, ligoté au lit par sa maîtresse, que sa fille a été assassinée ? Elle avait besoin d'un peu de temps pour digérer la situation, et ça ne la chagrinait pas d'égratigner la dignité du bonhomme par la même occasion.

– Vous voulez bien me parler de votre soirée ? dit-elle à Martina.

– Pourquoi ? Qu'est-ce qu'il y a ?

– Parlez-moi d'abord de votre soirée.

Martina prit le fauteuil près de la fenêtre.

– On a dîné au Swan, près de Settle, avant d'aller dans un club à Keighley. Ensuite, on est revenus ici et on n'en a plus bougé.

– Quel club ?

– The Governor.

– Ils se rappelleront ? On peut aller vérifier, vous savez…

– Le barman, sans doute. Et puis, le chauffeur de taxi qui nous a ramenés. Au restaurant aussi, on devrait se souvenir de nous. Il n'y avait pas beaucoup de monde. Mais qu'est-ce qu'on nous reproche ?

Winsome était surtout intéressée par ce qu'ils avaient fait après minuit, mais tout alibi concernant la soirée pourrait leur être utile. On devait mettre au moins une heure pour aller de Skipton à Eastvale.

– À quelle heure êtes-vous revenus ici ? dit-elle.

– Vers trois heures du matin.

– Pas étonnant que vous ayez eu besoin de faire la grasse matinée. Et vous ne vous êtes pas quittés ?

Daniels pesta et se débattit.

– À votre avis ? Je m'insurge contre ces brutalités policières ! Détachez-moi tout de suite, espèce de sale négresse !

Winsome se sentit rougir de colère et de honte, comme chaque fois qu'on l'insultait aussi grossièrement. Puis elle se calma, comme sa mère le lui avait appris.

– Puis-je me rhabiller, maintenant ? demanda Martina en désignant la salle de bains.

Winsome acquiesça et considéra l'homme nu, celui qui l'avait traitée de sale négresse. Sa fille avait été violée et assassinée la veille, et elle devait le lui dire. Elle ne pouvait pas se contenter de le laisser là, malgré son envie.

Les cours n'enseignaient guère quoi faire dans ce genre de situation et les simulations encore moins. En définitive, il n'y avait pas de recette, c'était affaire d'instinct. Elle aurait voulu le blesser, mais pas de cette façon-là. La vision de Hayley Daniels gisant sur le tas de chutes de cuir, comme un joggeur après une chute, lui noua la gorge. Elle inspira à fond.

– Je suis désolée d'avoir à vous dire cela, monsieur Daniels, mais il s'agit hélas de votre fille.

Daniels cessa de lutter.

– Hayley ? Quoi, Hayley ? Qu'est-ce qu'elle a ? C'est un accident ?

– En quelque sorte. Elle est morte. Selon toute probabilité, elle a été assassinée.

Là, il avait été prononcé, le mot redouté qui allait tout changer. Son poids remplit la chambre et parut en expulser tout l'oxygène.

– Assassinée ? (Daniels secoua la tête.) Ce n'est pas possible. C'est sûrement quelqu'un d'autre.

– Je suis désolée. Il n'y a pas d'erreur. Elle avait son permis de conduire et un carnet d'adresses à son nom.

– Elle a été... Est-ce qu'il a... ?

– Je préfère ne rien ajouter avant qu'on soit à Eastvale. Votre épouse vous attend.

Martina sortit de la salle de bains à temps pour entendre cela. Elle regarda Winsome.

– Je peux le détacher, maintenant ?

Cette dernière approuva. Depuis qu'elle lui avait annoncé la nouvelle, elle avait oublié qu'il était toujours nu et ligoté. Lui aussi semblait l'avoir oublié. Et, d'une certaine façon, il était devenu inutile de l'humilier davantage. Elle n'était pas cruelle : simplement, elle avait voulu doucher son arrogance et entendre leur alibi de la bouche de Martina avant que ces deux-là n'aient eu le temps de concocter une version commune. Sur ces deux tableaux, elle avait l'impression d'avoir réussi, et pourtant elle avait un peu honte.

Martina s'affaira avec les foulards tandis que Daniels restait sur le dos, à contempler le plafond. Enfin délivré, il se redressa sur son séant, s'enveloppa du drap et pleura. Martina vint s'asseoir auprès de lui, maussade et la figure congestionnée. Elle essaya de le toucher, mais il tressaillit. Il avait des cheveux noirs et bouclés, une fossette au menton à la Kirk Douglas, et des pattes atteignant la ligne de la mâchoire. Peut-être était-ce le genre d'homme que certaines femmes blanches aimaient materner, songea Winsome, mais il la laissait complètement froide. Tel un écolier penaud, il la regarda à travers ses larmes.

– Excusez-moi… Ma remarque de tout à l'heure… C'était déplacé. Je…

– Moi aussi, je vous demande pardon, dit-elle, mais vous détacher n'était pas la première de mes priorités. J'avais besoin de savoir pourquoi vous mentiez à votre épouse et où vous étiez hier soir.

Elle avança une chaise et prit place.

– J'ai essayé de vous joindre toute la matinée…

Daniels se leva et enfila caleçon et pantalon. Puis il passa une chemise et se mit à sortir des chaussettes et sous-vêtements d'un tiroir pour les jeter dans son fourre-tout.

– Je dois partir, dit-il. Je dois retourner auprès de Donna.

– Donna ? protesta Martina. Et moi, alors ? Tu m'avais dit que tu allais la quitter et divorcer. Qu'on allait se marier, nous deux !

– Ne dis donc pas de bêtises. Tu n'as pas entendu ? Je dois retourner la voir.

– Mais… et nous ?

– Je te ferai signe. Rentre chez toi. Je t'appellerai.

– Quand ?

– Quand ? Quand j'aurai enterré ma fille, bon sang ! Et maintenant, du balai, idiote ! Je ne veux plus te voir !

En pleurs, Martina ramassa son sac, sans prendre la peine de rassembler ses affaires de toilette dans la salle de bains ni d'éventuels vêtements dans la penderie, et elle gagna la porte. Winsome la rappela.

– J'ai besoin de vos nom, adresse et numéro de téléphone, lui dit-elle.

Martina jeta un regard noir à Daniels.

– Vous lui demanderez !

Elle continua à avancer.

Winsome resta ferme.

– Je veux que ce soit vous.

Martina observa un silence, puis lui livra ces informations. Ensuite, elle ouvrit la penderie et en sortit une veste trois quarts en daim.

71

— Il ne faudrait pas que j'oublie mon cadeau d'anniversaire…, dit-elle à Daniels.

Puis elle passa la porte et s'éloigna dans le couloir.

Daniels restait là, la main sur les poignées du sac.

— Qu'est-ce qu'on attend ? Allons-y…

Winsome le regarda, secoua lentement la tête et le précéda.

La dépouille de Karen Drew avait été emmenée, conformément aux instructions du coroner, mais les spécialistes étaient toujours agglutinés autour du fauteuil roulant, au bord de la falaise, quand Annie et Tommy Naylor revinrent de Mapston Hall.

Le vent était légèrement retombé, faisait place à un petit crachin tiède. La police technique avait dressé une tente pour protéger la scène des intempéries pendant qu'elle travaillait, recueillant des échantillons qui étaient glissés dans des sachets plastique à titre de pièces à conviction. Les environs avaient été fouillés à fond, méthodiquement, mais n'avaient rien révélé d'un intérêt immédiat, et on n'avait pas trouvé l'arme au pied de la falaise ni ailleurs. Elle avait pu être entraînée vers le large, ou bien Mary, si c'était bien elle l'assassin, avait pu l'emporter.

D'une façon ou d'une autre, songea Annie, la mystérieuse Mary s'était volatilisée. À présent, elle pouvait se trouver n'importe où : dans la foule de Londres, dans un train pour Édimbourg ou Bristol. Le meurtre avait-il été prémédité ? Si oui, elle avait sûrement organisé sa fuite. Sinon, elle avait improvisé. Mais ce n'était pas une inconnue qui était entrée dans cette résidence pour emmener sa victime et l'égorger. Elle s'était présentée comme une amie et, vrai ou pas, un lien existait forcément entre Mary et Karen Drew. Pour avoir une chance de retrouver Mary, il faudrait d'abord en découvrir autant que possible sur Karen et les personnes qu'elle avait connues avant son accident. Mieux valait ne pas faire trop de suppositions pour le moment. Comme il n'y avait pas de traces de lutte, il était également possible que Mary ne fût pas l'assassin mais une seconde victime. Et si Karen avait été tuée et Mary kidnappée, ou tuée et jetée à l'eau, voire ailleurs ?

Annie avait critiqué le système de sécurité à la résidence, mais honnêtement, Grace Chaplin avait raison. De quoi aurait-on dû protéger les patients ? C'étaient des êtres sans défense, incapables de bouger et même, pour certains, de parler. Qui pouvait vouloir les tuer ? C'était ce qu'il faudrait découvrir...

Annie remarqua que Liam McCullough, le coordinateur de la scène du crime, s'était écarté du groupe de silhouettes en blanc et l'appelait. Ils s'étaient déjà rencontrés en diverses occasions avant d'avoir à collaborer, car Liam était un ami proche de Stefan Nowak, le coordinateur des scènes de crime du secteur ouest, et ils avaient sympathisé. Les membres de la police technique et scientifique avaient tendance à se comporter en pays conquis sur une scène de crime, et ils ne livraient leurs informations qu'au compte-gouttes, mais avec Liam, Annie savait que son travail serait facilité.

– Presque fini ! déclara-t-il en venant à sa rencontre, son sourire de travers révélant deux rangées de dents mal plantées.

– Vous avez trouvé quelque chose d'utile ?

– On ne le saura que plus tard.

– L'assassin pourrait être une femme. Du moins, c'est une femme qui est allée chercher la victime à Mapston Hall ; donc c'est l'hypothèse sur laquelle on travaille actuellement.

– Merci pour l'info. Pour le moment, ça ne change pas grand-chose, mais je garderai cela à l'esprit...

– Vous n'avez pas trouvé de traces de pas, j'imagine ?

McCullough fit la grimace.

– Sur cette herbe ?

– Évidemment. Empreintes digitales ?

– Plein, sur le fauteuil roulant. Ne vous en faites pas, on sera aussi scrupuleux que le secteur ouest.

– Je n'en doute pas. Pas de traces d'une voiture garée aux alentours ?

– On n'a rien trouvé de tel.

– OK. Je ne m'attendais à rien de précis. On va devoir envoyer une équipe faire du porte-à-porte.

Elle considéra cette étendue de falaise lugubre, balayée par le vent.

– Les voisins ne doivent pas être légion...

– On a trouvé des cheveux sur le plaid de la victime. Certains doivent appartenir au personnel de la résidence, et peut-être à d'autres patients, mais on ne sait jamais... Si l'un d'eux appartenait à l'assassin...

– La personne qui a été en contact avec notre suspecte là-bas affirme que ses cheveux étaient cachés par un chapeau.

McCullough sourit.

– Vous avez remarqué comme ça a le chic pour se glisser n'importe où, un cheveu ?

– Oui, c'est vrai, dit Annie, qui en avait noté un, court et noir, sur sa manche, en chemin – comme si elle avait besoin qu'on lui rappelle sa nuit de débauche. Et ces marques aux oreilles et au cou ?

McCullough fit grise mine.

– Les mouettes... Après le décès, heureusement. Voilà pourquoi ça a peu saigné.

– J'imagine qu'elle a été tuée ici, dans son fauteuil roulant ?

– Oui. J'en ai parlé au toubib. La lividité est cohérente avec cela, et il y a assez de sang sur l'herbe pour en témoigner. Elle a été tuée ici même. On n'a pas encore fini l'analyse des éclaboussures – l'herbe rend cela difficile – mais on a photographié et filmé chaque centimètre carré.

– Eh bien, je vous laisse continuer, Liam. Et merci pour ce topo !

McCullough ôta une casquette imaginaire.

– Il n'y a pas de quoi ! Vous êtes donc chargée de cette enquête ?

– Non. Officiellement, c'est le commissaire Brough...

– Donc, on vous envoie tout ?

McCullough sourit. Annie aussi.

– Ça vaut mieux. Mais faites-le discrètement.

– Je suis la discrétion en personne ! Au revoir...

– À plus, fit Annie.

74

Une bourrasque venue du large la fit frissonner tandis qu'une mouette planait au-dessus de sa tête. Elle alla au bord de la falaise, se tint aussi près du vide qu'elle l'osait sur cette herbe traîtreusement glissante, et regarda vers le bas. La mer était haute à présent, et la vision des vagues s'écrasant hypnotisante. Elle comprenait comment on pouvait en venir à se jeter dans l'eau mouvante, séduit par ces tourbillons. Un peu étourdie, elle jeta un coup d'œil au fauteuil roulant. C'eût été bien plus facile de le pousser un peu... Pas d'embarras. Pas de sang. Pourquoi se donner la peine de l'égorger ?

À moins, songea Annie, avec un serrement de cœur, qu'on ait agi ainsi exprès, pour exprimer quelque chose. Or, l'expérience lui avait enseigné que les assassins qui veulent s'exprimer sont comme ces raseurs dans les fêtes – très difficiles à faire taire tant qu'ils n'en ont pas terminé...

Tandis que Joseph Randall attendait dans une salle d'interrogatoire, Banks était assis à son bureau et profitait de ses premiers instants de tranquillité depuis le coup de fil de Templeton, ce matin-là. Il avait pensé à téléphoner à sa mère, qui l'avait remercié pour sa carte, et été content d'apprendre que tout allait bien à la maison. Ses parents partiraient en croisière en Méditerranée en juin, lui avait-elle appris – ce serait la première fois qu'ils iraient à l'étranger, si l'on exceptait l'époque de la Seconde Guerre mondiale où son père avait été à l'armée. Comme ils partiraient de Southampton, ils n'auraient pas à prendre l'avion.

À présent, Banks dégustait une tasse de thé, grignotait un KitKat et écoutait l'*Album russe* d'Anna Netrebko tout en notant une liste de tâches à accomplir selon lui de toute urgence dans le cadre de l'enquête sur le meurtre de Hayley Daniels.

Winsome avait interrogé le père, Geoff Daniels, dont l'alibi avait été confirmé par le personnel du Faversham Hotel. Personne ne l'avait vu quitter sa chambre depuis qu'il était revenu avec sa maîtresse, Martina, un peu pompette, vers trois heures du matin. Le barman et portier du club à Keighley se souvenait aussi du couple, qui était resté tout le temps là-bas, entre minuit et deux heures et demie du matin. Ils avaient pas mal picolé, d'après lui et, à un moment donné, avaient quasiment commencé à copuler sur la piste de danse. Le videur avait dû intervenir pour leur demander de se calmer. Il était impossible que l'un ou l'autre, ou les deux, ait pu revenir en voiture à Eastvale pour tuer Hayley. Winsome n'avait pas encore retrouvé la trace du chauffeur de taxi, mais ce n'était qu'une question de temps.

Par ailleurs, surtout pour la forme, Winsome avait vérifié l'alibi de Donna McCarthy avec son amie et voisine, Caroline Dexter. Toutes deux avaient en effet passé la soirée ensemble, à regarder *Casino Royale* autour d'une pizza jusque bien après minuit.

Des officiers de police étaient déjà en train de visionner toutes les bandes des caméras de surveillance qu'ils avaient pu collecter, et les experts s'affairaient toujours dans Taylor's Yard, tandis que la plupart des prélèvements que la police technique et scientifique avait effectués étaient préparés pour être analysés. Rien ne se passerait avant lundi, bien entendu, et les résultats ne commenceraient à arriver qu'à partir de mardi, voire plus tard dans la semaine – tout dépendait des tests et charges de travail des laboratoires. Si seulement les résultats de l'analyse ADN avaient pu arriver aussi vite qu'à la télévision, songea Banks, son boulot aurait été bien plus aisé. Parfois, le plus difficile était l'attente.

Il mit son bloc-notes de côté. Tout cela serait à saisir plus tard dans l'ordinateur. Jetant un coup d'œil par la fenêtre, il fut surpris de voir des flocons de neige passer horizontalement, poussés par le vent, occultant la place. Il regarda pendant quelques instants, sans en croire ses yeux. Puis la neige disparut et le soleil brilla. Temps étrange, vraiment...

Son regard se posa sur la carte du Labyrinthe qu'il avait fait agrandir et punaisée à son tableau de liège. C'était un quartier bien plus étendu qu'il ne l'aurait cru et pourvu de bien plus d'issues. Près de la carte était affiché son calendrier. Le mois de mars était constitué de colonnes bien nettes sous une photo de la place de Settle un jour de marché. Il avait pris des rendez-vous de contrôle avec son dentiste et son médecin généraliste, croyant judicieux sur le moment de se débarrasser de ces deux corvées en même temps. À présent, il en était moins sûr... Peut-être valait-il mieux reporter le dentiste au mois prochain. Ou le généraliste.

Sa seule obligation mondaine en perspective était un dîner samedi prochain chez Harriet Weaver – son ancienne voisine à Eastvale. Soirée sans façon, avait-elle affirmé – dix ou douze convives, apporte une bouteille, on va s'amuser. Sa nièce, Sophia, qui habitait Londres, passerait peut-être. Tous les hommes en tombaient amoureux, avait-elle ajouté. Banks s'était dit que, dans ce cas, ce serait une bêtise d'en faire autant et il était bien décidé à résister. C'était bon pour un écrivain, artiste peintre ou rock-star d'âge mûr, d'aller avec une jeunette, mais c'eût été irresponsable de la part d'un inspecteur de police avec autant de problèmes que lui.

Banks détestait les dîners en ville et s'il y allait, ce serait uniquement parce qu'il se reprochait de n'avoir pas gardé le contact avec Harriet et son mari depuis sa rupture avec Sandra. Et elle avait eu la bonne grâce de l'inviter. Eh bien, il irait, quitte à s'éclipser dès que ce serait possible sans avoir l'air impoli. Ça ne devrait pas être trop difficile de demander à Winsome ou quelqu'un d'autre de l'appeler sur son mobile sous un prétexte quelconque. Cela le dispenserait d'avoir à expliquer les dernières statistiques criminelles ou pourquoi tant de violeurs et d'assassins notoires s'en tirent – le genre de truc qui arrive dans les soirées quand on sait que vous êtes policier. Une femme avait même eu le culot de lui demander de faire filer son mari qu'elle soupçonnait d'avoir une liaison avec l'employée d'une agence immobilière. Banks lui ayant déclaré qu'il n'était ni Sam Spade ni Philip Marlowe, elle s'était totalement désintéressée de lui pour commencer à faire de l'œil au maître de maison.

Il se leva. C'était le moment de bavarder avec Joseph Randall, qui ne semblait pas trop content d'avoir été traîné au QG du secteur ouest, cet après-midi-là, pour poireauter dans une salle en compagnie d'un agent taciturne qui ne voulait rien lui dire. Il n'y avait aucune raison de le faire lanterner, sinon l'espoir de le rendre nerveux. Dans ces conditions, il pourrait faire un faux pas. Au besoin, il avait son médicament sur lui et, l'agent ayant reçu l'ordre de guetter toute crise d'angoisse, Banks était tranquille de ce côté-là.

La salle d'interrogatoire était exiguë, dotée d'une unique fenêtre en hauteur pourvue de barreaux, d'une ampoule nue couverte d'une grille rouillée, d'une table en métal vissée au sol, plus trois pliants et le matériel d'enregistrement. L'interrogatoire serait filmé et, tandis que Banks mettait tout cela en place, Doug Wilson, le jeune stagiaire, restait assis face à un Randall contrarié qui commença par réclamer son avocat.

— Vous n'êtes pas en état d'arrestation, monsieur Randall, et on ne vous accuse de rien, expliqua Banks en s'installant. Vous n'êtes ici que pour nous aider dans notre enquête.

— Donc, je ne suis pas obligé de vous répondre ?

Banks se pencha en avant, s'accoudant à la table.

— Monsieur Randall, nous sommes vous et moi des hommes responsables, j'espère. Il s'agit d'une affaire très grave : une jeune fille a été violée et assassinée. Chez vous. Je pense que vous tenez autant que nous à aller au fond des choses, n'est-ce pas ?

— Bien sûr ! protesta Randall. Ce que je ne comprends pas, c'est pourquoi vous me harcelez !

— On ne vous harcèle pas.

Banks se tourna vers Wilson. Autant donner une chance à ce gamin.

— Agent Wilson, et si vous disiez à M. Randall ici présent ce que vous avez appris de la barmaid du Duck and Drake ?

Wilson brassa ses papiers nerveusement, joua avec ses lunettes et s'humecta les lèvres. Banks songea qu'il avait passablement l'air d'un élève sur le point de traduire une version latine devant sa classe. Le blazer qu'il portait renforçait cette impression.

– Étiez-vous au Duck and Drake aux alentours de dix-neuf heures, hier soir ? dit-il.

– J'y ai bu deux verres après avoir fermé la boutique, oui, répondit Randall. À ma connaissance, ce n'est pas interdit, si ?

– Non, monsieur, reprit Wilson. Mais c'est que la victime, Hayley Daniels, a été vue elle aussi dans ce pub et dans le même créneau horaire.

– Et alors ? Je ne la connaissais pas, donc je ne peux pas vous dire...

– Mais maintenant, vous devez bien vous souvenir d'elle, puisque vous l'avez vue dans votre réserve ? Vous devez vous souvenir de son allure, de sa tenue vestimentaire, n'est-ce pas ?

Randall se gratta le front.

– Ben, non... C'est toujours plein de jeunes au Duck and Drake, le samedi soir. Je lisais le journal. Et à la réserve, tout était si confus...

– C'est votre bistro, le Duck and Drake ?

– Non, je n'ai pas de bistro attitré. Je vais seulement où ça me chante, si j'ai envie d'un verre après avoir baissé le rideau de fer. Ce n'est pas très souvent. En général, je rentre directement à la maison. Chez moi, c'est moins cher...

– Où étiez-vous entre minuit et deux heures du matin ?

– À la maison.

– Un témoin pourra l'attester ?

– Je vis seul.

– À quelle heure vous êtes-vous couché ?

– Vers une heure moins le quart, peu après avoir fait sortir le chat.

– Personne ne vous a vu ?

– Je n'en sais rien. La rue était calme. Je n'ai vu personne.

– Qu'aviez-vous fait, avant ?

– Après avoir quitté le pub, vers vingt heures, j'ai acheté un *fish and chips* en chemin et regardé ensuite la télévision.

– Où ça, le *fish and chips* ?

– L'échoppe du coin. Écoutez, maintenant, c'est...

– Revenons au Duck and Drake, voulez-vous ?

Randall croisa les bras et resta là, les lèvres barrées d'un pli dur.

— Maintenant que vous avez l'occasion d'y repenser, insista Wilson, vous rappelez-vous avoir vu Hayley Daniels dans ce pub ?

— C'est possible.

— Vous l'avez vue, oui ou non ?

— Si elle était là, sûrement. Mais je ne me souviens pas spécialement d'elle. Ça ne m'intéressait pas.

— Allons donc ! intervint Banks. Une belle fille comme elle... Un vieux lubrique comme vous ! Vous baviez sur elle – pourquoi ne pas l'admettre ? Vous voudriez nous faire croire que vous ne l'aviez jamais vue, parce que, justement, elle vous avait tapé dans l'œil depuis le début. J'ai tort ?

Randall lui lança un regard noir et reporta son attention sur Wilson. Parfois, songea Banks, le rapport gentil flic/méchant flic se mettait en place tout seul. Ils n'avaient même pas décidé d'agir ainsi : c'était venu tout naturellement au fil de l'interrogatoire. Pour avoir suivi bien des stages et lu bien des livres sur les techniques d'interrogatoire par le passé, Banks avait appris que, bien souvent, la spontanéité est le plus payant. Suivre un plan vague et se fier à son intuition. Les questions les plus révélatrices étaient souvent celles qui vous venaient sur le moment, non celles préparées à l'avance. Et quand on était deux à mener l'interrogatoire, une synergie toute nouvelle s'instaurait. Parfois, ça marchait, mais pas toujours, et on faisait alors chou blanc. Mais Wilson n'avait pas eu besoin qu'on lui dise quoi faire, et c'était un bon point pour lui.

— Elle était avec un groupe de jeunes de son âge, qui rigolaient, bavardaient et buvaient au comptoir, n'est-ce pas ? poursuivit le jeune homme.

— Oui.

— Avez-vous vu quelqu'un la toucher ? Si elle avait un petit ami attitré, il a pu lui toucher l'épaule, y laisser reposer sa main, lui tenir la main, lui voler un baiser, ce genre de chose ?

– Je n'ai rien vu de tel. (Randall fusilla Banks du regard.) Mais, comme j'ai déjà tenté de l'expliquer, je ne faisais pas attention.

– Qui est parti en premier ?

– Toute la bande. Ils étaient là, à faire du bruit et à fanfaronner, et la minute suivante ils avaient décampé et le calme est revenu…

– Fanfaronner ? dit Banks. Qu'entendez-vous par là ?

Randall s'agita à sa place.

– Vous savez bien… Se vanter, faire le malin, rire de ses propres blagues, ce genre de choses.

– Vous n'aimez pas la jeunesse ?

– Je n'aime pas les voyous.

– Et pour vous, c'en était ?

– Eh bien, je n'aurais pas voulu me les mettre à dos. Je sais comment ça tourne ici, le week-end, les soirs de beuverie. C'en est au point où les braves gens n'osent plus aller boire un verre en ville, le samedi soir. Parfois je me demande ce que vous faites, vous, la police ! Il m'arrive de voir du vomi et des saletés devant ma boutique, le lendemain.

– Mais ce matin-là, ça n'a pas été comme d'habitude, n'est-ce pas ? fit Banks.

– Le hic, intervint Wilson, si doucement que Banks l'admira pour cela, c'est que la barmaid du Duck and Drake se rappelle nettement vous avoir vu reluquer la jeune fille.

Elle n'avait pas dit « reluquer », Banks le savait, mais cela témoignait d'une inventivité certaine de la part du gamin. Cela avait plus de portée que « regarder » ou même « dévisager ».

– Pas du tout ! protesta Randall. Comme je vous l'ai dit, j'étais tranquillement dans mon coin, à lire le journal…

– Et vous ne l'avez même pas remarquée ?

Randall marqua un silence.

– Je ne savais pas qui c'était, mais j'imagine que personne ne pouvait s'empêcher de la remarquer…

– Ah ? fit Wilson. Et pourquoi donc ?

– Sa façon de s'habiller, pour commencer. Comme une vulgaire putain. Jambes et ventre à l'air. Si vous voulez mon avis, celles qui s'habillent ainsi vont au-devant des ennuis. On pourrait même dire qu'elles ont bien mérité ce qui leur arrive…

– Est-ce pour cela que vous avez menti en prétendant que vous ne l'aviez pas reluquée, pour commencer ? dit Banks. Parce que le fait d'avoir, en plus, découvert le corps, serait jugé suspect ? Est-ce vous qui lui avez infligé ce qu'elle méritait ?

– C'est une question insultante et je n'y répondrai pas ! s'exclama Randall, tout rouge. Ça suffit, je m'en vais…

– Êtes-vous sûr de n'avoir pas suivi Hayley Daniels pendant le reste de la soirée, pour l'attirer dans votre réserve et y assouvir vos bas instincts ? fit Wilson, une expression innocente et préoccupée sur son frais visage. Vous n'aviez peut-être pas l'intention de la tuer, mais la situation vous aura échappé. L'avouer maintenant pourrait jouer en votre faveur…

Randall, presque debout, lui lança un regard du genre « Toi aussi, Brutus ! » et retomba sur sa chaise.

– Je vous ai dit la vérité. Elle était dans ce pub avec une bande de copains. C'est la première et dernière fois que je l'ai vue. Je ne me suis pas intéressé particulièrement à elle, mais maintenant que vous le dites, j'admets qu'elle se distinguait du lot, même si c'était par des moyens que je réprouve. Si je ne l'ai pas dit dès le début, c'est parce que je sais comment vous raisonnez, vous autres. C'est tout ce que j'ai à dire sur ce sujet… !

Il jeta un regard furibond à Banks.

– Et maintenant, je m'en vais !

– À votre guise, dit Banks.

Il laissa Randall aller jusqu'à la porte, puis dit :

– Je souhaite qu'on puisse prendre vos empreintes digitales et un échantillon d'ADN. À seule fin de pouvoir vous éliminer de la liste… C'est à votre convenance. Le brigadier Wilson s'occupera des formulaires de consentement.

Randall claqua la porte derrière lui.

4

L E LUNDI MATIN, Annie s'était rendue de bon matin à son bureau situé dans le bâtiment lourd et trapu de brique et verre sur Spring Hill, se sentant bien mieux que la veille. Même le temps semblait faire écho à sa bonne humeur retrouvée. Il ne pleuvait plus et le ciel était d'un bleu d'azur, parsemé de petits nuages tout blancs et joufflus. La traditionnellement grise mer du Nord avait une nuance bleuâtre. Le fond de l'air était frais, mais au milieu de l'après-midi les gens commenceraient à ôter leurs vestes sur les quais et les jetées et s'installeraient à la terrasse des pubs. Après tout, c'était presque le printemps.

Le « meurtre au fauteuil roulant » était dans les journaux locaux et dans les actualités du matin à la télévision. Brough avait prévu de donner une conférence de presse dans la matinée. Avec un peu de chance, Annie n'aurait pas à y assister, mais il devait attendre d'elle de quoi nourrir la meute affamée.

En songeant à son samedi soir, Annie ressentit de nouveau un tressaillement de honte et de dégoût vis-à-vis d'elle-même. À son âge, se conduire comme une ado en chaleur, ce n'était guère approprié. Mais ce qui est fait est fait. À présent, il était temps de suivre le vieux précepte zen et de « lâcher prise » des deux mains. La vie n'est que souffrance, et la cause de la souffrance est le désir, *dixit* les bouddhistes. Si l'on ne peut éliminer ses désirs, ses souvenirs, ses pensées et ses sentiments, selon cette philosophie, on n'est pas obligé non plus de s'en saisir et de s'y cram-

83

ponner pour se torturer ; on peut les lâcher, les laisser s'en aller telles des baudruches ou autres bulles de savon. C'était ce qu'elle faisait quand elle méditait ; elle se concentrait sur une chose fixe, sa respiration ou un son répétitif, et regardait ces bulles, avec ses pensées et ses rêves, flotter au loin jusqu'à disparaître dans le vide. Il faudrait se remettre à pratiquer cet exercice régulièrement. Hélas, elle avait la tête pleine, ce matin-là.

Karen Drew, pour commencer.

La première info lue dans les dossiers que Tommy Naylor avait rapportés de Mapston Hall la choqua : Karen Drew n'avait que vingt-huit ans à sa mort. Annie l'avait prise pour une vieille dame, et même Naylor lui avait donné au moins la quarantaine. Bien sûr, ils n'avaient eu sous les yeux que la forme tassée, saignée à mort, dans le fauteuil roulant – avec les cheveux grisonnants et secs, par-dessus le marché. Mais même ainsi, vingt-huit ans, c'était très jeune ! Comment pouvait-on être trahi aussi cruellement par son corps ?

Selon les fiches, la voiture de Karen avait été percutée par un chauffard qui, perdant le contrôle de son véhicule, avait traversé la route, six ans plus tôt. Elle était restée dans le coma pendant un certain temps et avait subi une série d'opérations et de longs séjours à l'hôpital jusqu'au jour où il était devenu évident pour tous les spécialistes concernés qu'elle ne se rétablirait pas et que la seule solution était une prise en charge complète. Elle avait passé trois mois à Mapston Hall, comme Grace Chaplin l'avait dit. Ce n'était pas très long, songea Annie. Et si Karen ne pouvait pas communiquer, elle pouvait difficilement s'être fait des ennemis. La thèse du psychopathe de passage mise à part, il était plus que probable que la raison du meurtre se trouvait dans son passé.

Médicalement, suggérait le rapport, il n'y avait eu aucun changement dans son état physique, et il n'y en aurait jamais eu. Quand on est aussi limité dans son expression personnelle que l'était Karen Drew, le plus petit signe d'amélioration tend à être salué comme un miracle. Mais personne n'avait su ce qu'elle pensait ou ressentait – ni même si elle aurait souhaité vivre ou mourir. À présent qu'on l'avait privée de ce choix, c'était à Annie de découvrir pourquoi. Avait-on voulu abréger ses souffrances, comme l'avait suggéré Naylor, ou quelqu'un avait-il bénéficié d'une façon ou d'une autre de sa mort ? Et si c'était un geste de miséricorde, qui l'avait donc administré ? Telles étaient les questions auxquelles elle devrait répondre en premier.

Une chose qu'elle avait remarquée sur les dossiers était qu'on en disait peu sur sa vie d'avant l'accident. Elle avait habité Mansfield, dans le Nottinghamshire, mais on n'avait indiqué aucune adresse précise, ni si elle avait grandi là-bas ou était originaire d'un autre endroit. Ses parents étaient « décédés », là encore sans plus de détails, et, apparemment, elle n'avait ni frère ni sœur, ni proche, comme un mari, un concubin ou un fiancé. En fait, Karen Drew semblait avoir à peine existé avant ce fatal jour de novembre 2001.

Annie mordillait le bout de son crayon jaune et pestait contre ce manque d'informations quand son mobile sonna, peu après neuf heures du matin. Elle n'identifia pas le numéro, mais répondit tout de même. Dans le cadre d'une enquête, on donnait sa carte à beaucoup de gens.

– Annie ?

– Oui ?

– C'est moi, Éric.

– Éric ?

– Ne me dis pas que tu as déjà oublié ! C'est vexant...

L'esprit d'Annie parcourut à la vitesse de l'éclair toutes les possibilités et il n'y eut qu'une réponse – d'une évidence aveuglante.

– Je n'ai pas souvenir de t'avoir donné mon numéro de mobile..., dit-elle.

– C'est gentil, ça. Une autre chose que tu auras oubliée, je suppose, comme mon prénom...

Merde ! Avait-elle été ivre à ce point ?

– Peu importe, reprit-elle. C'est mon numéro professionnel. S'il te plaît, ne cherche pas à me joindre par ce biais-là.

– Dans ce cas, donne-moi le numéro de ton poste fixe à la maison.

– Non.

– Comment te contacter, alors ? Je ne connais même pas ton nom de famille !

– Justement, je ne veux pas que tu me contactes...

Annie mit fin à la communication. Elle se sentait oppressée. Son téléphone se remit à sonner. Machinalement, elle répondit.

– Écoute, dit Éric. Je te prie de m'excuser. Ça a mal commencé, entre nous.

– Rien n'a commencé ! Et rien ne commencera, répondit Annie.

– Ce n'est pas le mariage que je te propose, tu sais... Mais me permets-tu au moins de t'inviter à dîner quelque part ?

– Je suis occupée.

– Tout le temps ?

– Pratiquement.

– Demain ?

– Je me lave les cheveux.

– Mercredi ?

– J'ai une réunion de l'association des locataires.

– Jeudi ?

– Réunion de parents d'élèves.

– Vendredi ?

Annie observa un silence.

– Je vais voir mes vieux parents.

– Ah ah ! Tu as hésité ! Je l'ai bien perçu !

– Écoute, Éric, dit Annie, adoptant un ton qu'elle croyait raisonnable mais ferme. Je suis navrée, mais je ne souhaite plus jouer à ce jeu. Il n'en est pas question. Je ne veux pas être impolie, méchante ou autre, mais je ne désire pas m'engager dans une relation pour le moment. Un point c'est tout.

– Je t'ai simplement invitée à dîner. Ça n'engage à rien.

L'expérience avait enseigné à Annie que si, justement.

– Désolée. Ça ne m'intéresse pas.

– Qu'y a-t-il ? Qu'est-ce que j'ai fait ? À mon réveil, tu étais déjà partie...

– Rien de spécial. C'est moi. S'il te plaît, ne m'appelle plus.

– Ne raccroche pas !

Contre sa volonté, Annie resta à l'écoute.

– Tu es toujours là ? dit-il après un long silence.

– Je suis là.

– Bien. Déjeunons ensemble. Tu peux sûrement t'arranger pour être libre un midi, cette semaine ? Pourquoi pas le Black Horse, jeudi ?

Le Black Horse se trouvait dans le vieux Whitby – une étroite rue piétonne sous l'abbaye en ruine. Un établissement assez agréable, comme elle le savait, et qui n'était pas fréquenté par ses collègues. Mais à quoi pensait-elle ? *Lâche prise des deux mains.*

– Désolée, non, dit-elle.

– J'y serai à midi. Tu te rappelles de quoi j'ai l'air ?

Annie se rappelait le jeune visage aux cheveux aplatis par le sommeil, la boucle folle, l'ombre de barbe, les épaules carrées, les mains d'une douceur surprenante.

– Je me souviens, dit-elle. Mais je n'y serai pas.

Là, elle pressa la touche « fin d'appel ».

Pendant quelques instants, elle tint le téléphone dans sa main tremblante, le cœur palpitant, comme si c'était une sorte d'arme mystérieuse, mais il ne sonna plus. Puis un souvenir désagréable surgit.

Elle n'avait son nouveau mobile que depuis une semaine. Un BlackBerry Pearl, avec téléphone, texto et courriel, et elle en était encore à se familiariser avec tous ces bidules, comme l'appareil photo intégré. Elle se rappela qu'Éric avait le même modèle et qu'il lui avait montré comment maîtriser une ou deux de ses fonctionnalités les plus évoluées.

D'un doigt hésitant, elle cliqua sur l'une des photos sauvegardées récentes. Voilà ! Elle et lui, joue contre joue, leurs deux têtes occupant quasiment tout l'écran, grimaçant face à l'objectif, avec les lumières du club à l'arrière-plan. Elle se rappela lui avoir envoyé cette photo sur son mobile. Ça devait être ainsi qu'il avait obtenu son numéro. Quelle crétine !

Elle glissa le téléphone dans son sac à main. À quoi avait-elle joué ? Elle savait bien, pourtant, qu'elle ne pouvait se fier à sa jugeote dans ces affaires-là. De plus, Éric n'était qu'un gamin. « Sois flattée et laisse tomber. » Assez de ces bêtises. D'ailleurs, pourquoi se laissait-elle hanter par le souvenir de cette nuit-là ? Elle prit un bout de papier sur son bureau. Il était temps d'aller parler à l'assistante sociale qui s'était occupée de placer Karen Drew à Mapston Hall. Cette malheureuse avait forcément eu une existence avant l'accident.

Concernant les autopsies, le style du Dr Elizabeth Wallace était bien moins désinvolte et olé-olé que celui du Dr Glendenning, comme Banks devait le découvrir au sous-sol de l'hôpital, ce lundi-là, en fin de matinée. Réservée, déférente, elle le salua d'un signe de tête avant de s'occuper des préparatifs avec son assistante, Wendy Gauge. Elles s'assurèrent que le matériel dont elle aurait besoin était à portée de main et que le micro suspendu dans lequel elle ferait ses observations fonctionnait. Elle semblait contenir ses sentiments, remarqua Banks, ça se voyait au pli de sa bouche et aux spasmes musculaires près de la mâchoire. Impossible de l'imaginer en train de fumer, comme lui et le Dr Glendenning l'avaient fait, ou encore de faire des blagues de mauvais goût au-dessus du cadavre.

D'abord, le Dr Wallace procéda à l'examen externe de façon méthodique, studieuse, prenant son temps. On avait déjà examiné le corps, à la recherche de traces et dans l'idée de prendre des prélèvements intimes, et tout ce que le médecin et la police technique avaient recueilli sur la victime et ses vêtements avait été envoyé au laboratoire pour analyse, y compris les chutes de cuir fourrées dans sa bouche, sans doute pour l'empêcher de crier. Banks jeta un coup d'œil à la jeune fille allongée sur le dos à même le métal, pâle et nue. Il ne pouvait s'empêcher de fixer le pubis rasé. On lui en avait déjà parlé sur la scène du crime, mais le voir de ses propres yeux, c'était tout autre chose. Juste au-dessus du mont de Vénus, un tatouage représentait deux poissons bleus nageant dans des directions opposées. Poissons. Son signe du zodiaque ?

Le Dr Wallace surprit son regard.

88

– Un tatouage pareil n'est pas inhabituel, dit-elle. Cela ne signifie pas que c'était une prostituée, pas du tout. Et puis, ce n'est pas récent ; donc ce n'est pas l'œuvre de l'assassin. Les tatouages sont chose assez banale, et bien des jeunes filles se rasent ou se font épiler, de nos jours. Ça s'appelle un « brésilien ».

– Pourquoi ? dit Banks.

– La mode. On dit aussi que le plaisir sexuel en est accru.

– C'est vrai ?

– Comment le saurais-je ? répondit le Dr Wallace sans l'ombre d'un sourire.

Puis elle reprit son examen, s'arrêtant fréquemment pour étudier une zone de peau ou une marque inhabituelle à la loupe et parler dans le micro.

– Cette tache brune sous le sein gauche, c'est quoi ? demanda Banks.

– Tache de vin.

– Aux bras et entre les seins ?

– Des ecchymoses. Pré-mortem. Il s'est agenouillé sur elle.

Elle appela son assistante.

– On va disséquer…

– Qu'est-ce que vous pouvez me dire pour le moment ?

Le Dr Wallace fit une pause et se pencha en avant, les mains sur la bordure en métal de la table ; quelques mèches brun clair s'étaient échappées de sa coiffe protectrice.

– Elle a été étranglée à mains nues. Pas de ligature. Par-devant, comme ça…

Elle leva les mains et fit mine de serrer un cou.

– On peut espérer relever des empreintes digitales sur la peau ou de l'ADN ?

– Il y a toujours la possibilité qu'un peu de l'épiderme de l'assassin ou même une goutte de son sang soient tombés sur elle. Apparemment, il l'a essuyée par la suite, mais il n'a pas forcément tout effacé.

– Il y avait comme une trace de sperme sur sa cuisse…

Le Dr Wallace acquiesça.

– J'ai vu. Ne vous en faites pas, le labo a tout, mais ça prendra du temps. Vous devriez le savoir. Des empreintes digitales ? Ça m'étonnerait. Je sais que c'est déjà arrivé, mais ici il y avait trop de « dérapage ». C'est comme quand on ouvre une porte : si vos doigts glissent, tout est brouillé...

– Elle s'est débattue ?

Le Dr Wallace détourna les yeux.

– Et comment... !

– Je pensais à des griffures.

– Oui, fit le médecin après avoir inspiré à fond. Oui, il pourrait y avoir de l'ADN dans ce que la police technique a prélevé sous ses ongles. Votre assassin a pu être griffé aux avant-bras ou à la face. Mais franchement, je n'aurais pas trop d'espoir. Comme vous pouvez le voir, elle se rongeait les ongles.

– Oui, j'ai remarqué, dit Banks. Et les ecchymoses ?

– Je vous l'ai dit, il s'est agenouillé sur ses bras et, à un moment donné, sur sa poitrine, sans doute pour la clouer au sol pendant qu'il l'étranglait. Elle n'a pas eu la moindre chance.

– Vous êtes sûre que c'est un homme ?

Le Dr Wallace lui adressa un regard dédaigneux.

– Croyez-moi, c'est l'œuvre d'un homme. Ou alors, la petite amie du violeur l'aura étranglée...

Cela s'était déjà vu, songea Banks. Des couples avaient agi en duo, à titre de prédateurs sexuels ou d'assassins. Fred et Rosemary West. Myra Hindley et Ian Brady. Terry et Lucy Payne. Mais le Dr Wallace avait sans doute raison d'en écarter l'hypothèse dans cette affaire.

– Toutes les blessures ont-elles été infligées de son vivant ?

– Rien ne prouve des sévices post mortem, si c'est le sens de votre question. Les ecchymoses, comme les lacérations vaginales et anales, indiquent qu'elle était en vie quand on l'a violée. Vous pouvez voir ces marques aux poignets... Et vous pouvez voir ses bras, son cou et sa poitrine par vous-même, ainsi que les bleus aux cuisses. Il s'agit d'un viol brutal suivi d'une strangulation.

– Comment a-t-il fait pour l'immobiliser pendant qu'il la violait ? s'interrogea Banks à haute voix. Il n'a pas pu le faire en ayant les genoux sur ses bras.

– Il avait peut-être une arme. Un couteau...

– Dans ce cas, pourquoi ne pas la poignarder ? Pourquoi l'étrangler ?

– Je ne saurais le dire. Il l'a peut-être tout simplement menacée. N'est-ce pas fréquent que des violeurs menacent leur victime de les tuer si elles ne coopèrent pas, ou même de les pourchasser ensuite, de faire du mal à leurs proches ?

– Oui, dit Banks.

Il savait que ses questions pouvaient sembler dures et dénuées de tact, mais il devait absolument savoir ces choses-là. Voilà pourquoi sa tâche avait toujours été facile avec le Dr Glendenning. Travailler avec une femme légiste était différent.

– Pourquoi la tuer, d'ailleurs ? dit-il.

Le Dr Wallace le regarda comme s'il avait été un spécimen sur sa table.

– Je n'en sais rien. Pour la faire taire, peut-être. De peur d'être reconnu, identifié par elle. C'est votre boulot, non, de découvrir cela ?

– Désolé, je pensais tout haut. Une de mes sales manies. Je me demandais aussi s'il y a le moindre indice pouvant faire penser que cette strangulation faisait partie d'un jeu – un petit jeu ayant mal tourné.

La légiste secoua la tête.

– Ça m'étonnerait. Comme je vous l'ai dit, tout semble indiquer qu'il a mis son genou sur sa poitrine pendant qu'il l'étranglait, et il aurait été difficile, sinon impossible, dans cette posture, de commettre l'agression sexuelle. Je dirais en l'occurrence qu'il l'a étranglée après l'acte.

– Le Dr Burns estime l'heure du décès entre minuit et deux heures, dimanche matin. Vous êtes d'accord ?

– Je n'ai rien contre, mais ce n'est qu'une estimation. L'heure du décès est...

– Je sais, je sais, dit Banks. Cela est notoirement difficile à établir. Alors que c'est justement un point primordial... Une des petites ironies de l'existence...

91

Le Dr Wallace ne réagit pas.

– Rien de bizarre, d'inhabituel ?

– Tout est parfaitement normal… pour ce genre de choses.

Elle semblait lasse et plus vieille que son âge, comme si elle en avait trop vu dans sa vie. Banks se recula et garda le silence pour la laisser continuer son travail. S'emparant du scalpel, elle se mit à pratiquer l'incision en Y avec rapidité et précision. Banks ressentit un frisson le long de sa moelle épinière.

Annie emmena Ginger à Nottingham pour parler à Gail Torrance, l'assistante sociale de Karen Drew, tandis que Tommy Naylor « gardait la maison » à Whitby. Annie appréciait la compagnie de Ginger, se sentait à l'aise avec elle. Une fille impertinente et drôle, mastiquant du chewing-gum sans arrêt, parlant comme une mitraillette, critiquant les autres conducteurs et toujours de bonne humeur. Peut-être en raison de son allure plutôt masculine, la majorité des types du commissariat l'avaient prise au début pour une lesbienne, mais en fait elle avait un mari casanier et deux jeunes enfants. Pendant un moment, tout en écoutant l'hilarant récit du week-end des gosses avec un château gonflable, Annie envisagea de se confier à Ginger au sujet d'Éric – là, il avait un prénom, désormais – mais ce serait une mauvaise idée, elle ne la connaissait pas assez et ne voulait pas que ça se sache, du moins pour le moment. Qu'avait-elle à y gagner ? Un conseil ? Inutile. Elle savait quoi faire. Et si elle en parlait à quelqu'un, ce serait à Winsome, même si elles ne se voyaient guère, ces temps-ci.

Annie tenait le volant parce qu'elle ne se serait pas sentie en sécurité autrement. Et Ginger le savait. Même si cette dernière avait réussi à décrocher son permis, la conduite était un art qu'elle ne maîtrisait encore qu'imparfaitement, et elle allait suivre un stage dans un mois. Mais une fois perdue dans une sinistre ZAC, Annie regretta de ne pas lui avoir confié le volant – Ginger était encore pire comme pilote que comme conductrice.

Enfin, elles trouvèrent les bureaux dans West Bridgford. C'était presque l'heure de la pause, et Gail Torrance ne demanda pas mieux que de déjeuner avec elles dans le pub le plus proche. L'endroit était déjà plein d'employés, mais elles dénichèrent une table encombrée par les reliefs des clients précédents : restes de frites, salade et œufs écossais, chopes souillées par des marques de rouge à lèvres et contenant des fonds de bière blonde. Le cendrier débordait de mégots écrasés et cernés de rose, dont l'un continuait à se consumer tout doucement.

Ginger alla commander au bar. Au moment où elle revint avec les boissons, une toute jeune serveuse maussade était venue débarrasser et apporter des couverts roulés dans des serviettes en papier. Annie et Ginger buvaient du Schweppes light citron vert tandis que Gail sirotait un Campari-soda. Elle alluma une cigarette.

– Ah, ça va mieux ! dit-elle en exhalant la fumée.

Annie réussit à sourire malgré elle.

– Comme vous le savez, dit-elle, nous sommes venues parler de Karen Drew.

Elle remarqua que Ginger sortait stylo et calepin. En dépit de sa corpulence et de ses cheveux carotte, elle avait l'art de se fondre dans le décor à volonté.

– Vous êtes sûrement en train de perdre votre temps, dit Gail. Je n'ai vraiment rien à vous dire à son sujet.

– Comment est-ce possible ?

– C'est que je ne sais rien !

– Vous avez bien fait le lien entre l'hôpital et Mapston Hall ?

– Oui, mais ça ne veut rien dire. Je traite toutes sortes de dossiers analogues dans tout le pays.

– En ce cas, dites-nous ce que vous savez.

Gail repoussa ses cheveux en arrière.

– Il y a environ quatre mois, l'administration de Grey Oaks, l'hôpital où elle était depuis presque trois ans, m'a contactée – j'avais déjà travaillé avec eux – pour me dire qu'une femme sous leur responsabilité avait besoin d'être prise en charge par une résidence spécialisée. C'est mon créneau. Je suis allée là-bas voir Karen – pour la première et dernière fois, je le précise – et parler aux médecins. Ils avaient évalué ses besoins et, d'après ce que j'ai pu voir, j'ai été d'accord avec eux – de toute façon, on ne me demandait pas mon avis, bien entendu...

D'une pichenette, elle fit tomber sa cendre.

– Rien d'adapté n'était disponible à ce moment-là dans la région, et comme j'avais déjà eu affaire aux gens de Mapston Hall, je savais que leur domaine de spécialisation correspondait aux besoins de Karen. Il n'y avait plus qu'à attendre qu'un lit se libère, à régler les problèmes de paperasses et à finaliser... Voilà à quoi s'est limité mon rôle.

– Quelle impression Karen vous a-t-elle faite ? demanda Annie.

– Drôle de question !

– Pourquoi ?

– Eh bien, quelle impression peut faire quelqu'un qui reste assis, sans parler, dans un fauteuil roulant ?

– Elle devait bien avoir une vie, avant l'accident !

– Certainement, mais cela ne me regardait pas.

– Vous n'avez pas dû contacter sa famille ?

– Elle n'en avait pas. Vous avez dû lire son dossier.

– Oui. On ne dit rien là-dessus.

– Et je ne pourrai pas vous en dire plus, hélas...

Comme Gail écrasait son mégot, les plats arrivèrent. Hamburger-frites pour Ginger et Gail, l'incontournable sandwich fromage-tomate pour Annie. Il faudrait peut-être se remettre à la viande, songea-t-elle, avant de se dire que son régime végétarien était sans doute le seul aspect de sa vie sur lequel elle avait la moindre prise. Les conversations montaient et refluaient autour d'elles. À une table, un groupe de femmes rit à une blague obscène. L'atmosphère était saturée de fumée à laquelle se mêlait une vague odeur de houblon.

– Selon son dossier, Karen vivait à Mansfield avant l'accident, dit Annie. Vous avez son adresse ?

– Désolée... Mais vous devriez pouvoir l'obtenir grâce à Morton's, l'agence immobilière. Ils se sont occupés de la vente de sa maison. Cela, il se trouve que je le sais. Cela concernait le financement.

– OK. Comment avez-vous connu l'existence de cette agence ?

– Son avocate m'en avait parlé.

– Karen Drew avait une avocate ?

– Bien sûr. Quelqu'un devait s'occuper de ses affaires et défendre ses intérêts. Elle ne pouvait plus le faire elle-même, n'est-ce pas ? Quelle fouineuse, celle-là... Toujours à appeler pour un oui, pour un non. Une voix comme des ongles sur un tableau noir. « Gail, vous ne croyez pas qu'on pourrait... Gail, pourriez-vous... »

Elle en frissonna.

– Vous vous souvenez de son nom ?

– Euh... Connie Wells – c'est bien ça. Constance, qu'elle s'appelait. Elle y tenait. Quelle plaie !

– Vous n'auriez pas son numéro de téléphone et son adresse ?

– Sans doute. C'est quelque part sur une fiche. Elle travaillait dans un cabinet, à Leeds. C'est tout ce dont je me souviens. Park Square.

Tiens ! songea Annie. Leeds. Intéressant. Si Karen Drew habitait Mansfield, pourquoi aller chercher une avocate à Leeds ? Ce n'était pas très loin par l'autoroute, mais il y avait pléthore d'avocats à Mansfield ou Nottingham. Elle devait pouvoir trouver son adresse assez facilement par Internet à son retour. Et peut-être cette avocate serait-elle en mesure de les éclairer sur le passé mystérieux de Karen Drew.

– Regardez, la voilà ! s'exclama Kevin Templeton en pointant le doigt sur l'écran de télévision.

Ils se trouvaient dans la salle de projection, au rez-de-chaussée du QG du secteur ouest, en train de visionner l'une des bandes des caméras de surveillance. L'image aurait pu être plus nette, songea Banks, et peut-être un technicien serait-il capable de l'améliorer quelque peu, mais, même brouillée, et malgré les défauts et paillettes de lumière, il était indéniable que la grande jeune fille aux longues jambes, un peu instable, qui s'engageait dans la ruelle entre la boutique de Joseph Randall et le pub The Fountain, était Hayley Daniels. Vacillant sur ses hauts talons, elle s'y enfonçait en se tenant aux murs de chaque côté.

Elle était sortie du pub avec un groupe de jeunes à minuit dix-sept, leur avait dit quelque chose et, à l'issue d'une discussion enfiévrée, les avait salués avant de s'engager dans la ruelle à minuit vingt. Difficile de déterminer combien ils étaient exactement, mais Banks aurait dit sept, au moins. On pouvait voir, de dos, deux de ses amis s'attarder et la regarder s'éloigner, secouant la tête. Puis, ils haussaient les épaules avant d'aller dans la direction du Bar None à la suite des autres. Banks regarda les ténèbres du Labyrinthe engloutir la silhouette de Hayley. Personne ne l'avait attendue.

— Personne n'est allé là-bas, avant ou après elle ?

— Ce n'est pas sur les bandes déjà visionnées, dit Templeton. Mais c'est bien elle, hein ?

— C'est elle. La question est : l'attendait-il ou l'a-t-il suivie ?

— J'ai visionné tout ça jusqu'à deux heures et demie du matin, bien après l'heure estimée du décès. Personne ne s'est engagé dans cette ruelle ni avant ni après. Personne n'en est sorti non plus. Il y a les films des caméras de Castle Road à visionner, mais s'agissant de la place du marché, c'est tout ce qu'on a.

— Donc, il est entré d'une autre façon, par une issue non couverte par les caméras ?

— On dirait. Mais apparemment nul n'aurait pu savoir à l'avance qu'elle irait dans le Labyrinthe, et si personne ne l'a suivie...

— Le type était déjà là, prêt à sauter sur l'occasion ? Possible.

— Un tueur en série ?

Banks lança à Templeton un regard indulgent.

— Kev, il n'y a qu'une seule victime ! Comment pourrait-il s'agir d'un tueur en série ?

— Jusqu'à présent, oui ! répliqua l'autre. Mais rien ne prouve qu'il va s'en tenir là. Même les tueurs en série ont commencé petit...

96

Sa blague médiocre le fit sourire. Banks ne l'imita pas.

Mais il voyait ce qu'il voulait dire. Les prédateurs sexuels ne s'arrêtaient en général pas à une seule victime, sauf si l'assassin avait été un ennemi personnel de la jeune fille, piste qui restait à explorer.

– Et si ce n'était pas la première ? dit-il.

– Quoi ?

– Consultez la banque nationale de données. Voyez si on peut trouver des incidents similaires au cours des dix-huit derniers mois, dans tout le pays. Demandez à Jim Hatchley de vous aider. Il n'aime pas trop les ordinateurs, mais il a des contacts un peu partout…

– Oui, chef !

Quelques années plus tôt, une telle information n'aurait pas été facilement disponible, mais il y avait eu beaucoup de changements à la suite de l'affaire de l'« Éventreur du Yorkshire » et d'autres, où les diverses forces de police s'étaient mutuellement gênées au lieu de collaborer. À présent – mieux vaut tard que jamais –, les policiers avaient fini par comprendre que les criminels ne s'arrêtent pas à des considérations de frontières régionales ou même nationales.

– Je me demande toujours pourquoi elle s'est aventurée seule dans le Labyrinthe, déclara Templeton, presque pour lui-même. Personne ne l'a accompagnée ni attendue.

– Elle était ivre. Eux aussi. C'est visible. Les gens n'ont pas les idées claires dans ces conditions. Ils en perdent leurs inhibitions, leurs peurs, et parfois seules nos peurs nous permettent de rester en vie. Je vais envoyer Wilson, le stagiaire, à la fac. Il fait assez jeune pour passer pour un étudiant. Il faut trouver avec qui elle était, et il y a des chances pour que ce soit des condisciples. Elle leur a parlé, on le voit. Ils lui ont répondu. On dirait qu'ils essayaient de la dissuader d'aller là-bas. Quelqu'un doit en savoir plus.

– Et si elle avait un rendez-vous ?

– Possible. Là encore, il faudra en parler avec ses amis. Interroger tous ceux qu'elle a rencontrés cette nuit-là, entre le moment où ils se sont retrouvés et celui où elle s'est engagée dans cette ruelle. On s'est laissé égarer par Joseph Randall.

– Lui, je le sens pas trop…

– Moi non plus, mais il faut élargir nos recherches. Écoutez, avant de vous attaquer à cette banque de données, retournez parler au barman qui était de service au pub The Fountain, samedi soir. Découvrez si quelque chose s'est passé là-bas. Est-ce qu'il apparaît sur les bandes ?

– Curieusement, oui ! dit Templeton.

– Pourquoi : « curieusement » ?

– Eh bien, on le voit sortir son vélo par la porte principale et fermer.

– En quoi est-ce étrange ?

– Il était presque deux heures et demie du matin.

– Il picole peut-être en cachette… Qu'est-ce qu'il a donné comme explication ?

– Il n'était pas là quand les hommes ont ratissé les pubs, hier. Son jour de congé. Personne ne lui a encore parlé.

– Intéressant. S'il n'est pas là aujourd'hui, trouvez où il habite et allez le voir. Demandez-lui ce qu'il fabriquait à cette heure indue et voyez s'il se souvient d'autre chose. Nous savons que Hayley et ses copains ont quitté son pub, qu'une discussion a eu lieu sur la place. Ensuite, trois minutes plus tard, elle s'est engagée dans Taylor's Yard. Il s'est peut-être passé quelque chose dans ce pub. C'est quasiment le dernier endroit où on l'a vue vivante en public.

– Oui, chef !

Templeton quitta la salle de projection. Banks prit la télécommande et rembobina la bande. Il pressa la touche « play » et regarda Hayley Daniels se disputer avec ses amis puis s'engager dans la ruelle. Impossible de lire sur ses lèvres : la pellicule était de trop mauvaise qualité. Il y avait aussi une bien ennuyeuse bande de lumière qui clignotait, comme dans les vieux films, derrière le groupe, près de la ruelle. Le strass sur la ceinture en plastique de Hayley accrocha les phares d'une voiture qui passait.

Après sa disparition dans l'obscurité, Banks rembobina et regarda une fois de plus la bande. On pourrait peut-être isoler et agrandir la plaque minéralogique de cette voiture

– si le conducteur avait vu une jolie fille s'aventurer seule dans le Labyrinthe, il avait pu en faire le tour, s'y introduire par le parking, où il n'y avait pas de caméras, et saisir l'occasion. C'était un peu tiré par les cheveux, mais à défaut d'autre chose, autant essayer. Il fit venir Wilson.

C'était inutile de revenir à Whitby, songea Annie tout en roulant vers Leeds par l'autoroute, puisqu'elle pouvait contacter l'inspecteur Ken Blackstone, à Millgarth, et découvrir où, exactement, dans Park Square, Constance Wells exerçait son activité d'avocate.

– Annie... ! s'exclama Blackstone. Quelle bonne surprise ! Comment ça va ?

– Pas mal, Ken.

– Et Alan ?

Parfois, Blackstone faisait comme si Banks et Annie étaient toujours en couple, peut-être parce qu'il aurait souhaité qu'il en fût ainsi, mais elle ne lui en voulait pas.

– On ne s'est pas vus depuis des lustres. J'ai été détachée auprès du secteur est. Tu pourrais peut-être m'aider ?

– Bien sûr, si je peux...

– Ça devrait être assez facile. J'essaie de retrouver la trace d'une avocate de Park Square. Constance Wells. Ça te dit quelque chose ?

– Non, mais accorde-moi quelques minutes. Je te rappelle.

La voiture passa devant les massives tours de refroidissement près de Sheffield, et, au détour du virage, Annie aperçut la silhouette tentaculaire de Meadowhall, le populaire centre commercial, à sa gauche. Il y avait des voitures garées partout.

Son mobile sonna et elle répondit aussitôt :

– Ken ?

– Ken ? fit la voix. Qui est-ce ? Ai-je un rival ? Désolé de te décevoir, mais ce n'est que moi, Éric.

– Qu'est-ce que tu veux ?

– Juste savoir si c'est toujours d'accord pour le resto, jeudi midi ?

– J'attends un appel important. Je ne peux pas parler pour l'instant.

– Alors à jeudi, au Black Horse.

Annie pressa le bouton de fin d'appel. Elle se sentit rougir sous le regard en coulisse de Ginger.

– Problème avec un fiancé ? fit cette dernière.

– Je n'ai pas de fiancé !

– Oh, pardon ! s'exclama Ginger en levant les mains.

Annie lui jeta un coup d'œil, puis se mit à rire.

– Certains n'admettent pas qu'on leur résiste, pas vrai ?

– Tu m'en diras tant !

Ce n'était qu'une formule, sinon Annie aurait pu se laisser aller à se confier. En fait, ce fut son mobile qui la sauva. Ken, cette fois.

– Oui ? dit-elle.

– Constance Wells travaille effectivement à Park Square. Rédaction d'actes notariés.

– Logique...

– Elle travaille chez Ford, Reeves et Mitchell. (Blackstone lui donna l'adresse.) Ça va t'être utile ?

– Très. Ça me dit quelque chose, ce cabinet. N'est-ce pas là où travaille Julia Ford ?

– Effectivement.

Julia Ford était une avocate réputée, spécialisée dans les affaires criminelles importantes. Annie avait vu son nom et sa photo dans les journaux de temps en temps, mais ne l'avait jamais rencontrée.

– Merci, Ken.

– C'était un plaisir. Pense à donner de tes nouvelles, de temps en temps...

– Je n'y manquerai pas.

– Salue Alan de ma part, et dis-lui de me passer un coup de fil, lorsqu'il pourra...

– D'accord ! dit Annie, qui se demanda quand elle en aurait l'occasion. Bye !

Elle acheva sa conversation et se concentra sur la route. Elles aborderaient Leeds par l'est, là où l'imbroglio des routes et autoroutes fusionnant ou se scindant rivalisait presque avec le célèbre « Carrefour Spaghetti » de Birmingham. Annie suivit de son mieux le panneau indiquant le

100

centre-ville et, avec l'aide de Ginger, réussit à se perdre complètement. Enfin, elles trouvèrent un parking derrière la gare et, n'ayant qu'une vague idée de l'endroit où elles étaient, abandonnèrent l'Astra pour faire le reste du chemin à pied. Ce fut assez facile une fois à City Square, avec son ancien bureau de poste reconverti en restaurant, la statue du Prince Noir et les nymphes portant leurs torches. Il y avait une zone piétonne où les gens s'attablaient en plein air pour boire un verre quand le temps le permettait. Même aujourd'hui, deux ou trois braves s'étaient risqués en terrasse.

Elles marchèrent dans Wellington Street sur une courte distance, puis tournèrent dans King Street et continuèrent jusqu'à Park Square. Les bâtiments étaient en majorité de style néo-classique, et le cabinet d'avocats n'avait guère été modernisé. Une réceptionniste pianotant sur son clavier d'ordinateur dans le vestibule haut de plafond leur demanda ce qu'elles désiraient.

– Nous voudrions voir Constance Wells, s'il vous plaît, déclara Annie en montrant sa carte.

– Vous avez rendez-vous ?

– Non.

Elle décrocha le téléphone.

– Je vais voir si maître Wells est disponible. Asseyez-vous, je vous prie.

Elle désigna d'un geste vague le divan en L et la petite table où s'amoncelaient des magazines. Annie et Ginger se regardèrent, et s'installèrent. Annie prit *Hello !*, Ginger, *Auto-Moto*. Elles n'avaient guère progressé dans leur lecture quand la réceptionniste les héla.

– Elle pourra vous recevoir dans dix minutes, si vous voulez bien attendre ?

– Bien sûr, dit Annie, merci.

– Probable qu'elle est assise sur son cul, à se tirlipoter les pouces…, commenta Ginger.

– Ou autre chose, ajouta Annie.

Ginger se mit à rire – aux éclats. La réceptionniste lui jeta un regard sévère, avant de reporter son attention sur l'ordinateur. Le temps passa assez vite, et Annie était sur le point de percer les secrets du dernier divorce d'une mégastar quand le téléphone à l'accueil bourdonna et on les aiguilla vers le premier bureau en haut des marches.

Constance Wells semblait perdue derrière l'énorme bureau. C'était une toute petite femme aux fines boucles noires qui devait avoir dans les trente-cinq ans, songea Annie. Meubles de rangement et rayonnages reposaient contre les murs, et la fenêtre donnait sur le square. Une illustration sous cadre d'une scène de *Hänsel et Gretel* était accrochée au mur. Annie admira les couleurs délicates et les lignes fluides. Beau travail. Deux fauteuils aux dossiers non rembourrés étaient placés devant le bureau.

– Je vous en prie, fit Constance Wells avec un grand geste. Asseyez-vous. Que puis-je pour vous ?

– Karen Drew, dit Annie.

L'avocate battit des paupières – une fois.

– Oui ?

– Elle est morte.

– Oh, je…

– Désolée d'être aussi brutale, mais c'est la raison de notre présence. Elle a été assassinée. Cela soulève plusieurs questions.

Constance porta la main à son cœur.

– C'est moi qui vous prie de m'excuser. J'ai été surprise. Je n'ai pas l'habitude… Assassinée, dites-vous ?

– Oui. Hier matin, sur la côte, non loin de Mapston Hall. Quelqu'un l'a emmenée en promenade et ne l'a pas ramenée.

– Mais… qui ?

– C'est ce qu'on s'efforce de découvrir. Jusqu'à présent, sans grand succès.

– C'est que… je ne vois guère comment vous aider.

Annie se tourna vers Ginger.

– C'est ce qu'ils disent tous, pas vrai ?

– Hé oui ! répondit Ginger. Et franchement, ça en devient lassant…

– Que voulez-vous que j'y fasse, c'est la vérité ! protesta l'avocate.

– Il paraît que vous étiez son avocate et que, entre autres, vous vous êtes occupée de la vente de sa maison.

– Oui.

102

– Une adresse serait un début...

Constance Wells eut un sourire crispé.

– Ça, c'est facile, dit-elle en se levant pour aller vers un meuble.

Elle portait une jupe vert clair et une veste assortie sur un corsage blanc à jabot. Elle ouvrit un tiroir, extirpa un dossier et leur donna une adresse.

– Je ne vois toujours pas en quoi cela pourrait vous aider, dit-elle en retournant à sa place.

– Que pouvez-vous nous dire sur elle ?

– Tous nos échanges sont protégés par le secret professionnel.

– Chère maître, vous ne semblez pas avoir bien compris. Karen Drew est morte. Égorgée.

Constance pâlit.

– Oh... vous...

– Navrée de vous choquer, mais croyez-moi, j'ai moi-même failli rendre mon petit déjeuner, hier.

Elle n'avait pas pris de petit déjeuner, se rappela-t-elle, s'étant tirée de l'appartement d'Éric à toute vitesse, mais l'autre ne pouvait pas le savoir.

– Eh bien... je... vraiment, je ne peux rien pour vous. Je suis liée par... Je n'ai aidé Karen qu'au plan financier, la vente de sa maison, mais je... je crois que vous devriez... Vous m'excusez un moment ?

Elle se précipita hors de son bureau. Annie et Ginger se dévisagèrent.

– Qu'est-ce qu'elle a ? Elle est partie vomir aux toilettes ? Elle a la courante ?

– Aucune idée. Réaction intéressante, toutefois.

– Très. Qu'est-ce qu'on fait ?

– On attend.

Il s'écoula presque cinq minutes avant le retour de l'avocate qui parut s'être ressaisie. Ginger était restée assise, alors que Annie, postée à la fenêtre, contemplait Park Square et les badauds. Entendant la porte s'ouvrir, elle se retourna.

– Excusez-moi, dit Constance, c'était un peu grossier de ma part, mais... c'est vraiment inhabituel.

– Quoi ? dit Annie.

103

– L'affaire de Karen. Julia, enfin maître Ford, l'une de nos associés seniors, voudrait vous voir. Vous avez deux minutes ?

Annie et Ginger échangèrent un autre regard.

– Si on a deux minutes... ? dit Annie. Ma foi, je crois bien... Pas vrai, brigadier ?

Et elles suivirent Constance Wells dans le couloir.

5

TEMPLETON détestait les vieux pubs moches comme The Fountain. Ils étaient pleins de minables noyant leur chagrin dans l'alcool et un parfum d'échec flottait dans l'air, avec les relents de bière et de tabac froid. Pour lui, rien ne valait les bars modernes, avec leurs sièges en chrome et en plastique, les murs pastel et la lumière tamisée, même si la bière était en bouteilles et la musique trop forte. Au moins, on n'en ressortait pas puant comme un clodo.

À trois heures de l'après-midi, l'endroit était presque désert – seuls quelques pitoyables aigris pleurnichaient au-dessus de leurs pintes tièdes. Posté derrière le comptoir, un jeune homme en jean et sweat-shirt gris, tête rasée et lunettes à monture noire, astiquait ses verres. À l'issue de l'opération, ils semblaient toujours aussi sales.

– C'est vous, le patron ? demanda Templeton, montrant sa carte.

– Moi ? Vous rigolez ! fit l'autre.

Il avait l'accent du Tyneside. Templeton détestait l'accent du Tyneside qu'on n'entendait que trop aux alentours d'Eastvale.

– Le patron est en Floride, comme toujours. Il n'a pas dû foutre le pied dans ce bar plus de deux fois depuis qu'il l'a racheté.

– Comment vous appelez-vous ?

– Jamie Murdoch.

– Vous êtes le responsable ?

– Hélas…

– Vous faites si jeune…

– Vous aussi, pour un enquêteur.

– C'est que j'apprends vite.

– Sûrement.

– Bref, trêve de plaisanterie, j'ai quelques questions à vous poser à propos de samedi soir.

– Ah ?

– Qui travaillait ici ?

– Moi.

– Juste vous ?

– Ouais. Jill était malade et on n'avait pas pu trouver de remplaçant en temps utile.

– Ça doit être amusant d'être seul aux commandes, un samedi soir ?

– Hilarant ! Enfin, c'était pas la première fois… C'est au sujet de la pauvre nana assassinée ?

– Tout juste.

Il secoua la tête.

– Quelle tragédie…

– Vous l'avez servie ?

– Écoutez, si vous voulez savoir si elle et ses copains étaient ivres, je peux vous dire qu'ils avaient pas mal éclusé, mais pas au point qu'on refuse de les servir.

– Savez-vous qu'ils s'étaient fait virer du Trumpeter, avant de venir chez vous ?

– Non, j'en savais rien. Ils avaient dû chahuter… Ici, ils ont été assez sages. C'était la fin de la soirée. Ça se tassait. Ce n'était pas eux, les emmerdeurs…

– Parce qu'il y avait des emmerdeurs ?

– Comme toujours, non ?

– Dites…

– Y a pas grand-chose à dire.

Murdoch prit un autre verre sur l'égouttoir et l'essuya avec son torchon.

– Un samedi soir… C'était la Saint-Patrick, en plus ! Tous les samedis, de toute façon, c'est le cirque. On s'y fait. Elton John a même écrit une chanson là-dessus, je crois.

– Celle-là, je la connais pas. Et cette fois ?

106

– Une bande de loubards de Lyndgarth s'est bagarrée avec des étudiants dans la salle de billard. « Beaucoup de bruit pour rien », comme aurait dit Shakespeare.

– Vous êtes allé en fac ?

– Jadis.

– Dites-moi, comment un type instruit comme vous échoue-t-il dans un rade pareil ?

– Coup de chance, j'imagine... (Murdoch haussa les épaules.) Ça va encore. Il y a pire.

– Revenons à l'autre soir. Vous êtes ici, au bar, tout seul. Vous venez de calmer des agités. Et ensuite ?

– Les loubards sont partis et la fille est entrée avec ses potes. Comme ils connaissaient quelques-uns des étudiants, certains se sont mis à jouer au billard, les autres se contentaient de bavarder.

– Pas d'incident ?

– Pas d'incident. Ça, c'était plus tôt. La bagarre et le vandalisme.

– Quel vandalisme ?

– Ces salauds ont bousillé les W-C ! Ceux des « Messieurs » comme ceux des « Dames ». Je pense que c'étaient les loubards, mais je pourrais pas le prouver. Les rouleaux de papier hygiénique enfoncés dans les cuvettes, les ampoules et le miroir cassé, du verre partout, la pi...

– J'ai compris.

– Ouais, ben, il était presque deux heures et demie du matin quand j'ai pu enfin rentrer chez moi.

– Deux heures et demie, vous dites ?

– Oui, pourquoi ?

– Les caméras de surveillances vous montrent en train de partir...

– Vous auriez pu le dire !

Templeton eut un grand sourire.

– Mettez-vous à ma place. Si vous aviez dit que vous étiez parti à minuit trente, on aurait eu deux versions divergentes, pas vrai ?

– Mais j'ai pas dit ça ! Je suis parti à deux heures trente. Comme vous l'avez dit, c'est ce que montre la Caméra Cachée.

– Personne pour se porter garant pour vous ?

– Je vous l'ai dit, j'étais seul.

– Donc, vous auriez pu filer dans le Labyrinthe, violer et tuer la fille, puis reprendre votre petit ménage ?

– Oui, j'aurais pu, mais je ne l'ai pas fait. Vous avez dit vous-même que la caméra me montre en train de partir.

– Mais vous auriez pu vous absenter en douce, un peu plus tôt, et revenir...

– Regardez autour de vous. Il n'y a que deux façons de sortir de cet endroit, compte tenu de sa situation. Il n'y a même pas de fenêtre ouverte sur Taylor's Yard. On se fait livrer la bière par la trappe en façade. Les seules issues, c'est l'entrée principale, sur la place du marché, et, de l'autre côté, le passage entre les W-C et la cuisine, qui mène à Castle Road. J'imagine qu'il y a aussi des caméras, là ?

– En effet...

– Ben voilà ! Et maintenant, dites-moi comment faire pour aller violer et assassiner une fille, puis revenir ici, sans être vu ?

– Je peux jeter un coup d'œil ?

– Mais bien sûr... Je vais vous montrer.

Posant son verre, Murdoch demanda à un habitué de surveiller le bar et emmena Templeton d'abord à l'étage, où il y avait un bureau, des W-C, une réserve pleine de casiers de vins et spiritueux entreposés contre le mur, et une salle de repos avec télévision, papier peint défraîchi et canapé-lit.

Ensuite, Murdoch lui montra au rez-de-chaussée la salle de billard et les toilettes, qui n'étaient pas en si mauvais état, puis la cuisine au fond, qui était aussi propre qu'elle devait l'être, et la porte de sortie côté Castle Road. Ensuite, ils se rendirent à la cave, un endroit humide et froid avec ses murs de pierre, ses tonneaux de bière alignés et ses caisses entassées. Ça sentait fort la levure de bière et le houblon. Les murs, massifs de partout, avaient peut-être un mètre d'épaisseur. Templeton ne voyait pas d'issue possible et, n'ayant guère envie de rester plus longtemps que nécessaire, il remonta les marches de pierre très usées.

– Vous en avez vu assez ? demanda Murdoch quand ils furent retournés à son comptoir.

108

– Pour le moment. Le saccage des toilettes, c'était quand ?

– Je ne sais pas exactement. Les loubards étaient partis depuis une dizaine de minutes quand un étudiant est venu me prévenir. Qu'est-ce que je pouvais y faire, sur le coup, puisque j'étais seul à servir ? C'est à ce moment-là que la fille est entrée avec ses copains.

– Donc, c'était presque l'heure de la fermeture ?

– Pas loin. J'aurais fermé plus tôt si j'avais pas eu des clients qui consommaient. Enfin, je les ai mis dehors à l'heure habituelle et puis j'ai nettoyé. J'aurais jamais imaginé mettre aussi longtemps.

– Ces loubards de Lyndgarth, ils sont restés sur la place ?

– Je les ai plus revus, mais, comme je vous l'ai dit, je ne suis parti que très tard.

– Vous avez leurs noms ?

– Pourquoi ? Vous allez engager des poursuites contre eux ?

– À quel titre ?

– Vandalisme.

– Mais non, bêta. Ils pourraient être suspectés de meurtre. Pourquoi ? Vous voulez porter plainte ?

– Jamais de la vie. Je tiens à ma peau !

– J'aimerais tout de même leur parler. Leurs noms ?

– Vous voulez rire ? L'un d'eux a appelé son copain Steve, et un autre s'appelait Mick.

– Formidable. Merci beaucoup.

– Je vous l'avais bien dit. Enfin, ça ne devrait pas être trop difficile de les trouver en allant interroger les gens. Lyndgarth n'est qu'un petit patelin, et les loubards doivent être bien connus, là-bas.

– Vous les reconnaîtriez ?

– Ouais, bien sûr.

– Vous aviez déjà vu cette fille et ses amis ?

– Ils étaient déjà venus, oui.

– Des habitués ?

– Non, je ne dirais pas ça, mais je les avais déjà vus le samedi soir. Ils avaient jamais fait d'histoires.

109

– Avez-vous entendu quelque chose, du côté de Taylor's Yard, pendant que vous étiez en train de nettoyer les toilettes ?

– Non.

– Avez-vous vu passer quelqu'un devant votre bar ?

– Non, mais de toute façon, c'était impossible. Puisque j'étais dans les toilettes, côté Castle Road, comme vous avez vu. En plus, je ne faisais pas attention. Nettoyer des chiottes saccagées, ça requiert toute votre attention, si vous voyez ce que je veux dire.

Murdoch astiqua un verre, puis son regard se fit plus aigu.

– J'arrive pas à croire, vous savez.

– À quoi ?

Il désigna les W-C d'un geste vague.

– Tandis que je faisais le ménage là-bas, cette pauvre nana... J'arrive pas encore à réaliser...

– N'essayez pas, dit Templeton en gagnant la porte. Ça vous ferait mal au crâne...

Et il partit, assez content de lui-même. Sur le seuil, il se retourna.

– Et ne vous sauvez pas ! dit-il en pointant le doigt sur lui. Je pourrais revenir...

Comme il convenait à une avocate de son rang, le bureau de Julia Ford était à la fois plus vaste et mieux agencé que celui de Constance Wells. On avait la même vue agréable sur le square, mais de plus haut, et il y avait un tapis de haute laine et un bureau en teck massif. Au mur, ce qui semblait être un paysage champêtre du Yorkshire par David Hockney – apparemment un original, aux yeux d'Annie.

Julia Ford elle-même était l'élégance personnifiée. Annie ignorait d'où sortaient son sobre tailleur bleu marine et son simplissime corsage blanc, mais en tout cas pas du Prisu. Ils devaient porter quelque part la griffe d'un créateur et avoir été achetés chez Harvey Nicks. Ses cheveux raides, d'un châtain soutenu, tombaient sur ses épaules et avaient ce lustre qu'on ne voit que dans les publicités télévisées. Julia Ford se leva, se pencha par-dessus son bureau pour leur serrer la main et les pria de prendre place. Ses fauteuils étaient capitonnés et bien plus confortables que ceux de Constance. Elle posa sur les deux enquêtrices un regard attentif, puis se tourna vers Constance, qui s'attardait sur le seuil.

– Très bien, Constance, merci beaucoup. Vous pouvez disposer...

Constance referma la porte derrière elle.

Elle continua à examiner Annie et Ginger de ses yeux noisette au regard grave et joignit ses mains comme en prière. Pas de bagues, remarqua Annie.

– Ainsi, Karen Drew a été assassinée ? dit-elle enfin.

– En effet, répondit Annie. Nous nous efforçons de...

L'avocate fit le geste de chasser une mouche.

– J'imagine ! dit-elle, et un sourire supérieur joua aux coins de ses lèvres fines. Et j'imagine aussi que vous n'avez guère progressé...

– Vous pouvez le dire ! Nous comptions nous adresser à Mme Wells, mais elle semble vous croire mieux placée qu'elle...

– C'est moi qui le pense ! Constance a des instructions très précises concernant Karen.

– Pouvez-vous nous aider ?

– Oh, c'est certain...

– Mais le ferez-vous ?

– Le ferai-je ?

Elle écarta ses mains.

– Bien sûr ! Je n'ai jamais entravé la bonne marche d'une enquête de police.

Annie déglutit. Julia Ford avait la réputation d'une avocate coriace, prête à tout pour discréditer la police et sauver son client.

– Pouvez-vous nous parler de son passé, dans ce cas ?

– En effet, mais je ne crois pas que cela soit l'essentiel pour le moment. Vous le découvrirez bientôt, de toute façon.

– Maître Ford, dit Annie, avec tout le respect qui vous est dû, n'est-ce pas à nous de choisir nos questions ?

– Si, si, bien entendu. Désolée. Je ne voulais pas être impolie, et je ne cherche pas à faire votre boulot. Ce que j'essaie de vous dire, c'est qu'il y a quelque chose de plus important que vous ignorez encore...

– C'est-à-dire ?

– Karen Drew n'était pas son nom véritable.

– Je vois... Puis-je vous demander quel était le véritable ?

– Vous pouvez...

– Et... ?

L'avocate marqua une pause et joua avec son Mont-Blanc posé sur le bureau. Annie savait que c'était pour se ménager un suspense dramatique, mais elle ne pouvait rien faire, sinon attendre. Enfin, l'autre se fatigua de jouer avec son stylo-plume et se pencha en avant.

– En réalité, elle s'appelait Lucy Payne...

– Seigneur ! murmura Annie. L'*Amie du Diable*. Ça change tout !

– Bon, que pensez-vous de Jamie Murdoch ? demanda Banks.

Assis dans son bureau, il était en train de comparer ses notes avec celles de Kevin Templeton et Winsome Jackman. Templeton, remarqua-t-il, ne cessait de jeter des regards aux cuisses de Winsome moulées dans son pantalon noir.

– C'est un poseur, dit Templeton, et un petit con. Mais ça n'en fait pas pour autant un assassin. Quoiqu'il ait l'accent du Tyneside ! Enfin, je me demande... Je suis sûr qu'on pourra vérifier l'histoire des chiottes vandalisées quand on ira parler avec les amis de Hayley et les loubards de Lyndgarth. Sur un film, on le voit partant à vélo à deux heures et demie du matin – et c'est tout en ce qui le concerne. C'est vrai qu'on ne peut accéder au Labyrinthe depuis ce pub que par l'entrée principale et la sortie latérale, qui étaient l'une et l'autre surveillées par les caméras...

– Bon, dit Banks. Et maintenant, que faire de ce nouvel angle trouvé par Winsome ?

La jeune femme avait visionné le reste des bandes et remarqué quelqu'un sortant du Labyrinthe depuis l'étroite galerie marchande, côté Castle Road, à minuit quarante, soit vingt minutes après que Hayley s'était aventurée là-bas. Il n'y avait pas de trace filmée du moment où cet individu avait pénétré dans le Labyrinthe. Les images n'étaient pas nettes, mais Winsome trouvait qu'il ressemblait à l'une des personnes à qui la victime avait parlé un peu plus tôt, sur la place, juste avant de partir toute seule.

– En tout cas, dit Templeton, il n'était pas allé faire des emplettes à cette heure-là ! Était-il parti à sa recherche ? Est-ce un ami ?

– Possible, dit Winsome. Il s'est peut-être inquiété en ne la voyant pas arriver au Bar None. Mais pourquoi ne pas passer par Taylor's Yard ? C'était plus près...

– On peut pénétrer dans le Labyrinthe depuis le Bar None en passant par une porte de sortie ? demanda Banks.

– Oui, chef, dit Templeton. Par l'issue de secours.

– Donc, il a pu sortir par là, et il se peut qu'il ait été au courant pour les caméras de surveillance sur la place du marché – on en a beaucoup parlé – mais pas pour celles sur Castle Road. Il ignorait qu'on le verrait ressortir du Labyrinthe par là. Vingt minutes, ce n'est pas beaucoup, mais assez pour agir, et il a l'air assez pressé. Tout cela est très encourageant. Wilson, le stagiaire, est allé à la fac pour tâcher de repérer des gens. Ça pourrait prendre un certain temps. Vous pourriez demander au service informatique d'extraire une image fixe de la vidéo ? Une image améliorée ?

– Je peux toujours essayer, répondit Winsome. Ils sont déjà en train de travailler sur la plaque minéralogique de la voiture. Sans trop de chance, jusqu'à présent.

– Demandez-leur de faire de leur mieux, dit Banks. Pour l'instant, on tâtonne, mais ça pourrait nous faire gagner du temps.

Il se cala contre le dossier de sa chaise.

– OK, passons en revue ce qu'on a, pour le moment. (Il comptait sur ses doigts tout en parlant.) Joseph Randall, qui jure qu'il était seul chez lui quand Hayley a été tuée, mais qui n'a pas d'alibi, et aucune explication pour les onze minutes écoulées entre la découverte du corps et son arrivée au commissariat. Oh, et il a aussi reluqué la victime au Duck and Drake un peu plus tôt, le soir du crime. Après avoir rouspété, il a accepté qu'on prélève sur lui un échantillon d'ADN et signé le formulaire de consentement. Le labo travaille là-dessus...

« Ensuite, Jamie Murdoch, responsable du pub The Fountain, qui aurait été occupé à réparer des cabinets au moment du crime. Il semble qu'il ne pouvait pas accéder à la scène du crime, du moins sans être repéré, et on ne le voit sur les films que lorsqu'il s'en va à vélo, à deux heures et demie du matin. Enfin, l'un des amis de Hayley est vu sortant du Labyrinthe par le passage côté Castle Road à minuit quarante, mais pas y entrant. Que faisait-il ? Depuis combien de temps était-il là-bas ? Qu'espérait-il ? Une petite séance de pelotage dans la ruelle ?

— La belle-mère de Hayley a déclaré que celle-ci n'avait pas de petit ami attitré, dit Winsome, mais qu'elle aurait déjà eu des expériences sexuelles.

Banks nota que Templeton avait eu un petit sourire en percevant la gêne de Winsome.

— On ne saura rien de plus tant qu'on n'aura pas parlé à ses amis, dit-il.

— Il y a toujours la possibilité du type embusqué, fit remarquer Templeton.

Il jeta un coup d'œil à Banks.

— Un tueur en série débutant... Sachant comment entrer et ressortir du Labyrinthe sans être vu – donc, un type du coin...

— On n'oublie pas cette éventualité, Kev, fit Banks, mais jusqu'à présent on n'a pas eu de chance avec les délinquants sexuels locaux.

De nouveau, il se tourna vers Winsome.

— Et la famille ? Vous lui avez parlé ?

— Oui. Je ne peux pas dire que j'aie été très impressionnée par le père, mais c'est peut-être difficile de l'être par un mec qu'on a trouvé ligoté à un lit, dans une chambre d'hôtel.

114

– Oh, Winsome ! s'exclama Templeton. Quelle déception ! Ne me dites pas que ça ne vous a pas excitée ?

– La ferme, Kev ! lança Banks.

Winsome jeta un regard furieux à son collègue.

– Les parents ne peuvent pas être en cause. Donna McCarthy regardait un DVD avec sa voisine, Caroline Dexter. Quant à Geoff Daniels et Martina Redfern, ils ont un alibi béton. J'ai retrouvé le chauffeur de taxi qui les a reconduits de la boîte de nuit à leur hôtel, vers deux heures trente. Même lui se souvient d'eux !

Elle jeta un regard à Templeton, puis reporta son attention sur Banks.

– Ils étaient... vous voyez... sur la banquette.

Même Banks ne put réprimer un sourire. Templeton s'esclaffa bruyamment.

– OK, reprit Banks. Jusque-là, nos seuls suspects sans alibi sont Randall et la mystérieuse silhouette filmée par les caméras de Castle Road, et ça devrait être assez facile d'identifier ce type.

Il se leva.

– Ensuite, les loubards de Lyndgarth. Ils étaient en pétard contre Jamie Murdoch. Ils ont pu traîner du côté du Labyrinthe dans l'espoir de lui casser la figure et auront trouvé Hayley à la place.

– La caméra les montre s'en allant, objecta Templeton.

– Tout de même, creusons... Ce qu'on devrait être en train de faire au lieu de rester sur notre cul ! Merci de cette mise à jour. Et maintenant, au boulot, des fois qu'on pourrait boucler avant la fin de la semaine...

Un silence stupéfait suivit la réaction d'Annie à la révélation de la véritable identité de Karen Drew. La jeune femme entendait bien les autres bruits à l'intérieur du bâtiment – conversations téléphoniques, frappe sur un clavier d'ordinateur – mêlés à ceux des voitures et des oiseaux, au-dehors. Elle essaya de digérer ce qu'elle venait d'entendre.

– Vous n'étiez pas sur cette affaire, si ? lui demanda l'avocate.

– Indirectement. Mon chef était chargé de l'affaire.

115

L'avocate eut un sourire.

– Ah, le commissaire Banks ? Je me souviens parfaitement de lui. Comment va-t-il ?

– Très bien. En fait, il n'est qu'inspecteur, même s'il a joué à ce moment-là le rôle d'un commissaire. Moi, j'étais chargée d'enquêter sur Janet Taylor.

Janet Taylor était la femme policier qui avait tué le mari de Lucy Payne, Terence, ce dernier s'étant attaqué à elle après avoir assassiné son collègue à coups de machette. La législation étant ce qu'elle était, elle avait été suspendue et mise en examen, avant de trouver la mort sur la route, alors qu'elle conduisait en état d'ivresse. Toute cette affaire avait laissé à Annie un goût amer.

Julia eut une grimace compatissante.

– Cas difficile...

– Oui. Écoutez, est-ce que vous ne pourriez pas... ?

– Expliquer ? Oui, bien sûr. Je vais faire de mon mieux.

Elle jeta un coup d'œil à Ginger.

– Vous voyez qui était cette Lucy Payne... ?

– Oui, très bien. Elle a tué ces pauvres filles, il y a quelques années. La presse l'avait surnommée : « L'Amie du Diable ».

– Très mélodramatique. Mais qu'attendre de la presse à scandale ? En réalité, Lucy n'a tué personne. C'était son mari, l'assassin – le « Diable » en question.

– Par chance, il était mort – et donc incapable de donner sa version, répliqua Annie.

– La faute à qui, sinon à Janet Taylor ?

– Janet a...

– Écoutez, comme vous le savez, j'ai défendu Lucy – donc je ne vais pas la dire coupable, n'est-ce pas ? Le ministère public a réexaminé les preuves à l'audience préliminaire et prononcé un non-lieu. Il n'y a pas eu de procès.

– Ça n'était pas parce qu'elle était en fauteuil roulant ?

– Son état de santé a pu être un facteur atténuant. Nos prisons ne sont pas adaptées à l'accueil des handicapés. Il n'en demeure pas moins qu'il n'y avait pas assez de preuves contre elle...

– Et ces vidéos « spéciales »... ? protesta Ginger.

116

– Elles montraient au pire des agressions sexuelles – au mieux, des rapports consentis. Le ministère public se sachant en terrain glissant avec ces vidéos, ça n'a même pas été retenu à titre de preuves. Comme je vous l'ai dit, l'affaire s'est dégonflée avant même d'arriver au procès. Insuffisance de preuves. C'est, je le répète, bien souvent le cas...

Annie ignora cette pique.

– Le fait qu'un des témoins clés de l'accusation, Maggie Forrest, ait été victime d'une dépression nerveuse et incapable de témoigner a pu jouer dans ce sens, aussi..., dit-elle.

– Possible. Mais ce sont des choses qui arrivent. De plus, même Maggie n'avait aucune preuve permettant d'impliquer Lucy dans ces meurtres.

– Bon ! fit Annie en levant la main. De toute façon, on n'est pas là pour discuter du rôle de Lucy Payne dans le viol, la torture et le meurtre de ces jeunes filles.

– Tout à fait d'accord, déclara l'avocate. Je voulais simplement jouer cartes sur table et vous montrer à qui vous avez affaire. Ces faits datent d'il y a six ans, Lucy avait alors vingt-deux ans. Sur le point d'être arrêtée, elle s'est jetée d'une fenêtre – chez Maggie Forrest. Pendant très, très longtemps, elle a été d'hôpital en hôpital, et notre cabinet s'est occupé de ses intérêts. Elle a subi un certain nombre de graves opérations, dont aucune ne fut une entière réussite, mais qui ont permis de la maintenir en vie, tant bien que mal. À la fin, on lui a trouvé une place à Mapston Hall. Étant donné la publicité faite autour de l'affaire, une fois que les médias et le public se sont désintéressés d'elle, nous avons cru préférable de lui fournir une nouvelle identité pour le restant de ses jours. C'était parfaitement légal. J'ai les papiers.

– Et cet accident de voiture dont on nous a parlé à Mapston Hall ? Ce chauffard ivre ?

– Autre fiction nécessaire.

– Sûrement, dit Annie, et je ne suis pas ici pour contester vos choix. Moi qui croyais chercher l'assassin de Karen Drew, voilà que je me retrouve en train de chercher le meurtrier de Lucy Payne. Ça change tout.

– J'ose espérer que votre détermination ne sera pas pour autant amoindrie…

Annie la regarda de travers.

– Je ne me donnerai même pas la peine de vous répondre, dit-elle.

– À l'époque, beaucoup ont considéré qu'elle n'avait eu que ce qu'elle méritait en devenant paralytique. Vous aussi, peut-être… ?

– Non !

Annie se sentit devenir écarlate. Elle ne l'avait jamais dit, mais elle l'avait pensé. Comme Banks, elle croyait que Lucy Payne était aussi coupable que son mari, et que passer le restant de ses jours dans un fauteuil roulant serait un châtiment adéquat après ce que le couple avait fait à ces jeunes filles dans sa cave, même si on ignorait lequel des deux avait infligé le coup de grâce. Les vidéos montraient qu'elle savait parfaitement ce qui se passait et avait participé de son plein gré aux jeux sexuels pervers et raffinés que son mari faisait subir à ses victimes. Non, son sort n'avait éveillé aucune pitié en Annie. Et maintenant quelqu'un avait abrégé ses souffrances. Cela pouvait presque être considéré comme un geste charitable. Mais elle ne se laisserait pas embrouiller par tout cela. Elle ne donnerait pas à cette avocate la satisfaction d'avoir raison. Elle travaillerait autant sur cette affaire que sur d'autres – peut-être plus que sur d'autres – et découvrirait qui avait tué Lucy Payne, et pourquoi.

– Qu'est-ce que cela change ? dit Julia Ford.

– Eh bien, cela amène deux questions importantes dans mon esprit.

– Ah ?

– D'abord, l'assassin savait-il qu'il tuait Lucy Payne ?

– Et la seconde ?

– Qui savait que Karen Drew était Lucy Payne ?

– Eh bien, Stuart, commença Banks, je crois que tu as des explications à nous fournir, n'est-ce pas ?

Ce soir-là, Stuart Kinsey était assis en face de lui dans la salle d'interrogatoire – boudant, se rongeant un ongle, lorgnant Winsome. Les deux dernières journées avaient été longues ; chacun était fatigué et pressé de rentrer chez soi. Kinsey portait le traditionnel uniforme des étudiants : un jean et un T-shirt proclamant le triomphal retour des Who à l'université de Leeds, au mois de juin précédent. Ses cheveux étaient hirsutes, mais pas spécialement longs, et Banks se disait qu'il devait attirer les femmes aimant ce style maussade, boudeur. Quant à savoir si Hayley Daniels avait été attirée par lui – ça, c'était une autre histoire.

– Suis-je en état d'arrestation ? dit-il.

Banks regarda Winsome.

– Qu'est-ce qu'ils ont tous à nous demander ça ? dit-il.

– Sais pas, chef, répondit-elle. Ils croient peut-être que ça fait une différence.

– C'est pas le cas ? dit Kinsey.

– Mais non ! Tu vois, on pourrait t'arrêter, rien de plus facile. Simple formalité. Je dirais : « Stuart Kinsey, vous êtes accusé du meurtre de Hayley Daniels. Vous n'êtes pas obligé de répondre, bla-bla-bla. » La mise en garde classique. Ensuite…

– Hé, une minute ! De meurtre ? Ça va pas la tête ? J'ai rien à voir avec ça !

– Ensuite, tu pourrais demander un avocat, comme c'est ton droit et on devrait en faire venir un. Lui, ou elle, t'encouragerait à répondre à nos questions, tant qu'elles ne risquent pas de te faire du tort. Ce qui serait forcément le cas si tu n'as rien à te reprocher. On peut suivre ce chemin-là. Après l'arrestation, c'est l'inculpation, ce qui est bien plus grave. C'est à ce moment-là qu'on t'emmène en garde à vue, qu'on te déleste de tes lacets et de tes affaires et qu'on te boucle dans une cellule aussi longtemps qu'il nous plaît.

Banks se tapota la tempe.

– Oh, mais qu'est-ce que je raconte, moi ? Ça, c'était dans le bon vieux temps. C'est vingt-quatre heures, à moins que notre chef nous accorde une prolongation. Et elle est très contrariée par ce qui est arrivé à Hayley. C'est qu'elle a des gosses, elle aussi…

Banks sentit que Winsome levait les yeux au ciel. Mais ce fut efficace. Kinsey avait perdu son attitude froide et maussade : à présent, il avait l'air d'un jeune homme apeuré et dans le pétrin, ce qui était le but recherché.

– Que voulez-vous savoir ? dit-il.

Banks adressa un signe de tête à Winsome qui alluma le petit écran de télévision qu'on avait installé. Le premier fragment montrait Hayley s'éloignant de ses amis, y compris Stuart, et disparaissant dans Taylor's Yard. L'heure, minuit vingt, s'affichait en bas, avec la date et d'autres détails techniques pour prévenir toute falsification. Le second extrait montrait Stuart Kinsey déguerpissant de la galerie marchande et remontant Castle Road. À minuit quarante. Après cette projection, Banks observa un silence pour permettre au jeune homme de réfléchir, puis déclara :

– Tu peux retourner la question dans tous les sens, t'es mal barré, Stuart... Pourquoi sortais-tu du Labyrinthe en courant, à minuit quarante, ce samedi ?

– Bon, d'accord... Je cherchais Hayley. Mais je ne l'ai pas tuée.

– Dis-moi ce qui s'est passé.

– C'est sur l'autre bande ! On s'est dit bonsoir devant le pub The Fountain. Hayley était... euh... elle avait un peu bu.

– On est au courant. On dirait que vous vous disputiez. Pourquoi est-elle allée seule là-bas ?

– Vous savez bien...

– Dis-moi.

– Pour faire pipi. Les chiottes du pub étaient hors service. Elle avait la vessie pleine et voulait pisser. Voilà tout. Si on dirait une dispute, c'est qu'on a essayé de la dissuader de faire cette bêtise. Mais quand elle avait décidé quelque chose, Hayley, elle avait la tête dure, surtout avec quelques verres dans le nez...

– Elle n'avait pas parlé de rencontrer quelqu'un ?

– Non.

– Elle n'avait pas peur ?

– De quoi ? Elle ne savait pas qu'il y avait un assassin qui rôdait, hein ?

– OK. Pourquoi n'a-t-elle pas attendu d'être au Bar None ?

– C'était son style. Elle aimait choquer. L'opinion des autres, elle s'en fichait. D'ailleurs, elle ne voulait pas aller au Bar None. La musique lui plaisait pas.

– Où devait-elle aller ?

– Sais pas.

– OK, Stuart. Tu t'es introduit dans le Labyrinthe par la sortie de secours du Bar None peu après être entré dans cet établissement. Pourquoi ?

– Je voulais voir si Hayley était OK.

– Tu étais inquiet ? Mais tu viens de me dire que tu ne la croyais pas en danger, qu'il n'y avait pas de raison d'avoir peur pour elle, apparemment.

– Oui, mais... j'ai pensé qu'il devait faire vachement sombre, là-bas, et qu'elle pouvait se paumer...

– Parce que toi, tu connaissais l'endroit comme ta poche ?

– J'ai pas pensé à ça.

– Non, tu as filé par la sortie de secours pour aller la voir faire pipi. T'es pas un peu pervers, toi ?

– Non ! Je vous l'ai dit, c'était pas du tout ça. Je voulais... je voulais voir où elle allait.

– Comment cela ?

– C'est pas évident ? Après qu'elle... enfin, bref... je voulais voir où elle allait. J'ai rien fait. C'est vrai quoi, faut me croire ! Je lui aurais jamais fait de mal. Ça, jamais !

– Tu étais amoureux d'elle ?

– L'amour, je sais pas ce que c'est... Mais elle me plaisait vachement.

Au moins, ça sonnait juste, songea Banks.

– Hayley le savait ?

– C'était évident.

– Quelle a été sa réaction ?

– Elle a dit qu'on était copains. Elle savait souffler le chaud et le froid, cette fille...

– Et ta réaction, à toi ?

– Comment cela ?

– Elle t'a éconduit. Comment as-tu réagi ?

– Ça s'est pas passé comme ça !

– Tu veux dire qu'elle a accepté tes avances ? Je n'y comprends plus rien.

– Je ne lui ai pas fait d'avances.

– Dans ce cas, comment a-t-elle su que tu étais intéressé ?

– On se parlait, on était branchés par les mêmes trucs – les mêmes groupes de rock – et on est allés une ou deux fois au ciné ensemble. Et puis, il y a cette électricité entre les gens, vous savez – ça se sent…

– Hayley le sentait aussi ?

– Je ne sais pas. En tout cas, elle ne l'aurait jamais reconnu. Elle pouvait être très distante. On ne savait jamais sur quel pied danser avec elle. Comme j'ai dit : le chaud et le froid. Elle aimait être en bande, faire la fête…

– Être le point de mire ?

– C'était pas difficile pour elle. Elle était belle et consciente de l'être ! Parfois, elle pouvait chahuter, mais c'était juste pour s'amuser. J'avais l'impression que c'était sa façon de n'être avec personne en particulier, d'éviter les tête-à-tête. On se mettait à parler, elle disait un truc, et tout à coup tout le monde participait et elle riait à la blague d'un autre. On ne pouvait pas l'avoir à soi très longtemps.

– Frustrant, ça !

– Je ne vous le fais pas dire.

– Et puis, qu'est-ce que ça a donné ?

– Rien. Je n'ai pas couché avec elle. On s'est embrassés, c'est tout. Dernièrement, j'avais l'impression qu'elle… ça n'a pas d'importance.

– Qu'en sais-tu ? Laisse-moi juge.

Le jeune homme s'interrompit et rongea son ongle.

– Je peux avoir une tasse de thé ? J'ai soif.

– Bien sûr.

Pour ne pas ralentir le rythme de l'interrogatoire, Banks fit signe à Winsome qui se leva et alla demander à l'agent à la porte de préparer du thé.

– Ça ne sera pas long, dit Banks. Et maintenant, Stuart, tu allais me parler de l'impression que tu as eue…

– Enfin, c'était seulement une idée vague…

– Peu importe.

– Parfois, j'avais l'impression qu'elle avait un mec…

– Depuis combien de temps ?

– Plusieurs mois.

– Tu as une idée de son identité ? Un des garçons du groupe ?

– Non, elle gardait le secret.

Il se pencha par-dessus la table.

– C'est ce que je voulais dire quand j'ai dit que j'étais allé dans le Labyrinthe pour la suivre. Je voulais découvrir qui était l'homme mystère.

– Mais tu ne l'as pas vue ?

– Non. J'ai cru qu'elle était déjà repartie. Enfin, il s'était bien passé cinq minutes depuis qu'on s'était quittés. Ça ne prend pas très longtemps de… enfin, vous voyez…

– Bon, dit Banks.

Hayley avait vomi, lui avait dit le Dr Burns, ce qui avait pu la retarder.

– As-tu vu, entendu quelque chose, sur place ?

– J'ai…, j'ai cru entendre une porte claquer et une sorte de… pas un cri, mais comme une plainte étouffée. Vous croyez que c'était elle ? J'ai balisé, je dois dire…

– À quelle heure, ça ?

– Je venais d'entrer là-dedans. Je n'ai pas regardé ma montre, mais… vers minuit vingt-cinq…

Juste cinq minutes après qu'elle avait pénétré dans le Labyrinthe, songea Banks.

– Tu n'as vu personne ?

– Non, rien.

– Qu'as-tu fait après avoir entendu ces bruits ? C'est pour ça que tu courais ?

Kinsey opina et étudia la table éraflée.

– Je suis sorti à toute vitesse. Je la croyais déjà repartie. Vous pensez quand même pas que c'était elle, hein ? Parce que j'aurais pu la sauver, si j'avais pas eu peur. Oh, putain…

Il se prit la tête et se mit à pleurer.

Banks était presque sûr que c'était bien Hayley qu'il avait entendue, mais il ne le dirait pas. L'imagination du gamin le torturerait bien assez comme cela. Mais au moins, l'heure de l'agression pouvait-elle être fixée plus précisément. L'assassin avait assailli la jeune fille cinq minutes après son arrivée dans le Labyrinthe, alors qu'elle venait de vomir et de faire ses besoins. Peut-être le fait de l'observer l'avait-il excité ?

La chronologie concordait. Hayley n'aurait pas traîné là-bas, sauf si elle avait eu un rendez-vous galant. Là encore, ce que Kinsey avait dit au sujet du mystérieux fiancé revint à l'esprit de Banks. Et si elle avait fixé un rendez-vous à cet homme ? Et s'il l'avait tuée ? Mais pourquoi lui fixer un rendez-vous dans le Labyrinthe si elle allait passer la nuit avec lui ? Il aurait été bien plus logique de se rendre chez lui. Et pourquoi un fiancé aurait-il eu recours au viol, au meurtre ? Ces choses-là pouvaient arriver. Il n'y avait pas longtemps, la police du West Yorkshire avait arrêté un homme qui avait drogué et violé trois jeunes filles pourtant consentantes. En matière de déviance sexuelle, plus rien ne l'étonnait.

Hayley trimbalait des préservatifs dans son sac à main, elle avait été sexuellement active. Peut-être Stuart Kinsey l'avait-il tuée sous le coup de la frustration ou de la jalousie. C'étaient des affects puissants. Sous l'effet de la jalousie, un individu – homme ou femme – était capable de tout, ou presque.

Le thé arriva et Kinsey se calma.

– Excusez-moi, dit-il. Je ne supporte pas l'idée que j'aurais pu faire quelque chose, au lieu de m'enfuir...

– Mais tu ne savais pas ce qui se passait, dit Banks.

Ce n'était qu'une maigre consolation. Il se pencha en avant.

– Cette hypothèse du fiancé secret m'intéresse énormément. Tu n'as pas une idée de qui ça pourrait être, ou de la raison pour laquelle elle tenait à garder le secret ?

6

– A LAN, quelle joie de te revoir, déclara Annie, tôt dans l'après-midi du mardi, au Horse and Hounds, un petit pub tranquille près de la place du marché où l'on pouvait se faire servir une salade composée passable et savourer une pinte à l'insu de la commissaire Gervaise.

Il y avait un bar sans fenêtres, non-fumeurs, tout en bois sombre brillant et panne de velours rouge, avec des scènes de chasse au mur – on avait toujours le droit de montrer des scènes de chasse au renard – où personne, semblait-il, n'allait jamais s'asseoir. Il fallait aller chercher ses boissons au comptoir principal, mais sinon, c'était l'endroit idéal pour se parler en toute discrétion.

Annie buvait un Schweppes citron light ; elle n'avait pas bu une seule goutte d'alcool depuis sa soirée du samedi. Banks, lui, avait bien entamé sa pinte de Tetley's Cask et son plaisir manifeste la rendait jalouse. Bon, pensa-t-elle, ce n'était pas comme si elle avait fait vœu d'abstinence éternelle. C'était une petite pause pour se ressaisir, réfléchir à la situation, et peut-être perdre un peu de poids. Demain, peut-être s'accorderait-elle une pinte. Ou éventuellement un verre de vin le soir, après le travail. En revanche, et heureusement, le hamburger que Banks semblait également savourer ne la tentait pas du tout.

– Que me vaut ce plaisir ? demanda Banks, après quelques minutes de bavardage sur des amis ou connaissances communs dans le secteur est.

125

– Je sais que tu es bien occupé avec l'affaire du Labyrinthe. J'en ai entendu parler. Pauvre fille. Pas de suspect, pour le moment ?

– Quelques-uns. On attend les rapports d'analyse. Et nous n'avons pas encore interrogé tout le monde. Templeton croit qu'on a un tueur en série sur les bras. Il n'a peut-être pas tort. Même s'il n'y a qu'une victime jusqu'à présent, on a toutes les caractéristiques d'un crime sexuel ultraviolent, et ceux qui font cela n'en restent pas là, en général…

– Kevin est un con !

– Possible, mais il peut aussi être un bon flic, quand il veut.

Annie fit la moue, incrédule.

– Bref, reprit-elle, je crois que tu vas être intéressé par ce qui s'est passé du côté de Whitby.

– Ah ? Tu m'intrigues. Il paraît qu'une femme en fauteuil roulant a été assassinée ?

– Oui. Une certaine Karen Drew…

– Ça ne me dit rien.

– Normal. Ce n'était pas son vrai nom.

– Ah ?

– Non. Julia Ford m'a appris le vrai hier.

Alors qu'il s'apprêtait à mordre dans son hamburger, Banks s'interrompit et le reposa dans l'assiette.

– Julia Ford… Voilà qui réveille de vieux souvenirs…

– Tu commences à deviner ?

– Oui, mais tu m'inquiètes. Julia Ford… Une femme en fauteuil roulant…

– C'était Lucy Payne.

– Merde ! Les médias ne sont pas encore au courant, j'imagine ?

– Non, mais ils sauront bien assez tôt. Le commissaire Brough s'efforce de leur barrer la route. Il a convoqué une conférence de presse pour cet après-midi.

– J'espère que tu n'attends pas de moi la moindre pitié à son égard ?

– J'ai toujours eu l'impression que tu avais des sentiments mêlés envers lui. C'est en partie pourquoi j'ai voulu te voir.

– Des « sentiments mêlés » ? Pour l'« Amie du Diable » ?
Elle m'a gâché une excellente chanson des Grateful Dead,
voilà tout ! Maintenant, chaque fois que je l'entends, je
vois ces visages, ces cadavres dans la cave...
– Alan, c'est moi – Annie ! Je ne suis pas Jim Hatchley.
Tu n'es pas obligé de jouer les brutes.

Banks sirota un peu de bière. Annie essaya d'imaginer à
quoi il pensait. Elle n'y parvenait jamais. Lui-même se
croyait transparent, alors qu'en fait il était aussi nébuleux
qu'une pinte non filtrée.

– C'était une femme compliquée, dit-il. Et une meurtrière.

– Jeune et belle...

– En effet. Prétends-tu que cela avait affecté mon jugement ?

– De tout temps, la beauté féminine a affecté le jugement masculin. Pas besoin de remonter jusqu'à Hélène de
Troie pour établir cela.

– Je n'ai jamais pris sa défense, rappelle-toi ! Pour moi,
elle était aussi coupable que son mari, et j'aurais voulu la
coffrer pour ça.

– Oui, je sais, mais tu la comprenais, non ?

– Pas du tout... J'ai pu le vouloir, ou même essayer, mais
cela n'avait aucun rapport avec sa beauté. D'ailleurs, presque chaque fois que je l'ai vue, elle était sous ses bandelet-
tes. Et là-dessous, on sentait les ténèbres. OK, j'admets que
c'était une meurtrière complexe et intéressante. Tu as
connu ça, toi aussi, n'est-ce pas ?

– *Touché !* dit Annie, en pensant à Phil Keane qui avait
fait tant de ravages dans sa vie et celle de Banks un an plus
tôt, ce dont elle ne s'était pas encore remise, à en juger par
sa conduite récente.

Charmant psychopathe, Keane avait usé d'elle pour faus-
ser une enquête sur un crime qu'il avait commis, et, sur le
point d'être pris, il avait failli tuer Banks.

– Mais Lucy Payne avait eu une enfance terrible, reprit
ce dernier. Ce n'est pas pour l'excuser, ni même expliquer
ses actes, mais comment mener une vie normale quand on
a été sexuellement abusée, jour après jour, année après
année, par ses propres parents ?

– La victime est devenue l'agresseur ?

– Je sais que ça fait cliché, mais n'est-ce pas souvent le cas ? Enfin, tu n'es pas venue pour entendre mon opinion sur Lucy Payne. D'une certaine manière, la mort a dû être une libération pour elle.

Il leva son verre, comme pour porter un toast, et but.

– C'est vrai. Je me suis dit que, si je voulais avoir une chance de pincer l'assassin, il me fallait rouvrir son dossier.

– Et pourquoi vouloir le pincer ?

– C'est ma nature. Ça m'étonne que tu me poses une telle question.

– Mais tu croyais comme moi à sa culpabilité !

– Je sais. Et alors ? Ça ne ferait au pire que renforcer ma détermination à élucider cette affaire.

– Tu veux prouver que tu peux surmonter tes propres préjugés ?

– Quel mal à cela ? Je ne l'ai peut-être jamais dit, mais j'ai été contente de la savoir paralysée. La mort aurait été trop douce pour elle. Ainsi elle allait souffrir davantage, et une part de moi-même trouvait cela juste, étant donné ce qu'elle avait fait à ces pauvres filles. Justice immanente...

– Et l'autre part de toi-même...

– ... me disait que je me cherchais des excuses. Malgré ce qu'elle avait fait, ce qu'elle était, Lucy Payne était un être humain. Dans nos sociétés, on a aboli la peine capitale, mais quelqu'un a décidé de faire justice lui-même et égorgé cette femme sans défense. C'est contraire à tous mes principes. En dépit de ce qu'elle avait fait, personne n'avait le droit de la supprimer.

– Quoi ? On aurait dû la laisser végéter ainsi ? Celui qui a agi ainsi lui a rendu service.

– Non, ce n'était pas un acte charitable.

– Qu'en sais-tu ?

– C'est que je n'ai jamais rencontré personne jugeant qu'elle méritait qu'on pleure sur elle, c'est tout ! Sauf toi, peut-être...

– En tout cas, ce n'est pas moi qui l'ai tuée.

– Allons, ne fais pas l'idiot.

Banks effleura sa cicatrice tout près de l'œil droit.

– Excuse-moi. Je ne voulais pas être sarcastique. Tout ce que je dis, c'est que tu dois bien réfléchir avant d'ouvrir cette boîte de Pandore. Tu sais quels seront les suspects principaux...

– Bien entendu. Parents, proches, amis des victimes. Cette voisine, Maggie Forrest, qui a été manipulée, puis trahie par Lucy. Peut-être l'un des policiers sur l'affaire. Un ami ou parent de Janet Taylor, qui est une autre victime dans cette histoire. Au fond, un tas de gens devaient souhaiter sa mort, y compris ceux qui recherchent la publicité. Tu imagines ce que cela représente ?

– Alors, pourquoi veux-tu retourner là-bas ?

– Parce qu'il le faut ! Je n'ai pas le choix, et c'est seulement là-bas que je pourrai trouver ce que je cherche...

– Ça fait un peu trop mystique pour moi...

– Eh bien, tu as écouté assez les Pink Floyd pour savoir ce que c'est, le mysticisme... Bref, en deux mots comme en cent : puis-je compter sur toi, Alan ? C'est ce que je suis venue te demander.

Banks soupira, prit une autre bouchée de hamburger et la fit passer avec la Tetley's. Puis il fixa Annie droit dans les yeux, avec une franchise inédite.

– Bien entendu ! dit-il doucement. Tu l'as toujours su. Je vais essayer d'organiser une réunion avec Phil Hartnell et Ken Blackstone à Leeds, demain matin.

Annie lui jeta une frite.

– Alors, pourquoi faut-il toujours que tu me tortures ?

Banks eut un sourire.

– Parce que tu aimes ça ! Enfin, maintenant que tu es là, tu vas pouvoir me dire tout ce qui se passe d'intéressant dans ta vie, actuellement.

– Tu veux rire ? répondit la jeune femme qui détourna les yeux en tortillant une mèche de cheveux.

Winsome n'avait jamais aimé travailler avec Templeton. Non parce qu'il était passé major avant elle, même si ça lui restait sur le cœur, mais parce qu'elle n'appréciait pas ses méthodes, son mépris des autres, pas plus que sa façon de la reluquer. Si elle avait voulu prendre un fiancé, ce qui n'était pas le cas, Templeton aurait été le dernier sur sa liste, mais puisqu'ils devaient travailler ensemble, elle tâcha de se dominer tandis qu'il déblatérait sur des boîtes et des DJ dont elle n'avait jamais entendu parler, quand il ne faisait pas allusion à des performances sexuelles dont elle n'avait cure, ou jetait des regards furtifs à ses formes. Elle aurait sans doute pu le dénoncer pour harcèlement sexuel, mais ce genre de démarche avait tendance à se retourner contre vous, surtout quand on était une femme. On n'allait pas cafter auprès du chef ; on réglait ça soi-même.

Elle avait dit à Banks que c'était prendre un gros risque que d'envoyer Templeton parler aux parents de Hayley Daniels. Banks avait répondu qu'il en était conscient, mais qu'on était en sous-effectifs actuellement, et que son point de vue pourrait être intéressant. Parfois, avait-il ajouté de façon mystérieuse, ses méthodes répugnantes et hétérodoxes pouvaient porter leurs fruits. Winsome en doutait : à la différence de Banks, elle avait vu ce fumier à l'œuvre. Annie Cabbot aurait compris, mais elle n'était pas là.

La jeune femme se gara devant la maison des Daniels, à Swainshead, s'attirant de nouveau les regards curieux et désobligeants des petits vieux sur le pont.

– Qu'est-ce qu'ils ont ? s'étonna Templeton. On dirait qu'ils n'ont jamais vu une Noire de leur vie !

– C'était sûrement le cas avant que je m'amène, répondit-elle.

Les journalistes étaient repartis et la maison avait l'air à l'abandon. Deux jours seulement s'étaient écoulés depuis l'annonce du décès de Hayley, et déjà l'endroit semblait misérable. Quand Winsome frappa, ce fut le père qui ouvrit. Il détourna les yeux et parut embarrassé de la voir, ce qui était naturel, mais il s'effaça pour les laisser passer. Donna McCarthy était dans le living, assise dans un fauteuil. Elle semblait n'avoir pas dormi depuis dimanche. Il y avait de la tension dans l'air, ce que perçut Winsome, qui se demanda si Templeton avait la même impression. De toute façon, elle savait d'expérience qu'il passerait outre et n'en ferait qu'à sa tête.

– Des nouvelles ? s'enquit Donna, tandis que son mari s'affalait dans un autre fauteuil, près de la fenêtre.

Les deux visiteurs prirent place sur le divan, et Winsome tira machinalement sa jupe sur ses genoux. Si elle avait su qu'elle sortirait ce matin-là avec Templeton, elle aurait mis un pantalon, au lieu d'une jupe stricte à fines rayures et d'une veste assortie. Elle le vit qui jaugeait déjà Donna McCarthy, calculant ses chances.

– Peut-être, dit-il. Mais nous avons encore quelques questions à vous poser.

– Ah ?

– Vous avez dit à ma collègue ici présente que vous ne saviez pas si Hayley avait des petits amis, mais qu'elle devait être sexuellement active. Exact ?

Donna tripota son alliance.

– Eh bien, je…

– Est-ce vrai, Donna ? intervint Daniels, rouge de colère. Tu as dit à la police que ma fille était une pute ?

– Pas du tout ! protesta Donna.

– Vous pouvez causer, vous ! Quand on se fait ligoter à un lit pour se faire secouer les burettes par une minette…

– Quoi ? s'exclama Donna, regardant son mari. Qu'est-ce qu'il raconte ?

– Vraiment, vous ne savez pas ? fit Templeton avec une mimique incrédule. Il ne vous l'a pas dit ?

– Je ne crois pas que ce soit…, commença Winsome.

– Non ! poursuivit Templeton en la faisant taire d'un geste. Elle est en droit de savoir !

– Savoir quoi ? fit Donna. De quoi parlez-vous ?

– Quand on a trouvé votre époux, il n'était pas à un congrès, ou alors c'était un congrès de vicieux. Il était attaché à un lit avec une jeune femme. Ma collègue était aux premières loges…

– Ordure ! s'écria Daniels. Vous allez me le payer !

– C'est vrai, Geoff ? Qui est-ce ? Cette petite garce du bureau, celle qui ne sait pas garder les cuisses serrées ?

Winsome leva les yeux au ciel.

– Du calme, tout le monde, dit-elle. Je suis navrée, monsieur et madame Daniels, mais il faudra régler cette question plus tard, entre vous. Nous avons à parler de choses bien plus importantes. Et personne n'a insinué que votre fille était facile, monsieur Daniels.

– Elle était innocente ! clama ce dernier. Innocente. Une victime. Vous comprenez, vous deux ?

Winsome acquiesça, mais elle vit que Templeton se préparait à une autre attaque. Mauvais signe.

– Bien entendu, dit-il. Et je regrette si j'ai pu laisser entendre que feu votre fille était une marie-salope. Ce n'était pas mon intention. Le point important qui nous occupe, c'est qu'elle avait peut-être un amant secret. Vous pourriez peut-être nous éclairer là-dessus… ?

– Quel amant ? Qui a dit cela ? fit Daniels.

– Peu importe, rétorqua Templeton. Est-ce vrai ?

– Qu'est-ce qu'on en sait ? répondit Donna, lançant un regard venimeux à son époux. Si c'était un secret…

– À votre avis ? Y avait-il des signes, des absences inexpliquées, des jours où elle ne disait pas où elle allait, des nuits où elle ne rentrait pas à la maison ?

– Parfois, elle dormait chez des copines de fac, si elle avait passé la soirée à Eastvale.

– Je sais, dit Templeton. Elle ne voulait pas conduire, de peur de finir paralytique. Vous savez que les gens peuvent oublier d'être raisonnables quand ils se bourrent la gueule ?

– Je ne crois pas qu'elle buvait à ce point. Elle allait juste s'amuser avec des camarades.

– Allons donc ! Elle était tellement bourrée, samedi, qu'elle est allée pisser toute seule dans la ruelle. Vous trouvez ça sensé ?

Donna fondit en larmes et Daniels bondit pour attraper Templeton par le col, hurlant :

– Comment oses-tu parler de ma fille comme ça, salopard !

– Bas les pattes ! dit Templeton en le repoussant avant de rectifier le tombé de sa veste.

Merveilleux ! songea Winsome, en regrettant que ce type n'ait pas réussi à lui flanquer un bon coup de poing. Voilà ce que donnait un interrogatoire mené par Templeton. Comment ce crétin avait-il réussi à passer major, à son âge ? Elle s'engouffra par cette brèche :

132

– Calmons-nous. Mon collègue n'est pas toujours très diplomate, mais il a soulevé des questions importantes, et vos réponses pourraient nous aider à arrêter l'assassin de Hayley. Lui connaissiez-vous un petit ami ?

Ils répondirent par la négative, Daniels fusillant Templeton du regard et Donna ayant l'air prête à les tuer tous les deux.

– Quelqu'un sait forcément quelque chose, dit Templeton. Vous n'allez pas me dire que vous ne saviez pas ce qu'elle fabriquait, où elle allait... ?

– Elle avait dix-neuf ans, répliqua Donna. Comment contrôler une jeune fille de cet âge ?

– Elle ne s'est jamais trahie ? demanda Winsome. Vous n'avez pas noté des petits signes, de femme à femme ?

– Maintenant, je me sens coupable, répondit Donna en prenant un mouchoir. À vous entendre, si j'avais été moins laxiste, ça ne serait pas arrivé.

– Pas du tout, vous n'avez rien à vous reprocher. Il n'y a qu'un seul coupable : l'assassin.

– Mais si je... enfin... si j'avais été...

– Saviez-vous qu'elle avait des préservatifs dans son sac à main ? lança Templeton.

– Non. Je n'ai jamais fouillé dans son sac.

Daniels jeta un regard écœuré à Templeton.

– Ça vous surprend ? ajouta ce dernier.

– Non, dit Donna. Elle savait qu'il fallait être prudent, dans ce domaine-là. Comme tous les jeunes d'aujourd'hui.

– Si elle avait une liaison secrète, dit Winsome, on s'interroge sur la raison de ce secret. C'était peut-être un homme plus âgé, marié...

– Je ne peux toujours pas vous aider.

Templeton s'adressa à Daniels :

– De ce côté-là, vous avez de l'expérience, hein ? Baiser Martina Redfern pendant que votre fille se faisait tuer. Vous les aimez jeunes, pas vrai ? C'est peut-être sur vous qu'on devrait enquêter...

S'il espérait provoquer un nouveau sursaut de colère, il en fut pour ses frais. Daniels semblait abattu, épuisé.

– J'ai fait des erreurs, dit-il. Beaucoup. Et j'espère seulement que Donna parviendra à me pardonner un jour. Mais

133

ce n'est pas ça qui vous aidera à trouver l'assassin de ma fille. Et maintenant, vous pourriez peut-être lever votre cul et aller vous mettre au boulot, au lieu de jeter de l'huile sur le feu ?

— Justement, monsieur, nous essayons de faire notre boulot, dit Winsome, surprise de se retrouver en train de prendre la défense de Templeton.

Mais pour sauver l'interrogatoire, elle devait défendre Templeton. Elle se jura qu'elle ne se laisserait plus jamais mettre dans cette situation – à aucun prix.

— Parlait-elle de ses profs de fac, par exemple ? dit-elle.

— Quelquefois, répondit Donna.

— Quelqu'un, en particulier ?

— Austin, lâcha soudain Daniels. Malcolm Austin. Tu te rappelles, Donna, celui qui avait accompagné les étudiants à Paris, en avril ?

— Ah, oui ! Elle a parlé de lui plusieurs fois. Mais il enseignait sa matière favorite. Je ne crois pas que c'était... enfin...

— Vous l'avez rencontré ?

— Non. On ne connaît aucun de ses profs. Quand elle était dans le secondaire, oui, mais au niveau de l'université, ça ne se fait pas, n'est-ce pas ?

— Donc, vous ne savez pas son âge, s'il est marié ou quoi... ?

— Désolée. Là-dessus, je ne peux pas vous aider. Vous avez demandé si elle avait parlé de quelqu'un, et c'est le seul.

— Ville romantique, Paris, dit Templeton, frottant ses ongles sur sa cuisse comme un joueur de cricket frotte la balle.

Winsome se leva.

— Eh bien, merci ! dit-elle. C'est un début. Nous irons parler à M. Austin.

Templeton restait assis, et son inertie énerva sa collègue. Étant d'un rang supérieur, c'était à lui de donner le signal du départ, mais elle était si stressée par son attitude et pressée d'en finir qu'elle n'y avait pas pensé. Enfin, il se releva lentement, lança un long regard insistant à Daniels et dit :

134

– Il faudra qu'on se reparle, mon vieux...

Puis il sortit sa carte et la tendit ostensiblement à Donna qui contemplait son mari comme un toréador considère le taureau.

– Si jamais vous avez une idée, continua-t-il, n'hésitez pas à me joindre, à toute heure du jour et de la nuit.

Une fois dehors, il agrippa Winsome par le bras, la serrant de si près qu'elle sentit son haleine mentholée, et dit :

– Ne me refais plus jamais ce coup-là !

– Il n'y aura plus d'autre fois, rétorqua Winsome, surprise de sa propre véhémence.

Puis, elle se dégagea sèchement et se surprit encore davantage en disant :

– Et ne me touche pas !

Banks fut heureux d'être rentré chez lui à une heure raisonnable, ce mardi-là, même s'il était encore préoccupé par les propos d'Annie au sujet du meurtre de Lucy Payne. De son bureau, il avait suivi à la télévision la conférence de presse donnée par le commissaire Brough dans l'après-midi, et à présent les médias ne parlaient plus que de Lucy Payne et des meurtres du 35, La Colline, ou la « Maison des Payne », comme avait un jour titré un journal.

Il mit *Heart of Mine* de Maria Muldaur dans son lecteur de CD et jeta un coup d'œil par la fenêtre tout en hésitant entre faire réchauffer l'agneau korma ou essayer encore le poulet Kiev de chez Marks & Spencer. Maria chantait « Buckets of Rain » – des « seaux de pluie » – de Dylan, mais le temps s'était très nettement amélioré. Le soleil se couchait et des bandes vermillon, magenta et écarlates, striaient le ciel à l'ouest, éclairant le ru au cours rapide qui, parfois, ressemblait à une sombre et tourbillonnante nappe d'huile. Le week-end prochain, on avancerait les pendules, et il ferait jour jusque tard dans la soirée.

Finalement, il se prépara un sandwich jambon-fromage et se servit un verre de chiraz Peter Lehmann. La chaîne hi-fi était dans l'extension, tout comme la télévision plasma, mais il avait installé des enceintes dans la cuisine et le salon, où il venait parfois s'asseoir pour lire ou travailler devant son ordinateur. Le canapé était confortable, les petites lampes cosy, et le feu de tourbe utile par les froides soirées d'hiver. Ce soir-là, il n'en avait pas besoin, mais il décida de dîner là tout de même, tout en lisant ses notes rapportées du bureau. Ken Blackstone et Phil Hartnell avaient été d'accord pour le voir à Leeds, le lendemain matin. Annie devait passer la nuit chez elle, dans sa fermette de Harkside, et il irait la prendre à neuf heures et demie du matin. Mais d'abord, les devoirs...

D'une certaine façon, il connaissait déjà le sujet. Pas besoin de lire les dossiers pour connaître leurs noms : Kimberley Myers, quinze ans, n'était pas rentrée du bal à l'école, un vendredi soir ; Kelly Diane Matthews, dix-sept ans, avait disparu lors d'une fête, à Leeds, un soir de Saint-Sylvestre ; Samantha Jane Foster, dix-huit ans, s'était volatilisée après une soirée poésie dans un pub, près de l'université de Bradford ; Leanne Wray, seize ans, s'était évanouie dans la nature alors qu'elle parcourait le court trajet à pied qui aurait dû ne lui prendre que dix minutes entre un pub et la maison de ses parents, à Eastvale ; Melissa Horrocks, dix-sept ans, n'était pas rentrée d'un concert pop à Harrogate. Cinq jeunes filles, toutes victimes de Terence Payne, surnommé le « Caméléon », et, comme le croyaient beaucoup de gens, de sa femme, Lucy, plus tard connue comme l'« Amie du Diable ».

Deux officiers de police qui faisaient leur ronde avaient été envoyés sur place, dans l'ouest de Leeds, à la suite d'un appel d'une voisine ayant entendu des bruits de dispute. Ils avaient trouvé Lucy Payne, inconsciente, dans le couloir, victime apparemment de son mari. Dans la cave, Terence Payne s'était jeté sur les policiers avec sa machette, tuant l'agent Dennis Morrisey. Sa collègue, Janet Taylor, avait réussi à lui asséner plusieurs coups de matraque et n'avait cessé de frapper qu'une fois l'agresseur à terre, hors d'état de nuire. Il était mort des suites de ses blessures.

Banks avait dû se rendre dans cette cave où la police locale avait trouvé le corps de Kimberley Myers, ligotée, nue, sur un matelas cerné de bougies, toute tailladée aux seins et au sexe. Les autres avaient été trouvées dépecées et enterrées dans l'autre pièce, et les autopsies avaient révélé qu'elles avaient été pareillement torturées. Ce dont il se souvenait le plus, en dehors de la puanteur, c'était des orteils pointant hors de terre tels de petits champignons. Il en faisait encore des cauchemars.

Il songea à sa conversation avec Annie et s'aperçut qu'il avait bel et bien été sur la défensive. L'image la plus nette qu'il avait gardée de Lucy, c'était quand il l'avait vue pour la première fois sur son lit d'hôpital, et elle était loin alors d'être aussi belle que sur certaines des photos parues dans les journaux. La moitié du visage était couverte de bandages, ses longs cheveux d'un noir d'encre étaient répandus sur l'oreiller, et l'œil visible, celui qui l'avait fixé avec une franchise déroutante, était aussi noir que ses cheveux.

Naturellement, elle avait nié toute implication dans les crimes de son mari, disant tout ignorer. Quand Banks lui avait parlé, il l'avait sentie sur le qui-vive, anticipant les questions, préparant ses réponses et montrant la juste dose de regrets et de douleur, mais jamais le moindre sentiment de culpabilité. Elle avait été, tour à tour, vulnérable ou effrontée, victime ou d'une sexualité déviante assumée. Dans son enfance, avait révélé l'enquête, elle avait connu des horreurs inimaginables – dans une maison au bord de la mer, un patelin perdu, les enfants de deux familles étaient soumis à des abus sexuels ritualisés par leurs propres parents, jusqu'au jour où des travailleurs sociaux avaient débarqué en pleine messe noire.

Il se leva pour se servir un autre verre de vin. Le niveau baissait bien trop vite. Tout en buvant, il songea aux gens qu'il avait rencontrés au fil de cette enquête, depuis les parents des victimes jusqu'aux voisins et camarades de classe de certaines de ces jeunes filles. Un enseignant avait même été soupçonné pendant un temps, un ami de Payne appelé Geoffrey Brighouse. Ça faisait beaucoup de monde, mais au moins Annie et son équipe auraient-ils l'embarras du choix.

Songeant aux victimes des Payne, Banks en vint à penser à Hayley Daniels. Il ne pouvait pas délaisser cette affaire pour aider Annie. Hayley méritait toute son attention.

Avec de la chance, à l'heure où, demain, il reviendrait de Leeds, certains des résultats d'analyse auraient commencé à arriver au compte-gouttes, tandis que, chacun de son côté, Wilson et Templeton auraient parlé à la plupart des amis de Hayley, et interrogé son éventuel amant, Malcolm Austin.

Banks savait qu'il avait fait une erreur en envoyant Winsome et Templeton interroger ensemble les parents. En les voyant revenir au commissariat, il avait deviné que ça n'avait pas collé. Ni l'un ni l'autre ne voudraient en parler, mais il sentait qu'était en cause plus que la libido hyperactive de Templeton.

Le problème, c'était qu'il avait été sincère en disant à Annie que Templeton pouvait être un bon flic et que, parfois, c'était grâce à sa brusquerie et son mépris des règles élémentaires de la bienséance. Mais il savait aussi que, lorsqu'il se demandait s'il y avait de la place dans son équipe pour un type comme lui – surtout vu la façon dont Winsome progressait –, la réponse était non. Le muter serait une bonne solution.

Il tenta de chasser Lucy Payne et Hayley Daniels de ses pensées. Maria Muldaur arrivant à la fin d'une autre chanson de Bob Dylan, il alla mettre un nouveau CD et se décida pour Bill Evans, le concert de *Half Moon Bay*, l'un de ceux auxquels il aurait aimé assister. Evans ayant présenté son bassiste et son batteur, ce fut la formidable « Waltz for Debby ». Il était encore tôt et il décida de passer le reste de la soirée chez lui, à écouter sa collection de jazz qu'il était en train de reconstituer petit à petit, et à lire *Après-guerre*. Il était en pleine guerre froide et dans « Que vas-tu faire du temps qu'il te reste à vivre ? » quand il remarqua que son verre était vide pour la seconde fois.

Il y avait des lustres qu'Annie n'était allée dans un restaurant à Eastvale, et elle était heureuse d'avoir accepté l'invitation de Winsome, même si elle savait que ce ne serait pas une soirée complètement libérée du boulot. La trattoria qu'elles avaient trouvée après les boutiques attenantes à l'église était excellente : pléthore de plats végéta-

138

riens et un pinard buvable bon marché. Elle attaqua ses pâtes primavera et son second verre de chianti – se sentant un peu coupable de se jeter dessus – tandis que Winsome mangeait des cannellonis en déballant tout ce qu'elle avait sur le cœur concernant Templeton.

– Donc, tu lui as dit le fond de ta pensée ? dit-elle dès qu'elle put en placer une.

– Je le lui ai dit.

– Et alors, qu'est-ce qu'il a répondu ?

– Rien. Pas un mot. Tellement choqué que je l'engueule... et moi, alors, tu penses si j'étais choquée ! Moi qui ne suis *jamais* grossière... !

Elle mit la main sur sa bouche et pouffa.

Annie fit chorus.

– T'en fais pas ! Les insultes glissent sur lui comme l'eau sur les plumes d'un canard. Demain, il sera redevenu normal – enfin, ce qui passe pour normal dans son cas...

– À présent, ça m'est bien égal. C'est vrai, je suis décidée, cette fois. L'un de nous deux doit s'en aller. Je ne pourrai plus travailler avec lui, le regarder piétiner les autres. Je ne sais pas si je vais être capable d'attendre sa mutation.

– Tu sais, personne n'a jamais dit que c'était facile d'être flic. Parfois, il faut rentrer dans le lard, être dur... Sois patiente et endure...

– C'est toi qui dis ça ! Je n'en reviens pas. Tu le défends !

– Mais non ! J'essaie seulement de te dire que si tu veux rester dans la police, il va falloir t'endurcir.

– Tu me trouves trop faible ?

– Tu as besoin de te faire une carapace.

– Tu ne trouves pas que les peaux noires sont plus épaisses que les blanches ?

– Quoi ?

– Tu m'as bien entendue ! Comment crois-tu que je fais pour supporter toutes les insinuations et insultes pures et simples ? Soit on me toise, soit on fait comme si on n'avait pas remarqué ma couleur, que j'étais comme tout le monde, mais au final on me parle comme à une enfant. À se demander ce qui est le pire. Sais-tu ce que c'est, d'être dévisagée ou vue comme un être inférieur, un animal, à cause de la couleur de sa peau ? Comme le père de Hayley Daniels, ou ces vieux sur le pont, à Swainshead...

– Je ne connais pas le père de Hayley, mais j'ai déjà vu ces vieux. Ils ne le font pas exprès. Je sais que ce n'est pas une excuse, mais c'est un fait. Et si je ne peux pas savoir ce que c'est d'être dévisagée en raison de la couleur de sa peau, je sais ce que c'est d'être traitée en inférieur parce que je suis une femme.

– Eh bien, multiplie ça par deux !

Annie considéra Winsome et se mit à rire si fort qu'un couple de personnes âgées, à une table proche, leur lança un regard réprobateur.

– Oh, et puis merde ! fit Annie en levant son verre. Mort aux cons !

Elles trinquèrent. Le téléphone d'Annie sonna et elle le tira de son sac à main.

– Oui ?

– Annie ? C'est Éric.

– Éric. Qu'est-ce que tu veux, bon sang ?

– Tu n'es pas très gentille...

– Je t'avais dit de ne pas me contacter sur cette ligne. Je suis en train de dîner avec quelqu'un.

– Homme ou femme ?

– Ça ne te regarde pas...

– OK, OK, désolé. Je demandais comme ça... Voilà, j'étais en train de penser à toi, et je me suis dit : « Pourquoi attendre jeudi ? » Ce soir, tu es manifestement occupée, mais demain ? Mercredi. Midi.

– Demain, je vais à Leeds, dit-elle en se demandant bien pourquoi elle prenait la peine de se justifier. Et je t'ai déjà dit que je ne viendrais pas, jeudi !

– Alors, à jeudi..., fit-il. Excuse-moi de t'avoir dérangée.

Il coupa. Annie fourra son mobile dans son sac.

– Un problème ? fit Winsome.

Annie grinça des dents, puis prit une inspiration profonde et une gorgée de vin. Elle regarda Winsome, pesa le pour et le contre, et dit :

– Oui, avec moi-même. Commandons une autre bouteille et je te raconte tous les détails sordides.

140

La serveuse arriva avec le chianti. Winsome finit ses cannellonis et s'accouda à la table. Annie remplit généreusement les deux verres.

– Bon, et maintenant, raconte..., dit Winsome.

– Ce n'est rien, en fait..., fit Annie qui ressentait de la gêne maintenant qu'elle se retrouvait au pied du mur.

– Tu avais l'air très contrariée, au téléphone. Qui était-ce ?

– C'est que... euh, l'autre soir, samedi, je suis allée en boîte avec des copines.

Elle se toucha les cheveux et rit.

– Pour autant qu'on puisse « aller en boîte » dans un bled comme Whitby.

– Et alors ?

– Eh bien, j'ai rencontré un mec et... de fil en aiguille... J'avais beaucoup trop bu et on avait fumé deux joints... Bref, pour te la faire courte, le lendemain matin, je me suis réveillée dans son lit.

– Tu... quoi ?

– Tu as bien entendu. J'ai rencontré ce mec et je suis allée chez lui.

– Et vous avez couché ensemble ?

– Euh... oui.

– Tu ne l'avais jamais vu ?

– Non. Winsome... qu'est-ce qu'il y a ?

– Rien. (Elle secoua la tête.) Continue...

Annie prit une bonne rasade de vin.

– Il s'est avéré qu'il était un peu plus jeune que je ne croyais, mais...

– C'est-à-dire ?

Annie haussa les épaules.

– Je ne sais pas. Vingt-deux, vingt-trois ans...

Les yeux de Winsome s'écarquillèrent.

– Un gamin ! Tu as levé un gamin dans un bar et couché avec lui !

– Ne sois pas si naïve. Ça arrive, tu sais.

– Pas à moi, non.

– Eh bien, c'est que tu ne vas pas là où il faut.

141

– Ce n'est pas ce que je voulais dire et tu le sais bien. Je ne plaisante pas. Moi, je ne serais jamais allée avec un type rencontré dans un bar, surtout quelqu'un d'aussi jeune.

– Mais Winsome, tu n'as que trente ans !

Les yeux de la jeune femme étincelèrent.

– Même, je n'aurais jamais fait ça avec un gamin de vingt-deux ans. Et tu… Comment as-tu pu… C'est dingue. Tu pourrais être sa mère !

– Winsome, détends-toi ! On commence à nous regarder. Peut-être que, si j'avais eu un gosse à dix-huit ans, j'aurais pu être sa mère, admettons… Mais ce n'est pas le cas, alors lâche-moi avec le complexe d'Œdipe.

– Il ne s'agit pas de ça.

– Je ne te savais pas aussi prude.

– Je ne suis pas prude ! Ce n'est pas être prude que d'avoir…

– Quoi ? Qu'est-ce que tu veux dire ?

– Une morale. Ce n'est pas bien.

– Oh, maintenant, le coup de la morale… ?

Annie but encore du vin. La tête commençait à lui tourner, et elle se sentait plus qu'un tantinet en colère.

– Eh bien, laisse-moi te dire où tu peux te la mettre, ta morale. Tu peux te la mettre au…

– Arrête !

Annie s'interrompit. Quelque chose dans le ton de Winsome la fit reculer. Toutes deux se trémoussèrent un moment sur leurs chaises, s'observant.

– Moi qui te croyais mon amie…, dit enfin Annie. Je ne m'attendais pas à une leçon de morale.

– Quelle leçon de morale ? Je suis choquée, c'est tout.

– La belle affaire ! Ce n'est pas le problème, d'ailleurs, son âge, le fait qu'on ait couché ensemble ou fumé des joints – enfin, le truc qui te défrise…

– Ne me parle pas sur ce ton !

Annie leva la main.

– Bien. Je vois que ça ne marche pas. Encore une de mes mauvaises idées. On va payer et s'en aller.

– Tu n'as pas fini ton vin…

Annie prit son verre et le vida.

– Je te laisse le reste de la bouteille, dit-elle en jetant un billet de vingt livres sterling sur la table. Et garde la monnaie !

Quand il entendit une voiture piler devant sa fermette, vers les neuf heures et demie, Banks s'alarma. Il n'attendait personne. En général, le seul à débarquer sans prévenir était son fils, Brian, qui était censé répéter à Londres avec son nouveau groupe. En fait, c'était le même, les Blue Lamps, sauf que celui qui cosignait les paroles des chansons et jouait aussi de la guitare avait été remplacé. Le son en était un peu changé, mais d'après les deux maquettes qu'il avait entendues, Banks trouvait que le nouveau guitariste était meilleur. La question des textes continuait à se poser, mais Banks était certain que Brian s'y mettrait.

Au moment où l'on frappa à la porte, il avait déjà fait quelques pas et, quand il ouvrit, il fut surpris de voir Annie.

– Pardon, il est tard, dit-elle. On peut entrer ?

Banks se recula.

– Bien sûr ! Un problème ?

– Non, pourquoi ? Alors, on ne peut plus passer voir un vieil ami quand on en a envie ?

En entrant, elle trébucha contre lui, et il lui prit le bras. Elle le regarda et eut un sourire bancal. Il la lâcha.

– Bien sûr que si ! dit-il, intrigué par ses manières et troublé d'avoir été arraché si cruellement à sa soirée de solitude avec son livre, son verre et sa musique.

Bill Evans avait cédé la place à John Coltrane, et le saxo ténor improvisait à l'arrière-plan, projetant l'une de ses fameuses « nappes de son ». Il savait qu'il lui faudrait un moment pour s'habituer à cette compagnie.

– Je t'offre un verre ? dit-il.

– Avec plaisir ! répondit Annie en balançant sa veste, qui atterrit sur l'écran d'ordinateur. Je prends comme toi…

Banks alla à la cuisine lui remplir un verre, en plus du sien, vidant la bouteille. Annie était appuyée au chambranle de la porte quand il le lui tendit.

– C'est tout ce qui restait ? dit-elle.

– J'en ai une autre...

– À la bonne heure !

Elle titubait bel et bien, songea Banks en la suivant dans le living où elle se laissa choir dans le fauteuil.

– Alors, qu'est-ce qui t'amène ? dit-il.

Elle but un peu.

– Bon, ça... Quoi ? Oh, rien. Je t'ai dit, visite de courtoisie. J'étais au resto avec Winsome, à Eastvale, quand j'ai pensé... que ce n'était pas très loin.

– Ça fait une trotte, quand même !

– Tu n'es pas en train d'insinuer que j'ai trop bu, n'est-ce pas ?

– Non, je...

– Bon, bon...

Elle brandit son verre.

– À la nôtre !

– À la nôtre, fit Banks. Qu'est-ce que Winsome avait à te dire ?

– Oh, des trucs. Ennuyeux. Ce connard de Templeton.

– Je sais que l'entretien avec les parents de Hayley ne s'est pas bien passé...

– Forcément ! À quoi pensais-tu en les mettant ensemble, ces deux-là ? Quelle idée de le garder, lui, dans ce commissariat !

– Annie, je ne souhaite pas discu...

Elle agita sa main en l'air.

– Non, je sais. Bien sûr. Moi non plus. Ce n'est pas pour ça que je suis venue. Laissons tomber ce fumier de Templeton, d'accord ?

– Je ne demande pas mieux.

– Et toi, Alan ? Comment ça va ? Julia Ford m'a demandé de tes nouvelles, tu sais. Elle est très séduisante, pour une avocate. Tu ne trouves pas ?

– Je n'ai jamais pensé à elle de cette façon-là.

– Menteur ! C'est quoi, la musique ?

– John Coltrane.

– C'est bizarre.

Banks fit mine de se lever.

– Je vais mettre autre chose, si tu veux.

144

– Non, non ! Reste assis. Je n'ai pas dit que je n'aimais pas, mais que c'était bizarre. Je ne suis pas contre les choses bizarres, de temps en temps. En fait, j'aime beaucoup.

Elle lui adressa un sourire ambigu et vida son verre.

– Oh ! là là ! On dirait qu'on va manquer de vin, finalement !

– Ça n'a pas traîné, dit Banks.

Il alla à la cuisine déboucher une autre bouteille en se demandant ce qu'il allait bien pouvoir faire d'elle. Il n'aurait pas fallu la resservir ; visiblement, elle avait sa dose. Mais elle réagirait mal si on le lui disait. Au besoin, il y avait toujours la chambre d'amis.

Quand il revint dans le living, la jeune femme s'était installée plus confortablement dans le fauteuil, les jambes repliées sous elle. Elle ne portait pas souvent de jupe, mais c'était le cas aujourd'hui, et le tissu s'était plissé, révélant la moitié de ses cuisses. Banks lui tendit son verre. Elle lui sourit.

– Je t'ai manqué ?

– Comme à tout le monde. Quand rentres-tu ?

– Non, je ne parlais pas de ça, idiot ! Je t'ai manqué, personnellement ?

– Évidemment.

– « Évidemment », fit-elle en écho. Quelle est ton opinion sur les minets ?

– Pardon ?

– Tu m'as parfaitement entendue.

– Oui, mais je ne vois pas très bien…

– Les gigolos. Tu sais ce que c'est, n'est-ce pas ? Les gigolos ne font pas de très bons amants, comme tu sais…

– Non, je ne sais pas.

Banks essaya de se rappeler sa jeunesse. Il avait sans doute été un piètre amant. Et l'était sans doute encore – piètre amant –, à dire vrai. Sinon, il aurait eu plus de chance pour trouver et garder une femme. Enfin, sa vie n'était pas terminée. Ce serait sympa d'avoir l'occasion de pratiquer, de temps en temps.

– Oh, Alan, dit-elle. Qu'est-ce qu'on va faire de toi ?

L'instant d'après, elle vint se mettre contre lui, sur le divan. Il sentit la chaleur de sa cuisse contre la sienne et son haleine dans le creux de son oreille. Ail et vin rouge. Elle frotta ses seins contre son bras et essaya de l'embrasser sur la bouche, mais il se détourna.

– Qu'est-ce qu'il y a ? dit-elle.

– Je ne sais pas. Ce n'est pas bien...

– Tu n'as pas envie de moi ?

– Tu sais bien que si. J'ai toujours eu envie de toi.

Annie se mit à s'escrimer sur les boutons de son chemisier.

– Alors, prends-moi ! dit-elle en se rapprochant de nouveau, haletante. Les hommes sont toujours partants, pas vrai ?

Une fois de plus, Banks se recula.

– Pas comme ça...

– Comment ça ?

– Tu as bu.

– Et alors ?

Elle se remit à déboutonner son haut. On voyait la ligne en dentelle noire du soutien-gorge et les douces rondeurs en dessous.

– Toi aussi, tu es prude... ?

– Écoute, ce n'est pas...

Annie lui mit un doigt sur les lèvres.

– Chut !

Il s'écarta.

Elle lui jeta un regard perplexe.

– Qu'y a-t-il ?

– Je te l'ai dit. Ça n'est pas bien, c'est tout. En plus, je ne crois pas que tu en aies envie. Je ne sais pas ce qui se passe...

Annie se détourna et, très vite, essaya de se reboutonner. Son visage était rouge de colère.

– Comment ça : « pas bien » ? C'est moi qui te dégoûte ? Je suis trop grosse ? Pas assez jolie ? Mes seins sont trop flasques ? Je ne suis pas assez bandante ? Pas assez bien pour toi ?

– Pas du tout. C'est...

– Oh, c'est toi ? Parce que je m'interroge, tu sais, poursuivit Annie en se levant pour atteindre sa veste et son sac, ce qu'elle fit en vacillant. Je m'interroge... Enfin, ta

146

minable petite vie est-elle à ce point palpitante que tu puisses te permettre de me repousser ? Hein ? As-tu une jolie minette de vingt-deux ans planquée quelque part ? Hein ? Je suis trop vieille pour toi ?

– Je te l'ai dit. Ce n'est pas du tout ça...

Mais c'était trop tard. Banks l'entendit dire :

– Oh, merde, Alan, va te faire f... !

Puis elle claqua la porte derrière elle. Quand il alla dehors, elle était déjà en train de démarrer. Il savait qu'il aurait dû tenter de l'arrêter, qu'elle était ivre, mais il ne voyait pas comment, à part en essayant de la traîner hors du véhicule ou en se jetant devant ses roues. Vu son humeur, elle l'aurait sans doute écrasé. Au lieu de cela, il entendit grincer les vitesses et la vit faire marche arrière en projetant des gravillons à une vitesse folle. Puis il entendit encore les mêmes grincements et elle s'éloigna dans l'allée pour traverser le petit village de Gratly.

Banks restait planté là, le cœur battant à grands coups, à se demander ce qui pouvait bien se passer. Quand il rentra chez lui, Coltrane entamait « My Favorite Things ».

7

L E BUREAU de Malcolm Austin était niché dans un angle de l'UER Voyage et Tourisme, au sein d'une grande et vieille bâtisse victorienne, à la lisière du campus. En quelques années, l'université d'Eastvale avait pris de l'ampleur et les immeubles trapus des années soixante, en brique et verre, n'avaient plus été assez vastes pour abriter toutes les UER. Plutôt que d'édifier de nouvelles constructions sans âme, la direction avait racheté des terrains environnants, y compris des pâtés de maisons, revitalisant ainsi le sud-est de la ville. À présent, c'était un quartier prospère, avec pubs, cafés, fast-foods, restos pakistanais, appartements ou studios pour étudiants. Des groupes de rock passables venaient même se produire dans le nouvel auditorium, et on disait que les Blue Lamps feraient une apparition pour inaugurer leur prochaine tournée.

Le bureau d'Austin était au premier étage, et quand Winsome frappa, il ouvrit lui-même. C'était une pièce chaleureuse avec haut plafond à moulures et grandes fenêtres à guillotine. La bibliothèque contenait un tas de guides de voyages, dont certains avaient l'air très vieux, et un poster de la Mosquée bleue d'Istanbul était affiché à un mur. Contre un autre, il y avait un vieux divan noir déglingué au cuir éraflé. Les fenêtres donnaient sur une cour pavée où, attablés sous les arbres, des étudiants étaient en train de consommer sandwiches et cafés tout en profitant du soleil printanier. À les voir, la jeune femme éprouva une bouffée de nostalgie pour ses années d'étudiante.

Austin avait la cinquantaine. Ses cheveux gris avaient la longueur à la mode et étaient coiffés en catogan. Son teint était très bronzé – sans doute l'un des avantages accessoires du métier, songea Winsome. Il portait un gros pull-over bleu à mailles torsadées, un jean délavé déchiré aux genoux, semblait faire du sport et était séduisant dans le genre grand dégingandé, avec sa mâchoire forte, son nez droit et sa grosse pomme d'Adam. Winsome nota l'absence d'alliance. Ayant tiré une chaise pour elle, il alla s'asseoir derrière son petit bureau encombré.

Tout d'abord, elle le remercia d'avoir accepté de la recevoir aussi tôt dans la matinée.

– Je préfère ! dit-il. Le mercredi, mon premier cours est à dix heures, et après, ça se gâte…

Son sourire était engageant et ses dents semblaient bien soignées.

– C'est au sujet de Hayley Daniels, n'est-ce pas ?

Un pli creusa son large front.

– Quelle tragédie ! Une jeune fille si brillante…

– Parce qu'elle était brillante ?

Winsome se rendit compte qu'elle ne savait rien de cet aspect-là de la vie de Hayley.

– Oh, oui ! Pas seulement à l'écrit. Elle avait de la personnalité, vous savez. Et ça compte dans le domaine des voyages.

– Sûrement. Lui connaissiez-vous un petit ami ou quelqu'un sur le campus à qui elle aurait pu être liée ?

Austin se gratta la tête.

– Honnêtement, non. Elle était du genre sociable, toujours dans une bande plutôt qu'avec tel ou tel. Je crois qu'elle aimait attirer l'attention.

– Y avait-il des personnes qui ne l'aimaient pas ?

– Pas au point de l'assassiner.

– C'est-à-dire ?

– Il se peut que d'autres filles lui aient envié sa ligne et sa beauté, sa bonne humeur permanente, et même ses bonnes notes. Certains assurent qu'on ne peut pas avoir tout à la fois – intelligence et beauté. Des garçons ont pu lui en vouloir de ne pas coucher avec eux…

– Stuart Kinsey ?

149

— C'est l'exemple qui vient aussitôt à l'esprit. Il était toujours pendu à ses basques, à baver. On voyait bien qu'il en pinçait pour elle. Mais Stuart ne ferait pas de mal à une mouche. Il serait plutôt du genre à rentrer chez lui pour composer de tristes poèmes d'amour.

— Quelle était votre relation avec Hayley ?

Austin parut perplexe.

— Quelle relation ? J'étais son maître de conférences. Elle assistait à mes cours, je notais ses devoirs. Je l'aidais à cadrer ses expériences professionnelles, la conseillais sur les différentes voies, ce genre de choses...

— Ses « expériences professionnelles » ?

— Oh, oui. Il ne s'agit pas seulement de théorie, vous savez. Nos étudiants ont la chance de travailler avec des agences de voyages ou des compagnies aériennes, parfois même à titre de représentants et guides à l'étranger. J'étais en train d'essayer de lui décrocher un stage chez Swan Hellenic, mais comme ils étaient en train de vendre leur bateau de croisière à Carnival, c'était en suspens...

Winsome croisa les jambes. Elle avait mis un jean, aujourd'hui – un beau –, ne voulant pas renouveler l'erreur de la veille, même si la probabilité d'être de nouveau associée à Templeton était quasi nulle.

— Hayley était très jolie..., dit-elle.

— Oui, sûrement. Il y a plein de jolies filles dans cette fac, vous n'avez pas remarqué ?

— Mais elle, c'était votre type... ?

— Qu'est-ce que ça veut dire ? Vous voulez savoir si on avait une liaison ?

— Eh bien ?

— Non ! Enfin quoi, elle avait dix-neuf ans !

Oui, songea Winsome, et la dernière conquête d'Annie Cabbot en avait vingt-deux. Trois ans seulement de différence. *Et alors ?* faillit-elle dire.

— Vous êtes marié ?

Austin hésita avant de répondre :

— Je l'ai été. Pendant vingt ans. On s'est séparés il y a quatre mois. Divorce par consentement mutuel.

— Je suis navrée de l'apprendre.

150

– C'est la vie. On s'éloignait l'un de l'autre depuis quelque temps.

Le fait d'être marié et l'âge de la fille étaient les deux points dont la plupart des hommes ne s'embarrassaient guère, songea Winsome, qui se rappela toute les fois où elle avait esquivé un geste déplacé à l'époque où elle travaillait dans l'hôtellerie.

– Vous n'avez jamais été tenté ? dit-elle. Toutes ces jolies filles, suspendues à vos lèvres… Parfois, elles doivent tomber amoureuses de vous. Quoi de plus naturel, le prestige du prof…

– On apprend à gérer…

Winsome observa un silence, puis demanda :

– Ça ne vous dérange pas de me dire où vous étiez, samedi soir ?

– Suis-je un suspect ?

– Si ça ne vous dérange pas…

– Très bien.

Austin la fusilla du regard.

– J'étais chez moi.

– Où ça ?

– Raglan Road.

– Près du centre-ville ?

– Oui. Pas loin.

– Vous n'êtes pas sorti ?

– Je suis allé au Mitre, sur York Road, pour y prendre un verre entre neuf et dix heures du soir.

– Quelqu'un vous y aura vu ?

– Les habitués.

– Et ensuite ?

– Je suis rentré à la maison. Comme il n'y avait rien d'intéressant à la télévision, j'ai regardé un DVD.

– Quel film ?

– *Chinatown.*

– Un vieux…

– Ce sont souvent les meilleurs. Le cinéma est l'une de mes passions. Quand j'ai dû choisir un métier, ça s'est joué à pile ou face entre ça et l'industrie des voyages. Je suppose que j'ai opté pour la solution de facilité.

– Mais vous n'êtes pas allé sur la place du marché ?

– Un samedi soir ? Vous me prenez pour un fou ?

Austin eut un petit rire.

– Je tiens à ma peau, moi !

Winsome sourit.

– C'est qu'on a un problème, voyez-vous. Nous savons que Hayley devait passer la nuit en ville et qu'elle n'avait pas l'intention de se rendre au Bar None avec ses copains. Elle devait se rendre dans un endroit mystérieux, et personne ne semble savoir où c'était.

– Hélas, là non plus, je ne peux pas vous aider…

– Vous êtes sûr qu'elle n'allait pas chez vous ?

– Pourquoi serait-elle venue ? Et qu'est-ce que j'aurais fait d'une ado ivre et immature ?

Winsome connaissait la réponse, mais la formuler à haute voix l'aurait fait rougir et elle se dit qu'il valait mieux le laisser y penser par lui-même. Aussi mit-elle fin à l'entretien avant de se retirer, en notant ses réserves dans un coin de sa tête. Elle n'était pas sûre de le croire quand il prétendait n'avoir pas couché avec Hayley, mais, sans preuves, on ne pourrait pas faire grand-chose.

Comme elle redescendait l'escalier, un étudiant maigre aux cheveux longs, et aux traits vaguement familiers, montait. En la croisant, il lui jeta un regard curieux. Au début, elle crut que c'était à cause de la couleur de sa peau. Ça lui arrivait très souvent, surtout dans une ville comme Eastvale où il n'y avait pas précisément une forte concentration d'immigrés. Ce fut seulement dans la rue qu'elle comprit que c'était autre chose. Reconnaissance ? Peur ? Culpabilité ? C'était l'un des garçons avec qui Hayley s'était trouvée sur la place, juste avant de disparaître dans le Labyrinthe. Winsome en aurait mis sa main à couper. L'un des garçons auxquels Wilson, le jeune stagiaire, n'avait pu parler, n'ayant pas encore retrouvé sa trace, semblait-il.

Banks allait être en retard. Il s'habilla en toute hâte après sa douche, descendit au rez-de-chaussée, rafla son mug isotherme et sauta dans sa Porsche. Une fois sur la petite route de campagne traversant les landes désolées, il brancha son iPod. La sélection aléatoire débuta par « That

Teenage Feeling » de Neko Case. Il consulta l'heure au tableau de bord : on devait pouvoir arriver chez Annie vers neuf heures trente, sauf ralentissements imprévus quand il s'engagerait sur la nationale.

Il se sentait encore ahuri et effaré par son comportement de la veille. Il avait vaguement espéré un coup de fil de sa part et était resté debout une partie de la nuit, à attendre, buvant encore plus et écoutant *Bitches Brew* de Miles Davis. Mais elle n'avait pas appelé. Quand il avait composé son numéro, le répondeur s'était enclenché. Idem avec son mobile. Il espérait qu'elle n'avait pas eu d'accident. Il avait même pensé joindre le commissariat quand elle était partie, mais cela ressemblait un peu trop à de la délation. Annie était bonne conductrice, même avec quelques verres dans le nez. Si elle se faisait prendre pour conduite en état d'ivresse, sa carrière en pâtirait énormément. Il espérait juste qu'elle était arrivée à bon port, et c'était le sens du bref message qu'il avait laissé sur son répondeur.

Quand, une fois à Harkside, il frappa à sa porte avec deux minutes d'avance, personne ne lui répondit. Il jeta un coup d'œil dans la rue où elle se garait d'habitude, mais l'Astra violette n'était pas là. Fait embêtant, mais il se dit pour se rassurer que si elle avait eu quelque chose, un accident ou autre, ç'aurait été dans les nouvelles locales, ce matin-là. Or, ce n'était pas le cas. Donc, plus probablement, elle était partie toute seule pour ne pas voyager avec lui.

Vexé et en colère, Banks se dirigea vers l'A1. Neil Young succéda à Neko Case – un foudroyant « Like a Hurricane » extrait de *Live Rust*, accordé à son humeur. À l'heure où, ayant affronté la circulation sur le périphérique intérieur, il se gara et parvint dans les locaux de la « Forteresse » de Millgarth, le commissariat du centre de Leeds, il avait six minutes de retard et Annie était assise dans le bureau très joliment décoré de Hartnell, en compagnie de l'inspecteur Ken Blackstone et de Phil Hartnell, le grand manitou qui avait supervisé l'enquête Caméléon six ans plus tôt.

– Désolé pour ce retard, dit-il en se glissant sur un siège vacant.

Annie fuyait son regard ; ses yeux semblaient gonflés, comme si elle avait pleuré ou souffrait d'une allergie.

– Pas de problème, dit Hartnell. On n'avait pas encore réellement commencé. Thé ? Biscuits ?

Il désigna le plateau sur son bureau.

– Merci.

Banks se servit du thé et prit quelques biscuits au chocolat.

Hartnell posa une fesse sur son bureau.

– L'inspectrice Cabbot était en train de nous briefer sur son enquête…

Banks jeta un nouveau coup d'œil à cette dernière. Elle s'obstinait à ne pas croiser son regard.

– Oui, dit-il. Euh… c'est son affaire à elle. Je ne suis ici que pour fournir des renseignements sur l'affaire Caméléon.

– Nous aussi, Alan. Nous aussi, déclara Hartnell.

Ce dernier avait épaissi en six ans, comme s'il avait cessé de faire de l'exercice régulièrement, se laissant aller. Il perdait ses cheveux. « On finit tous par vieillir, songea Banks, et plus tôt qu'on ne croit. » Il se souvint du jour où il avait remarqué qu'il commençait à grisonner aux tempes. Ensuite, ce serait les fichues taches brunes, se dit-il, lugubre, et le cancer de la prostate. Cela lui rappela le rendez-vous chez le médecin qu'il n'avait pas reporté. C'était pour bientôt.

– Vous étiez en train de parler du rapport d'autopsie… ? dit Hartnell, toujours perché, à Annie.

– Oui. Ça ne nous a rien appris qu'on ne savait déjà. Le légiste a répété qu'il est souvent difficile de dire, à partir d'une blessure par lame, de quelle main on s'est servi, mais il semble en faveur d'un mouvement de gauche à droite, compte tenu de la pression exercée et de la profondeur de la plaie. Ce qui donne un assassin droitier, probablement. Là encore, il n'a pas voulu se prononcer avec certitude sur l'arme utilisée, mais a insisté sur le fait que la lame était très coupante, et un rasoir à l'ancienne ou un genre de scalpel sont les éventualités les plus plausibles. Sinon, Lucy était tétraplégique. En l'occurrence, cela signifie qu'elle ne pouvait ni bouger ni parler. Quant à l'heure du décès, ce serait entre huit heures trente et dix heures trente du matin. Comme nous savons qu'elle a quitté Mapston Hall à neuf heures trente et a été retrouvée à dix heures quinze, cela permet d'affiner cette estimation…

Hartnell alla s'asseoir à son bureau.

– Bon, en quoi peut-on vous être utiles ?

– C'est surtout une question de noms. D'après les gens de Mapston Hall, Karen – pardon, Lucy – n'a pas eu de visiteurs à part cette mystérieuse « Mary » qui est venue la chercher ce dimanche à neuf heures trente du matin et, selon toute vraisemblance, l'aura tuée. Personne n'a vu sa voiture, et on n'a pas pu obtenir de signalement passable d'elle parce qu'ils étaient occupés et que nul n'a vraiment fait attention à elle, à part l'une des membres du staff.

Annie tira une enveloppe de son porte-documents et distribua des photocopies. Quand ce fut au tour de Banks, il lui arracha la sienne avec une hargne puérile. Annie l'ignora.

– Voici le portrait-robot établi avec l'aide de Mel Danvers, l'aide-soignante de Lucy, la seule à avoir vu « Mary ». Comme vous pouvez le voir, ce n'est guère exploitable.

En effet, songea Banks en étudiant la silhouette qui portait un chapeau de pluie, un long manteau vague, et dont le visage restait dans l'ombre, à l'exception des lèvres fines et du menton ovale.

– Il semble qu'elle ait caché exprès son apparence, dit-il.

Annie ne répondit rien.

– C'est vrai, convint Hartnell.

– Oui, lui répondit Annie. Elle n'avait pas vraiment besoin de cette panoplie. Il pleuvait depuis un moment mais ça se dégageait. Mel a dit aussi qu'elle avait eu la vague impression que cette femme avait la quarantaine.

– Vous travaillez à partir de l'hypothèse que le meurtrier connaissait la véritable identité de Lucy Payne ? s'enquit Hartnell, après avoir examiné et mis de côté le dessin.

– C'est la plus raisonnable pour le moment. Sinon, que nous reste-t-il ?

– Je vois ce que vous voulez dire. Étant donné que cette Karen Drew n'existait pas depuis très longtemps, ce serait plutôt curieux qu'on ait voulu la tuer, ou alors il s'agit

155

d'un meurtre gratuit, quelqu'un qui voulait tuer une victime sans défense, en fauteuil roulant, pour le simple plaisir ?

– En effet.

– Ce n'est pas entièrement exclu, intervint Blackstone. Mais c'est le scénario qui tient le moins bien la route.

– Précisément, fit Annie. Surtout maintenant que nous savons qui elle était vraiment.

Banks l'observa pendant qu'elle parlait. Elle était concentrée sur son travail, mais il savait que cela lui coûtait un effort, comme le fait de ne pas le regarder. C'était comme si elle luttait contre des forces puissantes essayant de la faire se tourner dans l'autre direction. Ses mâchoires étaient contractées et un muscle minuscule se crispait par intervalles, sous l'œil droit. Il aurait aimé passer le bras autour de ses épaules et lui dire de ne pas s'en faire, mais même s'il ne connaissait pas son problème, il savait bien qu'un simple signe d'affection ne résoudrait rien.

– Ce qui, poursuivit Hartnell, nous amène à cette question : combien savaient que Karen Drew était en réalité Lucy Payne ?

– Oui...

Annie ouvrit l'un des dossiers qu'elle avait apportés.

– Julia Ford voudrait nous faire croire que seuls elle-même et quelques autres membres de son cabinet étaient au courant, y compris Constance Wells, bien entendu, celle qui a géré les affaires de Lucy.

– Quoi de plus normal ? dit Banks. Elle ne veut avoir aucune responsabilité dans ce qui est arrivé à sa cliente.

– Il y avait certainement des médecins et des administrateurs à l'hôpital au courant, continua Annie, comme s'il n'avait pas parlé.

Blackstone le remarqua et lui jeta un regard interrogatif. Banks y répondit par un signe de tête. *Plus tard.*

– Et à Mapston Hall ? demanda Hartnell.

– Julia Ford dit que non, et c'était assurément l'intérêt de chacun de garder le secret, mais il est toujours possible que quelqu'un ait su la vérité.

– On aurait pu la reconnaître rien qu'en la voyant ? dit Blackstone.

156

– Réponse difficile, Ken, répondit Annie. La réponse courte est : je ne crois pas. Elle n'avait que vingt-huit ans, mais semblait avoir la quarantaine bien tassée. Ses cheveux étaient différents, plus courts, poivre et sel, et ils avaient perdu leur lustre. Sa figure était bouffie et sa silhouette... elle était devenue informe. Je doute qu'un individu l'ayant vue il y a six ans aurait pu la reconnaître. Non, il a fallu qu'on sache cela par d'autres moyens.

– Et il faut aussi prendre en compte le fait que toute personne informée a pu en parler à une autre, dit Blackstone.

– Oui, hélas.

– Y a-t-il quelqu'un à l'hôpital ou à Mapston Hall ayant un rapport quelconque avec l'affaire Caméléon ? demanda Hartnell. Avec les victimes ou leurs familles ?

– Bonne question, et c'est ce qu'on vérifie en ce moment même. Jusqu'à présent, on n'a encore rien trouvé, mais on n'en est qu'au début.

Hartnell frappa dans ses mains.

– Bien ! Malheureusement, j'ai une très longue liste pour vous, inspectrice !

– C'est mieux que rien...

Hartnell lui donna une feuille de papier et en remit des copies à Banks et Hartnell.

– J'ai fait la liste de tous les acteurs essentiels de l'affaire Caméléon, dit-il. Comme vous pouvez voir, j'ai mis aussi les familles des victimes. Certains couples se sont défaits depuis. Dans trois cas, pour être précis. Il est assez fréquent qu'une famille se disloque à la suite d'un tel drame. Les Myers, parents de la dernière victime, vivaient tout près de chez les Payne, et ils ont déménagé très vite pour aller dans le Sud. Je crois qu'ils sont dans le Devon, à présent. Comment leur en vouloir ? Bref, bon nombre de proches l'ont certainement mal pris quand Lucy Payne a échappé au procès. Il y a aussi l'amie de Lucy, Maggie Forrest, quoiqu'elle semble être retournée au Canada après sa dépression nerveuse. Elle est peut-être revenue. En tout cas, vous pourrez vérifier...

– Je suis d'accord, dit Banks. Moi, j'enquêterais de très près sur elle, si elle est dans le coin.

– Pourquoi ça, Alan ? demanda Phil Hartnell.

– Parce qu'elle était la plus proche de Lucy à bien des égards, et que cette dernière l'a trahie...

– Elle aurait pu être tuée, sans vous...

– Oui. Bref, le fait est que ses sentiments doivent être confus et conflictuels sur cette question. Et n'oublions pas qu'elle avait déjà quelques problèmes personnels. Elle voyait un psychiatre.

– OK. Ça devrait être votre première priorité, Annie. Trouver si cette femme est en Angleterre et, si oui, si elle a pu connaître l'identité de Lucy Payne et sa dernière adresse.

– Bien, répondit Annie, visiblement contrariée de devoir cette suggestion à Banks.

– Et la famille de Janet Taylor ? s'enquit Blackstone en détachant les yeux de sa liste. Si quelqu'un d'autre a souffert indirectement par la faute des Payne, c'est bien elle.

Hartnell se tourna vers Annie.

– C'est vous qui avez mené l'enquête sur le meurtre de Terence Payne par Janet Taylor, n'est-ce pas ?

– Contre ma volonté, répondit-elle, la mâchoire crispée.

– Je comprends. C'était une tâche moche, ingrate, mais qui devait être faite...

Banks savait que c'était à cause de Hartnell qu'elle avait hérité de cette « tâche moche, ingrate » – pour que ça reste une affaire « maison ». Il avait essayé d'intercéder en sa faveur, mais Annie était alors à l'Inspection générale, juste après sa promotion comme inspectrice, et l'affaire n'avait pas atterri par hasard sur ses genoux. La jeune femme n'en savait rien.

– Bref, continua-t-elle, Janet Taylor avait un frère aîné, et toute cette affaire a fait de lui un ivrogne plein d'aigreur. Il est connu pour lancer des menaces, même si sa véhémence est dirigée contre la façon dont l'enquête de police a été conduite concernant sa sœur. Il se peut que, s'il a su où elle était... On verra ça.

– Très bien. Ai-je oublié quelqu'un ?

– Eh bien, je suis en train de me dire..., fit Banks. Ça s'est passé il y a six ans. Et cela implique un changement significatif dans l'âge des protagonistes. Ils ont vieilli, comme nous !

Blackstone et Hartnell se mirent à rire.

– Mais dans certains cas, il y a plus...

– Où voulez-vous en venir, Alan ? fit Hartnell.

– Ceux qui étaient encore des enfants, à l'époque... Je pense en particulier à Claire Toth. C'était la meilleure amie de Kimberley Myers. Kimberley fut la dernière victime du Caméléon ; c'est elle qu'on a retrouvée morte sur le matelas, dans la cave. Elles étaient allées danser ensemble, mais quand le moment est venu pour Kimberley de rentrer chez elle, Claire était en train de danser avec un garçon qui lui plaisait et elle ne l'a pas accompagnée. Kimberley est partie toute seule et Payne l'a enlevée. Naturellement, Claire s'est sentie coupable. Pour moi, il y a une grande différence entre avoir quinze ans et en avoir vingt et un. Et elle vit depuis six ans avec cette culpabilité... Certes, d'après l'aide-soignante, Mary aurait la quarantaine, mais elle ne l'a pas bien regardée. Elle a donc pu se tromper. À dire vrai, ce portrait-robot est inutilisable. À mon avis, il ne faut écarter ni Claire ni une autre sous prétexte qu'elles ont moins de quarante ans.

– Dans ce cas, on va l'ajouter à la liste, certainement ! s'exclama Hartnell. Et d'ailleurs, ne négligeons personne ayant eu l'âge des victimes à l'époque. Comme a dit Alan, on change en vieillissant, et nul ne change plus vite et de façon plus imprévisible qu'un jeune. Cela inclut copains et copines, frères et sœurs, et *tutti quanti*... J'espère que vous avez une grande équipe, inspectrice !

Annie esquissa un sourire.

– Ça ne va pas être facile, mais on se débrouillera.

– Qu'est-ce que je peux faire d'autre pour vous ?

– Si vous pouviez me faire mettre de côté les dossiers du Caméléon dans un placard à balais, quelque part... J'aurai peut-être besoin de venir étudier des détails, de temps en temps.

– C'est comme si c'était fait ! Ken, vous pouvez voir ça ?

– Avec plaisir, répondit Blackstone. Tu pourras utiliser mon bureau, Annie. On manque un peu de placards à balais.

– Merci, Ken...

159

Hartnell se leva et consulta sa montre – signe d'un homme occupé.

– Bon, je crois qu'on a fait le tour... Je sais que personne ne va verser une larme sur la mort de Lucy Payne, mais en même temps je crois qu'on aimerait tous que justice soit faite...

– Oui, marmonnèrent-ils en quittant le bureau l'un après l'autre.

Dans le couloir, Banks tenta de rattraper Annie, mais elle filait vers une porte d'ascenseur ouverte. Il réussit à lui saisir l'épaule, mais elle se dégagea avec une telle vigueur que cela l'arrêta net. Il la regarda monter dans la cabine et les portes se refermèrent derrière elle. Puis il sentit une main amicale entre ses omoplates.

– Alan, mon vieux, dit Blackstone, je crois que tu as besoin d'un verre, et c'est peut-être même déjà l'heure de déjeuner...

Winsome trouva une cafétéria dans la rue, en face de l'UER d'Austin, et elle décida d'y attendre l'étudiant aux cheveux longs. Elle ne savait pas très bien ce qu'elle ferait quand il réapparaîtrait, mais on verrait bien.

Elle commanda un crème et se jucha sur un tabouret, devant la vitre, là où un long comptoir orange en plastique moulé était juste à la bonne hauteur pour y poser sa tasse. Elle était plus vieille que la plupart des clients, mais constata avec surprise qu'elle n'attirait pas trop les regards. Quoiqu'un peu trop « haut de gamme » pour une étudiante, son jean noir et sa veste courte zippée ne détonnaient pas en ce lieu.

En fait, si elle passait inaperçue, c'était qu'il y avait à une table deux étudiants chinois absorbés dans leur discussion ; à une autre, un duo de jeunes musulmanes portant le foulard islamique, tandis qu'une jeune Noire à dreadlocks parlait à un jeune Blanc vêtu d'un T-shirt Bob Marley et pareillement coiffé. Les autres étaient blancs, mais c'était le plus grand brassage racial que Winsome eût jamais vu à Eastvale. Elle se demanda où ils pouvaient bien passer, le samedi après-midi, quand elle faisait ses courses,

160

ou le samedi soir, quand la place du marché devenait un champ de bataille pour jeunes. C'était sûrement qu'il y avait assez de pubs, bars et cafés par ici pour qu'ils n'aient pas à risquer leur vie ou leurs abattis au milieu d'une bande de troufions ou de paysans. Pourquoi donc Hayley et ses amis étaient-ils allés dans le centre ? Pour vivre dangereusement ? Probablement était-ce les étudiants d'Eastvale ou des villages périphériques – les autochtones – qui hantaient la place du marché.

Winsome surveillait la porte du bâtiment d'Austin en sirotant son crème. Tout en attendant, elle ne put s'empêcher de repenser à la révoltante confession d'Annie, la veille au soir. Un gamin de vingt-deux ans, Seigneur ! Quelle mouche l'avait piquée ? Car ce n'était qu'un gamin. Le fils de Banks, par exemple, devait avoir cet âge, ou guère plus. Et elle qui l'avait considérée comme une femme respectable, un exemple ! Elle avait également cru en secret que Banks et Annie finiraient ensemble. À ses yeux, ils formaient un beau couple et elle aurait été heureuse d'être demoiselle d'honneur à leur mariage. Comme elle s'était trompée ! Pauvre Banks. S'il avait su, il aurait évidemment été tout aussi scandalisé.

Sa propre réaction l'étonnait elle-même, mais elle avait reçu une éducation stricte et même le fait d'être au contact des mœurs relâchées du monde moderne n'y changeait rien.

Lorsque Annie était partie en coup de vent, Winsome était rentrée chez elle. Elle s'était inquiétée de la savoir au volant, mais quand elle s'était retrouvée dehors, l'Astra avait disparu. Trop tard. Elle avait par ailleurs eu l'impression d'avoir laissé tomber son amie, de n'avoir pas dit ce qu'il fallait, de ne pas lui avoir exprimé la sympathie et la compréhension nécessaires, mais elle s'était sentie si choquée et désorientée, si écrasée par cette confession intime, au lieu de recevoir cela comme un cadeau, qu'elle n'avait pu faire autrement. Elle n'avait pas éprouvé de compassion. Ah, la solidarité féminine ! Il y avait autre chose, cependant, un problème avec ce garçon dont Annie n'avait pas eu la chance de lui parler, et cela aussi l'ennuyait.

161

Des étudiants passaient dans la rue, avec sacs à dos ou gibecières, en jean et T-shirt. Personne n'avait l'air pressé. C'était ça, la vie ! songea Winsome. Eux, ils n'avaient pas à se coltiner des cons comme Templeton ni à supporter la vision de cadavres de jeunes femmes le dimanche matin, dès potron-minet. Et ils devaient s'offrir des nuits et des nuits de sexe tous azimuts et sans complexe. Elle avait l'impression qu'elle aurait pu rester là éternellement, à siroter son café, à jouir du soleil, et une impression de quiétude enfantine l'enveloppa, ce genre de quiétude qu'elle avait connue chez elle, à la Jamaïque, au cours des longues, chaudes et tranquilles journées où l'on n'entendait que les petits oiseaux et le froufrou indolent des feuilles des bananiers dans la plantation.

Mais cela ne dura pas. Elle n'avait pas fini son café que le jeune homme sortait du bâtiment, regardait autour de lui en descendant les marches et s'éloignait dans la rue. Raflant son porte-documents et son sac, Winsome se lança à sa poursuite, laissant le reste de son café. Elle avait décidé que le mieux était de l'accoster et d'aller droit au but. Elle était officier de police, et lui un témoin – au minimum.

– Excusez-moi ! dit-elle au moment où il s'apprêtait à tourner le coin.

Il s'arrêta, l'air interloqué, et désigna sa propre poitrine.

– *Moi ?*

– Oui, vous. J'ai à vous parler.

– À quel sujet ?

Winsome lui montra sa carte.

– Hayley Daniels.

– Je sais qui vous êtes, mais je ne sais...

– Pas de ça avec moi ! Vous étiez sur la place du marché avec elle, samedi soir. Les caméras de surveillance vous ont filmés.

Le jeune homme pâlit.

– Je suppose que... euh... allons là...

Il entra dans un café. Ayant sa dose de caféine, Winsome opta pour une bouteille d'eau gazeuse tandis que le jeune homme, qui s'appelait Zack Lane, mettait une cuillerée de sucre dans son thé.

162

– Bon, dit-il. Je connaissais Hayley. Et alors ?

– Pourquoi ne pas être venu nous voir ? Vous deviez vous douter qu'on finirait par vous trouver...

– Pour être mêlé à un meurtre ? À ma place, c'est ce que vous auriez fait ?

– Naturellement. Où est le problème, si vous n'aviez rien à vous reprocher ?

– Ouais ! Pour vous, c'est facile à dire...

Il l'examina de près.

– D'un autre côté, peut-être pas tant que ça... Vous devez être bien placée pour savoir...

Winsome sentit qu'elle se hérissait.

– Quoi ?

– Allons, allons ! Pour commencer, je me demande bien pourquoi vous êtes entrée dans la police. Quelqu'un comme vous ! Ça n'a pas dû réjouir vos copains. On soupçonne toujours les Noirs. Il suffit qu'ils se baladent dans la rue et...

– Taisez-vous ! Et tout de suite ! dit Winsome en levant la main, et quelque chose dans son ton l'arrêta tout net. Je ne suis pas ici pour discuter racisme ou choix professionnel avec vous. Je suis ici pour vous poser des questions au sujet de Hayley Daniels, compris ? Vous avez dit savoir qui j'étais... Comment cela se fait-il ?

Zack sourit.

– Il n'y a pas d'autres flics noirs à Eastvale, dit-il. À part vous, que je sache, et votre photo a paru dans le journal. Je dois dire que je suis très surpris, d'ailleurs. Cette photo ne vous rendait pas justice. Vous auriez dû être en page trois.

– Assez de pommade ! dit-elle.

Alors qu'elle avait été mutée depuis peu à Eastvale, le journal local avait fait un article sur elle. Elle ébaucha un sourire.

– Vous deviez être très jeune, alors...

– Je suis plus vieux que j'en ai l'air. J'ai grandi à la campagne. Un petit gars du pays ! Mon père étant conseiller municipal, il aime qu'on reste en contact avec le pouls palpitant de la métropole !

Il rit.

– Vous êtes allé voir Malcolm Austin.

163

– Et alors ? C'est mon prof...

– Il est bien ?

– Pourquoi, vous voulez reprendre vos études ?

– Arrêtez d'être insolent et répondez à mes questions.

– Détendez-vous.

– « Détendez-vous » ? répéta Winsome, incrédule.

N'était-ce pas ce que lui avait dit Annie, la veille ? Elle planta un doigt sur la poitrine du jeune homme.

– « Détendez-vous » ? J'ai été parmi les premiers à voir le cadavre de Hayley, dimanche. Elle a été violée et étranglée. Alors, ne me dites pas de me détendre. Et vous vous prétendez son ami...

Le visage du garçon était devenu blême, et il parut penaud.

– C'est vrai, excusez-moi, dit-il en passant la main dans ses cheveux. Ça m'a secoué, cette histoire. Je l'aimais bien, cette idiote...

– Pourquoi, « idiote » ?

– Elle aimait faire scandale. Elle nous avait fait virer du Trumpeter et avait failli recommencer au Fountain.

– Je croyais que vous aviez été sages, là-bas.

– Vous êtes allée voir sur place, hein ?

– C'est notre boulot.

– Service-service ! Ben, oui, on s'est bien conduits. Sauf que Hayley a voulu piss... elle avait vachement envie d'aller aux toilettes, et des loubards les avait bousillées. Comme d'habitude. Qu'est-ce qu'elle l'a engueulé, Jamie, alors que c'était vraiment pas sa faute... !

– Jamie Murdoch ?

– Vous le connaissez ?

– On lui a parlé.

– On était à l'école ensemble. Il est originaire du Tyneside et ses parents se sont installés ici quand il avait douze ans. Un type bien. Calme, manquant d'ambition, peut-être.

– C'est-à-dire ?

– Il est allé à la fac, mais ça n'a pas collé. Il n'est pas bête, mais la vie d'étudiant ne convient pas à tout le monde. Il pourrait avoir d'autres prétentions que tenir un

164

bar, mais je ne suis pas sûr qu'il ait assez de cran pour se lancer...

– Samedi, il était seul là-bas...

– Oui, je sais. Comme souvent. Il a du mal à garder du personnel. Je crois que Jill Sutherland travaille là-bas pour l'instant, mais ça ne devrait pas durer.

– Pourquoi ?

– Trop bien élevée pour faire long feu dans un rade pareil, Jill...

– Et le propriétaire ?

– Terry Clarke ? Ce branleur ? Il est jamais là. Il a une résidence à temps partagé à Orlando ou Fort Lauderdale, un truc comme ça. C'est pas facile pour Jamie. Il n'a aucune autorité. Tout le monde s'essuie les pieds sur lui. Bref, Hayley s'est mise en pétard en voyant l'état des chiottes. Elle l'a traité de tous les noms, lui a dit d'aller les réparer tout de suite ou elle pisserait par terre. Elle était comme ça, cette fille. Mais on a réussi à la calmer à temps – à temps pour terminer nos verres, en tout cas.

Winsome nota mentalement qu'il faudrait aller bavarder de nouveau avec Jamie Murdoch et aussi localiser Jill Sutherland.

– Est-ce vrai qu'elle est allée dans Taylor's Yard pour utiliser les toilettes ?

– Oui, dit Zack, qui inclina la tête sur son épaule pour l'examiner. Enfin, c'est une façon de parler... il n'y a pas de cabinets, là-bas. Je vous l'ai dit, Hayley aimait bien faire scandale. Dès qu'on s'est retrouvés dehors, elle a annoncé au tout-venant qu'elle allait pisser. Pardon : qu'elle avait besoin d'aller aux toilettes et qu'elle allait faire ça dans le Labyrinthe.

Il observa un silence.

– Si elle avait fait sur le plancher, elle y serait pas allée...

– Personne n'a tenté de l'en dissuader ?

– Si, mais quand elle avait une idée dans le citron, celle-là...

C'était ce que Stuart Kinsey avait dit, songea Winsome.

– L'un d'entre vous aurait pu au moins l'accompagner...

Elle réalisa ce qu'elle avait dit trop tard et laissa sa phrase en suspens.

– Ce n'est pas les volontaires qui auraient manqué, répondit Zack avec un sourire affecté. Stuart, pour commencer. Moi-même, d'ailleurs... si j'avais été assez soûl. Mais je ne suis pas assez vicieux et Hayley n'était pas mon type. Oh, on a bien parlé d'aller là-bas pour lui sauter dessus et lui foutre la frousse, en la surprenant les fesses à l'air, mais c'était pour rigoler... On s'est finis au Bar None. Et Hayley...

– Elle ne devait pas vous y rejoindre après ?

– Non, elle allait dormir chez quelqu'un.

– Qui ? Une copine ?

Cela le fit rire.

– Les filles, c'était pas trop le truc de Hayley. Enfin, si, elle avait des copines – Susie et Colleen sont les deux noms qui me viennent à l'esprit – mais elle préférait traîner avec les garçons.

– Pouvez-vous me donner les noms de ceux qui étaient là, samedi ?

– Voyons... moi, Hayley, Susie Govindar, Colleen Vance... ensuite, Stuart Kinsey, Giles Faulkner et Keith Taft. C'est à peu près tout. Will, Will Paisley. Il était avec nous au début mais il nous a quittés pour aller voir des potes à Leeds. Très franchement, je crois qu'il a un mec là-bas. C'est à se demander quand il va faire son *coming-out*, celui-là. Enfin, on peut pas lui en vouloir... Être gay à Eastvale...

– Donc, après le départ de ce Will, vous étiez sept, c'est ça ?

– Plus un ou deux garçons qu'on a rencontrés en chemin.

– Vous avez dit que Hayley préférait la compagnie des hommes. Pourquoi ?

– À votre avis ? Parce qu'elle était le point de mire. Parce qu'ils auraient fait n'importe quoi pour elle. Parce qu'elle n'avait qu'à lever le petit doigt...

– À vous entendre, elle avait tout d'une loubarde...

– C'est que vous ne l'avez pas connue. En fait, il y avait autre chose. Bon d'accord, elle aimait bien se défouler le samedi soir, faire du chambard, mais c'était une bonne étudiante. Elle rendait son travail en temps et en heure, et elle avait de l'avenir. Intelligente, en plus. Parfois, il ne faut pas s'arrêter aux fringues voyantes et aux airs rebelles.

– C'est ce que vous avez fait ?

– On était sortis ensemble plusieurs fois, l'an dernier. Mais comme je vous l'ai dit, ce n'était pas mon type. Et pour vous répondre tout de suite : non, je n'ai pas couché avec elle. Ce n'était pas une traînée, elle était aussi fermée qu'un portefeuille d'Écossais, malgré ses fringues sexy. J'ai eu droit qu'au service minimum…

– Donc, c'était une allumeuse ?

– J'ai pas dit ça !

– Vous l'insinuez.

– Non, non ! Parfois. Elle aimait jouer, draguer, faire monter la pression, mais elle pouvait être sérieuse, aussi. C'était une fille avec qui on pouvait parler politique, musique, histoire. Elle avait ses opinions et des connaissances pour les justifier. Ce n'est pas parce qu'elle s'habillait comme ça qu'elle se donnait à tous les passants. Vous devriez le savoir, vous…

– Comment cela ?

– OK, vous vexez pas. Je veux dire que, dans votre boulot, ça doit vous arriver d'entendre dire qu'une fille l'a bien cherché, à se balader en minijupe, alors que ça ne devrait pas compter. Une fille devrait pouvoir se promener dans les rues d'Eastvale à poil, si ça lui chante, sans qu'on ait le droit de la toucher…

– Je suis sûre qu'on ne se priverait pas de regarder, tout de même ! fit Winsome en riant.

– Ça, c'est encore toléré par la société. Pour l'instant, dit Zack.

Il se tapota la tempe.

– Ça, et ce qu'on pense…

– Nous essayons de découvrir qui Hayley voyait, récemment. Si ce n'était pas vous, ni Stuart Kinsey, avez-vous une idée de qui ça pourrait être ?

Zack se ménagea une pause.

– Eh bien, elle n'a rien dit, mais…

Il jeta un coup d'œil en arrière, par la vitre.

– Je ne crois pas qu'il faille chercher plus loin que M. Austin.

167

– C'est chez lui qu'elle allait, samedi soir ?

– Je crois.

– Austin a nié toute relation avec elle.

– Évidemment ! C'est un coup à perdre son boulot. On ne prend pas ces choses-là à la légère, par ici.

– Vous êtes formel ?

– Là-dessus, oui. Je les ai vus ensemble. Il lui tripotait la cuisse, lui bécotait le cou.

– Quand ?

– Il y a un mois.

Winsome sentit son pouls s'accélérer. Zack Lane avait mérité qu'on l'attende, en définitive.

– Où les avez-vous vus ?

– Dans un pub du côté d'Helmthorpe. The Green Man. Ils devaient croire que c'était assez loin de la fac, mais j'étais allé là-bas participer à un tournoi de fléchettes.

– Ils vous ont vu ?

– Je ne crois pas. Je suis parti très vite après les avoir vus.

– Pourquoi ?

– Ça aurait été gênant, Austin étant mon prof...

– Ah oui, c'est vrai, dit Winsome en se levant. Merci, monsieur Lane. Merci beaucoup.

Maintenant qu'elle avait la confirmation de ses soupçons, elle sentait que les choses commençaient à progresser, et Malcolm Austin allait devoir répondre à un tas de questions difficiles la prochaine fois qu'il recevrait la visite de la police.

8

– A LORS, Alan, qu'y a-t-il ? La tension était à couper au
couteau, tout à l'heure !

– Tu crois que Phil Hartnell l'a remarqué ?

– On n'accède pas à ce niveau de responsabilité sans
remarquer ce genre de chose. Il a dû croire à une dispute
d'amoureux.

– Et toi ?

– Ce serait une déduction logique, sauf que...

– Oui ?

– Vous n'êtes plus ensemble, n'est-ce pas ?

– C'est vrai. Du moins, c'est ce que je croyais...

– Qu'est-ce que tu veux dire ?

Ils s'étaient assis sur un banc, devant le Pack Horse, dans
une petite ruelle. Les murs étaient plus hauts, mais
l'endroit évoquait pour Banks le Labyrinthe et Hayley
Daniels. Il attaqua son haddock-frites, une pinte de Black
Sheep à côté de lui. Il y avait déjà un groupe d'étudiants à
une table, en train de discuter d'un concert de Radiohead,
et la foule des employés de bureau arrivait au compte-gouttes,
les hommes avec cravate desserrée et veste sur l'épaule, les
femmes en jupe longue en tissu imprimé et haut sans
manches, sandales ou escarpins découvrant les orteils. Le
temps s'était nettement réchauffé depuis dimanche, et le
week-end s'annonçait bien.

– Si seulement je le savais ! répondit Banks.

Sentant que ce n'était pas à lui de dire à Ken ce qui
s'était passé exactement la veille au soir, il lui en donna la

169

version expurgée, sans faire aucune allusion aux avances d'Annie, ni à ce qu'il avait éprouvé quand ses seins et ses cuisses s'étaient frottés contre lui. Désir et danger. Et il avait choisi de se préserver du danger plutôt que de céder au désir. Mais cela non plus, il ne pouvait l'expliquer à Ken. Il y avait eu de la jalousie, aussi, quand elle avait parlé de « minets ». Il avait lu quelque part que la jalousie ne peut exister sans désir.

– Alors, de quoi s'agit-il ? demanda son collègue.

Banks se mit à rire.

– Je ne suis pas son confident, tu sais ! D'ailleurs, ça fait plusieurs semaines qu'elle travaille dans le secteur est. On n'est plus en contact. Il se passe quelque chose dans sa vie, c'est tout ce que je peux dire...

– Elle n'avait pas l'air bien ce matin.

– Je sais.

– Tu dis qu'elle était ivre quand elle est venue chez toi ?

– Ce fut mon impression.

– Elle a peut-être un problème avec la bouteille. C'est fréquent, dans notre métier...

Banks contempla sa pinte à demi vide. Ou bien à demi pleine ? Avait-il un problème avec la bouteille ? D'aucuns auraient répondu oui. Il savait qu'il buvait trop, mais pas au point d'avoir la gueule de bois tous les matins ou de bâcler son boulot, donc il inclinait à ne pas trop s'en préoccuper. Quel mal y a-t-il à prendre quelques verres de vin chez soi, en écoutant Thelonious Monk ou les Grateful Dead ?

De temps en temps, il avait le cafard et se laissait aller à broyer du noir sur les ultimes chansons réalistes de Billie Holiday ou *Modern Times* de Dylan, en se servant un ou deux verres de plus. Et alors ? Comme Annie l'avait dit, qu'y avait-il dans sa pauvre petite vie qui lui permette de repousser une femme comme elle ?

– Je ne crois pas que ce soit cela, répondit-il. Annie a toujours apprécié la bière, mais elle tient l'alcool. Non, je crois que c'est le symptôme, pas la cause.

– Problème sentimental ?

– Pourquoi faut-il toujours qu'on pense à ça ? C'est peut-être le boulot...

170

Mais tout en disant cela, Banks n'en était pas convaincu. Il y avait des choses qu'elle avait dites, la nuit précédente, des choses qu'il n'avait qu'à moitié comprises, mais il avait deviné que c'était sentimental. Il avait été impliqué dans sa vie privée, autrefois, et n'était pas sûr de vouloir que ça recommence.

– C'est peut-être la perspective de rouvrir le dossier Lucy Payne et Janet Taylor, dit-il, espérant au moins infléchir le cours de la conversation, sinon en changer.

Blackstone savoura sa gorgée de bière.

– Elle l'a mal vécu, à l'époque. C'est elle qui a eu la part la plus difficile.

– Tout le monde en a bavé, mais je vois ce que tu veux dire. Tu as des idées, toi ?

– Sur qui a fait le coup ?

– Oui.

– Comme a dit le chef, la liste est longue. Une chose qui me chiffonne, c'est la *précision*...

– C'est-à-dire ?

– Eh bien, admettons que l'assassin n'a pas eu trop de mal à découvrir la dernière adresse de Lucy Payne. Je sais que Julia Ford prétend que le cabinet a tout fait pour dissimuler son identité, mais quand on veut vraiment quelque chose... Une indiscrétion, on fouille dans les archives, en graissant la patte au besoin. Donc, supposons que la trouver n'a pas été très difficile. Le point essentiel, c'est la méthode. S'il s'agit d'un membre de la famille d'une victime, un être aigri et déséquilibré, pourquoi ne pas l'avoir poussée tout simplement dans le vide ?

– Je sais. Pour agir ainsi, il fallait s'être préparé. Se munir d'un rasoir, si c'est bien un rasoir...

– Oui. Et même si on suppose que l'assassin était préparé, que c'était prémédité, il n'en reste pas moins qu'il était plus facile de la flanquer dans le vide. La victime n'était en mesure ni de confesser quoi que ce soit, ni de montrer de la peur ou de ressentir de la douleur. Elle ne pouvait même pas parler.

– Tu suggères que l'assassin n'est pas à chercher chez les acteurs de l'affaire Caméléon ?

171

– Je n'en sais rien. Mais c'est une éventualité digne d'être prise en compte. Quelqu'un voulant se venger du tort fait à un proche peut-il agir avec un tel sang-froid alors que c'est la haine, sa motivation ?

– Si l'assassin avait tout simplement balancé Lucy du haut de la falaise, le corps aurait pu ne jamais être retrouvé.

– Mais on aurait sans doute récupéré le fauteuil roulant, et cela leur aurait appris ce qui s'était passé...

– Possible.

– Je me trompe peut-être, mais c'est que je pense tout haut. Elle aurait pu survivre à cette chute ?

– Non, Ken, je crois que tu es sur la bonne voie. C'était un meurtre de sang-froid, voilà. Un acte à exécuter avec efficacité. Comme par un tueur à gages. L'assassin devait voir la victime mourir de ses mains, la regarder mourir. Il devait être sûr... Après tout, Lucy Payne étant déjà tétraplégique, que pouvait-on lui faire de plus, sinon éteindre sa vie complètement – ou le peu qu'il en restait ?

– Et ce qu'il en restait était à l'intérieur...

– Quoi ?

– Non, je divague. Tu as raison. C'était une méthode efficace. Ainsi le boulot était fait, et tout le monde pouvait le voir. Il y a quelque chose à déduire de cela.

– Tu penses que l'auteur du crime voulait exprimer quelque chose ?

– Oui, le fait de la saigner à mort. Et qu'est-ce qu'on a voulu exprimer par là ? Quand on aura la réponse, je crois qu'on pourra rayer beaucoup de gens de cette liste.

– « On » ?

– Les membres de l'équipe d'Annie.

– Mais c'est comme un prolongement de notre enquête, n'est-ce pas ? Une façon de boucler la boucle ?

– Oui. On pourrait mettre Jenny Fuller sur le coup. Elle a travaillé sur la première affaire.

– J'ignore où elle est pour le moment. Je crois qu'elle a quitté Eastvale pour de bon. Elle pourrait être en Amérique ou en Australie, autant que je sache. Ça fait une éternité que je ne l'ai vue...

– Des regrets ? Vous avez un passé commun ?

– Et comment ! Mais ce n'est pas ce que tu crois. Ce que j'ai à me reprocher à son sujet, c'est ce que je n'ai pas fait ! Les occasions manquées...

– Hum !

– On se connaît depuis très longtemps, c'est tout. Depuis que je suis dans la région, en fait. On s'est rencontrés à l'occasion de ma toute première affaire. Les choses auraient pu être différentes, mais voilà, c'est trop tard à présent. J'ai raté le coche...

Ils finirent leurs boissons et repartirent dans Briggate. Le beau temps avait attiré les gens dans le centre et la zone piétonne était bondée. Les commerçants faisaient des affaires : Marks & Spencer, Harvey Nichols, Debenhams, Currys Digital. Toutes les mères de quatorze ans étaient sorties pour exhiber leur bronzage aux UV, tenant leur poussette d'une main et, de l'autre, leur cigarette. Ayant pris congé de son collègue et promis de le retrouver bientôt autour d'un curry et de quelques pintes, Banks alla chez Muji acheter une poignée de ces petits calepins à couverture cartonnée qui lui plaisaient tant, puis il entra chez Borders pour voir s'ils avaient *White Heat*. Il avait apprécié le premier volume traitant de l'histoire de la Grande-Bretagne dans les années cinquante par Dominic Sandbrook et avait hâte de lire le second – sa période à lui, les années soixante – quand il aurait fini *Après-guerre*. Ensuite, il irait voir les nouveaux CD au HMV.

Retournant à Whitby, une heure et demie plus tard, Annie ne se sentait pas particulièrement fière de son petit numéro. Il faisait très beau et la mer s'étalait sous ses yeux, un camaïeu de vert et de bleu. Elle ne lui avait jamais vu des teintes aussi vives et vibrantes. Les toits de tuiles rouges des maisons se chevauchaient à flanc de colline, et les murailles du port avançaient dans l'eau comme des pinces de crabe. Toute cette scène, flanquée de chaque côté par de hautes falaises, ressemblait plus à un tableau abstrait qu'à un endroit réel.

Des hauteurs, on pouvait aisément voir les deux moitiés distinctes de la ville, scindée par l'estuaire : East Cliff, avec son abbaye en ruine et l'église St Mary telle la coque d'un navire retourné ; West Cliff, avec ses rangées de *bed-and-breakfast* ou d'hôtels victoriens, la statue du capitaine Cook et la mâchoire massive d'une baleine. Si elle appréciait le paysage, que son œil de peintre transformait en tableau abstrait, son esprit était préoccupé par Banks, Éric et, par-dessus tout, sa propre conduite aberrante. « Elle a perdu le contrôle... » Il n'y avait pas une chanson qui portait ce titre ? Banks aurait su. Banks. Et zut ! À quoi avait-elle pensé ? Avait-elle cru qu'une petite baise rapide avec lui arrangerait tout ?

Plus elle songeait à sa désastreuse soirée du samedi, plus elle était persuadée que ce n'était pas la différence d'âge, l'ennuyeux. Après tout, si cela avait été dans l'autre sens, si elle avait eu vingt-deux ans, il aurait semblé parfaitement normal à n'importe quel homme de quarante ans et plus de coucher avec elle – personne ne devait repousser une Keira Knightley ou une Scarlett Johansson. Il y avait aussi plein de femmes quadragénaires qui s'étaient vantées auprès d'elle de séduire des petits jeunes. Elle aurait dû être carrément ravie d'avoir conquis Éric, au lieu de ressentir de la honte, de se sentir souillée. Mais elle savait bien que si elle éprouvait cela, c'était parce que ça ne lui ressemblait pas.

Si elle se sentait aussi mal, c'était parce qu'elle avait toujours cru qu'elle choisissait de coucher avec des types avec qui on pouvait parler le lendemain matin. Le fait qu'ils étaient souvent plus vieux, plus mûrs, comme Banks, n'avait jamais eu d'importance. Ils avaient plus d'expérience, plus de conversation. Les jeunes étaient si égocentriques, si vaniteux. Même jeune, elle avait préféré les hommes plus âgés, ceux de son âge lui paraissant superficiels et dénués de tout, hormis peut-être d'énergie sexuelle. Certaines s'en contentaient peut-être. Et elle aussi aurait peut-être dû s'en contenter, mais non. Sinon, elle ne se serait pas sentie aussi mal.

Le plus perturbant, et elle n'arrivait pas à l'oublier, c'était qu'elle n'avait pas compris ce qu'elle faisait. Elle avait perdu les pédales. Pour une raison ou une autre, elle avait tellement bu qu'être draguée par un jeune type bien balancé, alors qu'elle venait d'avoir la quarantaine et commençait à se sentir cacochyme, cela lui avait plu. Se laisser emballer par un parfait inconnu alors qu'on a déjà la gueule de bois, ce n'est jamais glorieux, certes, mais le pire était que cet inconnu aurait pu être son fils.

Et elle ne pouvait même pas prétendre avoir été forcée, piégée ou autre. Il n'y avait pas eu de Rohypnol, de GHB, seulement l'alcool et quelques joints ; et en plus, malgré son ivresse, elle avait participé activement à ce qui s'était passé. Elle ne se rappelait pas les détails, seulement des attouchements empressés, des étreintes, des grognements de brute et ce sentiment que tout avait été très vite expédié, mais elle se rappelait son excitation et son enthousiasme du début. Au fond, il avait dû être tout aussi déçu qu'elle.

Puis, il y avait l'épisode avec Banks, hier soir. Là encore, à quoi avait-elle pensé ? À présent, plus rien ne serait comme avant ; elle ne pourrait plus jamais le regarder en face. En plus, elle avait mis Winsome et Banks dans une position délicate en conduisant dans cet état. Elle aurait pu perdre son permis, être suspendue. Et s'il n'y avait eu que ça...

Les couleurs de la mer changèrent tandis qu'elle descendait la route tortueuse à flanc de colline, et bientôt elle fut au niveau des maisons, arrêtée à un feu rouge du centre-ville où régnait la tranquille animation quotidienne. Une meute de journalistes s'était attroupée devant le commissariat, brandissant micros et magnétos devant tous ceux qui entraient ou sortaient. Annie se fraya un chemin dans la foule avec l'aide des agents en tenue affectés au maintien de l'ordre et se rendit dans la salle des enquêteurs où l'attendait la traditionnelle scène de chaos maîtrisé. Elle venait à peine d'entrer que Ginger vint à sa rencontre.

– Ça va ? Tu es toute pâle...

– Ça va, maugréa Annie. Ces fichus reporters m'énervent, c'est tout. Du nouveau ?

– Un message pour toi d'un ex-inspecteur, Les Ferris...

– Oui, eh bien... ?

– Il travaillait chez nous, mais il est à Scarborough aujourd'hui. En retraite, officiellement, mais on lui a donné un placard et on l'emploie comme chercheur auxiliaire. Apparemment, il est doué.

– Et alors ?

– Il a dit qu'il voulait te voir, c'est tout.

– Qu'est-ce que je suis populaire, en ce moment...

– Il dit qu'il s'agit d'un vieux dossier, mais il pense que ça pourrait concerner l'enquête sur Lucy Payne.

– OK, je vais tâcher de m'éclipser tout à l'heure pour aller le voir. Rien d'autre en mon absence ?

– Non. On est retournés à Mapston Hall. Rien de nouveau. Si jamais quelqu'un a su que Karen Drew était Lucy Payne, il le cache bien...

– On va devoir constituer une équipe pour chercher des fuites éventuelles, creuser un peu plus profond. Il faut enquêter sur tous ceux qui travaillaient pour Julia Ford, le personnel de Mapston Hall, de l'hôpital, les services sociaux, tout ! Vois si on ne peut pas avoir de l'aide à Nottingham et divisons le reste entre nos meilleurs enquêteurs. Il va falloir faire des heures supplémentaires.

– Oui, chef !

– Et je pense qu'il faudrait poser des questions dans d'autres directions également, dit Annie en sortant les dossiers de son porte-documents. Il va falloir élargir la base de notre enquête. Prends cette liste de noms et partage entre toi, Naylor et le reste de l'équipe, entendu ? Des gens ont souffert à divers titres par la faute de Lucy Payne il y a six ans, la plupart dans le West Yorkshire. J'ai déjà contacté nos collègues là-bas ; ils nous aideront dans toute la mesure du possible. Il nous faut dépositions, alibis, la totale. J'irai voir Claire Toth moi-même, demain. Elle était proche de la dernière victime des Payne et se sentait coupable de ce qui est arrivé. Des questions ?

– Non, fit Ginger en survolant la liste du regard. Mais on a du pain sur la planche, dirait-on...

– Et encore, ce n'est pas fini. J'en ai encore d'autre pour toi.

– C'est trop gentil.

– Une jeune Canadienne vivait en face de chez les Payne. Elle était devenue très amie avec Lucy, même après son arrestation. On la voyait apparaître à la télévision

176

pour prendre sa défense, dire que Lucy était une pauvre victime.

– Je vois...

– Elle était également présente quand Lucy Payne a eu son « accident ». Lucy vivait chez cette femme, à ce moment-là. Tu imagines comme elle a dû se sentir trahie... Bref, elle doit être notre suspecte principale si elle est dans le pays. Maggie, ou Margaret Forrest. Comme elle était illustratrice de livres pour enfants, il y a de fortes chances pour qu'elle soit toujours dans ce créneau-là. Contacte les éditeurs, les associations professionnelles, que sais-je. Tu connais la musique...

Elle lui passa un dossier.

– Tout est là-dedans.

– Tu as dit qu'elle était canadienne. Et si elle était rentrée chez elle ?

– Dans ce cas, ça ne sera plus notre problème.

– Et si jamais je la trouve ?

– Viens tout de suite me le dire. Cet entretien-là, je me le réserve...

Jill Sutherland, la barmaid à temps partiel du pub The Fountain, était dans la cuisine quand Winsome se rendit à son appartement, à deux kilomètres environ de la fac.

– J'allais faire du thé, dit-elle. J'arrive à peine. Vous en voulez ?

– Bien volontiers ! dit Winsome.

Jill apporta la théière et deux tasses, avec lait et sucre, sur un plateau, puis elle s'assit en croisant les jambes sur le petit divan, face à la table basse. Son salon était clair et bien aéré, on sentait un léger parfum de désodorisant. Une anodine musique pop passait à la radio, interrompue de temps en temps par une voix guillerette, mais le volume était si bas que, heureusement, Winsome ne pouvait en saisir un traître mot. Elle s'installa face à la jeune fille et sortit son calepin.

Jill sourit. C'était une jolie rousse au petit nez en trompette et au teint pâle, constellé de taches de rousseur, qui portait un jean et un T-shirt noir. En somme, elle avait un

177

air innocent dont Winsome décida qu'il devait être trompeur.

– Que puis-je pour vous ? dit-elle.

– En fait, je n'en sais rien. C'est à propos de samedi soir, au pub The Fountain. La jeune fille assassinée, Hayley Daniels, avait été là-bas. Nous essayons de rassembler le plus de renseignements possible.

L'expression de Jill changea.

– Oui, c'est terrible. Pauvre fille. C'était dans le journal. Quand je pense que j'aurais pu être en train de bosser juste à côté. Ou même de passer par là !

– Vous allez dans le Labyrinthe toute seule ?

– En général, quand je travaille. C'est un raccourci. Je me gare sur le parking du château. Je n'avais jamais pensé que ça pouvait être dangereux.

– Il faut être plus prudente.

Jill haussa les épaules.

– Je n'ai jamais eu aucun problème. Il n'y avait jamais personne là-bas.

– Quand même… Vous connaissiez Hayley ?

– Vaguement…

– Vous êtes étudiante à la fac, vous aussi ?

– Oui. Science médico-légale.

Winsome sourcilla.

– Science médico-légale ? J'ignorais qu'il existait un cursus !

– C'est tout nouveau. Au bout de deux ans, on peut étudier la chimie analytique à l'université de Leeds.

– C'est là que vous avez rencontré Hayley, à la fac ?

– Voyage et Tourisme, c'est tout à côté. On allait à la même cafétéria. Parfois, je la voyais en ville, en train de faire des courses.

– Et au pub ?

– Une ou deux fois.

– Mais vous n'étiez pas amies.

– Non, juste des connaissances. On se saluait, c'est tout.

– Samedi dernier, vous vous étiez fait porter pâle, n'est-ce pas ?

178

– Oui.

– Qu'est-ce que vous aviez ?

– Un rhume.

À la façon dont Jill fuyait son regard et rougissait, Winsome devina que ce n'était pas l'exacte vérité. Comme pour détourner les soupçons, Jill choisit ce moment pour se pencher en avant et servir le thé. Ce faisant, elle toussa légèrement et porta la main à sa bouche.

– Lait ? Sucre ?

– Oui, merci.

Winsome prit la tasse et retourna à ses questions :

– Ça va mieux, à présent ?

– Oui, merci.

– Vous pouvez être franche avec moi. Je suis allée dans ce pub. Vous n'aviez pas pris froid, n'est-ce pas ? Vous vouliez tout simplement ne pas travailler…

Les yeux de Jill s'emplirent de larmes.

– J'ai besoin d'argent. Mes parents n'ont pas les moyens de m'entretenir.

– On doit pouvoir trouver mieux…

– Sûrement, et je cherche… En attendant, il y a ce pub.

– À quoi ça ressemble, de travailler avec Jamie Murdoch ?

– Il est sympa.

– Il ne vous a jamais importunée ?

– Il m'a fait des propositions, mais j'ai dit non. (Elle fronça le nez.) C'est pas franchement mon type. Il a pas été très gâté par la nature, hein ?

Winsome eut un sourire.

– Quelle a été sa réaction ?

– Il a été déçu, naturellement, mais n'a pas insisté. Non, c'est pas lui, le problème. Le problème, c'est que… j'arrive pas à me faire à tous ces ivrognes et à leurs manières. Je sais que les gens ne sont pas vraiment eux-mêmes quand ils ont beaucoup bu, mais l'atmosphère peut être très stressante. Il y a toujours des bagarres, des conflits de toutes sortes, et Jamie n'a pas la carrure d'un videur.

– Et alors, que se passe-t-il ?

– Oh, en général, ils se calment. C'est rare qu'on ait un blessé. C'est les insultes qui pleuvent et les grossièretés – je

179

ne suis pas bégueule, mais... Et puis, toute cette fumée. Parfois, c'est irrespirable. Quand j'arrive chez moi, je commence par flanquer toutes mes fringues dans le panier, et puis je prends un bon bain.

– Ça devrait s'améliorer en juillet. Autre chose vous embête ?

Jill marqua une pause et se mordilla la lèvre inférieure.

– Ce n'est pas bien de cafter, dit-elle enfin, mais cet été, quand j'ai pris le tunnel sous la Manche pour passer un week-end en France avec Pauline, Jamie m'avait demandé de m'arrêter pour remplir le coffre de bière pas cher et de cigarettes.

– Ce n'est pas illégal...

– Je sais, mais vendre cette marchandise dans un pub, ça l'est. Je connais un tas de gens qui le font et, je le répète, je ne suis pas une sainte-nitouche, mais je ne voulais rien faire qui puisse me nuire dans le futur, surtout que je vais être amenée à travailler avec la police. Ce serait de la folie.

– C'est vrai, dit Winsome.

L'alcool et les cigarettes de contrebande n'étaient pas une découverte sensationnelle, mais c'était une autre bribe d'info à ajouter au dossier. Quant à mettre au courant les Douanes, un pub comme The Fountain était tellement minable que cela ne vaudrait sûrement pas la peine d'enquêter là-dessus.

– Jamie prétend qu'il est resté là-bas jusqu'à deux heures et demie du matin pour faire le ménage, les toilettes ayant été saccagées.

– Je sais. Il me l'a dit. Ça ne m'étonne pas.

– C'était déjà arrivé ?

– Pas à ce point-là, mais une fois quelqu'un a cassé des vitres et ils bouchent souvent la cuvette avec le papier hygiénique. Quand je vous parlais de l'ambiance... Le week-end, j'ai horreur d'y aller, et le reste du temps c'est mort, sauf parfois à midi. Je suis désolée d'avoir laissé tomber Jamie comme une vieille chaussette. Maintenant, j'ai des remords. Dire qu'il était tout seul là-bas pendant que... cette chose arrivait.

Winsome se leva.

– Il s'en remettra. Merci beaucoup, Jill, vous m'avez été d'un grand secours.

Catherine Gervaise – madame la commissaire – avait convoqué son monde dans la salle de réunion du QG du secteur ouest à dix-sept heures, ce mercredi-là, alors que certains des rapports d'expertise commençaient à arriver au compte-gouttes. Stefan Nowak, coordinateur de la scène du crime, était là pour faire la liaison avec le labo, en plus du Dr Elizabeth Wallace, de Banks, Templeton, Wilson, Hatchley et Winsome, qui venait de parler à Jill Sutherland.

– OK, dit Gervaise, une fois tout le monde installé devant un café, avec bloc-notes et stylo. Additionnons ce qu'on a pour l'instant. Pour commencer, Nowak est là pour représenter les experts. Je sais qu'il est sans doute encore trop tôt, mais avez-vous quelque chose pour nous, Stefan ?

– Pas grand-chose, hélas ! répondit Nowak. Ce sont surtout des informations négatives. Le service technique a réussi à agrandir la plaque minéralogique de la voiture qui passait au moment où Hayley Daniels est entrée dans le Labyrinthe, mais il s'agissait en fait d'un couple revenant du restaurant très chic sur Market Street où il avait fêté son anniversaire de mariage.

– Et Hayley elle-même ? Rien de plus sur ce qui est arrivé là-bas ?

– Le violeur ayant mis un préservatif, on...

– Hé, minute ! s'exclama Banks. Et le sperme sur la cuisse de la victime ?

– J'y arrivais. Tout ce que je puis suggérer, c'est qu'il était pressé et qu'il en a renversé en ôtant le préservatif, ou que ce sperme appartient à une tierce personne. On attend toujours les résultats de l'analyse ADN.

– Ils étaient *deux* ? dit la commissaire.

– Pas forcément deux agresseurs. L'un a pu avoir des rapports librement consentis avec elle, dans l'hypothèse où elle se serait engagée seule dans le Labyrinthe.

– Et quelqu'un d'autre l'aurait tuée ? demanda Templeton.

– Possible.

– Elle est allée dans le Labyrinthe pour se soulager, fit remarquer Winsome. Et ce n'était pas une prostituée.

– Je ne dis pas le contraire ! protesta Nowak, tout interdit. Je dis seulement que les résultats ne sont pas probants. On sait que quelqu'un a eu des rapports avec elle en utilisant un préservatif, car on a trouvé des traces d'un lubrifiant employé par une marque connue, mais on a aussi trouvé des traces de sperme sur sa cuisse et sur deux chutes de cuir. Tels sont les faits. Ce n'est pas à moi de spéculer, mais j'aimerais bien savoir pourquoi un assassin, assez malin pour nettoyer un cadavre jusqu'à un certain point, pourrait laisser ces traces de sperme, à moins que ce soit arrivé ultérieurement ou qu'elles appartiennent à quelqu'un d'autre. Il y a une légère incohérence...

– Oui ? fit Gervaise.

– Le liquide séminal n'était pas aussi sec qu'il aurait dû l'être, étant donné l'heure du décès.

– Comme je l'ai déjà expliqué, fit le Dr Wallace, très légèrement sur la défensive, l'heure du décès est toujours, au mieux, une estimation grossière.

– C'est ce que j'ai pensé, dit Nowak.

– Quelle heure, alors ? demanda Banks.

Nowak regarda le Dr Wallace avant de répondre.

– Je ne vois pas de raison de contester l'estimation primitive, entre minuit et deux heures du matin. D'autres raisons peuvent expliquer cette incohérence. On y réfléchit.

– Très bien, dit la commissaire.

– J'ai noté dans mon rapport d'autopsie que la victime a pu se débattre, dit le Dr Wallace. Avez-vous trouvé des fibres dans ce qu'on a raclé sous ses ongles ?

– Hélas, non, répondit Nowak. Comme mentionné dans votre rapport, les ongles étaient trop courts pour avoir pu griffer quelqu'un. Tout ce qu'on a, ce sont quelques fibres de coton assez communes.

– Il y a une chance pour qu'on puisse les identifier ? fit Gervaise.

Nowak secoua la tête.

– On est encore dessus, mais elles peuvent provenir de n'importe quelle marque. Plus encore, elle a pu les ramasser à son insu à tout moment, au cours de la soirée. Rappelez-vous : elle était en bande, et tout le monde a pu la toucher, ou la frôler à un moment ou à un autre.

– Des cheveux ? dit Banks.

– Seulement les siens et ceux de Joseph Randall.

– Donc, notre assassin avait une cagoule ! dit Hatchley.

Cela ne fit rire personne.

– On a la preuve qu'il a essuyé le corps, dit le Dr Wallace. Lavé la zone pubienne.

– En oubliant le sperme…, fit Banks.

– On dirait, dit Nowak. Ou bien, c'est arrivé après le nettoyage.

– Possible, convint le Dr Wallace.

– Pas d'empreintes digitales ?

– Aucune. Désolé.

– Moi qui croyais que vous pouviez faire des miracles, vous autres ! déclara Banks, voyant que tout se dérobait.

Nowak regarda le Dr Wallace.

– Parfois, c'est l'impression qu'on donne, mais on dépend entièrement des indices collectés.

– Pas de chance avec les criminels notoires ? demanda Gervaise.

– Rien, dit Banks. On les a interrogés, mais tous ont des alibis. On travaille encore là-dessus.

Une fois de plus, Gervaise se tourna vers Nowak.

– On a oublié quelque chose ?

– Je ne crois pas. La police technique et scientifique a décortiqué la scène aussi soigneusement que de coutume. Entre autres choses trouvées, il y a des traces d'urine de la jeune fille à l'extérieur de la réserve, ce qui est logique, puisqu'on nous a dit qu'elle était allée là-bas pour se soulager. Également des traces de vomi, qu'on a comparées au contenu de son estomac. Donc, selon toute vraisemblance, elle a été également malade. On a fouillé les bâtiments voisins. La plupart sont vides ou servent d'entrepôts. Rien.

– Donc, on a affaire à un assassin particulièrement rusé ? demanda Templeton.

– Pas nécessairement. On peut s'interroger sur l'intelligence d'un assassin qui prend le soin de nettoyer le corps mais rate une goutte de sperme. Il a peut-être eu simplement de la chance... Mais ne nous voilons pas la face : aujourd'hui, quiconque s'apprête à commettre un crime en a assez vu à la télévision. Le public ne sait que trop bien qu'il existe des experts, ne serait-ce qu'à travers les fictions télévisées. Les gens savent qu'il faut faire attention, et à quoi faire attention. Dans certains films, on leur donnerait presque le mode d'emploi !

– Ce que je veux dire, madame la commissaire, reprit Templeton, c'est qu'on pourrait avoir affaire au premier d'une série. Notre assassin s'était préparé, il a nettoyé sa victime – cela suggère un plan...

– Cela ne signifie pas qu'il projette d'autres meurtres ! protesta Banks, ni que l'assassin ne connaissait pas sa victime. Si Stefan a raison et qu'il y a deux individus impliqués, l'assassin n'est peut-être pas le violeur. A-t-on retrouvé la trace de la mère biologique de Hayley ?

– Elle a suivi son petit ami en Afrique du Sud, dit Winsome. Elle n'est pas rentrée.

Banks se tourna vers Templeton.

– Je crois qu'on vous a compris, Kev... Jim, vos recherches ont-elles abouti ? Est-ce qu'il y a eu des crimes analogues dans la région au cours des dix-huit derniers mois ?

– Il y a eu beaucoup de disparitions de jeunes filles, répondit Hatchley, mais la plupart ont refait surface, et les autres n'avaient pas disparu dans les mêmes circonstances que Hayley Daniels.

– Merci, Jim. Poursuivez vos recherches.

Banks s'adressa à Templeton :

– Pour être sûr qu'il s'agit d'un tueur en série, il faut une seconde, puis une troisième victime. Ce pourrait être un crime non prémédité, un viol ayant mal tourné – pas forcément le fait d'un tueur en série en devenir...

– Est-ce qu'on ne pourrait pas mettre au moins des hommes dans le Labyrinthe, les week-ends ?

– Je ne suis pas certaine qu'on pourrait justifier ces frais, déclara la commissaire. Nos effectifs sont insuffisants. On a déjà dépassé notre budget expertise.

– L'agression a dû être spontanée, jusqu'à un certain point, intervint Winsome. Personne ne pouvait prévoir que Hayley irait dans le Labyrinthe avant qu'elle ne quitte le pub avec ses amis, à minuit dix-sept.

– Mais ses amis le savaient ? dit la commissaire.

– Oui. Elle le leur avait dit à l'extérieur du pub. Cela a été filmé.

– Qui d'autre était au courant ?

– Personne, à notre connaissance.

– Donc, c'est l'un de ses amis. Ou les loubards de Lyndgarth, ceux qui ont mené la vie dure au barman du pub.

– Non, déclara Templeton. On a vérifié. Apparemment, après avoir été expulsés du pub, ils ont piqué une voiture et sont partis en virée... Ils ont eu un accident non loin d'York. Rien de grave, juste quelques plaies et bosses, mais ils ont passé une bonne partie de la nuit à l'hosto et avec la police d'York.

– Dans ce cas, on peut les rayer de notre liste.

– Un détail, dit Winsome. Quand je suis allée lui parler, Jill Sutherland m'a dit qu'elle traversait souvent le Labyrinthe à pied quand elle allait travailler au Fountain. C'est un raccourci depuis le parking.

– Donc, vous pensez que l'assassin attendait Jill et qu'il a eu Hayley à la place ?

– Pas forcément, madame. Mais il pouvait se dire qu'il avait une bonne chance de trouver une victime, s'il savait cela.

– Ma théorie, reprit Templeton, c'est que l'assassin était déjà là, *à l'intérieur* du Labyrinthe. Winsome a raison. C'est l'*emplacement* qui compte, pas l'identité de la victime. Il était peut-être déjà venu sur place pour arpenter l'endroit, mais rien ne s'était passé et il attendait une opportunité. Il savait qu'elle se présenterait, qu'une malheureuse jeune fille viendrait par-là un jour, seule – Jill Sutherland, par exemple – et qu'il pourrait frapper. Ces individus sont d'une patience infinie. Cette fois, il a eu de la chance.

– Le major Templeton n'a pas forcément tort, déclara le Dr Wallace.

Elle était venue habillée en civil aujourd'hui, et Banks avait eu du mal à la reconnaître. Silhouette svelte, cheveux tirés en arrière et coiffés en chignon, sous-pull noir et jean, tennis. Il avait l'impression qu'elle aurait pu être très séduisante, si elle l'avait voulu, mais que cela ne l'intéressait pas.

– Si j'en crois mon expérience, ou mes lectures, quand des victimes présentent des blessures analogues à celles de Hayley Daniels, il s'agit presque toujours d'un tueur en série. J'ai regardé les photos prises sur la scène du crime : le corps semble « poser ». Elle n'aurait pas pu être ainsi après le meurtre. Elle aurait été… exhibée, abandonnée comme une poupée de chiffon. Mais non. Il l'avait tournée soigneusement sur le côté, en cachant les « dégâts », ce qu'il avait fait, comme pour faire croire qu'elle dormait. Il avait même nettoyé le corps. Ceux qui ne tuent qu'une fois ne se donnent pas toute cette peine, en général.

– Je comprends ce que vous dites, déclara Banks, mais j'ai vu des cas où quelqu'un ayant tué un proche avait dissimulé les blessures par honte, ou avait même recouvert le corps avec une veste ou un drap. Aucun meurtrier, sinon un criminel endurci, ne sait comment il va réagir après l'acte, et cette sorte de réaction – l'horreur – est assez banale.

– Eh bien, dit le Dr Wallace, je m'incline devant votre science, bien sûr, mais je le répète : ça pourrait n'être qu'un début. Des signes tendent à prouver que l'assassin va de nouveau frapper. Et le Labyrinthe est l'emplacement idéal.

– Très bien, dit la commissaire. Nous avons compris. Mais comme je l'ai déjà dit, à ce stade de l'enquête, on ne peut pas se permettre de truffer le Labyrinthe de policiers les vendredi et samedi soir. De plus, ne croyez-vous pas que, si vous avez raison, et s'il s'agit d'un tueur en série potentiel, il aura la prudence de choisir un autre coin ?

– Pas forcément, répondit Wallace. Je ne suis pas psychologue, mais j'ai quelques lumières sur le comportement criminel, et les gens s'attachent à certains endroits. Le Labyrinthe est assez vaste et compliqué pour séduire ce genre de personnalité. Il pourrait trouver que cela correspond à son état mental, par exemple, son tumulte intérieur. Les ténèbres, les coins et recoins dans lesquels on peut disparaître à son gré…

– Et toutes les issues permettant d'entrer et sortir sans être filmé par une caméra, ajouta Templeton. Le toubib a raison, poursuivit-il, s'attirant un froncement de sourcils du Dr Wallace qu'il ne remarqua pas. Il rôde dans le secteur à des heures où il a des chances de rencontrer un tas de jeunes filles ivres qui n'ont plus toute leur tête. Il y a sans doute d'autres quartiers tout aussi sombres et isolés près du centre-ville, et il faudrait aller y voir aussi, mais ils sont plus ouverts. Le Labyrinthe est parfait pour lui. Souvenez-vous que Jack l'Éventreur n'opérait que dans Whitechapel.

– Oui, mais le quartier de Whitechapel était bien plus vaste, objecta la commissaire. Je suis désolée, mais le mieux qu'on puisse faire pour le moment est d'augmenter le nombre des patrouilles régulières dans le secteur et de placarder des affiches dans les pubs pour recommander aux gens d'éviter d'aller seuls là-bas, surtout les femmes. Et de rester groupés. Pour l'instant, ça devrait être suffisant. De plus, l'endroit est toujours une scène de crime et va le rester pour quelque temps. C'est sécurisé.

– Seulement l'entrée de Taylor's Yard, argua Templeton, et si vous êtes un assassin, ce n'est pas ça qui va vous empêcher de…

– Suffit, Templeton. Le sujet est clos.

– Oui, madame, répondit Templeton, pinçant les lèvres.

Pendant quelques instants, le silence fut total, puis Gervaise demanda à Banks quelle serait la suite.

– Nous avons plusieurs possibilités, répondit ce dernier. Joseph Randall, Stuart Kinsey, Zack Lane, Jamie Murdoch et Malcolm Austin. Plus l'angle du tueur en série…, ajouta-t-il en regardant Templeton. Je crois qu'il s'agit maintenant de parler de nouveau à nos suspects, un peu plus durement cette fois, pour voir s'il n'existerait pas un défaut dans la cuirasse…

On frappa à la porte, et l'un des collègues de Nowak lui remit une enveloppe. Le silence se fit pendant qu'il l'ouvrait. Ayant lu son contenu, il jeta un coup d'œil à Banks et dit :

– Ça ne sera peut-être pas nécessaire. Vous vous rappelez quand j'ai dit que notre assassin n'était peut-être pas si malin que ça ? Eh bien, selon le labo, l'ADN trouvé dans le sperme prélevé sur la cuisse de Hayley Daniels est le même que celui contenu dans la salive de Joseph Randall... Ça colle !

9

– M ERCI d'avoir pris la peine de venir me voir, déclara
Les Ferris, le chercheur qui se disait détenteur
d'une information, lorsque Annie apparut dans son
bureau, en fin d'après-midi. C'est presque l'heure de la
pause et je ne sors pas souvent.

Il ôta son veston de tweed fripé, pendu au dossier de sa
chaise.

– Et si je vous offrais une petite pinte ? Ou une tasse de
thé, si c'est votre poison ?

Annie réfléchit. Elle avait recommencé à boire la nuit
précédente avec des conséquences désastreuses, mais se
sentait mieux et une seule pinte ne pourrait pas lui faire
de mal. De plus, le bureau était un vrai bazar et sentait la
banane trop mûre.

– OK, dit-elle. C'est entendu. Une pinte !

Les Ferris sourit, montrant des dents tachées et mal
plantées. C'était un petit homme rondouillard et chauve,
qui arborait un visage rouge, des favoris blancs et des yeux
tristes.

C'était une belle soirée à Scarborough, comme on n'en
avait pas souvent avant la belle saison – et même pendant,
d'ailleurs – et les gens du coin en profitaient pleinement.
Des couples déambulaient, main dans la main, sur la promenade et des familles avec de jeunes enfants, certains en
poussette, s'attardaient au bord de la mer, les gosses jetant
des cailloux en direction des vagues. Un brave retroussa
même son pantalon pour tester l'eau, mais seulement

quelques secondes. Annie pouvait sentir l'odeur de l'iode et des algues, entendre les cris des mouettes au-dessus de sa tête. Pendant une seconde, cela lui fit penser au cadavre de Lucy Payne et elle frissonna.

– Vous avez froid ? s'inquiéta Ferris.

Annie eut un sourire.

– Non. On vient de marcher sur ma tombe…

Là où le haut promontoire du château dressait sa silhouette sombre et pansue au-dessus de la baie, on pouvait voir les vagues s'écraser contre la digue, et les embruns voler en l'air. Ferris choisit un pub chaleureux à un angle, près de Marine Drive. Il dominait le port. C'était marée basse et quelques bateaux de pêche blancs, rouges ou verts étaient échoués sur le sable frais. Un homme en tricot bleu était en train de repeindre une coque. Le pub était une Jenning-house avec une sélection de bières du mois et Annie choisit une pinte de Cock-a-Hoop. Ferris chercha ses cigarettes après qu'elle eut posé les boissons sur la table éraflée.

– Ça vous embête ? dit-il.

– Pas du tout, répondit Annie.

L'endroit empestait déjà le tabac froid et plusieurs personnes à des tables voisines fumaient.

– Profitez-en, tant que vous pouvez…

– Vingt fois, j'ai essayé d'arrêter… impossible. Comme je vais avoir soixante-cinq ans le mois prochain, je crois que le mieux est de me résigner à mon sort, pas vrai ?

Ce n'était pas ce qu'avait voulu dire Annie. Elle avait fait allusion à l'interdiction de fumer qui allait prendre effet en juillet. Mais ça n'avait pas d'importance.

– Soixante-cinq ans, ce n'est pas vieux, dit-elle. Vous pourriez vivre facilement jusqu'à quatre-vingt-dix ans… si vous arrêtiez !

Elle leva son verre.

– À la vôtre ! Et à vos quatre-vingt-dix ans !

– À la vôtre. Je veux bien boire à ça…

Ferris aspira une bonne bouffée.

– Vous aviez quelque chose à me dire ?

– Oui, je ne sais pas si ça peut vous servir, mais quand j'ai appris l'identité de votre victime, ça a fait tilt…

– Pas étonnant. On a beaucoup parlé de Lucy Payne, à l'époque.

– Non, il ne s'agit pas de ça. Pas de Lucy Payne.

– Et si vous commenciez par le début ?

– Oui. Oui… Je n'ai pas toujours été un humble chercheur, vous savez. J'ai fait ma carrière à la Crim de l'East Yorkshire, comme ça s'appelait à l'époque. Aujourd'hui, je suis un croulant, mais en ce temps-là, j'étais un jeune détective plein de fougue.

Ses yeux pétillèrent.

– Je n'en doute pas ! dit Annie, dans l'espoir qu'une touche de flatterie pourrait l'aider à accoucher.

Elle n'avait rien de prévu pour la soirée, mais se réjouissait à l'avance de pouvoir flemmarder dans sa chambre, devant la télévision.

– On n'a jamais eu beaucoup de meurtres sur cette partie de la côte, dit-il, et c'est probablement pourquoi ça m'a fait cogiter. On a pu dire que j'en avais fait une fixation. C'est vrai que ça m'a toujours hanté. Peut-être parce que cela s'est terminé aussi mystérieusement que cela avait commencé.

– Quoi ? dit-elle. Là, vous m'intriguez…

– Une affaire sur laquelle j'ai travaillé en 1989. J'étais encore un petit jeune de quarante-sept ans. Je venais de passer brigadier. On ne parlait pas encore de ces filières de promotion accélérée, à l'époque. Il fallait mériter ses galons !

– Paraît-il…

– Euh, je reconnais qu'il y a encore plein d'hommes valables, aujourd'hui. Et de femmes ! ajouta-t-il hâtivement.

– Cette affaire, en 1989, fit Annie, pour lui éviter de s'enferrer davantage. Qu'est-ce qui vous y a fait penser, quand vous avez entendu parler de Lucy Payne ?

– J'y arrivais.

Ferris vida sa pinte.

– Une autre ?

– Pas pour moi, je conduis. Mais puis-je vous en offrir une ?

– Mais oui ! dit Ferris. La libération de la femme et tout ça… je veux bien une pinte de Sneck-Lifter, s'il vous plaît.

– Une Sneck-Lifter[1] ?

– Oui, je sais que c'est fort, mais je n'habite pas loin. Moi, je n'ai pas à prendre le volant.

Annie alla au bar commander une pinte de Sneck-Lifter. La barmaid sourit et en tira une. Du menton, elle désigna Ferris.

– C'est autre chose qu'il lui faudrait, pour soulever son machin, dit-elle.

Annie s'esclaffa.

– Heureusement, je ne serai pas là pour voir ça.

La barmaid rit avec elle, lui rendit la monnaie et dit :

– Santé ! Et merci !

Quand elle revint à la table, Ferris la remercia et regarda par la fenêtre en direction de la mer.

– Ah, septembre 1989… Triste affaire. Je bossais à Whitby, comme vous aujourd'hui. Un coin tranquille, à part quelques pickpockets en saison, des bagarres dans les pubs, des cambriolages ou des querelles de ménage.

– Qu'est-il arrivé ?

– C'est bien le problème, dit Ferris en se grattant le menton. On n'a jamais réellement trouvé. C'est resté pures spéculations et conjectures. Basées sur les quelques faits qu'on avait, bien sûr. On a fait de notre mieux. J'ai jamais cessé d'y penser, depuis toutes ces années.

Annie savoura une gorgée de bière. Autant se détendre et le laisser dérouler son récit à son rythme, songea-t-elle, et elle remarqua que les ombres s'allongeaient au-dehors.

– J'en suis sûre, dit-elle. Mais qu'est-ce qui vous fait penser que c'est lié au meurtre de Lucy Payne ?

– Je n'ai jamais dit ça. Ce n'est qu'une drôle de coïncidence, c'est tout, et si vous êtes aussi bon flic que vous êtes censée l'être, vous ne devez pas vous fier aux coïncidences plus que moi.

– Je ne m'y fie pas. Continuez…

----

1. *Sneck* : verrou en écossais. *To lift* : soulever

– Tout d'abord, comme je l'ai dit, nous n'avons pas souvent des crimes de sang dans la région, alors on a tendance à tous se les rappeler. À l'époque, c'était encore plus rare. Tout a commencé quand un type du coin, un ébéniste du nom de Jack Grimley, disparut un soir après avoir quitté un pub, le Lucky Fisherman. Quelques jours plus tard, son corps était retrouvé sur la plage, rejeté par les flots, du côté de Sandsend.

– Assassiné ?

– Difficile à dire avec certitude. Il aurait pu avoir été blessé à la tête, d'après le toubib, par un objet rond et lisse, mais il était dans l'eau depuis quelques jours, son corps avait heurté les rochers...

Il s'interrompit.

– Et les poissons l'avaient bouffé.

– Il avait de l'eau dans les poumons ?

– Non, justement.

Cela signifiait qu'il ne s'était pas noyé.

– Donc, il se serait cogné contre les rochers en tombant ?

– Ç'a été l'une des théories.

– Quel a été le verdict du coroner ?

– Décès accidentel. Mais l'inspecteur Cromer – Paddy Cromer, qui était chargé de l'enquête – n'a jamais été satisfait. Aujourd'hui, il est mort, sinon je vous aurais suggéré d'aller le voir. Il a été aussi tracassé par cette histoire que moi, jusqu'à la fin. Je travaillais sous ses ordres.

Annie ignorait pourquoi Ferris lui racontait cela, ou quel était le rapport avec Lucy Payne, mais elle avait de la bière dans son verre et n'était pas fâchée de pouvoir prendre son temps tandis que le soleil se couchait. Malheureusement, ils étaient côté est, sinon la vue aurait été spectaculaire. Telle qu'elle était, la délicate nuance de bleu lui rappela un bibelot de verre soufflé qu'elle avait pu admirer sur l'île de Murano, près de Venise, à l'époque lointaine où elle était étudiante.

– Pourquoi l'inspecteur Cromer n'était-il pas convaincu ?

Ferris toucha l'aile de son nez couperosé.

– L'instinct ! dit-il. Comme l'intuition féminine, mais en plus fiable. L'instinct du flic.

– Donc, il avait un pressentiment. Je ne vois toujours pas...

Ferris la regarda d'un sale œil, et sur le moment elle crut avoir tout gâché, mais il eut alors un grand sourire.

– Ça alors, on ne peut pas en placer une avec vous ! Enfin, bref, Paddy était contrarié. Moi aussi. Oui, Jack Grimley aurait pu tomber de la falaise. C'était déjà arrivé à d'autres. Mais selon ses potes, il n'avait pas beaucoup bu, et n'habitait pas par là. Il n'avait aucune raison d'aller sur cette falaise. De plus, il y a une plage de sable en bas, pas des rochers. Et c'est alors que j'ai entendu parler pour la première fois de la femme mystérieuse.

Les oreilles d'Annie se dressèrent.

– Quelle femme mystérieuse ?

– Patience, patience. Un témoin a cru voir Jack parler à une femme près de la statue de Cook. Mais il faisait noir, et il devant reconnu qu'il a pu se tromper. Pourtant, c'était tout ce qu'on avait à cette époque, le seul élément d'information permettant de le situer près des falaises. Et il était avec quelqu'un.

– Avait-il évoqué un rendez-vous avec cette femme ?

Ferris secoua la tête.

– Pas devant ses potes, en tout cas.

– C'est rare, de la part d'un homme. Enfin, je suppose qu'il pourrait y avoir beaucoup de raisons à cela. C'était peut-être une femme mariée... peut-être même à l'un de ses copains ?

– On y a pensé. Mais on n'a jamais rien pu trouver. Et pourtant, on a creusé ! Bref, si ça s'était arrêté là, je ne vous aurais pas fait venir jusqu'ici. Même si c'est toujours un plaisir de prendre un verre avec une jeune et jolie fille.

Annie leva les yeux au ciel et pouffa.

– Comme vous êtes galant !

– Je le pense. Vous êtes bien jolie.

– C'est le « jeune » qui me semble un peu...

– Ah, tout est relatif, non ?

– C'est vrai, répondit Annie en revoyant dans un flash son jeune amant nu. Donc, il y a plus ?

– Oh, que oui ! Je vous ai dit que Jack Grimley n'était que le premier d'une série d'incidents bizarres, en ce mois

194

de septembre. Une série assez étrange pour me trotter dans la tête depuis tout ce temps. Le second eut lieu quelques jours plus tard, quand un jeune Australien, un certain Keith McLaren, fut retrouvé avec une grave blessure à la tête dans un bois près de Dalehouse, un peu plus loin sur la côte, du côté de Staithes.

– Je connais. Un coin isolé.

– Très. Sa blessure à la tête présentait des similitudes remarquables avec celle de Jack Grimley. Un objet rond et lisse. Pendant un certain temps, il a été entre la vie et la mort, mais il s'en est sorti. Hélas, il n'avait plus aucun souvenir de ce qui s'était passé. Les médecins ont dit que ça pourrait revenir, par fragments, avec le temps – ce n'était pas dû à une lésion au cerveau – mais ça ne nous a pas aidés. Or, le point intéressant, c'est que des gens ont dit l'avoir vu sur le port, à Staithes, probablement le jour de son agression, marchant avec une femme qui avait des cheveux courts et bruns, et qui portait un jean, un coupe-vent gris et une chemise à carreaux. C'était mieux que le signalement qu'on avait eu du témoin ayant vu Jack Grimley avec une femme, près de la statue de Cook, parce qu'il faisait noir alors, mais on n'avait aucun moyen de prouver que c'était la même, et encore moins de savoir qui elle était.

– Personne ne l'avait bien regardée ?

– Non, là est le problème. On n'a même pas réussi à obtenir un portrait-robot passable avec ce qu'on avait.

– Une idée de son âge ?

– Jeune, semblait-il. La vingtaine.

– Et vous avez travaillé à partir de l'hypothèse où c'était la même femme dans les deux cas ?

– Vous n'en auriez pas fait autant ?

– Si, sans doute, étant donné l'analyse des blessures par le légiste. Qu'est devenu McLaren ?

– Il s'est remis et est rentré en Australie.

– Vous avez son adresse ?

– Dieu sait où il est, à présent. Il était de Sydney. Je crois me rappeler qu'il voulait devenir avocat, si ça peut vous aider...

– OK, dit Annie, en prenant note. Donc, cette femme mystérieuse apparaît dans deux comptes rendus distincts impliquant deux agressions graves dans ce secteur, reliées par la similitude des blessures à la tête, faites peut-être par un objet rond et lisse, dont l'une s'est terminée par un décès. Et dans un coin où les violences sont rares. Dois-je en conclure que vous faites un rapport entre cette femme-ci et celle qui est venue à Mapston Hall pour emmener Karen Drew – ou Lucy Payne – en balade dimanche matin ?

– C'est exact.

– Mais c'était il y a dix-huit ans ! Comment serait-ce possible ?

Ferris eut un grand sourire et secoua son verre vide.

– C'est qu'il y a plus ! Offrez-nous une autre Sneck-Lifter et je vous raconte tout !

– Bonjour, monsieur Randall, dit Banks quand les policiers eurent amené Joseph Randall dans la salle d'interrogatoire. Quelle bonne surprise !

– Épargnez-moi vos plaisanteries ! Qu'est-ce qui vous prend d'envoyer un véhicule de la police pour me traîner hors de chez moi ? Si mes voisins n'ont pas compris...

– Compris quoi ?

– Vous savez très bien ce que je veux dire.

– Vous ne vouliez tout de même pas faire tout ce chemin à pied... ?

– Arrêtez vos conneries ! Vos gus ne m'ont même pas dit pourquoi on me faisait venir.

– C'est qu'ils ne doivent pas le savoir. De vulgaires flics. On ne leur dit que le strict minimum, vous savez...

Le bonhomme se croisa les bras.

– Cette fois, j'ai prévenu mon avocat. Il va arriver d'une minute à l'autre.

– Bonne idée. On essaie toujours d'être dans la légalité à ce stade d'une enquête.

Randall observa un silence, pour bien montrer son indignation, et lui jeta un regard inquiet.

– Comment ça : « à ce stade de l'enquête » ?

– On pense à la suite, dit Banks en remuant distraitement les papiers devant lui. On sait que ça marche mieux pour nous, au tribunal, si chacun connaît ses droits, pour ne pas risquer un non-lieu. Donc, si vous préférez, on va attendre tranquillement votre avocat. L'endroit ne brille pas par sa salubrité...

Banks jeta un coup d'œil à la peinture verte écaillée, à la fenêtre en hauteur à barreaux et à l'ampoule nue protégée par sa grille antimouches.

– Mais... je peux vous offrir une tasse de thé, pour faire passer le temps.

Randall maugréa.

– Non, j'en veux pas de votre thé. Je veux qu'on en finisse et que je puisse rentrer chez moi.

– Ça vous embête si j'en prends, moi ?

– Je m'en fous !

Banks demanda au planton du thé, qui n'était pas encore arrivé quand l'avocat passa la tête par la porte, apparemment perdu. Comme Banks l'avait prévu, il n'était pas spécialisé dans le droit pénal. Comme la plupart des avocats d'Eastvale. Celui-ci donnait l'impression d'être pour la première fois dans une salle d'interrogatoire.

– Entrez, dit Banks.

Il ne connaissait pas le jeune homme au costume mal coupé, aux cheveux mal coiffés et aux grosses lunettes.

– Vous êtes... ?

L'avocat serra la main de son client et prit la chaise vacante.

– Crawford. Sebastian Crawford. Avocat.

– Sebastian s'occupe de toutes mes affaires, dit Randall.

– Bien ! J'appelle mon collègue et on va pouvoir commencer.

Si Sebastian Crawford s'occupait de tous les intérêts de Randall, songea Banks, c'était donc un généraliste. Avec un peu de chance, il serait vite largué.

Le thé arriva, Stefan Nowak aussi, et tout le monde s'installa. Ensuite, Banks alluma la caméra et le magnétophone, et énonça la date, l'heure, l'endroit et les personnes présentes. Il constata que cela rendait Randall nerveux, tandis que Crawford paraissait fasciné par ce qui n'était qu'une procédure normale.

– Et maintenant, monsieur Randall, nous avons un peu avancé depuis notre dernière conversation, mais avant d'y

197

venir, j'aimerais récapituler brièvement ce que vous nous avez dit les deux dernières fois, afin d'être sûr de ne pas déformer vos propos.

Randall jeta un regard à Crawford, qui opina.

— Je ne vois pas de mal à cela, Joseph, dit-il. Faites donc...

— Si je me souviens bien, reprit Banks, vous avez été surpris de découvrir que vous aviez passé onze minutes dans la réserve avec le cadavre de Hayley Daniels avant de prévenir le commissariat. Exact ?

— C'est vous qui avez dit que j'avais passé onze minutes là-bas. Je ne pensais pas que ça pouvait être aussi long. Vous dites qu'on m'a vu, mais je crois être entré dans ce bâtiment à huit heures quinze, pas huit heures dix, comme le prétend votre témoin.

— C'était huit heures dix. N'oubliez pas, Joseph, que les caméras de surveillance fonctionnent aussi le jour et elles sont soigneusement réglées. Onze minutes, c'est long quand on est en présence d'un cadavre. À moins que vous ayez eu une occupation...

— Monsieur Banks ! s'exclama Crawford. Qu'insinuez-vous ?

— Rien encore, dit Banks, qui ne quittait pas Randall des yeux. Vous avez aussi reconnu avoir été au Duck and Drake plus tôt dans la soirée du samedi, alors que Hayley était là, et l'avoir reluquée tandis qu'elle était au bar.

Randall regarda Crawford.

— Ce mot-là est de lui ! Moi, je n'ai pas reconnu ça, Sebastian. Vous voyez ? Voilà ce qu'ils font. Ils déforment vos paroles, ils vous font dire des choses...

— Mais vous l'avez bien vue là-bas ! insista Banks. Et vous avez essayé de le dissimuler lors de notre premier entretien, n'est-ce pas ?

— Je vous ai dit que je ne me rappelais pas l'avoir vue.

— Pourtant, elle avait la même tenue, et la seule différence, le lendemain, c'est qu'elle était morte. Mais si je suis censé croire que vous avez vu une très jolie fille, dans une tenue très suggestive, un soir à dix-neuf heures et juste le lendemain, à huit heures du matin, sans réaliser que c'était la même... alors soit !

– C'était le choc ! Bon sang, elle était morte ! Pour vous, c'est peut-être la routine, mais moi je ne suis pas habitué à voir des cadavres chez moi !

– Revenons à ce samedi soir. Vous m'avez dit avoir été chez vous entre minuit et deux heures du matin. Vous auriez fait sortir le chat avant d'aller vous coucher à une heure moins le quart. Maintenez-vous cette version ?

– Bien entendu ! C'est la vérité.

– Vous n'habitez pas très loin de votre réserve, n'est-ce pas ? Enfin, il était peut-être plus recommandé d'aller vous garer sur le parking à l'arrière du Labyrinthe avant de vous y glisser par l'un des petits passages non surveillés par les caméras... ?

– Qu'est-ce que vous racontez ?

– Oui, monsieur Banks, qu'est-ce que vous racontez ? fit Crawford en écho. Mon client vous a dit ce qu'il avait fait, samedi soir.

– Je présente une version alternative.

– Et comment j'aurais su que la fille irait dans le Labyrinthe à ce moment-là ?

C'était une bonne question, à l'évidence, et Banks n'avait pas de réponse toute prête. Le facteur spontanéité, Hayley décidant à la dernière minute d'aller se soulager dans le Labyrinthe, était bien ennuyeux. C'était une pierre d'achoppement. Mais il devait continuer à se dire que cela n'excluait pas la possibilité que, *déjà sur place*, quelqu'un ait guetté une bonne occasion, comme Templeton l'avait souligné.

– Vous connaissez la configuration des lieux. Qu'est-ce qui vous empêchait d'aller vous planquer et d'attendre une victime ? Ce n'était qu'une question de temps, après tout, avant qu'une pauvre gamine ivre vienne s'y paumer. Peut-être que vous étiez allé plusieurs fois dans ce pub, et que vous saviez que la barmaid utilisait ce chemin comme raccourci depuis le parking. Peut-être ignoriez-vous qu'elle n'irait pas travailler, ce soir-là. Peu importe. Tout s'est bien passé, finalement, non ? Vous n'avez pas dû en croire vos yeux, en voyant venir à vous cette gamine que vous aviez reluquée le soir même, au Duck and Drake.

199

– Voyons, monsieur Banks ! s'insurgea Crawford, avec un rire nerveux. C'est un peu tiré par les cheveux, non ? Pensez-vous vraiment qu'on va croire à cette... euh... coïncidence ?

– En attendant que M. Randall nous dise ce qui s'est réellement passé, j'ai peur qu'on ne puisse faire mieux.

– Mais je vous ai dit ce qui s'est passé ! gémit Randall. Après le Duck and Drake, je suis rentré à la maison et j'ai passé le reste de la soirée à regarder la télévision. À une heure moins le quart environ, j'ai fait sortir le chat et je suis allé me coucher. Un point c'est tout.

– J'aimerais vous croire, mais je crains que vos paroles n'aillent à l'encontre de l'évidence.

– Quelle évidence ? protesta Crawford. Prétendez-vous avoir des preuves à l'appui de vos accusations ?

Banks se tourna vers Stefan Nowak.

– Nous avons des indices tendant très fortement à constituer une preuve. Stefan ?

Nowak ouvrit un dossier devant lui.

– Selon des analystes indépendants, l'ADN de l'échantillon que vous nous avez fourni de votre plein gré correspond à celui détecté sur les traces de sperme trouvées sur le cadavre de Hayley Daniels et sur deux chutes de cuir.

– Qu'est-ce que vous dites ? fit Randall, tout pâle, éberlué.

– Il dit que la probabilité pour qu'un autre que vous-même ait laissé ces traces de sperme sur le cadavre est d'environ une contre cinq billions. N'est-ce pas, mon cher collègue ?

– Environ, dit Nowak.

– Et n'importe quel tribunal s'en contentera. Joseph Randall, je vous accuse du meurtre de Hayley Daniels. Vous n'êtes pas obligé de parler. Mais cela pourrait nuire à votre défense si vous ne mentionniez pas, à une question posée, quelque chose sur quoi vous pourriez vous appuyer au cours du procès. Tout ce que vous direz pourra être retenu contre vous.

Banks se leva et ouvrit la porte. Deux robustes agents entrèrent.

– En garde à vue..., leur dit-il.

– Vous n'avez pas le droit ! s'exclama Randall. Sebastian, au secours ! Empêchez-les ! Ce prélèvement a été fait à mon corps défendant.

– Vous aviez donné votre consentement. Nous avons votre signature.

– À mon corps défendant ! Sebastian ! Empêchez-les ! Je vous en supplie, ne les laissez pas me faire ça !

Crawford fuyait le regard de son client.

– Je ne peux rien pour le moment, Joseph, dit-il. Ils sont dans leur droit. Mais, croyez-moi, je ferai tout ce qui est en mon pouvoir pour vous aider.

– Sortez-moi de là ! hurla Randall, tout rouge, en se dévissant la tête tandis qu'on le traînait hors de la pièce. Sebastian ! Sortez-moi de là tout de suite…

Crawford était pâle et voûté. Il ne réussit qu'à ébaucher le plus lugubre des sourires quand il passa devant Banks pour se retrouver dans le corridor et suivre son client qui descendait l'escalier.

– Et maintenant, le point intéressant…, déclara Ferris, après une bonne rasade de Sneck-Lifter.

Celui-là, il savait tenir son public en haleine, songea Annie en consultant sa montre. Elle pouvait tirer un trait sur *Coronation Street* ce soir, voire sur *The Bill*, à ce train-là. Toutefois, si l'histoire de Ferris était aussi intéressante qu'il semblait lui-même le croire, alors elle ne le regretterait peut-être pas.

– Une semaine environ après la découverte du cadavre de Jack Grimley et de l'Australien blessé à la tête, on nous a signalé la disparition d'un gars du pays, Greg Eastcote. C'est un de ses collègues qui nous a alertés. Apparemment, il ne s'était pas présenté à son travail. Il était livreur pour un mareyeur. On ne l'a jamais retrouvé. Disparu sans laisser de traces.

– Pourquoi ai-je l'impression que ça n'est pas tout ? dit Annie. Cette affaire commence à ressembler à une galerie des glaces…

Il restait peut-être un demi-centimètre de bière dans son verre, mais elle n'avait pas l'intention de remettre ça, pas cette fois. Contrôle. Retenue.

– N'est-ce pas ? Bref, on est allés chez le disparu, histoire de chercher des indices. Il vivait seul. J'étais là-bas avec

Paddy Cromer. Rien ne prouvait un quelconque lien avec ce qui était arrivé aux deux autres, mais ces disparitions mystérieuses, ces agressions, étaient assez rares dans la région, comme je vous l'ai dit. Pour ses collègues, Eastcote était content de son travail et c'était un type insouciant, pas difficile, quoique plutôt taciturne et solitaire. Un « drôle de zèbre », selon l'un d'eux. Pour être honnête, on ne savait pas dans quoi on venait de mettre les pieds, à ce moment-là.

– Et maintenant ?

– Maintenant ? s'exclama Ferris en riant. Je ne suis pas plus avancé.

Il but un peu et reprit son récit. Les lumières s'étaient tamisées et le pub se remplissait de consommateurs du soir. Annie se sentait coupée des rires et de la gaieté ambiante, comme si elle et Ferris dérivaient sur leur propre îlot de réalité, ou d'irréalité, selon le point de vue adopté. Sans savoir exactement pourquoi, elle sentait bien que ce qu'on lui disait était important, que cela avait un rapport avec le meurtre de Lucy Payne, même si Lucy ne devait avoir que dix ans, en 1989.

– C'est ce que nous avons trouvé chez lui qui nous a intrigués. À presque tous égards, c'était une maison très ordinaire. Propre, bien rangée, avec comme partout des livres, une télévision et des vidéos. Ordinaire.

– Mais ?

– Les médias n'en ont jamais rien su, mais dans l'un des tiroirs on a trouvé sept boucles de cheveux nouées avec des rubans roses.

Annie sentit sa poitrine se contracter.

Ferris avait dû noter un changement en elle, parce qu'il ajouta très vite :

– Ça, c'était pas ordinaire, hein ?

– Est-ce que... Enfin...

– Tout le monde savait qu'un tueur en série sévissait dans le nord de l'Angleterre, et le sentiment général fut qu'on l'avait trouvé, ou du moins trouvé qui c'était. Parce qu'on n'a jamais mis la main sur lui. Si on a bien compté, il avait revendiqué six victimes, mais il y avait d'autres jeunes filles disparues, d'autres disparitions inexpliquées, et une jeune survivante.

Annie sourcilla.

– Kirsten Farrow. Quelqu'un est intervenu avant qu'il ne l'achève. Elle a été en piteux état pendant longtemps, mais elle s'est rétablie.

– Vous lui avez parlé ?

– Oui. Elle habitait à Leeds à cette époque chez une amie, Sarah Bingham. Elle s'est montrée vague, Kirsten, mais c'était bien normal après tout ce qu'elle avait subi, la pauvre gamine… Elle ne se souvenait pas de grand-chose. On a parlé avec ceux qui avaient été chargés de l'affaire, le commissaire Elswick et son brigadier, Dicky Heywood. Les itinéraires de livraison de Greg Eastcote coïncidaient avec la disparition et le meurtre des six jeunes filles et l'agression sur Kirsten. L'une des boucles correspondait aux cheveux de Kirsten ; donc nous savons qu'il l'avait prise sur elle, alors même qu'elle ne devait pas mourir, et une autre boucle correspondait aux cheveux de sa victime la plus récente. Les autres étaient… enfin, enterrées depuis longtemps, mais on a fait de notre mieux. Cependant, vous savez ce qu'est un cheveu, dans le meilleur des cas. C'est pratiquement indestructible, mais aussi impossible à associer à un autre de façon convaincante devant un jury, et on était au début des analyses ADN. Trop tôt. Aucun d'entre nous n'en avait vraiment entendu parler et je doute qu'on aurait pu tirer de l'ADN d'un follicule, s'il y en avait eu. Les cheveux ayant été coupés avec des ciseaux très coupants, c'était assez peu probable, de toute façon. Et il n'a jamais été question d'un procès.

– Ah bon ?

– Puisqu'on ne l'a jamais retrouvé, ce type ! Une femme du coin a affirmé avoir vu deux individus se battre sur la falaise, après l'abbaye, mais d'assez loin et elle n'a pas pu nous en dire plus. On a fait des recherches et découvert qu'un des poteaux qui bordent le sentier avait été déterré. Comme si quelqu'un était tombé dans le vide. On a trouvé aussi du sang et des fibres sur le fil barbelé mais comment savoir de qui il s'agissait ? On connaissait le groupe sanguin d'Eastcote grâce à son dossier médical, bien entendu, et c'était bien le sien, à ceci près que c'était aussi celui de quarante pour cent de la population britannique.

– Il y a eu d'autres meurtres ?

– Pas à la suite de cela. Pas dans la région.

– Vous croyez qu'il est tombé de la falaise ?

– Ce n'était pas certain, mais on a logiquement supposé que son corps avait été emporté par la marée.

– Qu'avez-vous fait ?

– Que pouvait-on faire ? On a suivi des pistes mineures, on est allés poser des questions dans les *bed-and-breakfast*. Une femme s'est rappelé avoir eu Keith McLaren comme client, et qu'il était entré en conversation avec une jeune femme là-bas. Normal, entre jeunes...

– L'avez-vous questionné ?

– Quand il est sorti du coma, oui. Il se rappelait bien une fille. Apparemment, ils avaient pris un verre ensemble, mais c'était tout.

– Son nom ?

– Il ne se rappelait pas. Qui sait ? Il a pu recouvrer la mémoire, depuis... C'était il y a dix-huit ans.

– Personne n'a suivi le dossier ?

Ferris secoua la tête.

– Les années ont passé et il ne s'est rien produit de nouveau. Vous savez ce que c'est.

Il rit.

– C'est pas comme dans les livres ou à la télévision, quand le détective se jure de ne pas abandonner avant d'avoir pincé son homme !

– Ou sa femme...

– Oui ! Bref, officiellement, il n'y avait pas meurtre, rappelez-vous. Jack Grimley avait fait une chute fatale, et Greg Eastcote avait disparu. Le seul crime tangible concernait Keith McLaren qui ne se souvenait de rien, et qui était rentré en Australie. De plus, on se disait que si Greg Eastcote était un tueur en série, comme ça semblait être le cas, alors l'affaire était réglée...

– Je crois que vous auriez eu du mal à expliquer cela à la famille de Grimley ou à Keith McLaren.

– Euh... je ne dis pas que je n'y ai pas repensé au fil des ans, mais parfois, c'est comme ça...

– Donc, vous n'avez rien fait ?
– J'avais les mains liées.
– Et l'affaire est restée en l'état...
Ferris soupira.
– Jusqu'à présent.
Annie fronça les sourcils. Le bruit des rires et conversations montait et circulait tout autour d'eux. Derrière le bar, un verre fut brisé.
– Je ne comprends toujours pas, dit-elle. C'est une histoire fascinante, mais vous devez comprendre que rien ne permet de raccorder ces événements à ce qui est arrivé à Lucy Payne, l'autre jour, hormis cette fixation qui est la vôtre. C'était il y a dix-huit ans. L'idée même est ridicule.
– Oui, bien sûr. Je sais. Mais si Eastcote était le tueur en série, et si une femme l'a poussé de cette falaise...
– Et si Kirsten Farrow était la victime survivante...
– Ainsi que la femme mystérieuse vue avec Grimley et McLaren...
– Mais comment serait-ce possible ? Vous m'avez dit vous-même qu'elle ne pouvait pas savoir qui était son agresseur et qu'elle était à Leeds avec son amie au moment du crime.
Ferris haussa les épaules.
– C'est ce qu'elle nous a dit. Et son amie a corroboré. Mais les alibis, ça se fabrique. Et si elle avait *su*... ?
– Avez-vous parlé à quelqu'un de tout cela ?
Ferris lui adressa un regard outré.
– Pour qui me prenez-vous ?
Annie se massa le front.
– Excusez-moi, dit-elle. Les médias sont déjà en ébullition depuis qu'ils ont découvert que la femme assassinée sur la falaise était Lucy Payne.
Ferris gloussa.
– Je m'en doute ! En tout cas, ils ne sauront rien par moi.
Annie sortit son calepin.
– Bon, je vais faire quelques enquêtes préliminaires, dit-elle. Il va falloir me donner des noms et les dernières adresses connues. L'Australien et l'amie de Kirsten. On

manque d'effectifs, en ce moment, mais ça vaut peut-être le coup de fouiller.

Puis, elle s'interrompit, frappée par une idée qui pouvait sembler folle.

– Quoi ? dit Ferris.

– Vous savez, ces boucles de cheveux dont vous m'avez parlé ?

– Oui.

– Vous les avez conservées ?

– Ça doit être quelque part, avec le reste des pièces à conviction.

– Pensez-vous que vous pourriez les dénicher ?

Le visage de Ferris s'éclaira comme si on venait de donner un but nouveau à son existence.

– Si je peux ? dit-il, avec un grand sourire radieux. Et pourquoi pas ? Je suis chercheur, oui ou non ?

La bière coulait à flots au Queen's Arms, où le patron avait réuni deux longues tables, et même la commissaire Gervaise s'était jointe à la petite fête avec le sourire. Seul Banks se tenait à l'écart. Appuyé au rebord de la fenêtre, il sirotait sa pinte pensivement, jetant des coups d'œil de temps en temps aux passants par les carreaux en forme de diamant tandis que la nuit tombait. Il avait le sentiment que ça clochait, que ces réjouissances étaient peut-être prématurées. Mais on avait une analyse d'ADN positive, une arrestation était une arrestation, et cela méritait bien une fête. Les Arctic Monkeys passaient sur le juke-box et tout semblait en ordre.

– Qu'est-ce qu'il y a, chef ? dit Winsome qui venait de se matérialiser à son côté, avec une boisson violette surmontée d'une cerise au marasquin.

Banks ne tenait pas à savoir ce que c'était. Elle semblait un peu chancelante, mais sa voix et son regard étaient clairs.

– Rien, dit Banks. Vous vous amusez ?

– Oui, j'imagine.

– Problème ?

– Non. Mais vous, vous semblez rêveur. Je me demandais...

– Quoi ?

– Rien, rien.

– Allons, parlez !

– Ça ne me regarde pas.

– Qu'est-ce qui ne vous regarde pas ?

Quelqu'un heurta la jeune femme, qui réussit à garder son verre en main sans rien renverser. L'homme s'excusa et passa son chemin. Hatchley était en train de raconter une blague malgré la musique et toute la tablée attendait la chute. Banks la connaissait déjà.

– C'est animé, ce soir, hein ? reprit Winsome.

– Vous ne pouvez pas commencer à dire quelque chose pour vous arrêter au milieu, dit Banks. Qu'est-ce qui vous chiffonne ?

– L'inspectrice Cabbot.

– Annie ?

– Je vous l'ai dit, ça ne me regarde pas. Je ne veux pas m'en mêler, mais je sais que vous êtes amis...

– C'est ce que je croyais, moi aussi...

Par la fenêtre, deux écolières aux uniformes débraillés passèrent. Elles retournaient à la maison après une répétition tardive, l'une portant un étui à violon, l'autre une flûte.

Hatchley parvint au bout de sa blague et la tablée se mit à rire.

– Inspecteur ?

– Rien. Qu'est-ce qu'elle a, Annie ?

– J'ai dîné avec elle, hier. Elle a un souci, je crois bien.

– Un souci ? Comment ça ?

– Je ne sais pas. (Winsome baissa la voix.) Je crois que c'est un homme. Est-ce qu'il la harcèle ? Est-ce qu'il la menace... ?

Annie avait bien parlé de « minets », mais pourquoi ne pas lui avoir dit qu'elle avait des ennuis ? Enfin, effectivement, elle n'en avait pas eu l'occasion.

– Je lui parlerai, dit-il en se demandant comment diable il y parviendrait, étant donné leur dernière entrevue et l'état actuel de leurs relations.

– Vous ne lui direz pas que je vous en ai parlé ?

– Ne vous en faites pas, dit Banks.

Il vit le chef de poste entrer dans le pub, jeter un coup d'œil à la ronde et marcher droit sur lui.

– Merde, Ernie, maugréa-t-il. Qu'est-ce que vous voulez ?

– C'est toujours une joie d'être bien accueilli..., fit ce dernier.

– Je suis sûr que ça vous arrive souvent puisque vous êtes toujours porteur de bonnes nouvelles.

– Ça ne va pas vous plaire...

– C'est toujours comme ça, mais ça ne vous a encore jamais arrêté...

– Un mec s'est amené, un voisin de Joseph Randall, l'inculpé.

– Et... ?

– Il dit que Randall ne peut pas être coupable. Il veut parler au type responsable.

– Au *type* responsable ?

Banks jeta un regard à la commissaire Gervaise, qui semblait apprécier la conversation de Wilson, le jeune stagiaire, et il se demanda si le féminisme ne pourrait pas jouer en sa faveur, pour une fois, mais le jeu n'en valait pas la chandelle. Pourquoi gâcher cette fête ? S'il y avait vraiment un problème, ça se saurait bien assez tôt.

– D'accord, dit-il en se levant. On y va...

Annie rumina sa conversation avec Les Ferris tout en conduisant sur l'A171, à la lisière des landes, qui étaient calmes à cette heure de la soirée, juste après le crépuscule. Elle avait mis une entraînante musique pop à la radio pour se tenir éveillée, mais le bla-bla entre les chansons l'irritait au plus haut point et elle éteignit. Non, vraiment, l'histoire de Ferris ne tenait pas debout : un meurtre, une agression violente et une disparition non élucidée dix-huit ans plus tôt, une femme mystérieuse vue à proximité de deux des trois scènes. Comme il l'avait dit, il n'y avait jamais eu officiellement qu'un seul crime : l'agression sur la personne de Keith McLaren.

Quel rapport avec ce qui était arrivé dimanche ? Assez curieusement, Annie pensa qu'il y en avait plusieurs. Primo, la localisation. Il n'y avait plus eu d'autres meurtres sur les falaises depuis dix-huit ans, alors pourquoi maintenant ? Secundo, la forte probabilité d'une femme assassin. Les femmes sont rarement des meurtrières. Tertio, deux des victimes avaient été des tueurs en série, ou perçues comme telles par beaucoup : Greg Eastcote et Lucy Payne. Quarto, le meurtrier de l'époque n'avait pas été arrêté. Et cela menait à la cinquième et ultime similitude : si la tueuse avait frappé dix-huit ans plus tôt, elle aurait presque quarante ans à présent, comme l'insaisissable Mary, à en croire l'unique témoin qui l'avait vue. C'était mince, mais plus Annie y réfléchissait, plus elle devenait convaincue que cela méritait une enquête.

Et Keith McLaren, l'Australien ? Peut-être avait-il recouvré partiellement la mémoire, à présent. Tout cela resterait discutable tant que Les Ferris n'aurait pas retrouvé les boucles de cheveux, et ensuite ces cheveux correspondraient-ils à ceux trouvés sur le plaid de Lucy Payne ? Si non, c'était un coup d'épée dans l'eau. Si oui, alors, il y avait de l'espoir.

C'était une belle soirée, songea Annie en dépassant la route menant à la baie de Robin Hood. On pouvait voir les rougeoiements du soleil déjà couché – strates rouges ou violettes silhouettant les collines à l'ouest. À l'est, au-dessus de la mer du Nord, s'étalait ce bleu magique, sombre et luminescent qu'on ne voit qu'à cette heure-là, à l'opposé du coucher de soleil. Au nord, le disque d'argent de la lune était bas sur l'horizon.

Bientôt, Annie se retrouva au milieu du trafic et des éclairages publics, et le plaisir de la campagne déserte fut perdu. Elle trouva une place de parking à quelques mètres seulement de son *bed-and-breakfast* et rentra dans son chez-soi temporaire. L'endroit était froid et sombre comme s'il avait été abandonné depuis plus longtemps que ce n'était le cas. Le plus plaisant, c'était la vue, un pan de mer entre les toits. Elle alluma, accrocha sa veste et se dirigea vers la kitchenette. Elle n'avait pas encore dîné, n'avait bu que cette malheureuse pinte, contre les trois de Ferris, et avait bien envie d'un verre de vin et d'une assiette de fromages et crackers.

Demain, la journée serait bien chargée, songea-t-elle en posant assiette et verre à côté d'elle, sur le bureau, avant d'allumer son portable. Il y avait des gens liés aux victimes des Payne à interroger, et maintenant une autre piste venait de surgir de l'histoire de Les Ferris.

Une chose était certaine : étant donné la charge de travail déjà existante, si l'on voulait suivre cette nouvelle piste, on allait être sérieusement débordé. Ce qui signifiait qu'il faudrait solliciter le commissaire Brough pour budgéter des heures supplémentaires, comme elle l'avait déjà promis à Ginger, et engager du personnel, deux choses qu'un gestionnaire économe rechigne à autoriser. Brough serait difficile à convaincre, mais elle se soucierait de cela plus tard. De plus, il allait être bien occupé avec la presse.

Le seul avantage avec Brough, comme Annie l'avait appris depuis qu'elle était temporairement sous ses ordres, c'était qu'il n'écoutait pas. Il était facilement distrait et avait tendance à se concentrer sur des questions d'opinion publique et d'image ; c'était aussi le genre de type qui avait déjà sa réponse toute prête avant que le journaliste n'ait fini de poser sa question. En conséquence, bien des choses lui passaient par-dessus la tête, qu'on pouvait aisément prétendre lui avoir dites, et il avait tendance à acquiescer sèchement à tout afin de passer à un sujet qu'il jugeait plus intéressant.

La connexion Internet était lente. Le *bed-and-breakfast* n'avait pas le haut débit et il fallait s'en remettre à la ligne téléphonique et au modem interne de l'ordinateur. Mais c'était suffisant pour les courriels, et elle n'en demandait pas plus. Ce soir-là, le téléchargement mit une éternité à s'effectuer. Elle maudit celui qui avait décidé d'envoyer un volumineux fichier joint, sans doute une blague idiote ou une photo de vacances. Puis elle vit le nom d'Éric apparaître à côté du trombone et son cœur se serra.

Comment s'était-il procuré son adresse électronique ? Puis tout s'éclaira : le BlackBerry. Éric lui avait montré comment joindre et envoyer des photos. Elle lui en avait envoyé une au club. Voilà comment il avait obtenu son adresse électronique. Comment avait-elle pu être aussi inconsciente ?

Les autres messages étaient tous des publicités – Viagra, comment avoir de gros seins et « authentiques » Rolex à vendre, avec quelques bulletins d'information de ventes.

Elle ouvrit le message d'Éric. Il était court, écrit en cursives bleues, et direct :

> *Chère Annie,*
> *J'espère que tu as apprécié notre nuit autant que moi. Tu as été géniale ! ! J'ai hâte de remettre ça (et plus de ☺). En attendant, je me réjouis de te retrouver au resto demain, afin qu'on fasse un peu mieux connaissance. Je ne sais même pas d'où tu viens ni ce que tu fais dans la vie ! N'oublie pas : midi pile au Black Horse. Je t'attendrai.*
> *Baisers,*
>
> *Éric*

Ouvrant le jpeg joint, Annie crut défaillir. Elle ne se souvenait vraiment pas d'avoir posé pour celle-ci ! C'était une photo légèrement floue d'elle et Éric, forcément prise avec le retardateur. Cette fois, sa tête à elle reposait sur son épaule à lui, et il lui entourait les épaules. Elle était toute décoiffée, avait le regard vague. Tout cela aurait été parfaitement innocent, bien qu'un peu embarrassant, s'il n'avait été évident, même si on ne voyait que leurs épaules, qu'ils étaient tous les deux à poil et qu'elle tenait un joint entre le pouce et l'index. Et par-dessus le marché, elle souriait !

– Eh bien, Joseph…, déclara Banks qui était de nouveau dans la salle d'interrogatoire, avec le magnéto en marche et un Sebastian Crawford passablement nerveux à l'arrière-plan. On dirait qu'on n'a pas encore fait le tour de la question, pas vrai ?

– Je ne vois pas de quoi vous parlez, répondit Randall.

– Moi, je crois que si. (Banks se pencha en avant.) Et je crois qu'il serait dans votre intérêt de l'admettre.

Randall s'humecta les lèvres et chercha un conseil du côté de son avocat. Ce dernier resta coi.

– Bon, dit Banks en s'adossant de nouveau à sa chaise. Dans ce cas, je vais vous résumer la situation. On a eu une visite de votre voisin, Roger Colegate, qui vous a vu sortir le chat à minuit et demi, samedi soir. Bien qu'on ne sache pas à quelle heure, exactement, Hayley Daniels a été assassinée, en revanche nos indices tendraient à prouver qu'elle s'est aventurée dans le Labyrinthe à minuit vingt et a été accostée par son agresseur à minuit vingt-cinq, à peu près.

– Justement ! s'exclama Randall, avec un regard triomphant à l'adresse de son avocat. Je ne pouvais pas y être !

– Il vous aurait sans doute fallu au moins quinze minutes pour aller là-bas à pied depuis votre domicile, poursuivit Banks, même si vous aviez été capable de marcher en ligne droite, à ce moment-là...

– Qu'est-ce que ça signifie...

– Selon votre voisin, vous étiez soûl. En fait, selon M. Colegate, vous êtes en général beurré à cette heure-là tous les soirs.

– Mensonge ! s'insurgea Randall. J'ai pu boire un verre ou deux, mais ce n'est pas défendu par la loi, si ?

– Non, non. Il n'y a pas de loi contre ça, tant qu'on ne commet pas de délit sous l'emprise de l'alcool...

– Et alors... ?

– M. Colegate affirme que vous aviez du mal à marcher et que, à son bonsoir, vous avez répondu d'une voix pâteuse. Vous ne vous le rappelez même pas, n'est-ce pas ?

– Non, dit Randall, mais quelle importance ? Lui, il s'en souvient. C'est le principal. Vous l'avez dit vous-même, aucune loi n'interdit de picoler chez soi de temps en temps, pas vrai ? Je suis disculpé. Je ne pouvais pas commettre ce truc affreux. Vous devez me relâcher.

Banks se ménagea une pause.

– Cependant, c'est vous qui avez découvert le corps...

– Vous le saviez déjà. C'est moi qui vous l'ai signalé. Et j'avais une raison valable d'aller là-bas.

– Oui, on a vérifié avec ce client dont vous nous aviez parlé. Vous aviez, en effet, une commande urgente à honorer. Mais ça ne change rien...

– Comment cela ?

– Vous avez passé onze minutes seul auprès du cadavre.

– Et alors ? Elle était morte, quand je l'ai trouvée.

– Je sais.

– Écoutez, je crois que vous devriez vous excuser, vous faire une raison et me libérer... Sebastian ?

L'avocat se racla la gorge.

– Euh... mon client n'a pas tort, inspecteur. Après tout, vous reconnaissez qu'il ne peut être coupable du meurtre de Hayley Daniels, ce qui constitue le chef d'inculpation.

– Ça pourrait changer...

– Comment cela ? fit Randall.

– Le problème reste entier, lui répondit Banks. Nos spécialistes ont bel et bien trouvé votre ADN dans le sperme prélevé sur la victime. Mais notre coordinateur de la scène du crime ne comprenait pas comment il se pouvait que ce sperme n'ait pas encore été sec le lendemain...

Randall se croisa les bras.

– Je vous l'ai dit : je suis désolé, mais je ne peux pas vous aider sur ce point.

– Oh, je crois bien que si ! dit Banks.

Il se pencha en avant et posa ses mains à plat sur le bureau. Son visage n'était plus qu'à quelques centimètres de celui de Randall.

– Voulez-vous savoir ce qui, d'après moi, est réellement arrivé dans cette réserve, Joseph ?

Randall se passa la langue sur les lèvres.

– À quoi bon ? De toute façon, je suis bien forcé de vous écouter. Encore des fantasmes...

– Peut-être cela a-t-il commencé comme un fantasme, mais pas de ma part. Je pense que vous avez dit la vérité, tout comme M. Colegate. Je pense que vous avez bien vu Hayley Daniels au pub après avoir fermé votre boutique, samedi soir, et qu'elle vous a plu. Vous l'aviez peut-être déjà vue au même endroit. Après tout, elle passait souvent le samedi soir en ville avec ses camarades. Ou peut-être que l'identité de la fille importait peu, du moment qu'elle était jeune et court vêtue. Je crois que vous êtes rentré chez vous, comme vous l'avez dit, que vous avez regardé la télévision ou un DVD porno, que vous vous êtes bourré la gueule, alimentant vos fantasmes jusqu'à ne plus pouvoir tenir debout à minuit et demi, heure à laquelle vous avez fait sortir le chat, avant – selon toute vraisemblance – d'aller au lit.

– Et alors ? C'est pas interdit, ça !

– J'aimerais croire que vous êtes retourné en vitesse à la boutique, que vous avez vu Hayley Daniels s'engager dans la ruelle et que vous lui avez couru après, mais en toute justice, je n'y crois pas. La chronologie ne cadre pas, et la coïncidence serait vraiment énorme.

– Ah, Dieu soit loué ! Alors, je peux m'en aller ?

– Mais vous avez bien trouvé le corps, le lendemain matin...

– Et je l'ai signalé.

– Quelque chose s'est passé pendant ces onze minutes, n'est-ce pas ? Une impulsion. Une impulsion irrésistible.

– Je ne vois pas de quoi vous parlez.

– Moi, je crois que si.

– Inspecteur...

– Taisez-vous, s'il vous plaît, maître. Les droits de votre client sont respectés...

Banks se tourna de nouveau vers Randall.

– C'est bien ce qui s'est passé, n'est-ce pas ? Vous êtes allé dans votre réserve, comme d'habitude, pour y choisir des échantillons... Vous avez fait de la lumière et l'avez vue là, couchée sur le côté, sur ce monceau de cuir, comme si elle dormait – une fillette venue s'abriter d'un orage. Elle avait l'air si innocente, si belle... Ç'a été plus fort que vous. Vous l'avez touchée, n'est-ce pas ? Vous avez caressé ces petits seins fermes – ces petits seins *froids* ? C'est ce qui vous a excité, de la voir morte, incapable de réagir, de se défendre ? Vous étiez le maître, sans doute pour la première fois de votre vie. Elle était totalement à votre merci. Alors, vous avez touché sa peau, vous avez passé les mains sur ses cuisses. L'avez-vous embrassée, Joseph ? Avez-vous baisé ces lèvres mortes ? Moi, je crois que oui. Comment résister ? Elle était toute à vous...

Randall laissa tomber sa tête entre ses mains. Crawford se rapprocha de lui.

– Vous n'êtes pas forcé de répondre, Joseph, dit-il. C'est horrible.

– Horrible, oui, dit Banks. Et il a raison, vous n'êtes pas forcé de répondre. Je sais déjà, Joseph. Je sais tout. Je sais ce que vous avez ressenti en vous agenouillant auprès d'elle et en défaisant votre braguette. Vous aviez une érection sans précédent, hein ? D'une main, vous l'avez touchée entre les cuisses et de l'autre, vous vous masturbiez. Et c'est ainsi que c'est arrivé. Plus tôt peut-être que vous ne l'auriez cru. Et ensuite, il a fallu essuyer. Vous vous y êtes mal pris, c'est pourquoi on a trouvé la trace. Vous pensiez avoir fait le nécessaire, mais vous étiez trop pressé. Onze minutes, Joseph...

Randall sanglotait. D'un bras, Crawford lui entourait gauchement les épaules.

– Je ne l'ai pas tuée ! gémit-il. Je ne lui ai pas fait de mal. Je ne lui aurais jamais fait de mal.

La face sillonnée de larmes, il releva la tête.

– Vous devez me croire. Je suis désolé. Si désolé...

Banks avait envie de vomir. Il recula sa chaise, se leva et alla ouvrir la porte.

– Emmenez-le en garde à vue, dit-il au planton. Et demandez au brigadier qu'on l'inculpe d'« indignité envers un cadavre humain » – si c'est encore ce qu'on dit. Accompagnez-le, je vous prie, maître. Je ne veux plus le voir !

L'avocat aida Randall à se remettre sur ses pieds et ils sortirent à petits pas pour tomber dans les mains du planton. Seul dans cette salle, où le ronron du matériel troublait le silence, Banks lâcha un juron et shoota dans la seule chaise qui n'était pas vissée au sol – si fort qu'elle vola à travers la pièce et atterrit contre le magnétophone. Alors, le silence fut total.

10

IL ÉTAIT presque midi vingt quand Annie arriva au Black
Horse, dans Church Street, ayant échappé au commissariat et aux médias. Elle espérait vaguement qu'Éric ne
l'avait pas attendue ; cela lui épargnerait la peine de le larguer de vive voix. Il aurait été plus facile de ne pas venir du
tout, bien sûr, mais elle avait l'impression que ce n'était
pas le genre à lâcher prise facilement ; il fallait lui donner
un petit coup de pouce.

Pour l'occasion, elle s'était mal fagotée exprès : paire de
vieilles tennis, jupe informe aux genoux et sous-pull noir
sous sa veste en jean. Elle avait également résisté à l'envie
de se maquiller. Chose plus difficile que prévu. Elle n'était
pas vaniteuse, mais aurait préféré pouvoir faire une entrée
fracassante, faire tourner toutes les têtes dans le pub, avant
de lui donner son congé. Mais il ne s'agissait pas non plus
de l'encourager.

En fait, telle était sa séduction naturelle – ou peut-être
était-ce parce que la clientèle était exclusivement masculine – que les têtes se tournèrent tout de même quand elle
entra dans le petit bar animé. Y compris celle d'Éric. Son
cœur se serra comme elle parvenait à esquisser un vague
sourire en s'installant.

– Pardon pour ce retard, dit-elle en repoussant ses cheveux en arrière. Un contretemps, au bureau...

C'était en partie vrai. Sa réunion avec le commissaire
Brough avait duré plus longtemps que prévu, notamment
parce qu'il avait été difficile de le convaincre que les pro-

216

pos de Ferris avaient de l'intérêt. Finalement, elle avait obtenu son accord pour entreprendre une recherche limitée de l'Australien et de Sarah Bingham, pendant que Ferris essayerait de retrouver les échantillons de cheveux à des fins de comparaison.

– Ça ne fait rien, dit Éric en souriant. Je suis déjà heureux que tu aies pu venir. Qu'est-ce que tu bois ?

– Schweppes light, s'il te plaît.

Annie était décidée à régler la question de façon civilisée, autour d'un repas, mais en gardant les idées claires.

– Vraiment ?

Éric avait une pinte de Guinness devant lui, presque vide.

– Oui, merci. Cet après-midi, j'ai pas mal de travail. J'aurai besoin de toute ma tête.

– Tu dois avoir un boulot prenant. Je reviens dans une minute, et tu me raconteras tout.

Il se dirigea vers le bar et Annie étudia le menu. Elle était affamée. Vu le manque de choix, il faudrait se contenter d'un panini végétarien. Ou bien d'un sandwich oignon-fromage. Quand elle releva les yeux, Éric revenait avec les boissons, et il lui souriait. Il avait les dents blanches et bien implantées, ses cheveux noirs tombaient mollement sur un œil, et il ne s'était pas rasé depuis l'autre soir, apparemment. Il lui tendit son verre et trinqua avec elle.

– Tu as choisi ?

– Quoi ?

– Sur la carte.

– Ah, oui... Pour moi, ce sera un panini champignons, mozzarella et poivrons rouges grillés. Dis-moi ce que tu veux et j'irai commander.

Éric lui toucha le bras et se leva de nouveau.

– Non, j'insiste ! C'est moi qui t'invite. En plus, je suis végétarien ; donc, je prendrai pareil.

Il sourit.

– Aurait-on d'autres points communs ?

Annie ne répondit rien. Elle le regarda s'éloigner de nouveau et se surprit à penser qu'il avait un beau cul et à se demander ce qu'ils pouvaient bien avoir en commun – à part le fait d'être végétariens. Elle se gronda pour ces pen-

217

sées impures et s'arma de courage pour la suite, car elle se sentait un peu hésitante. Mais non, il n'y avait pas de place dans sa vie privée et professionnelle pour un jeune musicien savamment décoiffé et fumeur de marijuana, même avec un beau cul et un beau sourire.

– Ce sera là dans quelques minutes, déclara Éric en reprenant sa place et en allumant une cigarette.

Il lui en offrit une, mais elle refusa. La jeune femme sirota son Schweppes.

– Ce courriel que tu m'as envoyé, hier, ce n'était pas très sympa, tu sais, dit-elle.

– Ah bon ? Pardon. Je croyais que c'était rigolo…

– Euh… C'est la différence entre nous. Moi, je n'ai pas trouvé ça drôle. Si quelqu'un l'avait vu…

– Qui ? Je ne l'ai envoyé qu'à toi. Pourquoi l'aurais-je envoyé à quelqu'un d'autre ?

– Ce n'est pas la question. Tu sais très bien ce que je veux dire. Les courriels, ce n'est pas très discret…

– Oh, toutes mes excuses. J'ignorais que tu étais agent secret !

– Ce n'est pas cela…

– C'est quoi, ton boulot, au juste ?

– Ça ne te regarde pas.

– Tu es bien susceptible, hein ?

– Laisse tomber…

– On peut reprendre, maintenant ?

– Comment cela ?

– Toi et moi. On vient d'avoir notre première dispute, c'est terminé, alors pourquoi ne pas programmer d'autres belles soirées comme l'autre jour ?

– Ça ne va pas être possible, Éric…

Le visage du jeune homme se décomposa.

– Pourquoi ?

– C'est de ça que je voulais te parler. C'est pour cela que je suis ici.

Elle s'interrompit, mais pas pour créer un effet théâtral. Son gosier était soudain sec, et elle but quelques gorgées de Schweppes. Pourquoi ces bouteilles étaient-elles aussi petites ? La serveuse arriva avec les paninis. Éric attaqua le sien et la regarda avec attention.

– Je ne sais vraiment pas comment te le dire, poursuivit Annie sans toucher à son assiette. Tu es sympa, et j'ai passé une bonne soirée avec toi, mais je ne crois pas... enfin, je ne crois pas que ça nous mènerait quelque part. Je veux dire par là que je ne souhaite pas continuer...

– Une aventure sans lendemain ?

– Si tu veux...

Éric reposa son panini et secoua la tête. Une lanière de poivron rouge, carbonisée sur les bords, dépassait du pain.

– Moi, c'est pas mon genre, les coups d'un soir...

Que répondre à cela ? Que c'était son genre à elle ?

– Écoute, dit-elle, ce n'est pas mon habitude, à moi non plus. Mais on avait bu quelques verres, on s'était bien amusés et ça a fini... euh, comme tu sais. Mais on va en rester là. Rien ne nous oblige à continuer. J'espère qu'on restera amis.

Seigneur ! songea Annie. Elle était pitoyable.

– « Amis » ? fit-il en écho. Pour quoi faire ?

– Très bien, dit Annie en se sentant rougir. On ne sera pas amis. C'était juste pour être polie.

– Ne te gêne pas pour moi, surtout ! Enfin, qu'est-ce que tu as ?

Il avait haussé le ton au point que des clients regardaient dans leur direction.

– Quoi ? Qu'est-ce que tu veux dire ?

Annie survola le pub du regard, sentant monter sa panique.

– Et parle moins fort...

– Pourquoi dis-tu ça ? Moi, parler moins fort ? Mais enfin, regarde-toi ! T'es assez vieille pour être ma mère ! Tu devrais être heureuse que je t'aie levée dans ce pub pour te baiser, et au lieu de ça tu tournes autour du pot pour me larguer ? C'est le monde à l'envers !

Annie n'en croyait pas ses oreilles. Ses tympans bourdonnaient et elle manquait d'air. Elle était clouée à sa place, bouche bée et les joues en feu, consciente que le silence s'était fait et que tout le monde la regardait.

– Tu ne te rappelles peut-être pas, continua Éric, mais moi si. Insatiable, que tu étais, l'autre nuit ! Tu me *sup-*

219

pliais ! Tu devrais être flattée. À ton âge, c'est ce que les femmes veulent, un jeune étalon qui les...

– Espèce de *salaud* !

Annie se leva et lui jeta son reste de Schweppes à la figure. Hélas pour elle, il en restait peu, l'effet dramatique en fut atténué, mais comme elle se levait d'un bond, ses cuisses soulevèrent la table qui bascula, renversant sur les genoux d'Éric la pinte pleine de Guinness et le panini avec ses lanières de poivron. Puis, à toute vitesse, elle sortit dans la rue et s'en fut, les larmes aux yeux, vers les quatre-vingt-dix-neuf marches de l'église St Mary. Ce fut seulement arrivée au sommet et comme elle se tenait dans le cimetière presque désert, appuyée à une stèle érodée par les vents, qu'elle s'arrêta pour reprendre haleine et fondre en larmes, tandis que les mouettes criaillaient tout autour d'elle, que le vent mugissait et que les vagues s'écrasaient sur les rochers en contrebas.

– Si quelqu'un de votre grade se déplace, c'est que c'est important, déclara Malcolm Austin, en laissant Banks et Winsome pénétrer dans son bureau, le jeudi en fin d'après-midi.

Winsome aurait voulu faire venir le professeur au commissariat, mais Banks avait jugé préférable de l'attaquer dans son propre fief, au milieu de tout ce qu'il risquait de perdre.

Il jeta un coup d'œil aux bibliothèques surchargées. Parfois, il se disait qu'il ne lui aurait pas déplu de mener la vie d'un enseignant du supérieur, parmi les livres et de jeunes esprits avides de savoir. Mais il savait que lui aurait manqué alors l'excitation de la traque, et que les jeunes esprits n'étaient pas forcément aussi avides de savoir et stimulants qu'on pouvait se l'imaginer. La fenêtre étant entrouverte, on pouvait sentir la bonne odeur de café et de pain frais qui montait de la cafétéria dans la cour et entendre la rumeur des conversations. Toute la matinée, il n'avait cessé de penser à Lucy Payne et à ses crimes, au mystérieux comportement d'Annie, à la confidence de Winsome au Queen's Arms, à comment aborder la question avec Annie, mais à présent il fallait se concentrer sur le boulot : trouver l'assassin de Hayley Daniels.

Austin les pria de s'asseoir et casa sa carcasse dégingandée, jambes croisées, derrière le désordre de son bureau, dans un fauteuil pivotant. Il portait un pantalon de jogging et un sweat-shirt rouge arborant l'emblème d'une équipe de basket américaine. Un ordinateur portable était ouvert devant lui. En s'installant, il le referma.

– Que puis-je pour vous ? dit-il.

– Vous vous souvenez de notre conversation ? dit Winsome.

– Comment oublier une telle...

– Trêve de conneries, monsieur Austin ! intervint Banks. Vous avez dit à ma collègue que vous n'aviez pas de liaison avec la victime. Or, nos informations ont mis en lumière que vous mentiez. Qu'avez-vous à dire sur ce point ?

– Quelles informations ? Je m'insurge contre cette insinuation !

– Hayley Daniels était-elle, oui ou non, votre maîtresse ?

Austin considéra Winsome, puis de nouveau Banks. Enfin, il serra les lèvres, gonfla les joues et expira lentement.

– D'accord, on se voyait depuis deux mois. Ça a commencé un mois après le départ de mon épouse. Ce n'était donc pas, à proprement parler, une « liaison extraconjugale ».

– Des mots, tout ça, fit Banks. Un prof qui tringle une élève, comment ça s'appelle, selon vous ?

– Ce n'était pas cela ! Dans votre bouche, c'est sordide. On était amoureux.

– Arrêtez, vous allez me faire pleurer.

– Inspecteur ! La femme que j'aimais vient d'être assassinée. Vous pourriez avoir un peu plus de respect.

– Quel âge avez-vous, Malcolm ?

– Cinquante et un ans.

– Elle, elle en avait dix-neuf.

– Oui, mais elle était...

– Soit une différence de trente-deux ans, sauf erreur de ma part. Vous auriez pu être son grand-père.

221

– Je vous l'ai dit : on était amoureux. Croyez-vous que l'amour s'arrête à des considérations aussi vulgaires ?

– Bon sang, vous commencez à parler comme un pédophile ! Si j'avais touché une livre sterling chaque fois qu'on m'a servi cet argument...

De colère, Austin s'empourpra.

– Vous êtes offensant. Où placez-vous la barre, inspecteur ? Dix-neuf ? Vingt ? Vingt et un ? Vous savez que ce que vous dites ne tient pas, sur le plan légal. De plus, comme j'allais vous le dire, Hayley était bien plus vieille que son âge, très mûre.

– Psychologiquement ?

– Euh, oui...

– C'est signe de maturité, pour une jeune fille, d'aller se beurrer avec une bande d'amis, un samedi soir, à moitié nue, et de boire tellement qu'elle en est réduite à aller pisser dans une ruelle ?

Banks sentit que Winsome le dévisageait, et il comprit qu'à ses yeux il se conduisait presque aussi mal que Templeton. Mais les cons hypocrites comme Austin, qui profitaient de leur position dominante pour assouvir leurs bas instincts, le mettaient en rogne, et il avait de la colère à revendre après l'interrogatoire de Randall, la veille au soir. Il savait qu'il aurait dû se modérer, ou Austin allait se fermer complètement. Aussi fit-il comprendre à la jeune femme qu'il avait reçu son message, qu'il savait ce qu'il faisait et était en train de lever le pied.

– Ce que M. Banks veut dire, intervint Winsome, c'est : dans quel état aurait-elle été, ce soir-là, si elle était venue chez vous ? Rappelez-vous, vous avez dit la dernière fois qu'on s'est parlé que vous n'auriez pas voulu d'une adolescente ivre et immature dans votre maison. Maintenant, vous dites qu'elle était mûre pour son âge. Vous voyez le problème ? C'est une contradiction.

– Exactement, renchérit Banks. Vous voyez, Malcolm, de l'avis général, Hayley était complètement paf... Je me demande à quoi elle aurait bien pu vous servir dans cet état...

Austin le fusilla du regard.

222

— Cela vous échappe peut-être, monsieur Banks, dit-il, mais l'amour, ce n'est pas toujours utiliser l'autre. Si Hayley était venue me voir samedi soir et qu'elle avait bu, je n'aurais pas abusé d'elle. Je n'avais pas besoin qu'elle soit ivre pour cela. Je lui aurais donné du café, l'aurais installée confortablement et laissée dormir.

Banks se rappela la visite d'Annie l'autre nuit. N'était-ce pas ce qu'il aurait dû faire ? La mettre au lit, confortablement ?

— Admirable, dit-il. Vous l'attendiez ?

Austin prit le temps d'examiner quelque chose sur son bureau.

— Elle m'avait dit qu'elle passerait peut-être. Le samedi, rien n'était vraiment réglé à l'avance. C'était sa soirée.

— Alors, pourquoi avoir menti à ma collègue ?

Austin adressa un regard coupable à Winsome.

— Je suis désolé, dit-il. Je redoutais la réaction qui est la vôtre, justement. Notre relation n'est pas facile à expliquer. On ne comprend pas toujours.

De nouveau, il jeta un regard noir à Banks.

— Écoutez, fit ce dernier en prenant sa voix d'homme du monde. Personne ne niera qu'elle était très belle et chacun comprendra que vous ayez eu envie d'elle. Quant à l'aimer, c'est un peu plus difficile à avaler, je l'avoue, mais enfin, ça arrive. Chacun sa manière d'être. Le problème n'est pas tant la différence d'âge que le fait que vous étiez le professeur et elle, l'étudiante. Qu'en penserait votre hiérarchie ?

Austin détourna le regard.

— Elle n'est pas au courant, évidemment. Je doute qu'on me comprendrait. Ce genre de relation est franchement désapprouvé.

— Donc, vous ne vouliez pas qu'on sache ? Cela aurait pu vous coûter votre carrière ?

— C'est bien la raison pour laquelle je me suis caché, oui. J'ai travaillé dur pour arriver à la position que j'occupe.

— C'est la seule raison ?

— Eh bien... personne n'a envie d'être impliqué dans une enquête sur un meurtre, n'est-ce pas ?

– Mais vous l'êtes, à présent. Jusqu'au cou. Pensiez-vous vraiment que vous pourriez vous en tirer en mentant ainsi ?

Banks secoua la tête.

– C'est incroyable comme on peut prendre les policiers pour des imbéciles...

Un parfum de marijuana montait de la cour.

– Je ne vous prends pas pour des imbéciles ! Mais je ne pensais pas que c'était aussi évident. On avait tâché d'être discrets. On avait l'intention de s'afficher quand elle aurait eu son diplôme. Et maintenant, qu'est-ce que vous voulez savoir d'autre ? Je n'ai rien à voir avec sa mort. Comme je vous l'ai dit, je l'aimais. Je l'aimais.

– Était-elle déjà passée chez vous après avoir bu, un samedi soir ?

– Oui. Franchement, ça n'était pas pour me plaire. Enfin, je veux dire qu'en général, comme vous l'avez dit, elle tenait mal l'alcool. Mais c'était la nuit où elle se défoulait, et si... euh... très franchement...

– Quoi ?

– Si elle devait passer la nuit quelque part, j'aimais autant que ce soit chez moi.

– Vous n'aviez pas confiance en elle ?

– Je n'ai pas dit ça. Mais elle était jeune. Vulnérable.

– Donc, vous étiez jaloux. Normal. Moi aussi, je serais jaloux si j'avais une toute jeune et belle maîtresse. Au bout de quelques verres, elle aurait pu commencer à se faire un jeune de son âge...

Banks sentit Winsome se hérisser de nouveau. Templeton ou pas, il faudrait qu'elle se lâche un peu, songea-t-il. Parfois, il fallait secouer vigoureusement le cocotier pour décrocher quelque chose. Austin était un homme cultivé, non dénué d'arrogance, et on ne parviendrait pas à le déstabiliser avec des arguments logiques ou un blabla raffiné.

– Si, comme moi, vous avez un jour la chance d'être aimé d'une jeune femme, vous comprendrez bien vite qu'on ne peut pas se permettre d'être trop collant.

– Qu'avez-vous pensé quand elle n'est pas venue ? demanda Winsome.

– Rien. Je n'étais pas absolument sûr qu'elle viendrait.

224

– Vous n'avez pas été inquiet ?

– Non.

– Mais elle devait passer la nuit en ville, intervint Banks. Pour vous, où aurait-elle pu aller dormir ?

– Chez des amis, j'imagine.

– Dans le lit d'un autre ? Et vous étiez jaloux... Vous n'êtes pas allé à sa recherche ?

– Je vous le répète, ça ne paie pas d'être trop collant. D'ailleurs, j'avais confiance en elle. Comme je vous l'ai dit, je préférais qu'elle dorme chez moi, mais si elle allait passer la nuit chez un autre, ça ne voulait pas dire qu'ils coucheraient ensemble... (Ses yeux s'embuèrent.) D'une certaine façon, j'espérais qu'elle ne viendrait pas. Elle était toujours difficile à vivre dans cet état-là et j'étais fatigué.

– Elle avait la boisson mauvaise, n'est-ce pas ?

– Parfois, oui.

– Comment était-elle quand elle avait bu ?

– Déraisonnable, imprévisible, logorrhéique...

– Elle serait arrivée vers une heure du matin, si elle était venue ?

– Oui. Elle avait une clé.

– Quelle confiance...

– C'est ce qu'on appelle l'amour, inspecteur. Vous devriez essayer un jour, je vous assure.

– Pourquoi devrait-on vous croire ?

– Je ne vous suis pas...

Banks gratta la cicatrice sous son œil droit.

– Vous nous avez déjà menti une ou deux fois. Pourquoi faudrait-il vous croire maintenant ?

– Parce que c'est la vérité.

– Facile à dire, mais voyez les choses de mon point de vue. Hayley arrive chez vous assez éméchée. Vous en avez marre de ses singeries et le lui dites carrément. Il se peut qu'elle se moque de vous, qu'elle plaisante sur votre âge ou autre, et vous voyez rouge. Elle ne veut pas, mais elle est ivre et ça vous est bien égal. Vous, vous savez ce que vous voulez. Donc, vous la prenez de force. Elle résiste, mais ça n'en est que plus excitant. Ensuite, elle en fait toute une histoire, vous menace même de le dire à la fac. Cela étant exclu, vous l'étranglez. Et maintenant, que faire du corps ?

Le mieux, comme le temps presse, c'est de le fourrer dans le coffre de votre voiture et de le balancer dans le Labyrinthe.

Quelques-uns des faits réels ne cadraient pas avec cette histoire que Banks était en train de raconter, comme la nature des violences, la chronologie et les bandes des caméras de surveillance, mais Austin n'était pas censé le savoir.

— Alors, qu'est-ce que vous en dites ?

— Vous devriez écrire des romans policiers avec une imagination aussi fertile... Je m'étonne que vous la gaspilliez en étant dans la police.

— Si vous saviez comme il en faut, de l'imagination, dans mon métier... Alors, est-ce que je brûle, au moins ?

— Vous êtes loin du compte, au contraire...

De nouveau, Austin se carra dans son fauteuil.

— Inspecteur, vous gagneriez beaucoup de temps si vous admettiez que je n'ai pas tué Hayley. Quoi que vous puissiez penser de moi, je l'aimais, et si je pouvais vous aider, je le ferais.

Il jeta un regard à Winsome.

— Excusez-moi d'avoir menti, mais je ne voulais pas perdre mon boulot ni voir mon nom traîné dans la boue. Ce sont les seules raisons...

— Vous connaissiez bien Hayley ?

— Assez bien, je suppose. Comme je vous l'ai dit, on était ensemble depuis environ deux mois, mais je la connaissais depuis un an... Et non, il n'y avait rien eu entre nous pendant les dix premiers mois. (Il hésita.) Je ne veux pas que vous ayez une mauvaise impression. Quoi qu'on puisse vous dire sur son comportement, le samedi soir, c'était... la jeunesse. Pas davantage. Parfois, elle avait besoin de se défouler. La plupart du temps, tout le monde vous le dira, c'était une jeune fille intelligente, posée, studieuse et ambitieuse. C'était ce que je voulais dire en parlant de maturité. Le plus souvent, elle trouvait les garçons de son âge trop prosaïques et obsédés par une seule chose...

— Ce qui n'était pas votre cas ?

– Je dois admettre que notre rencontre m'a redonné un regain de vie de ce côté-là, mais ne commettez pas l'erreur de croire qu'il n'y avait que ça...

– Qu'y avait-il d'autre ?

– Le plaisir de partager un bon repas. Être ensemble. Parler. Aller se balader. Se donner la main. Le petit déjeuner au lit. Aller au concert. Écouter de la musique classique. Se blottir l'un contre l'autre. Discuter d'un livre. Les plaisirs simples. J'avais hâte de pouvoir vivre notre relation au grand jour. Ce secret était pénible. Elle va me manquer plus que vous ne pouvez l'imaginer...

Banks éprouva de la jalousie. Il n'avait fait aucune de ces choses-là avec personne depuis des années, ni ressenti cela pour personne. Lui et Sandra, son ex-femme, avaient eu des goûts et des intérêts si dissemblables que leurs vies suivaient des voies parallèles. Et quand ces parallèles s'étaient mises à diverger, la fin avait été proche. Même avec Annie, il y avait eu plus de différences que de points communs. Enfin, il n'allait pas se laisser embrouiller par sa sentimentalité et sa pitié pour Austin.

– Vous dites que vous ne demandez qu'à nous aider, reprit-il. Si vous ne l'avez pas tuée, qui est-ce, à votre avis ?

– Je n'en sais rien. Un maniaque.

– La vérité pourrait être à chercher dans son entourage, déclara Winsome. Et ses ennemis. Avait-elle un problème avec quelqu'un ?

– Il y aurait bien Stuart Kinsey, je suppose. Il lui courait après.

– Mais vous avez déclaré qu'il ne ferait pas de mal à une mouche !

– C'est vrai, mais je ne vois personne d'autre. Hayley n'était pas du genre à se faire des ennemis.

– Pourtant, elle s'en est fait un, dit Banks en se levant. Merci de nous avoir accordé de votre temps, Austin, et restez dans les parages. On aura peut-être encore besoin de vous.

Un amour intense et non payé de retour. Cocktail détonant, songea Banks. Très détonant. Et Stuart Kinsey avait reconnu être allé dans le Labyrinthe pour espionner Hayley, découvrir qui était son amant. Il avait donc le mobile et l'occasion d'agir. Les moyens pouvaient-ils être très loin derrière ? Il était temps d'aller reparler à ce garçon.

Pour aller de Whitby à Leeds, il fallait bien compter une heure et demie, en fonction de la circulation, et c'était la seconde fois qu'Annie effectuait ce trajet en deux jours. Elle était encore ulcérée par sa confrontation avec Éric. Il n'avait pas tardé à révéler son vrai visage. À présent, elle se demandait quelles autres photos il pouvait bien avoir sur son mobile ou son ordinateur. Qu'en ferait-il ? Les diffuserait-il sur YouTube ? Comment avait-elle pu être aussi sotte, ivre ou pas ? Ses mains agrippèrent le volant et elle serra les dents tout en songeant à la scène. Il avait été délibérément cinglant, cruel, mais y avait-il un grain de vérité dans ses paroles ? S'était-elle montrée trop désespérée, trop empressée, trop *reconnaissante* ?

Elle roula dans Stanningley Road, tourna avant Bramley et trouva le chemin de La Colline. Les Payne avaient vécu près du sommet, juste avant le pont du chemin de fer, sur la droite quand on redescendait ; et Claire Toth et sa famille habitaient pratiquement au-dessus de la rue, là où une enfilade de bicoques aux jardins broussailleux se dressaient en haut d'une butte. Six ans s'étaient écoulés depuis qu'Annie était passée par-là et, à l'époque, il y avait des barrages de police et des rubans de scène de crime un peu partout. À présent, tout avait disparu, bien entendu ; le numéro 35 aussi, et à sa place se trouvaient deux maisons jumelées neuves, en briques rouges. Évidemment, personne n'avait dû vouloir vivre dans la « Maison des Payne », comme avaient titré les journaux, ni à côté d'ailleurs.

Tout en ralentissant, Annie frémit en se rappelant sa descente à la cave : l'obscène poster de la femme aux jambes écartées ; l'impression d'enfermement ; ce froid humide, les odeurs de sang et d'urine ; les symboles occultes aux murs. Heureusement, le cadavre de Kimberley Myers avait été enlevé à ce moment-là, de même que le matelas ensanglanté.

On pouvait imaginer l'endroit hanté par les fantômes des pauvres filles qui y avaient été violées, torturées et enterrées. Et Lucy Payne, la femme égorgée dans son fauteuil roulant, avait été mêlée à cela. Banks avait passé beaucoup de temps à l'interroger, d'abord comme victime puis éventuelle suspecte, et elle lui avait fait de l'effet, même s'il le niait. Mais, à l'évidence, aujourd'hui encore, il n'avait pas plus compris qu'un autre ce qui s'était réellement passé dans cette cave, ni pourquoi.

Annie se gara au pied de l'escalier, au niveau de la maison de Claire, et se ressaisit. Elle savait qu'il fallait surmonter ce qui s'était passé l'autre nuit et parler à Banks. À jeun, cette fois. Elle s'était ridiculisée. Et alors ? Ce n'était pas la première fois et ce ne serait pas la dernière. Expliquer. Il comprendrait. Seigneur, il avait les idées larges ; il n'allait pas la sermonner. Redoutait-elle à ce point d'avoir honte ? Ce n'était pas digne de la femme qu'elle croyait être. Mais était-elle la femme qu'elle croyait être ?

Elle gravit les marches, notant au passage que les jardins s'étageant depuis la chaussée semblaient encore plus mal entretenus qu'alors, surtout à cette époque de l'année, et qu'une haute clôture à mi-hauteur bouchait la vue sur la maison quand on était en contrebas. Annie ouvrit le portillon et attaqua la dernière volée de marches.

La porte d'entrée avait besoin d'une couche de peinture et un chien ou un chat avait visiblement griffé le bois. La petite pelouse était colonisée par des touffes de mauvaises herbes. Annie se demanda comment elle allait s'y prendre avec Claire. Cette jeune fille était-elle une suspecte sérieuse ? Sinon, pourrait-elle donner une information utile ? Elle avait peur de rouvrir de vieilles blessures. Reprenant sa respiration, elle serra le poing et frappa à la vitre givrée.

Au bout de quelques instants, une femme en gilet bleu et pantalon gris lui ouvrit.

– Madame Toth ? dit Annie.

– Oui, oui… Vous devez être l'inspectrice. Entrez, entrez. Claire n'est pas encore rentrée, mais elle sera là dans quelques minutes.

Annie entra. La pièce était haute de plafond et la baie vitrée regardait vers l'ouest, par-dessus les toits des maisons d'en face. Un téléviseur occupait l'angle. Une émission culinaire venait de commencer, avec le sémillant chef français Jean-Christophe Novelli. Les Français, eux, ne devaient pas faire une montagne d'une « aventure sans lendemain », songea Annie. Mme Toth n'alla pas éteindre, et comme Annie la priait de le faire, elle baissa le volume d'un cran ou deux, mais tout en bavardant elle suivait l'émission du coin de l'œil. Finalement, elle proposa une tasse de thé, que la jeune femme accepta volontiers. Livrée à elle-même dans le salon chichement meublé, elle alla se tenir à la fenêtre et contempla les nuages cotonneux flottant dans le ciel bleu à l'horizon. Encore une belle journée de printemps. On pouvait presque croire que le regard portait jusqu'aux formes trapues des Pennines.

Au moment où Mme Toth revenait avec un plateau, la porte s'ouvrit et une jeune femme entra, vêtue d'une blouse qu'elle ôta aussitôt et jeta sur un fauteuil.

– Claire ! s'écria sa mère. Je te l'ai dit et répété : on accroche son vêtement !

Claire jeta à Annie un regard ennuyé et obéit. Ne l'ayant jamais vue, Annie ne savait donc pas à quoi s'attendre. La jeune fille sortit un paquet de Dunhill de son sac à main et alluma une cigarette avec un briquet Bic. Ses cheveux châtains étaient attachés en arrière et elle portait un jean et une chemise d'homme blanche. On voyait bien qu'elle était grosse – jean serré, bourrelets aux hanches et à la taille –, et elle avait mauvaise mine – teint blafard, joues rebondies et boutonneuses, dents jaunies par la nicotine. Elle n'avait certes pas la silhouette de « Mary » telle que décrite par Mel Danvers à Mapston Hall. Elle était également trop jeune, mais, comme Banks l'avait souligné, Mel avait pu se tromper sur ce point. Par certains côtés, Claire faisait assurément plus que son âge.

Une fois sa cigarette allumée, elle se servit un verre de vin sans en offrir à Annie. Cette dernière aurait de toute façon refusé. Le thé était préférable.

Mme Toth s'installa dans un fauteuil, à l'écart, sa tasse cliquetant dans sa soucoupe chaque fois qu'elle prenait une gorgée. L'émission culinaire se poursuivait, en sourdine, à l'arrière-plan.

– Qu'est-ce que vous voulez ? demanda Claire. Maman m'a dit que vous étiez de la police ?

– Vous suivez les actualités ?

– Je m'en fiche.

– C'est que Lucy Payne a été tuée, l'autre jour.

Claire marqua une pause, le verre presque au contact de ses lèvres.

– Elle... Mais je croyais qu'elle était en fauteuil roulant ?

– En effet.

Claire prit une gorgée de vin, tira sur sa cigarette et haussa les épaules.

– Qu'est-ce que je dois dire ? Que je suis désolée ?

– Vous l'êtes ?

– Vous rigolez ? Vous savez ce qu'elle a fait ?

– Je sais.

– Et vous, les flics, vous l'avez laissée s'en tirer...

– Non, pas du tout, Claire...

– Oh, si ! On a dit qu'il n'y avait pas assez de preuves. Après ce qu'elle avait fait ! Pas assez de preuves ! C'est incroyable !

– Elle ne pouvait plus nuire à personne, de toute façon. Elle ne pouvait plus bouger un muscle.

– Ce n'est pas la question.

– Quelle est la question, alors ?

– Œil pour œil. Elle n'aurait pas dû avoir le droit de vivre.

– Mais la peine de mort n'existe plus en Angleterre.

– Il est bien mort, n'est-ce pas ?

– Terence Payne ?

Une ombre passa légèrement au fond des yeux de Claire.

– Oui, lui.

Annie acquiesça.

– Alors, vous êtes venue pour quoi ?

Claire écrasa sa cigarette à moitié fumée et but encore un peu de vin.

– Excusez-moi, dit-elle. J'ai eu une longue journée.

– Qu'est-ce que vous faites dans la vie ?

231

– Claire est caissière au supermarché du coin, répondit sa mère. N'est-ce pas, chérie ?

– Oui, maman.

Claire défia Annie du regard.

Que dire à cela – « Oh, comme c'est intéressant ! » ? C'était un boulot honorable, mais Annie la plaignit. De l'avis général, Claire avait été une jolie adolescente, intelligente, bien notée, qui aurait dû aller à l'université et faire son chemin dans la vie – mais quelque chose avait interrompu tout cela. Terence et Lucy Payne. À présent, elle avait tout gâché et haïssait son corps. Annie savait décrypter les signes. Elle n'aurait pas été surprise de découvrir des marques de brûlures et coupures auto-administrées sous les manches longues de la chemise de Claire. Elle se demanda si elle avait consulté un psychiatre, mais cela ne la regardait pas. Elle n'était pas là comme assistante sociale mais pour obtenir des informations au sujet d'un meurtre.

– Vous connaissiez Lucy Payne ?

– Je l'avais vue dans les parages, dans les boutiques, par exemple. Je savais qui c'était. La femme du prof.

– Mais vous ne lui aviez jamais parlé ?

– Non, sauf pour lui dire bonjour.

– Savez-vous où elle habitait ?

– La dernière fois que j'ai entendu parler d'elle, c'était quand j'ai appris qu'on n'avait pas assez d'éléments contre elle et qu'elle ne serait pas en mesure de supporter un procès, de toute façon. Et c'est pourquoi on l'a laissée s'en tirer.

– Comme je vous l'ai dit, elle ne pouvait plus nuire à personne. Elle était dans une maison, un lieu où l'on s'occupe des gens comme elle.

– Des assassins ?

– Des tétraplégiques.

– Je suppose qu'on lui donnait à manger et qu'on lui faisait sa toilette, là-bas ? Qu'on la laissait regarder ce qu'elle voulait à la télévision ?

– On s'occupait d'elle. Elle n'avait aucune autonomie. Claire, je comprends votre colère. Je sais que ça peut paraître...

– Vraiment ? Vous comprenez ?

Claire prit une autre cigarette et l'alluma.

– Ça m'étonnerait. Regardez-moi. Vous croyez que je ne sais pas combien je suis moche et repoussante ? J'ai vu un psy. Pendant des années, mais rien n'y a fait. Je ne supporte même pas l'idée qu'un garçon me touche.

Elle eut un rire âpre.

– Quelle rigolade ! Comme si un garçon pouvait vouloir de moi, avec la tête que j'ai. Et tout ça, grâce aux Payne.

Elle jeta un regard furieux à Annie.

– Allez, dites-le !

– Quoi ?

– Dites que je ne suis pas si mal, qu'avec un peu de maquillage et des jolies fringues, ça irait. Comme ils font tous. Comme si j'avais juste besoin d'être relookée par ces connes de Trinny et Susannah…

Aux yeux d'Annie, personne n'avait besoin d'être relooké par Trinny et Susannah, mais c'était une autre histoire. Des flots de haine se déversaient de cette jeune fille, et Annie ne se sentait pas armée pour y faire face. À la vérité, elle était déjà assez stressée par ses propres problèmes.

– Même mon père n'a pas pu le supporter, continua Claire avec dégoût, en regardant sa mère. Il n'a pas mis longtemps à quitter le navire. Et les parents de Kim ont déménagé tout de suite après avoir appris qu'il n'y aurait pas de procès. Leur maison est restée en vente pendant des années. En fin de compte, ils l'ont vendue des clopinettes.

Mme Toth prit un mouchoir et se tamponna les yeux, mais ne dit rien. Annie commençait à se sentir oppressée par cette atmosphère pesante. De façon assez illogique, elle se représenta Éric et eut envie de l'étrangler. C'était trop. Elle avait un poids sur le cœur et du mal à respirer. Quelle chaleur. Retiens-toi, Annie, se dit-elle. Retiens-toi. Contrôle-toi.

– Donc, vous ignoriez où elle se trouvait ?

– Évidemment, ou je serais sûrement allée l'étrangler moi-même.

– Qu'est-ce qui vous dit qu'elle a été étranglée ?

– Rien. Je ne sais pas. Pourquoi ? C'est important ?

233

– Non, non.

– Où était-elle ?

– Je vous l'ai dit, dans un foyer. Près de Whitby.

– Au bord de la mer… sympa ! Je ne suis plus allée à la mer depuis l'époque où j'étais petite. Elle avait une belle vue ?

– Vous connaissez Whitby ?

– Non. Nous, on allait à Blackpool. Ou à Llandudno.

– Vous conduisez ?

– J'ai jamais passé mon permis. Pas la peine.

– Ah bon ?

– Je peux aller à pied au boulot. Et pour le reste, où j'irais ?

– Je ne sais pas. Et voir des amis ?

– J'en ai pas.

– Il y a forcément quelqu'un.

– Avant, j'allais voir Maggie, la voisine, mais elle aussi, elle a déménagé.

– Où est-elle allée ?

– Elle a dû retourner au Canada, j'imagine. J'en sais rien. Elle n'allait pas rester ici, après ce qui s'était passé…

– Vous ne vous êtes pas écrit ?

– Non.

– Mais c'était votre amie !

– C'était son amie à *elle*.

Il n'y avait pas grand-chose à répondre à cela.

– Savez-vous où, au Canada, elle devait habiter ?

– Demandez aux Everett, Ruth et Charles. C'était chez eux qu'elle vivait, et c'étaient ses amis.

– Merci. Je n'y manquerai pas.

– Je ne suis jamais retournée à l'école, vous savez…

– Quoi ?

– Après… vous savez… Kim. Je n'ai pas pu affronter ça. J'aurais pu passer mes examens, aller à la fac, peut-être, mais… ça ne m'intéressait plus.

– Et maintenant ?

– J'ai un travail. Maman et moi, on s'entend bien, hein ?

Mme Toth sourit.

Annie n'avait pas d'autres questions, et elle ne pouvait plus supporter d'être dans cette pièce.

234

– Écoutez, dit-elle en se levant avant de prendre son porte-documents. Si jamais vous aviez une idée qui pourrait nous aider…

Elle lui tendit sa carte.

– Vous aider à *quoi* ?

– J'enquête sur le meurtre de Lucy Payne.

Le front de Claire se plissa. Elle déchira la carte et les morceaux s'éparpillèrent par terre.

– Quand les poules auront des dents ! dit-elle en croisant les bras.

Le café en plein air, sous la fenêtre de Malcolm Austin, semblait être un endroit tout indiqué pour une seconde entrevue avec Stuart Kinsey, se dit Banks en s'installant avec Winsome autour d'une table boiteuse, sur des pliants fragiles, à l'ombre d'un platane en bourgeons. Et comme ils l'avaient trouvé à la bibliothèque, en train de travailler à un devoir, le chemin avait été court pour tout le monde. Il faisait encore un peu frisquet pour rester longtemps assis à l'extérieur, et Banks se félicita d'avoir pris sa veste de cuir. À tout instant, une brise agitait les branches, froissant la surface de son café.

– Qu'est-ce que vous voulez, maintenant ? demanda Kinsey. Je vous ai déjà dit tout ce que je savais.

– Ce n'est pas grand-chose, hein ? fit Winsome.

– C'est ma faute ? Je m'en veux déjà assez d'avoir été tout près sans me douter que…

– Qu'est-ce que tu aurais pu faire ? dit Banks.

– Je… je ne sais pas.

– Rien.

Ce n'était sans doute pas la stricte vérité. Si Kinsey s'était pointé dans la ruelle au moment même où l'agresseur se jetait sur Hayley, il aurait pu interrompre la scène. L'assassin aurait pu prendre la fuite, la laissant saine et sauve. Mais à quoi bon le dire ?

– Tu ne savais pas ce qui arrivait. Et d'ailleurs, c'est du passé. Arrête de te flageller.

Pendant quelques instants, le jeune homme se contenta de contempler son café sans rien dire.

– Tu l'aimais donc à ce point, Hayley ? reprit Banks.

Kinsey le regarda. Il avait un bouton d'acné enflammé près de la bouche.

– Pourquoi cette question ? Vous croyez toujours que c'est moi ?

– Du calme. Personne ne dit cela. La dernière fois, tu as affirmé que tu étais amoureux d'elle, mais que ce n'était pas réciproque...

– C'est exact.

– Je me demande seulement ce que tu ressentais à ce sujet...

– Ce que je ressentais... Qu'est-ce que vous croyez ? Qu'est-ce qu'on ressent quand la fille qu'on désire au point d'en perdre le sommeil ne vous voit même pas ?

– Ça ne devait pas en être à ce point-là... Vous sortiez dans la même bande, vous aviez souvent l'occasion de vous voir, vous alliez au cinéma...

– Oui, mais en général avec toute la bande. C'était rare qu'on soit en tête à tête.

– Vous aviez des conversations. Tu as même admis l'avoir embrassée une fois.

Kinsey le regarda d'un sale œil. C'était sans doute mérité. Des conversations et quelques baisers en copains, ce n'était qu'une maigre compensation quand on se baladait avec une érection d'enfer.

– Stuart, vous êtes le seul dont la présence dans les parages du crime, et à l'heure de ce crime, est avérée, dit Winsome d'une voix se voulant posée et terre à terre. De plus, vous aviez un mobile : votre amour non payé de retour pour Hayley. Il nous faut des réponses.

– Moyens, mobile, occasion. C'est bien commode pour vous. Combien de fois faudra-t-il vous répéter que ce n'est pas moi ! D'accord, j'étais frustré, mais je l'aimais et je ne crois pas que je pourrais jamais tuer quelqu'un. Je suis un putain de pacifiste, bon sang. Un poète !

– Pas besoin d'être grossier.

Il la regarda, penaud.

– Excusez-moi. Je me suis emporté. C'est tellement injuste, tout ça... Je perds une amie et vous, tout ce qui vous importe, c'est de me coller ce meurtre sur le dos.

236

– Que s'est-il passé dans le Labyrinthe, cette nuit-là ? demanda Banks.

– Je vous l'ai déjà dit.

– Recommence. Un autre café ?

– Non, merci. Je suis déjà assez à cran.

– Moi, j'en veux bien, dit Banks.

Winsome leva les yeux au ciel et alla au comptoir.

– Entre nous…, dit Banks, se penchant en avant. Vous étiez déjà allés au-delà de quelques baisers au fond d'un cinéma. Allez, tu peux me dire la vérité…

Kinsey s'humecta les lèvres. Il semblait au bord des larmes. Finalement, il opina.

– Une fois, dit-il. C'est ce qui fait le plus mal.

– Tu as couché avec elle ?

– Non. Seigneur, non. Pas ça. Mais on… on s'est embrassés, pelotés… jusqu'au moment où elle n'a plus rien voulu savoir.

– Il y a de quoi mettre un homme en colère, dit Banks en voyant Winsome revenir avec les cafés. L'avoir là, sous la main, et puis *niet* ! Penser que d'autres ont plus de chance…

– Je n'ai pas été en colère. Déçu, plutôt. Elle ne m'avait rien promis. On avait bu un peu. Je me sentais si… et puis, ç'a été comme si rien ne s'était passé. Pour elle. Et maintenant, ça ne se reproduira plus.

Winsome posa une tasse devant Banks et reprit sa place avec la sienne.

– Revenons à ce samedi soir, dans le Labyrinthe, dit Banks. Tu as pu oublier quelque chose. Je sais que c'est dur, mais efforce-toi de revoir la scène.

– Je vais essayer, dit Kinsey.

Banks but une gorgée d'un café brûlant mais pas assez corsé, puis souffla dessus.

– Vous êtes tous allés au Bar None, vers minuit et demi, exact ?

– Exact. La musique était atroce, genre disco subélectronique hip-hop industriel… trop forte, en plus. Moi, je me sentais… On avait tous picolé, et il faisait trop chaud. Je pensais à Hayley, je regrettais son absence et j'étais jaloux à l'idée qu'elle soit allée en voir un autre…

– Donc, vous étiez contrarié, dit Winsome.

– En fait, pas vraiment. Je n'étais pas furax, plutôt déçu. Moi aussi, j'avais envie de pi… j'avais besoin d'aller aux toilettes. Alors, je suis allé au fond du club, là où sont les W-C, et j'ai vu la porte. Je savais sur quoi ça donnait. J'étais déjà sorti par là, quand…

– Quand quoi ? dit Banks.

Le jeune homme se fendit d'un rare sourire.

– Quand j'avais moins de dix-huit ans et que la police venait.

Banks sourit à son tour.

– Je vois…

Lui-même avait bu dans les pubs dès l'âge de seize ans.

– Continue.

– Je ne pensais pas qu'elle était allée loin. Je sais qu'on se paume facilement dans le Labyrinthe, donc je me disais qu'elle avait dû rester près de la place, hors de notre vue, peut-être au premier coin de rue. Je ne sais pas trop à quoi je pensais. C'est vrai ! J'imagine que j'avais l'intention de la suivre pour voir où elle irait ensuite, essayer de découvrir qui elle voyait. Je n'avais évidemment pas l'intention de lui faire du mal, ni rien.

– Et ensuite, que s'est-il passé ?

– Vous le savez bien. Je ne l'ai pas trouvée. Je me suis retrouvé au cœur du Labyrinthe sans l'avoir voulu, et j'ai cru entendre quelque chose derrière moi, pas loin de la place. Je me suis rapproché, mais ça n'a pas recommencé.

– Peux-tu décrire de nouveau ce bruit ?

– C'était comme un coup sourd, comme si on frappait une porte ou autre chose avec un oreiller autour du poing. Et puis, il y a eu un cri… Non, pas un cri – ça m'aurait alerté –, mais plutôt un soupir, un gémissement. À vrai dire…

– Quoi ? dit Banks.

Kinsey jeta un regard penaud à Winsome, avant de reporter son attention sur Banks.

– J'ai cru que c'était… un couple faisant l'amour à la va-vite.

– OK, Stuart, dit Banks. C'est pas mal. Continue.

238

– C'est tout ! Je balisais. J'ai déguerpi ! Je ne voulais pas les gêner. Ça peut rendre un mec très violent, vous savez, d'être interrompu pendant...

– Tu as entendu autre chose ?

– De la musique.

– Quelle musique ? C'est la première fois que tu en parles.

Kinsey fronça les sourcils.

– Je ne sais pas. J'avais oublié. C'était familier. Une bribe d'un genre de rap, mais j'arrive pas à situer – il y a de quoi devenir dingue, quand on a le titre d'un truc, là, sur le bout de la langue, et qu'on ne peut pas... Bref, ça n'a pas duré, comme... une sorte de bouffée, comme si une porte s'était ouverte et refermée, ou si une voiture était passée très vite... Je ne sais pas.

– À quoi ça ressemblait ? Tâche de te souvenir. Ça pourrait être important.

– Ça a été si bref, comme si une voiture passait...

– Tu te souviens d'autre chose, à ce sujet ?

– Non.

– Et ensuite, qu'as-tu fait ?

– Je suis retourné au Bar None. En passant par la galerie marchande qui débouche sur Castle Road – je m'étais aventuré au cœur du Labyrinthe et c'était la sortie la plus proche. Ensuite, j'ai dû retourner au club par l'entrée principale parce que la porte de derrière n'ouvre que de l'intérieur, sauf si on la bloque, ce que je n'avais pas fait. Comme j'avais un tampon sur la main, j'ai pu rentrer sans problème.

– C'est tout ?

– C'est tout. Désolé. Je peux partir ? J'ai mon devoir à finir.

Il n'y avait pas de raison de le retenir, songea Banks.

– Essaie de te rappeler quelle était cette musique, dit-il. Ça pourrait servir. Voici ma carte.

Kinsey la prit et s'en alla.

– Vous pensez vraiment que c'est important ? demanda Winsome.

– À vrai dire, je l'ignore. On voit une voiture passer sur les bandes des caméras de surveillance, et Stuart a dit qu'il a cru que ça pouvait provenir d'une voiture. Mais la chronologie ne cadre pas tout à fait et nous sommes quasi certains que ces gens rentraient chez eux après avoir fêté leur anniversaire au restaurant. Comme c'est un couple de quinquagénaires, ils pouvaient difficilement écouter du rap. Cela dit, c'est une nouvelle information. Qui sait ce qu'on pourra en tirer ?

– Votre avis ? dit Winsome. Je veux dire : en général. Où en est-on ?

– Je pense qu'on va manquer très bientôt de suspects. D'abord Joseph Randall, puis Malcolm Austin et maintenant Stuart Kinsey.

– Vous ne pensez pas que c'est lui ?

– Ça m'étonnerait. Évidemment, il peut mentir. Tous peuvent mentir. Hayley Daniels avait le chic pour transformer ces jeunes gens en amoureux transis. On devrait vérifier l'alibi d'Austin, voir si quelqu'un ne l'aurait pas vu – un voisin a bien vu Randall… Mais je crois Kinsey. Je ne le vois pas allant violer et assassiner, pour revenir ensuite s'amuser avec ses potes comme si de rien n'était. C'est un être sensible – hypersensible. Donnez-lui un baiser et il va trembler comme une feuille toute la soirée…

– Très peu pour moi, chef !

Banks eut un grand sourire.

– C'était une image, Winsome. Stuart Kinsey est un sentimental, un romantique. Un poète, comme il dit. Pas un dissimulateur, sans doute pas un très bon comédien non plus. Il est tout d'une pièce. Et si quelque chose de grave lui arrivait, ou s'il commettait un acte grave, ça se saurait. Si jamais il avait tué Hayley, il se serait sans doute livré…

– Certainement. Alors, quoi ?

– Là, je n'en sais pas plus que vous. Allez, on va en rester là pour aujourd'hui.

– Et l'inspectrice Cabbot, chef ?

– Ne vous en faites pas, dit Banks, le cœur serré. J'irai lui dire deux mots.

Annie était heureuse d'avoir décidé de rentrer chez elle, à Harkside, après être allée voir Claire Toth, plutôt que de retourner à Whitby. Il lui faudrait se lever de très bonne heure le lendemain, mais c'était faisable, surtout si elle ne buvait pas trop. Elle avait l'impression d'avoir été passée à l'essoreuse après son déjeuner catastrophique avec Éric et sa conversation avec Claire dans l'après-midi. Il lui fallait un peu de réconfort maison. Verre de vin, livre, bain plein de bulles. Magazines féminins.

Les Ferris l'avait contactée sur son mobile alors qu'elle était au volant pour lui dire qu'il avait une piste pour les boucles de cheveux et pourrait sans doute mettre la main dessus avant le week-end. Cela faisait au moins une bonne nouvelle.

Les ténèbres grandissant, Annie tira les rideaux et alluma deux petites lampes d'ambiance, ce qui réchauffa la pièce. Elle n'avait pas très faim mais mangea un restant de pâtes et se servit un réconfortant verre de Tesco's soave tiré du cubitainer de trois litres. Banks avait peut-être tourné à l'amateur de grands crus snob depuis qu'il avait hérité la cave de son frère, mais pas elle. Dans un vin, elle n'était même pas capable de discerner une « note de cuir ». Tout ce qu'elle savait, c'était si elle aimait ou si c'était éventé, et en principe, quand ça sortait d'un cubitainer, ce n'était pas éventé.

Elle prit le tome 2 de la biographie de Matisse par Hilary Spurling, mais impossible de se concentrer sur le texte, tant elle était polarisée sur Claire et ce qui l'avait empêchée de s'épanouir. Elle pouvait encore s'en sortir, bien sûr ; elle avait encore le temps, avec l'aide adaptée, mais pourrait-elle jamais se remettre totalement ? Quand la jeune fille lui avait lancé un regard en apprenant qu'on recherchait l'assassin de Lucy, Annie avait bien eu envie de tout plaquer. Quel sens avait son enquête ? Qui souhaiterait faire passer en justice l'assassin de la célèbre « Amie du Diable » ? Pourrait-on jamais pardonner à Lucy Payne ? Maggie Forrest lui avait-elle pardonné ? Et avait-elle tourné la page ?

Annie se rappela un téléfilm sur la campagne de lord Longford pour faire libérer Myra Hindley. Un spectacle éprouvant. Les « Meurtriers des Landes » avaient sévi bien avant sa venue dans la région, mais, comme tout flic, elle en avait entendu parler, ainsi que des films tournés par Brady et Hindley. D'un côté, la religion vous demandait de pardonner, disait que nul n'est irrécupérable, tenait pour sacrée la possibilité de la rédemption, mais – hormis lord Longford – on aurait eu du mal à trouver un chrétien capable de pardonner ses crimes à Myra Hindley, même si, en tant que femme, elle avait été jugée moins responsable que Brady. C'était pareil avec Lucy Payne, bien que les circonstances aient concouru à la soustraire à la justice en l'emprisonnant dans son propre corps.

Tommy Naylor et les autres membres de l'équipe avaient été dehors toute la journée, à interroger les familles des victimes des Payne dans le West Yorkshire, tandis que Ginger s'était employée à trouver des pistes concernant Kirsten Farrow. Annie avait parlé à Naylor sur son mobile et eu l'impression qu'ils étaient tous aussi déprimés qu'elle-même ce soir, sinon plus. Quand on s'expose à tant de peine accumulée, à un sentiment profond d'injustice, comment rester concentré sur sa tâche ?

Elle s'apprêtait à prendre un bain quand on frappa à la porte. Son cœur fit un bond dans sa poitrine. Sa première idée fut qu'Éric avait appris où elle vivait, et elle n'avait pas envie de le voir maintenant. L'espace d'un instant, elle envisagea de l'ignorer, de faire comme si elle n'avait pas été là. Puis, l'individu frappa de nouveau à la porte. Sur la pointe des pieds, elle s'approcha de la fenêtre et glissa un regard à travers le rideau. Avec le manque de lumière, elle ne pouvait pas bien voir sous cet angle, mais en tout cas ce n'était pas Éric. Puis, elle aperçut la Porsche dans la rue. Banks. Zut, elle n'avait aucune envie de le voir, lui non plus, pas après la scène embarrassante de l'autre nuit. Mais enfin, il n'abandonnerait pas facilement. Planté à la porte, il frappa à nouveau. Elle avait allumé la télévision, en coupant le son, et il devait voir l'écran bleuté.

Elle alla lui ouvrir, s'écarta pour le laisser passer. Il apportait une bouteille de vin dans un papier-cadeau. Pour faire la paix ? Pourquoi donc ? Si quelqu'un avait dû offrir un rameau d'olivier, c'était elle. Toujours aussi bon tacticien, Banks – désarmant l'ennemi d'entrée de jeu. Mais peut-être était-elle injuste.

– Comment as-tu su que j'étais là ? dit-elle.

– J'ai tenté ma chance. D'après Phil Hartnell, tu avais dû aller parler à Claire Toth, à Leeds, aujourd'hui, et j'ai pensé que tu choisirais de rentrer à la maison plutôt que de retourner à Whitby.

– Je suppose que c'est la raison pour laquelle tu es inspecteur en chef, et moi pas...

– Élémentaire, mon cher Watson !

– Tu aurais pu téléphoner.

– Tu m'aurais prié de ne pas venir...

Énervée, Annie tripota une mèche. Il avait raison.

– Bon, eh bien, tu n'as qu'à t'asseoir, puisque tu es là.

Banks lui tendit la bouteille.

– Je suppose que tu veux boire de ça ? dit-elle.

– Je ne dis pas non...

Annie alla chercher le tire-bouchon à la cuisine. Le vin était un Vacqueyras qu'elle avait déjà eu l'occasion de goûter avec Banks et d'apprécier. Pas extraordinaire, mais agréable. Attention délicate de sa part. Elle lui servit un verre, remplit le sien avec le Soave bon marché, et revint s'asseoir dans le fauteuil. Soudain, son living paraissait trop petit pour deux.

– Musique ? demanda-t-elle, plus pour détourner l'attention que par désir d'écouter quelque chose en particulier.

– Si tu veux.

– Choisis, toi...

Banks s'agenouilla devant la modeste collection de CD et prit *Journey in Satchidananda*, d'Alice Coltrane. Annie ne pouvait qu'applaudir à ce choix. Ça convenait à son humeur et les figures tourbillonnantes de la harpe par-dessus la lente ligne de base mélodique étaient toujours apaisantes. Elle se rappela avoir entendu du John Coltrane chez Banks, la dernière fois, mais Coltrane était d'un abord nettement plus difficile que sa femme, sauf sur l'unique CD de lui qu'elle possédait, *The Gentle Side*.

– Alors, ton entrevue avec Claire Toth ? demanda Banks après avoir repris sa place.

– Pénible et pas très fructueuse. Je ne la croyais pas coupable, mais elle... Certes, elle est en colère, mais je ne suis même pas sûre qu'elle aurait encore assez de force pour aller se venger. Le drame de son amie a eu des répercussions épouvantables sur elle.

– Elle se sent encore fautive ?

– Au point de se rendre exprès repoussante et de se contenter d'un boulot indigne de ses capacités. Son père a filé, ce qui n'a rien dû arranger. La mère m'a semblé un peu planer sous l'effet du Prozac.

– Et les familles des victimes ?

– Rien pour le moment. L'avis général semble être que le système judiciaire l'avait épargnée mais pas la justice divine, et ils sont heureux qu'elle soit morte. Cela leur donne le « sentiment d'une fin ».

– Cela couvre une multitude de péchés, ce concept-là, protesta Banks. Il est mis à toutes les sauces...

– On ne peut pas en vouloir à ces gens-là.

– Donc, tu en es au point mort... ?

– Je ne dirais pas cela. J'ai échangé deux mots avec Charles Everett avant de revenir ici. Il dit ignorer ce qu'est devenue Maggie Forrest, mais si elle est dans la région, on pourrait voir en elle notre suspecte principale. Lucy Payne s'était liée d'amitié avec elle, pour la manipuler puis la trahir, et Maggie a pu voir dans la vengeance un moyen de se ressaisir, de racheter le passé.

– Possible. On sait où elle serait ?

– Pas encore. Ginger va contacter ses éditeurs demain. Et ce n'est pas tout...

Sans entrer dans les détails, Annie exposa la théorie de Les Ferris, et Banks parut y accorder plus de crédit qu'elle ne l'aurait cru. Il avait déjà résolu des affaires impliquant divers secteurs, et était donc moins cynique que la plupart sur ce genre de connexions.

– Et Ginger a retrouvé la trace de Keith McLaren, l'Australien. Il est retourné à Sydney pour travailler dans un cabinet d'avocats. J'ai eu l'impression qu'il s'était totalement rétabli, donc il a peut-être recouvré des bribes de mémoire. Ce n'est pas un suspect, bien entendu, mais il pourrait nous aider à combler quelques trous.

– Tu vas aller là-bas ?

– Tu plaisantes ? Il est censé nous téléphoner ce week-end.

– Et la fille, Kirsten Farrow ?

– Ginger a essayé de la localiser, elle aussi. Pour l'instant, rien. C'est étrange, mais elle semble s'être évanouie dans la nature. On a vérifié presque toutes les sources d'information disponibles, et, à partir de 1992, il n'y a plus de Kirsten Farrow. Son père est mort il y a dix ans, et sa mère est dans un asile – alzheimer –, donc, elle ne nous servira à rien. On s'efforce de retrouver l'ancienne copine de fac chez qui elle habitait, à Leeds, quand elle a disparu : Sarah Bingham. Ginger a découvert qu'elle avait fait son droit, ce qui constitue une piste, mais tout est tellement lent et laborieux...

– C'est le plus difficile. Attendre, creuser, vérifier, revérifier. Et si elle vivait à l'étranger ?

– Dans ce cas, ce n'est pas notre femme. Les Ferris prétend qu'il pourra fournir les boucles de cheveux concernant les meurtres de 1988, afin qu'on puisse comparer avec les cheveux trouvés sur Lucy Payne. Cela devrait nous dire si cette théorie fumeuse a le moindre fondement dans la réalité.

– Comparer des cheveux, c'est souvent hasardeux, mais en l'occurrence il faudra faire avec... Quel est ton plan ?

– Continuer à chercher. Kirsten, Maggie. Et Sarah Bingham. Pendant un certain temps, en tout cas, jusqu'à ce qu'on puisse soit les garder comme suspectes, soit les écarter complètement. De toute façon, on n'est pas surchargés, côté pistes. Cela dit, ajouta Annie, après une gorgée de vin et un arpège à la harpe qui lui donna des frissons dans le dos, tu n'as pas fait tout ce chemin pour parler de cela, n'est-ce pas ?

– Pas vraiment.

– Avant tout, dit Annie en détournant les yeux, je voudrais te présenter mes excuses pour l'autre nuit. Je ne sais pas ce qui... j'avais un peu bu avec Winsome, et puis aussi chez moi, et je ne sais pourquoi ça m'est monté à la tête. La fatigue, peut-être... Je n'aurais pas dû conduire dans cet état. C'est impardonnable de ma part de t'avoir mis dans cette situation. Excuse-moi.

Pendant un moment, Banks garda le silence, et le cœur d'Annie se mit à battre à grands coups.

– Je ne suis pas venu pour ça, dit-il enfin, même s'il y a un rapport…

– Je ne comprends pas. Pour quoi, alors ?

– Toi et moi, c'est fini depuis longtemps. Donc, je ne nierai pas que ç'a été un choc quand tu… Bref… c'est toujours difficile, pour moi. Je n'ai jamais cessé de te désirer, tu sais, et quand tu as agi comme ça… eh bien… tu avais raison, ma vie n'est pas à ce point passionnante que je puisse me permettre de refuser une offre aussi séduisante. Mais j'ai trouvé cela bizarre. Ça n'aurait pas été juste. Au moins, je croyais qu'on était amis, malgré les difficultés, que tu te confierais à moi, si jamais tu avais un souci…

– Quoi, par exemple ?

– Eh bien, ce n'est pas tous les soirs que tu débarques en état d'ivresse et que tu me sautes dessus. Ça ne tourne pas rond…

– Quelle idée ! Je te l'ai dit : j'étais ivre, crevée. Trop de boulot. Je suis désolée. Pas la peine de faire une montagne d'une taupinière.

– Tu as dit des choses curieuses.

– Quoi ? (Annie repoussa ses cheveux en arrière.) Pardon, mais je ne me souviens pas.

Elle se rappelait parfaitement bien ce qu'elle lui avait dit – n'ayant pas été aussi soûle que lors de cette malheureuse nuit avec Éric – mais plutôt mourir que l'admettre.

– Les minets…

Annie mit la main à sa bouche.

– J'ai dit ça ?

– Oui.

– Mais c'est terrible. Je ne devrais pas cafter…

– Comment ça ?

– Encore un verre ?

– Non, je conduis.

– Moi, je vais remettre ça.

– Tu es chez toi…

Annie s'empressa d'aller dans la cuisine se resservir. Cela lui donna le temps de réfléchir et de se calmer. Il ne fallait à aucun prix que Banks se mêle de nouveau de sa vie privée, en preux chevalier. Elle pouvait très bien gérer

246

toute seule le problème Éric. Pas besoin qu'un homme aille lui casser la gueule à sa place, ou l'intimider.

– Ce que j'ai dit, l'autre nuit…, dit-elle en reprenant sa place. C'était… Bon, si tu tiens absolument à le savoir, je m'étais disputée avec mon fiancé et…

– Je croyais que tu étais au resto avec Winsome… ?

– Avant ! J'étais fâchée, contrariée, c'est tout. J'ai dit des choses que je n'aurais jamais dû dire. Je le regrette.

Banks prit une gorgée et Annie vit qu'il réfléchissait – la ligne qui barrait son front se creusa.

– C'est lui, le « minet » dont tu parlais ? Ton fiancé ?

– Il est jeune. Vingt-deux ans.

– Je vois.

– On s'est querellés, c'est tout.

– Je ne savais pas que tu fréquentais quelqu'un.

– C'est tout récent.

– Et vous en êtes déjà aux disputes ?

– Eh bien…

– Serait-ce la différence d'âge ?

Annie sursauta dans son fauteuil.

– Quelle différence d'âge, Alan ? Celle entre moi et Éric, ou celle entre toi et moi ? Ne fais pas l'hypocrite. Ça ne te va pas.

– *Touché !* dit Banks en reposant son verre sur la table basse.

Il en restait la valeur d'une gorgée, et le vin avait laissé de jolies traces sur la paroi, remarqua Annie.

– Donc, tu n'as pas d'ennuis ? dit-il.

– Non, bien sûr que non. Qu'est-ce qui te fait croire ça ?

– Tout va bien ? Personne ne t'embête ? Pas de harcèlement ? De menaces ?

– Bien sûr que non ! Ne dis donc pas de bêtises. Tout va bien. Ce n'est pas parce que j'ai un jour fait une erreur que j'ai besoin d'un grand frère ou d'un protecteur. Je suis assez grande pour gouverner ma vie, heureusement. Y compris ma vie privée.

– Très bien. (Banks se leva.) Dans ce cas, je m'en vais. Demain, la journée sera chargée.

Annie le raccompagna à la porte. Elle se sentait dans le cirage. Pourquoi lui mentir, lui parler aussi durement ?

247

– Tu es sûr que tu ne veux pas rester un peu ? dit-elle. Un tout petit verre ne te fera pas de mal...

– Non, je préfère en rester là, répondit Banks en ouvrant la porte. De plus, je crois qu'on s'est tout dit, non ? Prends bien soin de toi, Annie. À bientôt.

Il se pencha pour lui faire la bise et s'en fut.

En entendant sa voiture s'en aller, Annie se demanda pourquoi elle était si triste, au bord des larmes. Il n'était pas resté longtemps. Alice Coltrane était toujours dans le lecteur de CD, et pourtant ce n'était plus aussi apaisant. Claquant la porte, elle cria : « Merde, merde et re-merde ! » et fondit en larmes.

11

L A PLACE du marché avait un caractère différent à l'heure du déjeuner, songea Banks, tout en marchant en direction du pub The Fountain avec Winsome, surtout le vendredi, par beau temps. Toutes les jeunes et jolies employées de banque ou d'agences immobilières faisaient du lèche-vitrines, badge pendillant à leur corsage, prenaient un café-sandwich avec leur fiancé ou déjeunaient dans un pub par groupes de trois ou quatre en évoquant avec gaieté leurs projets pour le week-end. Les écoliers débarquaient en force, chemise en bannière, cravate de travers, en chahutant, pour manger tourtes et pâtisseries devant la croissanterie.

Jamie Murdoch était à son bar, et il avait du monde. Le menu était intéressant – currys et plats thaïs en plus des classiques hamburgers, *fish and chips* et Yorkshire puddings géants bourrés de viande hachée ou de saucisses. Malgré sa faim, Banks jugea préférable de déjeuner ailleurs, peut-être au Queen's Arms. Jamie ayant de l'aide au bar et à la cuisine, il put faire une courte pause quand Banks le fit venir à sa table d'angle. Le juke-box, ou un équipement radio numérique, diffusait « Sultans of Swing ». Ça sentait la sauce au curry.

– C'est pour quoi, cette fois ? demanda le jeune homme en repoussant ses lunettes sur son nez.

– On a juste quelques questions supplémentaires à vous poser, dit Banks.

– Encore des questions, toujours des questions… J'ai

249

tout dit à M. Templeton, l'autre jour. D'ailleurs, j'ai lu dans le journal, ce matin, que c'est sans doute un ex-fiancé qui a fait le coup...

Banks avait lu cet article. Du journalisme irresponsable. Quelqu'un au commissariat avait dû laisser filtrer qu'on avait interrogé des « ex » de Hayley et l'histoire avait pris de l'ampleur toute seule.

– À votre place, je ne croirais pas tout ce qu'on lit dans la presse. Si le major Templeton a bien compris, Hayley Daniels était arrivée assez tard avec un groupe d'amis qui chahutaient...

– Pas tant que ça...

– Bon, disons qu'ils étaient bien en train. Vous aviez déjà eu des problèmes avec une bande de Lyndgarth qui avait saccagé les toilettes.

– C'est vrai.

– Jusque-là, ça va. Hayley et ses amis ont été les derniers à partir, oui ou non ?

Murdoch acquiesça.

– Qu'avez-vous fait, ensuite ?

– J'ai fermé la boutique.

– Juste après leur départ ?

– Bien sûr. J'avais entendu parler de voleurs se pointant à l'instant de la fermeture.

– Très sensé. Saviez-vous où ils allaient ?

– Qui ?

– Hayley et ses amis...

– Quelqu'un avait cité le Bar None. C'est le seul endroit ouvert à cette heure-là, en dehors du Taj Mahal.

– Bien. Hayley avait-elle dit qu'elle n'irait pas avec eux ?

– J'ai pas entendu...

– Il paraît qu'elle vous a fait des difficultés ?

– Non, je crois pas.

– Mais elle a bien rouspété en découvrant que les toilettes étaient fermées ?

– Ben, elle a dû être contrariée, j'imagine, dit Jamie en remuant sur sa chaise. Pourquoi, c'est important ?

– Éventuellement. Qu'a-t-elle dit ?

– Me rappelle pas...

– Elle vous a sacrément engueulé, paraît-il ?

– Elle était pas contente. Elle a peut-être menacé de pisser par terre…

– Si j'ai bien compris ce qu'on m'a dit, vous n'avez pas un succès phénoménal auprès des filles, et voilà que cette arrogante petite garce vous ordonne d'aller vous mettre à quatre pattes là-bas, pour nettoyer, sinon elle va pisser par terre… Qu'est-ce que ça vous a fait ?

– Ça s'est pas passé comme ça.

– Mais vous ne vous êtes pas mis en colère, vous ne l'avez pas suivie pour lui donner une leçon ?

Jamie eut un léger recul.

– Quoi ? Vous savez bien que non ! Vous m'avez vu sur les caméras. Tout s'est passé comme j'ai dit : j'ai fermé et j'ai passé ensuite deux heures à nettoyer les toilettes, remplacer les ampoules et balayer le verre pilé.

– Votre employée n'était pas venue, ce samedi-là…

– Jill… exact. Elle avait dit avoir un rhume.

– Vous l'aviez crue ?

– J'avais le choix ?

– C'est fréquent qu'elle téléphone pour se faire porter pâle ?

– Ça arrive…

Un groupe de petits employés s'installa à la table voisine et se mit à parler bruyamment.

– Ça vous embête, qu'on aille se parler dans le fond ? demanda Banks.

Jamie parut nerveux.

– Pourquoi ? Qu'est-ce que vous voulez ?

Winsome le rassura :

– Pas de panique. On ne va pas vous tabasser. (Elle considéra l'animation autour d'elle.) C'est pour le calme, c'est tout. On ne veut pas que tout le monde soit au courant, pour vous.

À contrecœur, Jamie demanda à un membre du staff de le remplacer et les mena à l'étage, dans la pièce avec la télévision et le divan. C'était petit et confiné, mais isolé. Banks entendit « Shake Your Moneymaker », de Fleetwood Mac, passer au rez-de-chaussée.

251

– Le problème, Jamie, dit-il, c'est qu'on s'est renseignés et il semble que vous demandiez à vos amis et employés de rapporter de l'alcool et des cigarettes de France.

– Ce n'est plus illégal ! On peut en ramener autant qu'on veut. C'est l'Europe, vous savez…

– C'est illégal d'en vendre dans un établissement public. Est-ce ce qui s'est passé ? Est-ce que cela a le moindre rapport avec le meurtre de Hayley ?

Jamie en resta pantois.

– Qu'est-ce que vous dites ? Vous pouvez pas…

– Hayley était-elle au courant ? Jill savait, elle. Vous lui avez même demandé de faire des courses pour vous. C'est l'une des raisons pour lesquelles elle ne veut plus travailler ici.

– Mais c'est… Bon, OK. Admettons qu'on vende de temps en temps une bière ou un paquet de clopes – et après ? C'est pas une raison pour aller assassiner quelqu'un, hein ? Surtout que… vu la façon…

– Vous parlez du viol ?

– Ouais.

– Ce n'était pas forcément le vrai mobile. Il s'agissait peut-être d'une mise en scène. D'un autre côté, il n'y a pas tellement d'hommes qui rechigneraient à tâter la marchandise avant de s'en débarrasser, hein ?

– C'est répugnant. Vous êtes immonde, vous !

Jamie regarda Winsome comme s'il avait été trahi.

– Et vous aussi…

– Allons, Jamie ! reprit Banks. On sait ce que c'est… Est-ce ce qui s'est passé ? Hayley allait vous dénoncer. Et tant qu'à s'en débarrasser, autant se la faire d'abord…

– C'est ridicule, en plus d'être répugnant.

– Où est-ce ?

– Quoi ?

– La marchandise – l'alcool et les clopes ?

– Quel alcool, quelles clopes ? Je ne vends que la marchandise autorisée, celle que vous avez déjà vue.

– Où est-elle cachée ?

– Je dis la vérité ! Je n'ai pas de stock clandestin…

Logique, songea Banks. Avec la police fouinant dans les parages dans le cadre de l'enquête, Murdoch – soupçon-

252

nant sans aucun doute que Jill pourrait ne pas tenir sa langue – avait dû se débarrasser de la marchandise de contrebande. Toutefois, l'hypothèse était fragile. On n'assassine pas juste pour couvrir un trafic à la petite semaine. Le véritable but de la manœuvre de Banks, c'était de voir la réaction du suspect. Réaction décevante, hélas. Il donna le signal du départ à Winsome et ils se levèrent. Juste avant de redescendre, Banks demanda :

– Vous avez entendu de la musique, peu après avoir fermé la boutique ?

– De la musique ? Je ne me rappelle pas. Quel genre ?

– Je ne sais pas très bien.

– J'ai entendu passer une voiture, mais le reste du temps, j'étais de l'autre côté, en train de nettoyer les toilettes.

– Vous aviez la radio ou le juke-box allumés ?

– Non. J'ai tout éteint quand j'ai fermé. La force de l'habitude...

– Bon, dit Banks.

Lui-même aurait apprécié un peu de musique s'il avait dû passer deux heures à repêcher des rouleaux de papier hygiénique trempé dans les W-C. Il se dirigea vers l'escalier.

– Merci pour tout. Si une idée vous venait, on est juste en face...

La circulation sur l'A1 se ralentit énormément une fois passé l'Ange du Nord, qui se dressait sur la colline tel un avion de chasse rouillé posé sur sa queue. « Bien fait pour moi », songea Annie. Ça lui apprendrait à se rendre à Newcastle un vendredi après-midi, alors que tout le monde quittait son travail de bonne heure pour aller dans les grandes surfaces de vente au rabais. La journée avait commencé avec du soleil et des nuages lointains, mais au nord de Scotch Corner, le ciel avait viré très vite au gris plombé et pesait sur Weardale, à sa gauche, et depuis il n'avait cessé de pleuvoir par intermittence. « Si vous n'aimez pas le temps qu'il fait dans le Yorkshire, disait le dicton, attendez dix minutes. » Mais ce qu'il aurait pu ajouter, c'était

253

que si on était toujours mécontent, on pouvait parcourir quinze kilomètres dans n'importe quelle direction.

Annie avait passé la matinée avec la brigade, à relire les dépositions des proches des victimes des Payne – sans effet. Personne n'avait exprimé la moindre pitié pour Lucy, et certains étaient plus hostiles que d'autres, mais nul ne s'était distingué comme suspect éventuel. Il y avait encore des alibis à vérifier, mais c'était un résultat déprimant. Le commissaire Brough était apparu vers la fin de la réunion, et même ses paroles d'encouragement avaient sonné creux. Si on avait au moins appris de quelle façon l'identité de Lucy et sa dernière adresse avaient pu être connues, on aurait avancé... Ginger déplorait qu'il fût impossible de trouver, un vendredi, un interlocuteur valable dans une maison d'édition, mais le précédent éditeur de Maggie Forrest allait peut-être la rappeler et elle continuait à croiser les doigts.

Auparavant, elle s'était acharnée à retrouver la piste de Sarah Bingham, l'ancienne amie de Kirsten Farrow, et là au moins elle avait réussi. Encore mieux, Sarah travaillait chez elle cet après-midi-là et avait dit au téléphone qu'elle pourrait consacrer une heure à Annie. Elle habitait un appartement chic au bord de la rivière, un quartier réhabilité et devenu luxueux, semblait-il, avec ses restaurants modernes et ses hôtels-boutiques situés dans des immeubles flambant neufs, dont les façades aux lignes anguleuses, en acier, béton et verre, surplombaient l'eau. Comme Annie cherchait le parking visiteurs, son téléphone sonna. C'était Les Ferris, et il semblait euphorique. Elle se rangea le long de la chaussée.

– Annie, j'ai retrouvé les boucles de cheveux !

– Formidable. Quand Liam peut-il s'y mettre ?

– Il y a un petit problème. Il est prêt à faire ce qu'on lui demande, mais ces boucles sont au QG du West Yorkshire, avec le reste des pièces à conviction concernant les meurtres en série de 1988, ce qui est logique. En soi, ça n'est pas un problème, mais on est vendredi après-midi, les horaires sont réduits, le week-end s'annonce et il n'y a personne pour signer le bon de sortie. Un emmerdeur a la main dessus, et il faudrait quelqu'un ayant de l'autorité. Le commissaire Brough est...

– Sans doute en train de jouer au golf. Qu'est-ce que ça donne, au final, Les ? Excusez-moi, mais je suis moi-même assez pressée.

– Bon, compris. Lundi. On devrait pouvoir les apporter au labo et faire examiner cela par Liam et son expert lundi matin, si tout va bien.

– Génial. On a attendu si longtemps que ça pourra bien attendre jusqu'à lundi. Et au besoin, si mon autorité suffisait, n'hésitez pas à m'appeler plus tard. Beau travail, Les. Merci beaucoup.

– Tout le plaisir était pour moi, dit Ferris qui raccrocha.

En attendant, songea Annie, elle continuerait sur sa lancée. Si les cheveux prouvaient que Kirsten Farrow n'était pas impliquée dans le meurtre de Lucy Payne, on pourrait abandonner cette piste-là. Il n'y avait qu'une très faible chance, de toute façon, pour qu'il en fût autrement. Elle aurait perdu son temps, mais ce ne serait pas la première fois. Il faudrait reporter ses efforts sur les autres pistes. Maggie Forrest, par exemple. Le frère de Janet Taylor aurait été une possibilité, mais Tommy Naylor avait retrouvé sa trace dans un centre de désintoxication, dans le Kent, où il était en cure depuis un mois. Encore un cul-de-sac, donc.

Annie trouva le parking visiteurs et se gara ; puis, s'étant présentée au gardien, elle se retrouva propulsée au quatrième étage. Au bout d'un couloir tapissé d'une épaisse moquette, Sarah Bingham lui ouvrit sa porte et la conduisit jusque dans le living. Ce n'était pas grand, mais la baie vitrée prolongée par un balcon donnait une impression d'espace. La vue sur les docks n'était pas idyllique, mais valait sans doute cher. Annie se sentit suspendue au-dessus de l'eau et fut heureuse de ne pas souffrir de vertige.

Le mobilier se composait de pièces de design modulaire en cuir rouge, et deux tableaux contemporains qui n'étaient pas des reproductions étaient exposés aux murs, eux-mêmes peints dans une subtile nuance de beige crème et de rose qui devait porter un nom spécial associant lieu exotique et fleur sauvage, genre primevère de Toscane ou jacinthe du Péloponnèse.

Annie exprima son admiration pour les tableaux, surtout celui composé de petits points multicolores, et Sarah parut enchantée. L'art abstrait n'était peut-être pas du goût de la plupart de ses invités. Un grand écran plat de télévision était fixé à un mur, et une coûteuse chaîne hi-fi Bang & Olufsen occupait l'autre côté. Il y avait des petites enceintes sur pied aux quatre coins de la pièce, qui diffusaient très doucement de la musique d'orchestre. Annie ignorait de quelle œuvre il s'agissait, mais comme il n'y avait pas de mélodie, ce devait être de la musique contemporaine. C'était la très contemporaine habitation d'une très contemporaine jeune femme. Un rapide calcul lui permit de déterminer que Sarah devait avoir la quarantaine, comme elle.

Sarah Bingham était chic – depuis sa chevelure d'un blond cendré, impeccablement coiffée, dégradée et teinte de façon à paraître naturelle, jusqu'au chemisier de soie blanc et au pantalon cargo noir signé d'un créateur. La seule note discordante était peut-être la paire de mules roses à plumes. Mais elle était à la maison. Du coup, Annie se sentit mal fagotée avec son jean et son sous-pull noir. Elle avait également cette souplesse corporelle qui ne s'obtient qu'au prix d'une heure d'exercice physique quotidienne. Annie n'aurait pas eu le temps, à supposer qu'elle en ait eu l'envie. Un MacBook blanc environné de papiers et de chemises cartonnées trônait sur la table de travail en chrome et verre, près de la fenêtre. L'informatique n'avait délivré personne de la paperasse, songea Annie. Un sac à main Hermès était posé sur le siège à côté, négligemment.

– J'ignore en quoi je pourrais vous être utile, dit Sarah en prenant place dans un fauteuil sculpture, mais vous m'avez intriguée.

Son accent était de la bonne société, mais sans rien de forcé. Comme tout en elle, il semblait naturel.

– C'est au sujet de Kirsten Farrow.

– Oui, vous l'avez dit au téléphone. (Elle eut un geste vague.) Mais c'est si loin, tout ça...

– Que vous rappelez-vous, concernant cette époque ?

– Oh, voyons… Kirsty et moi sommes devenues amies à la fac. On était toutes deux en lettres modernes. Moi, j'étais branchée sur la critique féministe et tout le bataclan, mais Kirsty était plus traditionaliste. F.R. Leavis, I.A. Richards et cetera. Très démodé en ces temps de structuralisme…

– Et l'agression ? demanda Annie, désireuse de ne pas perdre trop de son temps alloué à discuter littérature.

– C'était atroce. Je lui ai rendu visite à l'hôpital et elle était… Elle a mis des mois à s'en remettre. Si elle s'en est remise !

– Que voulez-vous dire ?

– Je me demande si on peut se remettre d'un traumatisme pareil. Je ne sais pas. Et vous ?

– Non, mais certaines personnes apprennent à fonctionner malgré tout. Avez-vous passé beaucoup de temps avec elle à ce moment-là ?

– Oui, cela me semblait important de lui rester fidèle, pendant que tous les autres étaient occupés à mener leur barque.

– Et vous ?

– Moi, j'hésitais. J'avais l'intention de passer ma thèse en littérature victorienne. Je voulais devenir professeur d'anglais.

Elle rit.

– Vous vouliez… ?

– Oui. La première année, ça m'a paru si ennuyeux que je suis allée me promener quelque temps en Europe, comme beaucoup. À mon retour, j'ai fait mon droit – une suggestion de mes parents.

Annie regarda autour d'elle.

– Ça marche, on dirait…

– Je n'ai pas à me plaindre. J'ai perdu quelques années en chemin, mais je me suis rattrapée. Aujourd'hui, je suis l'une des plus jeunes partenaires d'un des plus gros cabinets d'avocats de la région… Je vous offre à boire ? Vous avez fait une longue route. Excusez-moi, j'aurais dû vous le proposer plus tôt !

257

– Volontiers. Quelque chose de froid et pétillant, si vous avez, merci.

Elle avait bu encore deux verres de vin après le départ de Banks, la veille, et avait la bouche sèche. Elle regrettait de lui avoir menti au sujet d'Éric, mais parfois c'était le seul moyen de préserver sa vie privée. Les intentions de Banks ou de Winsome étaient bonnes, mais elle n'avait vraiment pas besoin qu'on se mêle de ses affaires, pour le moment.

Sarah se leva.

– Froid et pétillant, d'accord ! dit-elle en se dirigeant vers son bar.

Elle revint avec un Perrier frappé pour Annie, un gin tonic pour elle-même, puis elle reprit sa place, les jambes repliées sous les fesses.

– Mariée ? demanda Annie.

Elle avait remarqué que la jeune femme n'avait pas d'alliance, mais ça n'était pas forcément significatif.

Sarah secoua la tête.

– Une fois, mais ça n'a pas duré. (Elle rit.) Il a dit qu'il ne pouvait pas supporter que je travaille à toute heure, qu'on ne se voyait jamais, mais en fait c'était un fainéant et un parasite. Et vous ?

– Jamais trouvé le bon numéro, dit Annie en souriant. Revenons à Kirsten. J'espère que ce n'est pas trop pénible, pour vous ?

Sarah agita la main.

– Non. Comme je vous l'ai dit, c'était il y a longtemps. J'ai l'impression que c'était dans une autre vie. L'agression a eu lieu en juin 1988. On venait de passer notre licence et on était allées faire la fête. On s'est fait éjecter d'un pub quelconque pour finir par arriver dans une fête, dans l'une des résidences universitaires, on était six. Tous passablement ivres, à dire vrai, sauf Kirsten, peut-être. Comme elle devait rentrer chez elle de bonne heure le lendemain matin, elle était restée raisonnable. La fête battait encore son plein quand elle est partie. Personne n'y a fait attention. Les gens allaient et venaient à toute heure du jour et de la nuit. Mais c'est là que ça s'est passé… vous savez… quand elle a traversé le parc.

258

– Et quelqu'un est intervenu ?

– Oui. Un homme qui promenait son chien. Heureusement.

– Mais son agresseur s'est échappé…

– Oui. La police a pensé que c'était le même qui avait violé et assassiné cinq autres filles, un tueur en série. Mais la pauvre Kirsty ne se souvenait de rien, ce qui était peut-être préférable. Vous imaginez, avoir à revivre ça ?

Annie sirota son Perrier.

– Elle en parlait ?

– Peu. Je l'ai vue plusieurs fois à l'hôpital et je suis allée passer Noël chez ses parents avec elle après sa sortie de l'hôpital. Ils avaient une grosse baraque près de Bath. Je crois que Kirsty était traitée par l'hypnose, à ce moment-là. Je me rappelle que ça la contrariait beaucoup de ne se souvenir de rien. Elle disait qu'elle voulait se souvenir pour retrouver ce type et lui faire la peau…

– C'est ce qu'elle disait ?

– Oui, mais elle était très perturbée à l'époque. Elle ne le pensait pas vraiment. Ces séances d'hypnose, c'était seulement frustrant pour elle. Je crois que c'était l'idée de la police.

– Avez-vous répété ses propos à la police ?

– Non. Pour quoi faire ? C'était dicté par la colère. Elle ignorait tout de son agresseur.

– Vous rappelez-vous le nom de l'hypnotiseur, par hasard ?

– Désolée, non. Je ne sais même pas si Kirsten me l'a jamais dit.

– Mais c'était bien à Bath, en 1988 ?

– Oui, en hiver.

– Continuez…

– Ses parents sont sortis le soir du Nouvel An pour aller à une fête… Bref, Kirsty et moi nous sommes soûlées avec le cognac de son père et elle m'a tout raconté.

Annie s'avança dans son fauteuil.

– Comment cela ?

– Ce qu'il lui avait fait. Ce salaud…

Pour la première fois, Sarah semblait ébranlée par ses souvenirs.

– Que lui avait-il fait ?

Annie savait qu'elle aurait pu se procurer le rapport médical, qui devait être quelque part aux archives, mais elle souhaitait entendre la version de Sarah.

– Il a utilisé un couteau… Ici !

Elle porta les mains à ses seins.

– Et entre les jambes. Elle ne m'a pas montré, bien sûr, mais elle a dit qu'elle était toute couturée de partout. Pourtant ce n'était pas le pire. Elle m'a dit aussi que ses blessures au vagin et à l'utérus étaient si graves qu'elle ne pourrait plus ni profiter des plaisirs du sexe, ni avoir d'enfants…

Du revers de la main, Sarah essuya une larme.

– Désolée, je ne pensais pas que ça serait aussi douloureux. Je croyais que ça irait. C'est tellement loin…

– Ça va aller ?

Sarah renifla et chercha un Kleenex. Elle se moucha.

– Ça va, dit-elle. C'est que… la puissance des souvenirs m'a déstabilisée. Je la revois, assise là, avec cette expression perdue. Vous imaginez le calvaire ? Être condamnée au célibat et à rester stérile ? À l'âge de vingt et un ans ! Je l'aurais volontiers tué moi-même, si j'avais connu son identité !

– A-t-on jamais évoqué le fait qu'il pouvait s'agir d'un proche ? Quelqu'un ayant quitté tôt la fête ?

– La police ne m'a jamais rien dit, mais ils ont passé au gril tous les participants, et tous ses copains de fac.

Comme Annie l'avait deviné, on avait appliqué la procédure standard. Pourtant, il se pouvait toujours qu'on ait oublié quelque chose.

– L'avez-vous revue après ce réveillon du Nouvel An ?

– Oh, oui ! De temps en temps. Mais elle ne m'en a plus jamais reparlé en détail. Je me rappelle toutefois une nuit… Étrange, n'est-ce pas, la façon dont certaines choses vous restent ? C'était la première fois que Kirsty revenait dans la région depuis… l'agression. Plus d'un an après. Elle avait passé du temps à l'hôpital, puis chez ses parents, pour récupérer. Bref, j'avais alors un minuscule studio – l'ancien de Kirsty – et elle est venue habiter chez moi quelque temps. En septembre 1989, je crois, peu après le début des cours. Le premier soir, on a pas mal bu, et elle a dit des trucs très étranges. Son comportement m'a effrayée, en fait.

– Quelles choses étranges ?

– Je ne me rappelle pas les détails, juste que c'était glaçant. « Œil pour œil », disait-elle. Elle se sentait comme une victime du sida ou d'un vampire.

– Du sida ?

– C'était une image, je pense. Elle délirait. Elle n'avait pas le sida – enfin, pas à ma connaissance. Non, elle voulait dire qu'elle se sentait contaminée par son agresseur. Je lui ai dit que c'était de la folie, et elle s'est tue. C'est tout ce dont je me souviens. Mais ça m'a glacée, à l'époque. Enfin, je pense qu'il valait mieux que ça sorte...

– Elle a parlé de vengeance ?

– Œil pour œil, oui. Elle a répété que si elle apprenait le nom du coupable, elle le tuerait.

– A-t-elle donné la moindre indication montrant qu'elle savait ?

– Non, comment aurait-elle pu... ?

– Bon, continuez...

Sarah eut un rire nerveux.

– C'étaient des paroles en l'air. On en était à la seconde bouteille. Bref, ensuite la vie a repris son cours, et puis les cours ont redémarré...

– Donc, Kirsten a habité chez vous pendant tout le temps qu'elle a passé dans la région, en septembre ?

– Oui, jusqu'à la mi-octobre, je crois.

– Vous n'avez pas l'air très sûre de vous...

Sarah se détourna.

– C'est ce que j'ai dit à la police.

– Mais est-ce vrai ?

Elle examina ses ongles.

– Eh bien, vous savez, elle allait et venait.

– Comment cela ?

– Elle est allée marcher dans le parc national du Yorkshire pendant quelques jours. OK ?

– Vous étiez avec elle ?

– Non, elle préférait être toute seule.

– Quand, exactement ?

– Je ne me souviens pas. C'était il y a si longtemps... En septembre, je crois. Peu après être venue s'installer chez moi.

– En avez-vous parlé à la police ?

– Non... Elle m'avait priée de ne pas le faire.

– Pourquoi, à votre avis ?

– Ça... Je suis désolée, mais je n'avais pas une très bonne opinion de la police, à l'époque. Kirsty n'avait vraiment pas besoin d'être harcelée. Elle avait assez souffert.

– Vous aviez une raison particulière de ne pas aimer la police ?

Sarah haussa les épaules.

– J'étais de gauche et féministe. Pour moi, la police n'était là que pour faire respecter des lois archaïques défendant les hommes et maintenir le statu quo...

– Moi aussi, je pensais cela. C'était sans doute plus vrai en ce temps-là qu'aujourd'hui, mais il reste quelques dinosaures...

– Je ne peux pas dire que j'en raffole, mais j'ai appris à respecter les policiers au fil du temps et je généralise moins qu'autrefois. Je n'exerce pas le droit pénal, mais j'ai croisé quelques bons officiers de police dans mon domaine. Comme vous dites, il existe encore des dinosaures. Des brebis galeuses également, j'imagine.

– Oh, oui, dit Annie, qui pensa à Kev Templeton.

Il ne devait pas être une brebis galeuse au sens de « flic corrompu », mais c'était indubitablement un enfoiré de première grandeur.

– Donc, vous leur avez menti ?

– Je crois. Honnêtement, je ne me souviens plus. Vais-je avoir des ennuis ?

– Je ne crois pas qu'on s'intéresse aux mensonges d'une fille de dix-huit ans, sauf si ça peut concerner le présent.

– Je ne vois pas comment.

– Que s'est-il passé ?

– Je vous l'ai dit. Elle est allée marcher à la campagne pendant quelque temps, et puis elle est revenue. Pendant plusieurs semaines, elle a pas mal circulé, puis elle a pris la chambre à l'étage au-dessus. Elle a attaqué sa maîtrise, comme moi, mais s'est lassée encore plus vite.

– Donc, elle a abandonné ?

– Oui, elle est rentrée chez elle, je crois. Au moins pour quelque temps.

– Et ensuite ?

Sarah contempla de nouveau ses ongles, soigneusement manucurés et vernis dans un rose de bon aloi.

– On s'est perdues de vue, très classiquement. Comme je vous l'ai dit, après avoir interrompu mes études, j'ai voyagé, et puis je me suis plongée dans le droit.

– Vous n'avez plus revu Kirsten ?

– Une ou deux fois, seulement. On buvait en souvenir du bon vieux temps.

– De quoi parliez-vous ?

– Du passé, en général. L'époque d'avant l'agression.

– A-t-elle jamais parlé de Whitby ?

– Non, pourquoi ?

– D'un certain Eastcote ? Greg Eastcote ?

– Non.

– Jack Grimley ?

– Jamais entendu parler de lui.

– Keith McLaren, un Australien ?

– Non, jamais. Je n'ai jamais entendu parler de ces gens-là. Qui sont-ils ?

– Était-elle en contact avec d'autres étudiants ?

– Non, je ne crois pas. Son petit ami était parti au Canada, ou aux États-Unis, il me semble, et les autres s'étaient dispersés dans le pays. C'était une solitaire, elle avait coupé les ponts. Pour moi, c'étaient les suites du traumatisme : elle ne pouvait pas faire comme si elle était normale, en phase avec la société. Oh, pour boire et bavarder, ça allait, mais il y avait toujours une distance de sa part, comme si elle s'était mise en retrait. Je ne sais pas comment décrire cela autrement. Son apparence aussi avait changé. Elle se laissait aller. Elle s'était coupé les cheveux. Avant, c'était une très jolie fille, mais elle ne faisait plus aucun effort.

– Savez-vous ce qu'elle faisait dans la vie ?

263

– À mon avis, rien. Elle était paumée. Elle parlait de voyager – la Chine, l'Amérique, l'Extrême-Orient –, mais j'ignore si c'étaient des projets sérieux ou des idées en l'air.

Pour la première fois, Sarah consulta sa montre.

– Je ne voudrais pas être impolie, mais... (elle jeta un regard à son MacBook)... j'ai un travail à finir avant de rencontrer mon client, ce soir.

– Pas de problème, je crois que je suis arrivée au bout de mes questions, de toute façon.

– Je suis désolée que vous ayez fait tout ce chemin pour rien.

– Ce n'était pas pour rien. Vous avez enfin dit la vérité. Avez-vous vu Kirsten, ou entendu parler d'elle, ces dernières années ?

– Non. La dernière fois que je l'ai vue, ce devait être en 91 ou 92, et ensuite, elle s'est volatilisée, semble-t-il...

– Lucy Payne, vous connaissez ?

– Ce n'est pas celle qui a tué toutes ces jeunes filles avec son mari ? Celui qui s'est fait tuer ? C'est ça ? Je ne comprends pas.

– Maggie Forrest ?

– Non.

– Bon, dit Annie en se levant, et elle lui tendit sa carte. Si quelque chose vous revenait, appelez-moi...

– De quoi s'agit-il, en fait ? demanda Sarah à la porte. Vous ne m'avez rien dit. Pourquoi toutes ces questions sur ces gens et ce qui s'est passé dans le temps ? Vous ne pouvez pas me donner une petite idée ?

– Si c'est du sérieux, vous le saurez bien assez tôt.

– Ça, c'est la police tout craché ! dit Sarah en se croisant les bras. Certaines choses ne changent jamais, pas vrai ?

Le mobile d'Annie sonna au moment où elle arrivait à sa voiture. C'était Ginger.

– C'est moi ! J'ai une info sur Maggie Forrest. L'éditeur m'a rappelée.

– Génial, dit Annie, qui tripotait ses clés, le téléphone coincé sous le menton.

– On a de la veine. Elle est revenue dans la région – à Leeds. Près du canal.

264

– Très bien. Je vais peut-être y aller maintenant.

– Non, elle est à Londres pour le moment. Un rendez-vous avec cet éditeur. Elle sera rentrée samedi soir.

– Bien. Je n'ai rien de prévu pour dimanche. J'irai la voir. Merci Ginger, beau boulot.

– Pas de problème.

Annie coupa son mobile et se dirigea vers l'A1.

Elle se rappelait où vivait Éric, et il faisait nuit quand elle se présenta à la porte de son appartement, ayant mis un moment à rassembler son courage et s'étant arrêtée en chemin pour prendre un double cognac dans un pub. Comme elle était à pied, ça n'avait pas d'importance si elle avait un peu bu. Même si elle s'était convaincue que ce serait facile, elle se sentait à cran. Se confronter à des suspects était une chose, mais gérer sa vie en était une autre. Elle savait qu'elle avait souvent préféré par le passé rompre avec un homme plutôt que d'affronter ce qui n'allait pas. Le problème avec Banks, c'était qu'elle ne pouvait pas rompre tout à fait : ni son boulot ni les vestiges de ses sentiments pour lui, si aisément ravivés quand ils travaillaient côte à côte, ne le permettaient. C'était en partie pour cela qu'elle avait accepté avec enthousiasme d'être détachée provisoirement dans le secteur est : pour mettre de la distance entre eux. Ça ne semblait pas marcher.

Éric répondit à son coup de sonnette par un bref : « Ah, c'est toi… », puis il lui tourna le dos pour rentrer, laissant la porte ouverte.

– Je m'apprêtais justement à sortir, dit-il comme elle le suivait au salon.

Rien ne permettait de le croire. Une cigarette se consumait dans le cendrier et une canette de bière était posée près d'un verre à moitié plein sur la table basse. La télévision était allumée. Éric s'étala sur le divan, jambes et bras écartés. Il portait un jean et un T-shirt noir déchiré. Ses cheveux étaient gras, ils avaient besoin d'un bon shampooing, et il avait une mèche dans l'œil, comme d'habitude.

Annie tendit la main.

– Donne-moi ton mobile.

– Quoi ?

– Ne me fais pas répéter. Donne-moi ton mobile.

– Pourquoi ?

– Tu le sais bien.

Il eut un sourire fat.

– Ces photos ? Tu veux les effacer, hein ? T'as pas confiance en moi...

– En effet. On va commencer par ton mobile, puis on passera à ton ordinateur.

– Qu'est-ce que tu veux que j'en fasse ? Que je les diffuse sur Internet ?

Il se frotta le menton, comme s'il réfléchissait.

– Je suppose que je pourrais...

– Tu ne feras rien du tout. Tu vas me donner ton mobile, puis on verra ton ordinateur et je les effacerai.

– Et si tu t'installais et prenais un verre ? Je ne suis pas très pressé. On peut parler.

– Je ne veux rien, et je ne vais pas rester assez longtemps pour m'asseoir, dit Annie, la main toujours tendue. On n'a rien à se dire. Donne...

– Si je ne te connaissais pas, je pourrais croire que tu me fais une suggestion obscène.

– Mais tu me connais, alors donne...

Éric croisa les bras et la défia du regard.

– Non.

Annie soupira. Elle avait envisagé cette résistance. Soit. Elle s'installa.

– Tu le prends, ce verre ? dit Éric.

– Si je m'assois, c'est que ça va visiblement prendre plus de temps que prévu, mais je ne veux rien boire. Tu sais ce que je veux.

– Je sais ce que tu voulais, l'autre nuit, mais à présent, j'en suis moins sûr. Il y a d'autres photos, tu sais. Que tu n'as pas encore vues. Meilleures.

– Je m'en fiche. Efface-les, et on oubliera toute cette histoire – on fera comme si ça n'avait jamais existé.

– Mais je ne veux pas oublier ! Tu ne peux pas me laisser au moins un souvenir ?

266

– Si tu ne fais pas ce que je te dis, je t'assure que tu t'en souviendras…

– Des menaces ?

– Entends-le comme tu voudras, Éric. Ma journée a été longue. Je suis à court de patience. Tu me le donnes, ce mobile ?

– Sinon ?

– Très bien. Je vais t'expliquer. Tu avais raison, la première fois où tu as essayé de deviner mon métier. Je suis dans la police. Inspectrice.

– Je suis censé être impressionné ?

– Tu es censé m'obéir.

– Et si je refuse ?

– Faut-il que je sois plus claire ?

– Tu vas demander à tes potes, les hommes de Cro-Magnon, de venir me casser la gueule ?

Annie sourit et hocha lentement la tête.

– Je ne crois pas que j'aurais besoin d'aide, mais non, ce n'est pas mon plan.

– Tu es bien sûre de toi…

– Arrête ce petit jeu. Ce qui est fait est fait. Y ai-je pris du plaisir ? C'est possible. Je ne sais plus. Je ne me rappelle pas et, franchement, ce n'est pas à mon honneur. Quoi qu'il en soit, c'était une bêtise. Si…

– Qu'en sais-tu ?

– Quoi ?

Éric se redressa.

– Comment peux-tu savoir si c'était une erreur ? Tu ne m'as pas donné une chance de…

– C'était une erreur pour moi. Accepte-le. Et ton comportement récent n'a rien arrangé.

– Mais pourquoi ?

– Je ne souhaite pas m'expliquer sur ce sujet. Je ne suis pas venue ici pour te faire des ennuis, mais pour te prier – gentiment – de me laisser effacer ces photos. Elles sont gênantes et, très franchement, je n'ai aucune envie de continuer à fréquenter leur auteur.

– Sur le moment, tu n'étais pas contre ! Et toi aussi, tu en as pris. Tu ne peux pas te décoincer, me lâcher la grappe ? C'était juste pour rigoler…

– Tu me le donnes, ce mobile, oui ou merde ?

Annie fut choquée par sa propre véhémence. Éric la poussait à bout. Elle ne pouvait s'abaisser à lui expliquer la différence entre prendre quelques photos innocentes pour rire dans une discothèque et en voler de plus intimes, quasiment à son insu, dans la chambre. S'il ne le comprenait pas tout seul, il ne méritait aucune indulgence.

Lui aussi parut choqué. Pendant un moment, il garda le silence, puis il glissa la main dans sa poche, en tira son mobile et le lui jeta. Elle l'attrapa.

– Merci, dit-elle.

Ayant trouvé la « bibliothèque de médias », elle fit défiler toutes les photos prises par lui cette nuit-là. En plus de celles qu'elle avait vues, où au moins elle était réveillée, d'autres la montraient endormie, les cheveux en bataille, un sein à l'air. Rien de franchement salace, mais c'était grossier et indiscret. Elle effaça le tout.

– Et maintenant, l'ordinateur...

D'un geste vague, il désigna le bureau dans un coin.

– Fais comme chez toi...

Les mêmes photos étant sur l'ordinateur, elle les effaça également. Par précaution, elle en vida aussi la poubelle. Elle savait qu'on pouvait récupérer des données effacées, mais ça ne devait pas être une manipulation à la portée d'Éric, dans l'hypothèse, d'ailleurs, où il aurait eu envie d'essayer. Peut-être les avait-il stockées sur un CD ou une clé USB, mais à moins de mettre l'appartement à sac, elle n'y pouvait pas grand-chose.

– C'est tout ? dit-elle.

– Oui, c'est tout. Tu as ce que tu voulais. Et maintenant, barre-toi...

Il se détourna, reprit son verre et fit mine de regarder la télévision.

– Avant de partir, dit Annie, laisse-moi te dire ce qui arrivera si tu avais des copies et que l'une d'elles se retrouvait sur YouTube. Tu avais tort d'affirmer que j'avais l'intention de te faire casser la figure par des amis. C'est bien trop vulgaire. Mais j'ai, en effet, des amis et, crois-moi, on pourrait te rendre la vie particulièrement difficile.

– Ah oui ? dit Éric en détachant les yeux de la télévision. Et comment cela ?

– Si jamais l'une de ces photos apparaissait quelque part, non seulement je prétendrais que j'étais ivre au moment où elles ont été prises, ce qui est vrai, comme tout le monde pourra le constater, mais que j'avais été droguée et violée...

Éric lui fit face, l'incompréhension sur son visage.

– Tu ferais ça ?

– Oui. Et au besoin, les policiers venus fouiller ton appartement trouveraient du Rohypnol ou du GHB, ou que sais-je... Si tu savais comme on sait mentir, au commissariat... !

Le cœur d'Annie battait très fort, et elle était certaine que ça devait pouvoir s'entendre, ou même se voir. Ce n'était pas son habitude de mentir ni de menacer ainsi.

Éric alluma une autre cigarette. Il avait pâli et ses mains tremblaient.

– Tu sais, dit-il, je te crois sur parole. Et dire qu'en te voyant, je t'avais prise pour une fille bien...

– Arrête ! Tu t'es simplement dit : « Voici une nana pas trop moche et tellement paf que je vais pouvoir me la faire sans trop de mal. »

Éric en resta coi.

– Quoi ? fit-elle. La vérité te dérange ?

– Je... je...

Il secoua la tête, estomaqué.

– Tu es vraiment incroyable, toi !

– Ça veut dire que je n'ai plus rien à ajouter ?

Éric déglutit.

– Non.

– Bien. Sur ce, adieu...

En partant, elle veilla à ne pas claquer la porte. Malgré sa colère et son trouble, elle voulait lui démontrer qu'elle gardait tout son sang-froid, même si ce n'était pas le cas. Elle marcha dans la froideur de la nuit, s'arrêta au coin de la rue et reprit sa respiration. Voilà, c'était fait. Problème réglé. Annie Cabbot, *Ange de Miséricorde*... Pourquoi fallait-il donc, songea-t-elle, tout en marchant dans la rue, les yeux sur le sombre miroir des eaux, que

tout odieux qu'il fût, elle ait l'impression d'avoir écra-
bouillé un papillon sur son volant ? Mais, se rappela-
t-elle, Éric n'était pas un papillon – plutôt un serpent, et
elle sourit.

12

S A BOUTEILLE de vin au poing, Banks prit une profonde inspiration et sonna. C'était bizarre de revenir dans cette rue où il avait vécu avec Sandra et les gosses pendant tant d'années. À présent, elle s'était remariée et avait eu un autre enfant, Tracy avait fini la fac et Brian était dans un groupe de rock qui avait du succès. Mais quand Banks regarda les rideaux tirés de son ancien foyer, une banale maison jumelée avec bow-window, porte neuve et crépi moucheté, ses souvenirs lui revinrent en masse : la fois où il avait bu un chocolat chaud avec Tracy qui avait alors douze ans, et qu'il était rentré tard, déprimé par son enquête sur le meurtre d'une fille de cet âge, les *Quatre derniers lieder* de Strauss passant sur sa chaîne ; les premiers pas hasardeux de Brian dans la musique, jouant « Sunshine Of Your Love » sur la guitare acoustique que son père lui avait offerte pour son seizième anniversaire ; la fois où il avait fait l'amour avec Sandra, aussi discrètement que possible, au rez-de-chaussée, sur le divan, alors que les enfants étaient couchés, et qu'ils étaient tombés par terre en essayant de ne pas éclater de rire. Il se rappelait aussi les quelques dernières semaines qu'il avait passées seul ici, abruti sur le canapé avec la bouteille de Laphroaig par terre, à côté de lui, *Blood on the Tracks* passant et repassant sur le lecteur de CD.

Sans lui laisser le temps de s'engager plus avant sur le chemin périlleux des souvenirs, Harriet Weaver lui ouvrit et s'encadra sur le seuil. Elle n'avait absolument pas vieilli

271

depuis le jour où elle les avait accueillis, lui et sa famille, dans le quartier, vingt ans plus tôt. Banks se pencha pour lui faire la bise.

– Bonsoir, Alan, dit-elle. Je suis bien contente que tu aies pu venir.

Il lui tendit la bouteille.

– Il ne fallait pas… entre !

Banks la suivit dans l'entrée où il accrocha sa veste. Puis il alla dans le living. La plupart des invités étaient déjà là et bavardaient, un verre à la main, dans la conviviale ambiance créée par les petites lampes aux abat-jour orangés. Ils étaient douze en tout, et Banks connaissait deux couples pour avoir été leur voisin : Geoff et Stella Hutchinson, du numéro vingt-quatre, et Ray et Max, les homos qui habitaient en face. Les autres étaient soit les amis que Harriet s'étaient fait à la bibliothèque, soit des collègues de son mari David, qui travaillait dans le monde mystérieux et, pour Banks, mortellement ennuyeux, de l'informatique. Il en avait déjà rencontré certains.

Il était venu en voiture directement du commissariat, à cinq minutes de là, ne s'arrêtant que pour acheter la bouteille de vin, après avoir passé l'essentiel de sa journée dans son bureau à relire les dépositions et rapports d'expertise sur l'affaire Hayley Daniels. Il avait été également perturbé par l'affaire dont s'occupait Annie : Lucy Payne dans son fauteuil roulant, égorgée. Il la revoyait sur son lit d'hôpital – silhouette d'une certaine façon pitoyable et fragile avec son pâle visage à moitié dissimulé sous les bandages, mais énigmatique, machiavélique aussi, sinon franchement diabolique. Banks n'avait jamais eu d'avis arrêté là-dessus, même s'il faisait partie des rares à avoir vu les vidéos, qui l'avaient convaincu que Lucy était aussi coupable que son mari, Terry, dans l'enlèvement de ces jeunes filles et leur martyre. Quant à savoir si elle avait tué, c'était une autre question – une question que les juges n'avaient jamais eu à trancher. Tout le monde pensait que oui, en tout cas. Son regard à elle n'avait rien révélé, mais c'était une femme extrêmement rusée.

C'était toujours difficile de passer de ces questions morbides à la banalité des conversations, mais parfois parler des chances de l'Angleterre contre la principauté d'Andorre, après ce lamentable score de zéro à zéro contre Israël, ou de celle des tories aux prochaines élections, cela faisait du bien.

Les invitations à dîner le rendaient toujours nerveux, et il ne pouvait même pas boire pour arrondir les angles puisqu'il était en voiture. Il ne ferait pas comme Annie, l'autre jour. Elle avait eu de la chance. À propos d'Annie, il se rendit compte qu'il l'aurait sans doute invitée à l'accompagner s'ils avaient été en meilleurs termes. Même s'ils n'étaient plus amants, ils se soutenaient mutuellement dans les situations mondaines, de temps en temps – l'union faisant la force. Mais vu son étrange conduite récemment, il se demandait où il en était avec elle, et comment évoluerait leur relation.

Les salutations faites, Banks prit le verre de vin proposé par David et s'assit auprès de Geoff et Stella. Geoff étant ambulancier, il n'allait certainement pas commencer à parler RAM et mégaoctets. Les morts et mourants – ça, Banks savait gérer. Stella tenait une boutique d'antiquités sur Castle Road et elle avait toujours une anecdote intéressante à raconter.

Tout en bavardant, Banks observa les autres. Il y avait deux crétins arrogants qu'il avait déjà rencontrés à une précédente fête et n'aimait guère – le genre qui, avec quelques verres dans le nez, devient convaincu que tout irait bien mieux si lui-même était au pouvoir. Mais le reste, ça allait. La plupart avaient son âge, dans les cinquante-cinq ans, ou un peu moins. Harriet avait mis de la musique classique douce en fond sonore – du Bach, apparemment – et l'odeur du gigot d'agneau à l'ail et au romarin s'échappait de la cuisine. Des plateaux d'amuse-gueules circulaient, et Banks prit un petit friand à la saucisse qui passait à sa portée.

Heureusement, il n'était pas le seul célibataire. La plupart des invités étaient en couple, mais Banks savait que Graham Kirk, qui habitait dans la rue d'à côté, venait de rompre avec son épouse et que Gemma Bradley, qui avait déjà bien éclusé, avait viré son troisième mari deux ans plus tôt et n'avait pas encore trouvé le quatrième. Harriet, qui travaillait avec Gemma, compatissait visiblement à son sort. L'autre solitaire était Trevor Willis, un veuf maussade qui n'arrêtait pas d'aller fumer dehors avec Daphne Venables, épouse d'un des collègues de David. Banks savait, pour l'avoir vu à l'œuvre, que c'était le genre qui devenait de plus en plus taciturne et morose à mesure qu'il buvait, et qui finissait par s'assoupir – une fois, assez théâtralement, en piquant du nez dans son dessert.

À des moments pareils, Banks regrettait amèrement d'avoir arrêté de fumer, surtout par une douce soirée de mars. Parfois, c'était bien d'avoir un prétexte pour s'éclipser pendant quelques minutes quand les voix devenaient trop fortes ou la conversation trop ennuyeuse.

Geoff était en train de parler d'une vieille dame qui appelait régulièrement une ambulance pour se rendre à ses rendez-vous à l'hôpital jusqu'au jour où, pour lui faire peur, l'un des ambulanciers avait noté un problème à sa jambe et dit qu'il faudrait l'amputer, quand Harriet annonça que le repas était servi.

Il lui fallut quelques minutes pour placer chacun selon son plan de table et Banks se retrouva entre Daphne et Ray, en face de Max et Stella. Ça aurait pu être pire, songea-t-il tout en acceptant que David lui resserve du vin, tandis que Harriet distribuait des assiettes de tarte à l'oignon. Les seuls déjà ivres étaient Gemma et Trevor, même si Daphne semblait bien partie, à en juger par sa façon de lui étreindre le bras chaque fois qu'elle lui parlait. La tarte était délicieuse et les conversations étaient assez engagées pour permettre à Banks de rester là, tranquillement, à en profiter sans participer.

Il venait de finir sa part de tarte, et Daphne lui tenait le bras en lui racontant une histoire drôle, quand on sonna à la porte. Les conversations continuèrent tandis que la maîtresse de maison s'empressait d'aller ouvrir. Daphne, qui accaparait l'attention de Banks, lui soufflait son haleine parfumée au sancerre et à la nicotine, tout en dégageant des bouffées d'un parfum capiteux.

Tout à coup, Harriet approcha une autre chaise au bout de la table. Treize à table, songea Banks, se rappelant l'histoire d'Hercule Poirot. C'était censé porter malheur. Les conversations se tarirent, les hommes restèrent bouche bée tandis que les femmes se raidissaient. Banks avait toujours les griffes de Daphne plantées dans son bras gauche. Il avait l'impression d'avoir été acculé dans un coin par le Vieux Marin[1] en personne. À sa droite, une voix féminine inconnue déclara :

– Désolée pour ce retard...

Enfin, Daphne le lâcha et, sans être impoli, il put jeter un coup d'œil et voir Harriet protester que ce n'était pas un problème tout en mettant le couvert pour la nouvelle venue, qui le regarda et sourit. Alors, il se souvint : la fameuse Sophia.

Chelsea était en retard. Son mascara était trop épais, mais elle n'avait plus le temps de recommencer. Elle tira sur son soutien-gorge, sous son haut étriqué, se trémoussant jusqu'à ce qu'elle se sente à son aise, puis se précipita au rez-de-chaussée pour mettre ses haut talons.

– Sacré nom ! s'exclama son père, détournant les yeux de la télévision – chose rare – au moment où elle vacillait sur une jambe, dans l'entrée. Tu sais de quoi t'as l'air, ma fille ?

– Tais-toi, Duane ! dit sa mère. Fiche-lui donc la paix. Tu n'es jamais allé t'amuser en ville, étant jeune ?

– Peut-être, mais moi je m'habillais pas comme une p...

Chelsea n'attendit pas la suite. Elle avait déjà entendu tout cela. Ce serait « salope », « traînée », « putain », ou une quelconque variation sur ce thème. Raflant son sac à main où se trouvaient ses cigarettes, des produits de beauté et un peu d'argent au cas où il faudrait payer une tournée ou un taxi pour le retour, elle jeta un baiser à sa mère qui lui recommanda d'être prudente et de se rappeler ce qui était arrivé à cette pauvre fille, et fila dehors, suivie par des éclats de voix au moment où la porte se refermait. Ils se disputeraient pendant un certain temps, puis sa mère irait jouer au bingo, comme d'habitude.

---

1. Le Vieux Marin : narrateur du très célèbre et très long poème de Samuel Taylor Coleridge : « Le dit du Vieux Marin ».

Quand Chelsea rentrerait à la maison, elle serait couchée et son père en train de ronfler devant un vieux polar ou un film d'horreur – à côté du cendrier plein et de quelques canettes de bière posées sur la table tachée et marquée de ronds. Ils ne changeraient jamais.

Comme elle aurait aimé vivre à Leeds, Manchester ou Newcastle ! Là-bas, elle aurait pu rentrer plus tard, passer toute la nuit dehors si elle avait voulu, mais à Eastvale tout fermait à minuit et demi ou une heure du matin, le samedi soir, sauf le Bar None où il y avait un DJ nul et de la musique pourrie, ou le Taj Mahal, plein de troufions tristes et ivres qui ingurgitaient des quantités de bières et des currys-poulet en attendant d'être envoyés en Irak. Demain, elle irait à Gateshead voir les Long Blondes, avec Shane qui prendrait sa voiture – leur premier tête-à-tête. Ce serait génial. Ensuite, lundi, il faudrait retourner bosser au magasin. Mais c'était la vie !

Tout le monde s'était donné rendez-vous sur la place du marché. Ne trouvant pas de bus, – ils se faisaient rares à partir de dix-huit heures dans la cité de l'East Side –, elle allait mettre quinze minutes pour y aller à pied – franchir le pont sur la rivière, gravir la côte, passer les jardins et le château. La nuit était tombée et ses hauts talons lui faisaient mal aux pieds. La soirée commencerait au Red Lion, et si elle n'y voyait pas les autres, c'était qu'ils auraient fait un saut au Trumpeter pour jouer au billard avant d'aller au Horse and Hounds où il y avait d'habitude un orchestre jouant des reprises de vieilles chansons célèbres comme « Satisfaction » ou « Hey Jude ». Il n'était pas toujours mauvais. En tout cas, il était nettement meilleur que le vieil orchestre de jazz miteux qui se produisait le dimanche à midi.

Chelsea accéléra le pas après la côte et fit le tour par Castle Road pour redescendre sur la place du marché, grouillante de jeunes déjà bien éméchés. Elle salua ceux qu'elle connaissait en traversant la place. Les pavés étaient difficiles à négocier avec ses escarpins et elle faillit s'étaler plusieurs fois avant d'arriver au pub. Là, elle ouvrit la porte et les vit. Shane lui sourit à travers la fumée et elle lui sourit aussi. Tout irait bien. La soirée venait de commencer et tout s'annonçait bien.

Dire que l'arrivée de Sophia changea le ton des conversations aurait été un euphémisme. Les hommes se rengorgèrent presque visiblement et se mirent en peine pour l'impressionner. Geoff commenta le vin, y trouvant des notes de chocolat, de vanille et de tabac dont il avait clairement appris l'existence dans un livre, tandis que Graham Kirk se lançait dans une conférence sur l'avenir de l'informatique, apparemment à l'intention de Max, mais en coulant des regards du côté de Sophia, qui n'écoutait pas. La jeune femme paraissait, aux yeux de Banks, complètement indifférente à tout cela. Ce n'était pas sa faute si tous les hommes tombaient à ses pieds, semblait dire son attitude assurée. Et si elle trouvait amusant ce phénomène, elle ne le montrait pas.

Banks, lui, appréciait le spectacle. Il se sentait invisible, plus léger que l'air, une mouche sur le mur – notant l'expression des visages, les attitudes comme si personne n'était conscient de sa présence. Disparaître était un art qu'il maîtrisait depuis l'enfance et qui était souvent utile dans son travail. Cela rendait Sandra folle. Elle jugeait cette réserve impolie. Mais il était vrai qu'elle était sociable pour deux.

Depuis que Sophia était là, Daphne avait cessé de se pendre à son bras et de lui parler pour bouder et siroter son vin encore plus vite. En bout de table, quelqu'un renversa un verre de vin rouge sur la nappe blanche et tout le monde poussa des cris et s'affaira pendant un moment avec torchons et éponges. Harriet tenta de les calmer et dit que ce n'était rien ; ça partirait au lavage.

Dans la confusion, Banks jeta un coup d'œil à Sophia. Pour savoir qu'elle était belle, il n'avait pas eu besoin de poser les yeux sur elle. Le simple effet produit par son apparition dans la pièce l'en avait informé. Mais plus il regardait, plus il comprenait. Ses cheveux bruns étaient lâchement attachés sur sa longue nuque, sa peau olivâtre était lisse et sans défaut. Elle portait un haut vert jade, juste assez décolleté pour révéler la promesse d'un buste parfait sans indécence, et un médaillon pendu au bout d'une fine chaîne en argent à son cou qu'elle effleurait de temps en temps du pouce ou de l'index. Ses lèvres étaient pulpeuses et ses yeux, les plus enjôleurs du monde. On pouvait se noyer dans ces yeux-là. Surprenant son regard, elle lui sourit. Il se sentit rougir. Finie l'invisibilité.

Les conversations se portèrent, fatalement, sur les chiffres de la criminalité, les « beuveries express », les gangs, les casses, l'insécurité dans les rues, les meurtres et les émeutes, et l'incapacité manifeste des flics à élucider les affaires les plus simples tout comme à protéger les contribuables des vols à la tire, cambriolages et autres viols. Même si Banks n'était pas spécialement visé, il y avait certaines piques et allusions. Et comme il ne mordait pas à l'hameçon, Quentin, le mari de Daphne – l'un des deux imbéciles se donnant des airs supérieurs –, commença à entrer dans les détails, c'est-à-dire l'affaire Hayley Daniels.

– Voyez cette pauvre fille qui s'est fait assassiner ici même, en ville, la semaine dernière, dit-il, les lèvres humides et rouges de vin, un éclat dans les yeux et le front luisant de sueur.

Daphne était toujours assise au côté de Banks, toute raide, avec les bras croisés et l'air pincé.

– À en croire la presse, continua Quentin, c'est un proche, le coupable, un ex-fiancé. Comme toujours, pas vrai ? Mais est-ce qu'on l'arrête ? Non. Qu'est-ce qui les retient ? Ils sont bouchés, ou quoi ? Ils devraient pourtant être fixés, à l'heure qu'il est...

Quelqu'un se mit à accuser les juges, trop laxistes, les magistrats du parquet et les avocats retors, et cependant Banks gardait toujours le silence. Une ou deux personnes eurent un rire nerveux et Max dit :

– Oh, ils n'ont pas dû mettre la pièce à conviction où il fallait. C'est classique, non ? Quand ils ne l'inventent pas...

Là, il regarda Banks.

C'est alors que la voix de Sophia s'éleva, tranchante :

– Non, mais vous vous entendez ! Vous croyez donc tout ce qu'on lit dans la presse ou ce qu'on voit aux actualités ? À mon avis, vous regardez trop de séries télé. Vous pensez

278

que ça se passe comment ? Que le policier se réveille en pleine nuit avec une idée géniale, en disant : « Eurêka, j'ai trouvé ! » Soyons sérieux. C'est un gros boulot...

Cela les fit taire. Au bout d'une courte pause, Banks lui jeta un coup d'œil et dit :

– Ma foi, ça m'arrive de me réveiller en pleine nuit en croyant avoir une idée géniale mais, en général, c'est juste une indigestion...

Il y eut une autre pause, et tout le monde éclata de rire. Sophia soutint son regard et parut le sonder de ses prunelles sombres. Puis elle sourit de nouveau et, cette fois, ce fut différent, plus intime.

La conversation se poursuivit par petits groupes sur d'autres sujets. À un moment donné, Banks apprit par Sophia qu'elle aimait se promener dans Londres, la nuit, et il lui parla de ses randonnées favorites dans la campagne du Yorkshire. Harriet ajouta quelques histoires drôles datant de l'époque où elle conduisait une bibliothèque ambulante. Vint le dessert, un crumble aux pommes et à la rhubarbe nappé de crème anglaise, puis on repassa au salon pour le café et les pousse-café.

L'atmosphère était plus détendue. Le bon vin en avait réduit certains au silence – silence ponctué par les ronflements intermittents de Trevor et les sursauts de Gemma. Les autres, rassasiés et gagnés par le sommeil après cet excellent repas, bavardaient tranquillement devant leur tasse de café fumant. Même la lumière semblait plus tamisée, plus chaleureuse. Bach avait été remplacé par *Graceland* de Paul Simon, en fond sonore. Banks se sentait si bien qu'il s'en serait presque assoupi dans son fauteuil, mais ça n'aurait pas été correct. Des invités commencèrent à se lever pour se diriger vers la sortie. C'était le moment de partir. Le trajet était long jusqu'au village de Gratly, et il serait peut-être judicieux d'écouter un truc pétaradant dans la voiture pour rester éveillé.

– Mesdames et messieurs, c'est l'heure ! s'écria le patron du Horse and Hounds, vers onze heures et demie du soir. Et si vous alliez finir la soirée chez vous ?

279

Chelsea avait encore un demi-Bacardi Freezer en face d'elle. Son cinquième ou sixième ? Impossible de se rappeler. La plupart des autres avaient encore de l'alcool dans leur verre – bière pour les mecs, en général, vin blanc pour les filles. Le groupe avait cessé de jouer une demi-heure plus tôt, mais l'endroit était encore plein et bruyant. Il n'avait pas été trop mauvais, ce soir-là, songea-t-elle, mais si elle avait dû entendre « Satisfaction » une fois de plus, elle aurait hurlé. Elle n'avait jamais aimé cette chanson, de toute façon, pas plus que les Rolling Stones. À sa naissance, c'étaient déjà des vieux.

La jeune fille alluma une cigarette. Elle savait qu'ils pourraient sans doute rester encore dix minutes, à condition de bien se tenir. Si elle rentrait après minuit, la maison serait calme. Elle pourrait écouter au casque son nouveau CD. La soirée avait été sympa ; elle se sentait fatiguée et un peu dans les vapes. Shane l'avait embrassée les deux fois où ils s'étaient croisés dans le couloir menant aux toilettes, et ça tenait toujours pour le concert de demain. Il faudrait prendre le temps de réfléchir à ce qu'elle mettrait, inspecter sa garde-robe.

Pour le moment, tout le monde semblait finir son verre avant de s'en aller. Dehors, la place du marché était animée. Il y avait des disputes entre filles et une bagarre, remarqua-t-elle. Un car de police stationnait de l'autre côté, mais personne ne faisait très attention. Les flics n'interviendraient qu'en cas de bataille rangée entre bandes.

Devant le commissariat, une fille frappait un jeune maigrichon avec son sac à main, et tout le monde riait sauf lui. Une autre, apparemment toute seule, vacillait sur les pavés à cause d'un talon cassé. Elle pleurait et son mascara coulait. De temps en temps, un cri montait d'un des groupes se dirigeant vers York Road, sur le chemin du Taj Mahal. Dans la ruelle, juste à côté du pub, deux gamins se partageaient un joint. Chelsea sentit l'odeur en passant. Elle se détourna, peu désireuse d'attirer l'attention de ces camés. Katrina et Paula lui prirent le bras et les trois copines avancèrent en louvoyant, chantant une vieille chanson de Robin Williams tout en avançant vers Castle Road. Chelsea détestait Robin Williams presque autant que les Rolling Stones, mais comment y échapper ? C'était une sorte d'institution nationale, comme Manchester United qu'elle méprisait également. Le temps était doux, la lune montante brillait dans un ciel dégagé. Les garçons marchaient devant, fumant et se bousculant pour rire.

– On pourrait aller au Three Kings ! dit Shane. Ils vont sûrement être ouverts pendant encore une demi-heure. Envie d'un verre ?

– Ce bar, ça craint, protesta Katrina. Que des vioques. J'en ai la chair de poule quand j'entre là-dedans, rien qu'à la façon dont ils me regardent...

– Pas à cette heure-ci, dit Shane en marchant à reculons. Tous ces vieux doivent faire dodo dans leur lit. Et au Fountain... ? En principe, c'est ouvert jusqu'à minuit.

– Non, dit Chelsea. C'est là où elle était allée. Hayley Daniels. L'assassinée.

Chelsea n'avait pas connu Hayley, mais elle l'avait parfois vue dans des pubs, le samedi soir. Elle-même avait joué dans le Labyrinthe étant enfant et l'idée qu'on y avait tué quelqu'un – ça vous foutait les boules.

– Rabat-joie ! dit Shane qui se retourna pour accepter une cigarette de Mickey.

– Qu'est-ce qu'il y a ? fit ce dernier sur ce ton moqueur, de défi, qu'elle détestait. T'as peur d'être tout près du Labyrinthe ? T'as peur du noir, des fantômes, d'Hannibal le Cannibale ?

– Oh, ta gueule ! J'ai pas peur. Le quartier est bouclé, de toute façon. Regarde...

– Seulement l'entrée de la ruelle, rétorqua Mickey. On peut entrer facilement par Castle Road ou le parking au fond. Je parie que t'oses pas. T'as trop peur.

– N'importe quoi ! dit Chelsea, sentant le sol onduler sous ses pieds.

Elle se demandait si c'était parce qu'elle était ivre ou parce qu'elle avait peur.

– Je sais ce que je dis ! fit Mickey avec un clin d'œil à ses potes. Je parie que t'oses pas aller là-bas, dans le Labyrinthe. Toute seule.

– Sûrement que si !

– Alors, vas-y...

– Quoi ?

Ils s'étaient arrêtés, et Mickey se retourna pour faire face aux filles.

– Pas chiche ! Je te parie que t'oses pas passer cinq minutes là-bas. Toute seule.

– Qu'est-ce que tu paries ? demanda Chelsea en espérant que sa voix était plus assurée qu'elle-même.

– Si t'oses, je te ramène chez moi et je te fais un bon cunnilingus.

– Minute, Mickey ! fit Shane. T'es lourd, là...

– Mes excuses, mon pote ! dit Mickey en riant. Mais en général, elles résistent pas !

De nouveau, il toisa Chelsea.

– Alors, chérie ?

– Tu peux garder ta langue pour les boudins que tu sors, mais moi je veux dix livres si je passe cinq minutes là-bas.

– T'es pas obligée, Chel ! plaida Shane. Il est bourré. C'est pour emmerder le monde, comme d'habitude. L'écoute pas...

– Ça, c'est pas nouveau...

Chelsea se tenait bien campée, les mains aux hanches.

– Alors, mon grand ? C'est pas dans tes moyens ?

– Tu ne sais pas ce que tu perds ! dit Mickey qui tira la langue et la passa sur ses lèvres parcheminées. Mais entendu. Le fric est à toi... Mais si jamais tu sors en hurlant avant la fin des cinq minutes, c'est toi qui me devras ça, d'accord ?

– D'accord.

Ils se serrèrent la main et le groupe se dirigea vers Castle Road, passant devant le pub The Fountain, qui était déjà fermé, comme le remarqua Chelsea. Peut-être l'assassinat de la semaine précédente nuisait-il aux affaires ?

Elle commençait à regretter son audace. Mais que craindre, au juste ? Tout le monde disait que c'était l'ex-petit ami de Hayley Daniels, ou l'une de ses connaissances. De plus, elle savait se diriger dans le Labyrinthe, connaissait des raccourcis et des passages dont la plupart des gens ignoraient tout. Et puis, dix sacs. Un peu de fric à dépenser demain au concert. Alors, pourquoi pas ? D'accord, elle le ferait. Elle allait le relever, ce stupide pari, et gagner.

Pourquoi les gens mettent-ils toujours une éternité à prendre congé à l'issue d'une soirée ? Banks ne l'avait jamais compris. Tout à coup, de nouvelles conversations passionnées s'engageaient, et les invités semblaient parvenir enfin à exprimer ce qu'ils avaient voulu dire pendant toute la soirée. En définitive, une vingtaine de minutes après avoir commencé à émigrer vers la sortie, ils se dispersèrent dans la rue. Trevor et Gemma eurent besoin d'aide, que leurs voisins leur apportèrent volontiers. Daphne parut capable de marcher sans l'assistance de Quentin et insista pour le faire d'un pas hésitant. Banks remercia ses hôtes, promit de donner de ses nouvelles à l'avenir et s'éloigna dans l'allée en levant les yeux vers le ciel limpide. Le fond de l'air était doux ; il soufflait une très légère brise qui froissait à peine les jeunes feuilles. C'était rafraîchissant après la chaleur de la salle à manger.

Par hasard, il était sorti en même temps que Sophia et tous deux arrivèrent au bout de l'allée, sous la lueur du réverbère. Sophia attendait Harriet qui s'était précipitée à l'étage pour aller chercher un vieil album de photos de famille qu'elle avait promis de lui prêter. C'était la première fois qu'ils étaient seuls ensemble et Banks ne savait pas quoi dire. Il la voyait de près pour la première fois et remarqua qu'elle portait un jean moulant, qui mettait en valeur ses longues jambes, et qu'elle était plus grande qu'il ne l'avait imaginé.

Finalement, ils prirent la parole en même temps. Chose légèrement embarrassante dont il est permis de rire, ce qui rompit la glace.

– J'allais vous dire, fit Sophia, que je vous avais déjà rencontré, il y a longtemps.

– Je ne me rappelle pas.

Elle fit faussement la moue.

– Je suis vexée !

Puis elle sourit.

– C'était il y a vingt ans. J'étais étudiante et je rendais visite à tante Harriet. Je crois que vous veniez d'emménager par ici et elle nous a présentés...

– Vingt ans ! Bien des choses ont changé, depuis...

– Pour vous comme pour moi. Écoutez, j'ai réfléchi... Même un grand détective comme vous doit avoir quelques heures de liberté de temps en temps. Et si vous me faisiez découvrir ces sentiers de randonnée dont vous m'avez parlé... ? Demain après-midi ?

– Avec plaisir.

– Génial. Je vais vous donner mes coordonnées. Vous avez du papier pour noter ? Surtout pas le petit calepin du policier ! Je ne veux pas que mon nom traîne parmi ceux de maniaques sexuels et autres malfaisants...

– Pas de danger !

Banks retrouva un vieux ticket de caisse et tira un stylo de sa veste.

– Je vous écoute...

Elle lui donna son numéro de portable. Il le gribouilla hâtivement, avec la bizarre sensation de faire une chose défendue dont Harriet devait tout ignorer.

– Je vous appellerai demain, quand j'aurai vu comment la journée se présente. Ça ne devrait pas poser de problème.

– Formidable.

Ils s'attardèrent dans le rond de lumière formé par le réverbère. Pendant un moment, Banks eut l'étrange impression que le monde extérieur n'existait plus.

– Bon, je m'en vais, dit-il. Je peux vous raccompagner quelque part ?

– Non. Ce n'est pas loin. J'aime marcher.

– C'est sûr ?

– Sûr et certain. Voici Harriet...

Elle se détourna.

– À demain, donc, lui chuchota-t-elle par-dessus son épaule.

– Oui, dit Banks.

Il sortit du rond de lumière pour revenir dans le monde réel de la nuit où il entendit aussitôt des vociférations et un bruit de bouteille cassée. Samedi soir, à Eastvale. Il monta dans sa Porsche, alluma l'iPod et, montant le volume sur « Just Like Honey » de Jesus and Mary Chain, il fila en direction de Gratly.

En dépit de ses fanfaronnades, Chelsea était assez nerveuse quand elle traversa la galerie marchande accessible par Castle Road, passant devant les commerces fermés avant de s'aventurer dans le Labyrinthe. Cinq minutes, c'est long, et il pouvait se passer bien des choses.

Ses pas résonnaient contre les murs élevés et, de temps en temps, la lumière trouble d'une ampoule au-dessus d'une porte d'entrepôt projetait son ombre longue sur les pavés. Elle faillit trébucher sur un chat, qui poussa un feulement et détala, accélérant ses pulsations cardiaques. C'était peut-être un tort, d'avoir relevé ce défi. Dix livres, qu'est-ce que c'est, de nos jours ? Mais ce n'était pas une question d'argent – elle en était bien consciente –, c'était une question de fierté.

Un ex-petit ami avait tué Hayley Daniels, se répétait-elle. « N'oublie pas cela. » Puis, elle se demanda si l'un de ses « ex » pourrait vouloir l'assassiner. Elle avait parfois été cruelle. Pour commencer, elle avait trompé Derek Orton, qui n'avait pas été très content en l'apprenant. Et elle n'avait répondu à aucune des lettres ou aucun des courriels que Paul Jarvis lui avait envoyés pendant des mois, depuis Strathclyde University. Il avait finalement abandonné. Et s'il s'était mis à la filer ? Il avait souvent dit qu'il l'aimait. Ensuite, elle avait couché avec le meilleur ami de Ian McRae, rien que pour le vexer, en veillant à ce qu'il soit au courant. Ça avait été le pire. Mais Ian était toujours en prison pour avoir tiré le sac d'une vieille dame.

Elle tourna à un coin de rue et s'enfonça encore davantage à l'intérieur du Labyrinthe. Elle savait où elle allait. Il faudrait environ cinq minutes pour aller jusqu'au parking depuis la galerie marchande, mais plus elle avançait, plus son anxiété augmentait, plus elle sursautait au moindre bruit et maudissait Mickey.

Traversant une petite place mal éclairée, elle crut entendre un bruissement derrière elle, comme fait par le vêtement d'un passant. Elle se retourna et, quand elle vit un homme tout en noir, le visage dans l'ombre, elle se figea. Dans sa tête, elle calculait. Si elle partait en courant, elle pourrait sans doute atteindre la sortie avant qu'on ne la rattrape. Mais ses foutus escarpins la gêneraient. Il faudrait les quitter.

Alors qu'elle se déchaussait, il s'approcha et elle le vit ouvrir la bouche comme pour parler, mais juste à ce moment-là, une autre silhouette apparut derrière lui, également en noir, mais plus floue. La silhouette bougea rapidement, passa la main devant la gorge de l'homme par-derrière. Ils n'étaient plus qu'à un mètre d'elle environ, et un jet tiède, à l'odeur douceâtre et légèrement métallique, arrosa le visage et la poitrine de Chelsea. Manifestement troublé, l'homme porta les doigts à son cou. L'autre silhouette disparut dans les ténèbres.

Chelsea fit quelques pas titubants en arrière. Elle était seule avec l'homme à présent, mais il semblait cloué sur place. Il ôta la main de sa gorge et regarda, puis ouvrit la bouche comme pour lui parler, mais aucun son n'en sortit. Il tomba à genoux. Chelsea les entendit craquer contre les pavés. Comme elle se tenait là, la main devant la bouche, l'homme bascula en avant. Elle entendit un autre craquement quand son nez heurta le sol. C'est seulement alors qu'elle se mit à hurler et à courir vers la sortie.

Josh Ritter chantait « Girl in the War » tandis que Banks roulait sur la route tortueuse et sombre, en pleine campagne, juste au-dessus de la rivière. Il commençait enfin à apprécier la Porsche. Elle commençait à mieux lui convenir, étant un peu moins rutilante, moins ostentatoire, et sa tenue de route sur ces reliefs accidentés était formidable. Peut-être la garderait-il, après tout. À sa gauche, le terrain s'élevait abruptement, les champs faisaient place à des affleurements calcaires, aux landes, aux ajoncs et à la bruyère – formes vagues dans la nuit – et la rivière qui serpentait au fond de la verdoyante vallée miroitait au clair de lune. Il passa devant le *drumlin*[1] et ses quatre arbres perpétuellement ployés par le vent et sut qu'il serait bientôt chez lui.

Tout en roulant et tandis qu'il n'écoutait la musique que d'une oreille, il songea à Sophia et à la bouffée d'air frais qu'elle avait représentée à la soirée de Harriet. Il se demanda si elle était mariée. Une femme aussi séduisante devait avoir un compagnon sérieux, au minimum, et peut-être même partager sa vie. Il était inutile, pour le moment, de se laisser aller à penser que son désir de balade pouvait signifier plus, et d'ailleurs il s'était promis par avance de ne pas tomber amoureux d'elle. Peut-être était-ce trop tard. Il espérait qu'il aurait la possibilité de la revoir dimanche. Comme elle l'avait dit, même un grand détective avait besoin de quelques heures de liberté, de temps en temps. Et il était le chef, ou quasiment…

Le prétendu « mode aléatoire » parut se mettre au folk, comme cela arrivait quelquefois. « Worcester City » d'Eliza Carthy succéda à « No Names » de Kate Rusby. Puis « O Love Is Teasing » d'Isobel Campbell. Parfois, Banks se disait que ce n'était pas du tout aléatoire, que l'iPod avait ses goûts propres. Une fois, il avait fait suivre « Here Come the Nice », des Small Faces, par « America » de Nice. Personne ne pourrait le convaincre que c'était par hasard.

Deux kilomètres après le *drumlin,* son portable sonna. Il réussit à le manipuler et le porter à son oreille sans ralentir. La couverture était très insuffisante dans la région et ce qu'il entendit fut une succession de grésillements et bribes de mots. Il eut l'impression que c'était Winsome et crut entendre « meurtre » et « le Labyrinthe » avant la coupure totale. Avec une angoisse croissante, il coupa son mobile et, à la première entrée de ferme, fit demi-tour en direction d'Eastvale.

----

1. *Drumlin* : petite colline en forme de dos de baleine.

13

C E FUT avec une terrible impression de déjà-vu que Banks s'engagea sur la place du marché, vers une heure du matin, et qu'il vit la foule contenue par les barrages de la police. Beaucoup de ces curieux étaient soûls. Titubant hors des pubs à l'heure de la fermeture, ils avaient vu qu'on s'affairait à l'entrée du Labyrinthe. Certains étaient devenus agressifs, et les policiers en tenue avaient du mal à les refouler. Apercevant le chef de poste, Banks le pria d'appeler des renforts. Ce ne serait peut-être pas indispensable – les ivrognes étant versatiles –, mais autant parer à toute éventualité. En proie à une intense anxiété, il demanda aux policiers de boucler tout le Labyrinthe, cette fois – toutes les issues.

– Mais il y a quatre cottages mitoyens de l'autre côté ! protesta un agent. C'est habité…

– On s'en souciera plus tard. Il faudra, de toute façon, interroger les occupants dès que possible. Pour le moment, isolez-moi tout le périmètre. Que personne n'entre ou ne sorte sans que j'en sois averti. C'est bien compris ?

– Oui, chef !

L'agent déguerpit.

Banks frappa à la porte du pub The Fountain.

– Il est rentré chez lui, déclara Winsome, émergeant de la ruelle et se glissant sous le ruban de la police. Le pub est fermé.

Banks grommela :

– Si seulement les autres l'étaient aussi...

Il nota des flashes par-ci, par-là – des reporters, sans doute – et des quidams prenaient des photos en tenant leurs téléphones portables en l'air. Certains même filmaient, comme à un concert de rock. Mode malsaine, mais qui pouvait donner des résultats : parfois, quelqu'un filmait quelque chose qui avait échappé aux caméras de surveillance ou aux photographes de la police, un suspect dans la foule, par exemple, et cela pouvait aider à résoudre une affaire.

– Que se passe-t-il, au juste ? Je n'ai pas compris un traître mot de ce que vous avez dit au téléphone. Qui est la victime ? Elle est morte ?

– Non. Celle-ci a survécu – à supposer que ce soit elle qui ait été visée. Mais il y a un mort. Je n'ai pas encore vu le corps. Il fait noir et je n'ai rien voulu déranger avant votre arrivée. On attend la police technique et scientifique, mais le Dr Burns est là...

– OK. Je suis certain qu'il fera l'affaire...

Banks suivit Winsome sous le ruban puis à l'intérieur du Labyrinthe, s'y enfonçant davantage que la semaine précédente. Ils allèrent tout au fond de la ruelle, tournèrent à des angles, traversèrent de minuscules places pavées, et s'enfilèrent dans des venelles si étroites qu'on devait presque avancer de profil. Et pendant tout ce temps, il voyait des faisceaux lumineux balayer les ténèbres et entendait crépiter des radios. C'était un vrai dédale, et il regretta de ne pas avoir emporté une pelote de ficelle. Il se rappela qu'il avait fait cette même réflexion à Annie, à Harkside, le soir où il avait dîné chez elle – et où ils avaient fait l'amour – pour la première fois. Que sa maisonnette était cachée au cœur d'un labyrinthe et qu'il ne retrouverait jamais son chemin tout seul. Manière comme une autre de demander à rester.

En raison du manque de clarté, il était difficile de savoir exactement où on allait, mais Banks se fiait à Winsome. Elle semblait capable de se débrouiller sans ficelle.

– Où est Templeton ? lui demanda-t-il.

– Aucune idée. Injoignable. Sûrement dans une discothèque...

Ils empruntèrent une venelle qui débouchait sur une place, et Banks distingua des lumières au fond, tandis qu'il entendait des conversations et des radios. En se rapprochant, il nota qu'on avait déjà installé des lampes à arc, si bien que l'endroit était illuminé comme à Noël. Tout le monde semblait avoir le teint pâle et rosâtre. Banks reconnut Jim Hatchley et Doug Wilson, qui se tenaient contre un mur, et deux agents en tenue prenaient des notes. Peter Darby photographiait ou filmait la scène avec sa caméra numérique. Tout le monde se retourna quand il arriva sur la place, avant de se détourner nerveusement, et le silence se fit. Une boule se forma dans sa gorge. Il se passait quelque chose – une chose à laquelle il fallait se préparer.

Le Dr Burns était penché sur le corps qui gisait face contre terre. L'énorme mare de sang d'un rouge foncé s'étalait depuis la tête jusqu'au mur. Le Dr Burns, presque aussi pâle que les autres, se releva pour les accueillir.

– Je n'ai voulu ni toucher ni bouger le corps avant l'arrivée de la police technique, dit-il.

De là où il se trouvait, Banks pouvait se rendre compte que ce n'était pas une femme.

– Puis-je regarder, maintenant ? dit-il.

– Bien sûr. Du moment que vous faites attention...

Banks et Winsome s'agenouillèrent. Les pavés étaient durs et froids. Prenant la lampe torche tendue par un agent, Banks la braqua de son mieux sur le visage. Lorsqu'il distingua le profil juvénile et exsangue, il tomba sur le coccyx et s'affaissa contre le mur comme si on l'avait poussé.

Winsome s'accroupit à son côté.

– Mais... c'est Kev ! Kev Templeton. Merde, qu'est-ce qu'il pouvait bien foutre ici ?

La seule idée qui traversa Banks fut que c'était la première fois qu'il entendait la jeune femme jurer.

Un agent avait été chargé de trouver du café frais et bien chaud – quitte à réveiller le patron d'un des petits restos sur la place –, et le reste de la troupe fatiguée entra à la queue leu leu dans la salle de réunion du QG du secteur ouest, à quelque quatre cents mètres de l'endroit où le cadavre de leur collègue gisait, sous la surveillance de Stefan Nowak et de la police technique.

Lorsque Nowak et son équipe étaient arrivés, ils n'avaient pas caché qu'ils voulaient être seuls en scène, et qu'il y avait beaucoup trop de monde. Ce fut un soulagement pour la plupart des policiers qui ne demandaient qu'à partir, et le signal de lancer l'enquête. Tout le monde était sous le choc, et personne ne semblait réaliser, mais toute cette confusion devrait se traduire en action le plus tôt possible.

Le Dr Burns et Peter Darby étaient restés là-bas, tandis que les autres, environ une dizaine, y compris Banks, Hatchley et Winsome, rentraient au commissariat. La commissaire Gervaise avait sauté du lit pour venir, en jean noir et veste à col de fourrure, et elle était occupée à installer le tableau blanc tandis que les autres prenaient place autour de la longue table vernie avec blocs et stylos. Étant donné la proximité du commissariat, on n'aurait pas besoin d'une camionnette mobile près des lieux, mais il faudrait aménager une salle spécialement destinée à l'enquête, avec lignes téléphoniques, ordinateurs et personnel civil. Pour le moment, on utiliserait la pièce consacrée à l'affaire Hayley Daniels, compte tenu du manque de place et du fait que les crimes s'étaient produits au même endroit.

Il faudrait également distribuer les rôles habituels – chef de bureau, receveur, lecteurs de dépositions, alloueurs de missions, et ainsi de suite. Banks était d'ores et déjà le chargé d'enquête attitré et Gervaise assurerait « l'interface avec les médias », selon son expression. Mais elle avait également déclaré qu'elle voulait être tenue informée de chaque phase de l'enquête. La victime était un policier et il allait de soi qu'il n'y aurait pas de concession, pas de quartier. Mais, pour commencer, il fallait savoir ce qui était arrivé à Templeton et pourquoi.

Le café étant arrivé, tout le monde prit un gobelet en polystyrène. On fit passer le lait et le sucre, avec une boîte de sachets de crème anglaise périmés trouvée dans un tiroir. Banks rejoignit Gervaise en bout de table, et la pre-

291

mière chose qu'ils demandèrent fut un rapport à l'agent présent sur les lieux du crime, un certain Kerrigan, qui était de service et affecté au maintien de l'ordre, ce soir-là.

– Que s'est-il passé ? demanda Banks. Prenez votre temps.

Le jeune agent avait la tête de quelqu'un ayant vomi, ce qui devait être le cas. Du moins avait-il eu la présence d'esprit de faire cela à l'écart de la scène. Il respira à fond.

– J'étais près du fourgon, à me demander si...

Il jeta un coup d'œil à la commissaire.

– Vous en faites pas, mon petit, dit-elle. Pour le moment, ça m'est bien égal de savoir si vous étiez en train de vous taper une clope ou une pute. Parlez...

L'agent rougit, et tout le monde fut estomaqué, même Banks. Il n'avait jamais entendu sa supérieure tenir un tel langage, pas plus qu'il n'avait entendu Winsome jurer auparavant, mais il aurait dû savoir à présent qu'elle était imprévisible. C'était une nuit vraiment spéciale.

– Ou... oui, madame, dit Kerrigan. Ça chahutait pas mal au Trumpeter et on était en train de se demander s'il fallait laisser faire ou intervenir, au risque d'aggraver la situation. En bref, on a décidé de laisser couler. Et juste à ce moment-là – minuit moins trois, à ma montre, madame ! – une jeune femme a déboulé du Labyrinthe, couverte de sang et hurlant de toutes ses forces !

– Qu'est-ce que vous avez fait ?

– Ben... j'ai pas pu m'empêcher de penser qu'elle avait été agressée, vu que la semaine dernière... alors je me suis précipité vers elle. Physiquement, ça allait, mais elle avait plein de sang sur elle, et elle était pâle comme un linge... tremblante comme une feuille...

– Épargnez-nous ces clichés et poursuivez ! dit Gervaise.

– Excusez-moi, madame. Je lui ai demandé ce qu'il y avait et elle a désigné l'endroit d'où elle venait. Je lui ai demandé de m'emmener là-bas, mais elle s'est pétrifiée. Elle était terrifiée. Pas question, qu'elle m'a dit. Je lui ai demandé ce qu'elle avait vu, mais ça non plus, elle n'a pas pu me le dire, ni où c'était. À la fin, je l'ai persuadée qu'elle ne risquait rien avec moi. Elle s'est collée à moi comme... (il regarda la commissaire)... elle s'est collée à moi et m'a conduit à... vous savez quoi.

– Parlez avec vos mots à vous, dit Banks. Du calme. Détendez-vous.

– Oui, oui...

L'agent Kerrigan prit une profonde inspiration.

– On est arrivés là où était le corps. Je ne savais pas de qui il s'agissait, bien sûr. On ne pouvait pas savoir, vu la façon dont le visage était flanqué sur les pavés. Et tout ce sang...

– Vous êtes-vous approchés du corps, vous ou la fille ?

– Non, sauf au début, pour voir s'il était encore en vie.

– Vous avez touché à quelque chose ?

– Non. Moi, je savais qu'il ne fallait pas et elle, elle avait trop la frousse. Elle restait blottie contre le mur.

– Très bien. Continuez.

– Ben, c'est à peu près tout. Mes collègues m'avaient suivi, et quand je les ai entendus rappliquer dans mon dos, je leur ai dit de s'arrêter, de faire demi-tour et d'aller alerter le commissariat. Je n'aurais peut-être pas dû paniquer, mais...

– Vous avez bien fait, dit Gervaise. Vous, vous êtes resté auprès du corps ?

– Oui.

– Et la jeune fille ?

– Elle aussi. Elle s'est affaissée contre le mur, la tête dans les mains. J'ai son nom et son adresse. Chelsea Pilton. Marrant, comme nom... On dirait une station de métro ! Moi, je trouve ça idiot, de donner à son gosse un nom de gâteau ou de fleur, mais c'est la mode, pas vrai ?

– Merci pour ces paroles de sagesse, marmonna Gervaise, les yeux fermés et la phalange de son majeur contre son front.

– C'était peut-être le nom d'une équipe de foot ! suggéra Banks.

La commissaire lui jeta un regard noir.

– Elle vit dans la cité de l'East Side, ajouta Kerrigan.

– Et maintenant, où est-elle ?

293

– Je l'ai envoyée à l'hosto, avec Carruthers. Elle était en bonne santé. Je n'ai pas jugé utile de la garder là, près du...

– Vous avez bien fait, dit Banks. Ils sauront quoi faire. J'imagine que l'agent Carruthers a ordre de rester auprès d'elle jusqu'à ce qu'on vienne le relayer ?

– Oui. Bien sûr.

– Parfait. Et les parents ?

– Carruthers les a prévenus. Ils doivent être à l'hôpital, à présent.

– Quel âge a-t-elle ?

– Dix-neuf ans.

– Bon boulot.

Banks fit venir un agent du fond du couloir.

– Allez à l'hôpital, lui dit-il, et veillez à ce que Chelsea Pilton soit emmenée directement au SARC[1]. Compris ? Chelsea Pilton. Ils sauront ce qu'il faut faire d'elle. Demandez Shirley Wong, si elle est de service ce soir. Le Dr Wong...

Le nouveau centre – le seul du secteur ouest – était rattaché à l'hôpital et beaucoup considéraient son existence comme un triste signe des temps.

– Et voyez s'ils peuvent se débarrasser des parents. Comme elle a dix-neuf ans, leur présence n'est pas obligatoire durant tout examen ou interrogatoire et je préférerais qu'ils ne soient pas là. Devant eux, elle pourrait se fermer. Je leur parlerai ensuite, séparément.

– Oui, chef...

L'agent s'en alla.

– Elle n'est pas suspecte, si ? demanda Kerrigan.

– Pour le moment, même vous, vous l'êtes ! dit Banks. Puis il sourit.

– Il y a des procédures à suivre. Vous devriez le savoir. Kerrigan ravala sa salive.

– Oui, chef.

– Vous avez dit qu'elle avait du sang sur elle.

---

1. SARC : *Sexual Assault Reference Center* : centre pour femmes violées.

– Oui, sa figure et sa poitrine en étaient tout éclaboussées. C'était drôle, on aurait dit des taches de rousseur, dans l'obscurité.

Kerrigan coula un regard nerveux à la commissaire qui leva les yeux au ciel et marmonna :

– Au secours ! Un poète parmi nous !

– A-t-elle dit d'où ça venait ? demanda Banks.

– Non. Je me suis dit qu'elle avait été tout près quand... ça s'est passé.

– Vous lui avez posé la question ?

– Oui, mais elle n'a pas répondu.

– Avez-vous vu quelqu'un ou entendu quelque chose, dans le Labyrinthe, pendant que vous étiez là-bas ?

– Rien du tout.

– Musique ou autre ?

– Non. Juste des rumeurs, du boucan sur la place du marché. Des ivrognes chantant, des moteurs vrombissant, des bris de verre, ce genre de choses...

Il arriva encore du café, dans un gros percolateur cette fois, signe que la nuit était loin d'être finie, et deux agents en tenue l'installèrent à l'extrémité de la table. Manifestement, quelqu'un avait réussi à accéder à la cantine. On en avait aussi rapporté un plus gros stock de gobelets, du lait frais, un paquet de sucre en poudre et un autre de biscuits aux figues. Chacun se servit. Bon, c'était du café de cantine, amer et pas assez fort, mais on s'en contenterait. Banks remarqua que ses mains tremblaient légèrement quand il porta le gobelet à ses lèvres. Le contrecoup. Il avait encore du mal à croire que Templeton était mort, bien que l'ayant vu de ses propres yeux. Absurde. Il grignota un biscuit. Peut-être était-ce juste un peu d'hypoglycémie ?

– Chelsea vous a-t-elle dit quoi que ce soit sur ce qu'elle a vu ? reprit-il.

– Non. Elle était trop choquée. Quasiment muette de terreur. Avant qu'elle puisse retrouver le sommeil, de l'eau aura passé sous les ponts, je vous le garantis.

« Et moi, donc ! » songea Banks, qui garda cela pour lui.

– Bon, vous avez fait du bon travail, Kerrigan. Pour le moment, ne vous éloignez pas du commissariat. On pourrait avoir besoin de vous.

– Entendu, inspecteur. Merci, inspecteur…

L'agent Kerrigan s'en alla et nul ne dit rien pendant un moment. Finalement, la commissaire reprit la parole :

– Quelqu'un connaît les parents de Templeton ? Je crois savoir qu'ils vivent à Salford.

– En effet, dit Banks. Je les ai vus une fois, il y a quelques années. Ils étaient venus lui rendre visite. Un couple charmant. J'ai eu l'impression qu'il ne s'entendait pas très bien avec eux, cependant. Il n'en parlait jamais. Il faudra les mettre au courant.

– Je m'en occupe, dit la commissaire. Je sais qu'il n'était pas la coqueluche du commissariat, mais je sais aussi que ça n'empêchera personne de faire son devoir.

Elle regarda ostensiblement Winsome qui ne broncha pas. Si c'était possible, Banks aurait juré que la jeune femme avait pâli.

– Bon, reprit la commissaire. Puisque c'est bien compris, on peut se mettre au travail. Des théories ?

– Eh bien, dit Banks, avant tout, il faut se demander ce que Kev faisait dans le Labyrinthe aux alentours de minuit…

– Vous insinuez qu'il s'apprêtait à violer et tuer Chelsea Pilton ?

– Pas du tout. Bien que ce serait manquer à notre devoir que de ne pas envisager cette éventualité.

– Si l'on écarte cette déplaisante idée pour le moment, avez-vous d'autres théories à nous proposer ?

– Dans l'hypothèse où Kev ne serait pas l'assassin, on peut penser qu'il était là parce qu'il espérait attraper le coupable. Rappelez-vous qu'à la dernière réunion il était convaincu qu'il s'agissait d'un tueur en série qui frapperait de nouveau, et bientôt, dans le même coin…

– Et je me suis moquée de lui. Oui, je n'ai pas besoin qu'on me le rappelle.

– Tel n'est pas mon propos. En fait, vous aviez raison. Rien ne justifiait les frais qui auraient été engagés si on avait procédé à un tel déploiement de forces. Mais j'ai comme l'impression que Templeton a voulu régler cette affaire tout seul.

– Le Dr Wallace était d'accord avec lui, si j'ai bonne mémoire ?

– Je ne cherche pas à déterminer qui avait raison ou tort en la matière. J'essaie seulement de comprendre ce que Templeton était allé faire là-bas...

Gervaise opina sèchement.

– Il était peut-être là-bas aussi vendredi soir. Je me souviens qu'il était un peu faiblard, fatigué, hier... Il traînait les pieds. J'ai cru qu'il avait fait la fête la veille, qu'il s'était réveillé avec la gueule de bois, et je lui ai passé un savon. Il n'a pas protesté.

Banks savait que les dernières paroles qu'il avait adressées à Templeton étaient dures – il lui avait demandé de mûrir, de se conduire en professionnel – et injustifiées. Mais était-ce digne d'un professionnel que de s'aventurer, seul et sans arme, dans un endroit où rôdait peut-être un assassin ? Peut-être pas, mais cette pensée ne le consolait guère.

Il savait que Templeton prenait la plupart des gens à rebrousse-poil – les femmes intelligentes comme Winsome et Annie, en particulier, et les parents d'ados en difficulté. Nul doute qu'il y avait des problèmes personnels là-dessous. Il pouvait aussi se montrer raciste, sexiste et n'hésitait pas à piétiner quelqu'un s'il pensait pouvoir obtenir par là ce qu'il voulait. Parfois, c'était nécessaire, dans une certaine mesure – Banks avait agi ainsi avec Malcolm Austin – mais Templeton ne se conduisait pas de cette façon par nécessité : il aimait ça. Banks lui-même l'avait vu faire pleurer des témoins, et Winsome et Annie avaient assisté à de telles scènes bien plus souvent que lui.

C'était également un jeune homme intelligent, travailleur et ambitieux. Se serait-il bonifié avec l'âge ? Banks n'en savait rien. Il n'en aurait plus l'occasion. Il était mort, assassiné, et ce n'était pas juste. Même Winsome semblait perturbée, remarqua-t-il quand il jeta un rapide coup d'œil dans sa direction. Il faudrait aller lui parler. Elle pouvait s'en vouloir d'avoir éprouvé des sentiments négatifs à l'égard de son collègue et cela pourrait nuire à l'enquête. Il se rappelait qu'un des sujets dont elle et Annie avaient discuté au restaurant avait été le comportement de Templeton à l'égard des parents de Hayley Daniels. Winsome n'avait pas dit à Banks ce qui s'était passé exactement entre eux, mais il avait compris qu'une limite avait été franchie. Cela devait la ronger, à un moment où chacun avait besoin d'avoir les idées claires.

– Je me demande s'il était là par hasard ou s'il savait quelque chose de précis…, reprit-il.

– Que voulez-vous dire ? demanda Gervaise.

– Il avait peut-être une théorie ou un renseignement précis qu'il n'aurait pas communiqué à la brigade…

– Ç'aurait été digne de lui. Vous voulez dire qu'il aurait pu avoir compris qui était l'assassin, savoir qu'il allait frapper de nouveau ce soir et risquer sa vie dans le but de se faire mousser ?

– Par exemple. Il faudrait se pencher sur ses faits et gestes depuis le début de l'enquête sur l'affaire Hayley Daniels.

– On est déjà débordés. D'abord Hayley Daniels, et maintenant… Je vais essayer d'obtenir des renforts…

– Êtes-vous sûre que ce n'est pas la même enquête ?

– Pour le moment, on n'en sait pas assez pour se prononcer dans un sens ou un autre. Attendons au moins les experts et d'avoir interrogé la fille. Ensuite, on organisera une autre séance.

– Je vais aller lui parler tout de suite. Et il y a autre chose…

– Quoi ?

– Kev a été égorgé, c'est clair. Lucy Payne a été tuée de la même façon.

– Oh, merde ! Une autre complication dont on se serait volontiers passé. Bon, il ne reste plus qu'à tenter de trouver quelques réponses…

La commissaire observa son équipe d'un œil sévère.

– Je veux tout le monde dans les rues, toute la nuit si nécessaire. Frappez aux portes, visionnez les bandes des caméras de surveillance. Réveillez toute cette foutue ville, s'il le faut. Je m'en fiche ! Il y a forcément un truc. Kevin Templeton était peut-être un connard, mais n'oubliez pas que c'était *notre* connard et qu'il mérite qu'on fasse de notre mieux !

298

Elle frappa dans ses mains.
– Et maintenant, en piste !

Banks se rendit de nouveau sur le lieu du crime avant d'aller voir Chelsea Pilton à l'hôpital. Il était environ deux heures du matin et la place du marché était déserte ou quasiment. Il n'y avait plus que les voitures de patrouille, le fourgon de la police technique et l'agent posté à l'entrée, qui nota son nom et le laissa passer. Une grande intelligence avait tracé à la craie jaune des signes sur les pavés pour indiquer le chemin. Ce n'était pas une pelote de ficelle, mais ça revenait au même, et le Labyrinthe en était bien plus praticable.

La police technique avait dressé une tente au-dessus de la placette qui était éclairée brillamment de toutes parts. Des policiers arpentaient venelles et passages armés de lampes torches, en quête d'indices. Les environs immédiats du cadavre avaient déjà été passés au peigne fin, et Stefan Nowak fit signe à Banks de venir sous la bâche.

– Alan, dit-il. Je suis désolé…

– Moi aussi, répondit Banks. Moi aussi. On a quelque chose ?

– C'est encore trop tôt. D'après les projections de sang, il a été attaqué par-derrière et n'a pas dû comprendre ce qui lui arrivait…

– Il a bien dû se sentir mourir, quand même ?

– Au tout dernier moment, oui, mais il n'a pas écrit de message avec son sang, si vous pensiez à ça…

– L'espoir fait vivre… Le contenu de ses poches ?

Nowak alla chercher un sac en plastique. À l'intérieur, il y avait le portefeuille de Templeton, des chewing-gums, des clés, un Opinel, sa carte d'identité, un stylo à bille et un petit calepin.

– Je peux… ? dit-il en désignant le calepin.

Nowak lui donna une paire de gants en plastique, puis l'objet. Ces notes étaient difficiles à lire, peut-être parce qu'elles avaient été prises à la hâte, mais Templeton semblait affectionner la concision extrême, à la façon d'un artiste qui fait des croquis. Ici non plus, il n'y avait pas le nom de l'assassin. Rien depuis la veille au soir où Templeton avait également hanté le Labyrinthe sans succès, conformément aux soupçons de Banks. Il faudrait examiner ce carnet plus en détail pour voir si la théorie selon laquelle Templeton menait sa propre enquête était fondée mais, pour le moment, il le rendit à Nowak.

– Merci. Le Dr Burns a fini ?

– Il est là-bas…

Banks n'avait pas vu le médecin qui, dans un autre coin, vêtu de bleu marine ou de noir, était en train de griffonner dans son carnet. Il alla le trouver.

– Ah, Banks… Que puis-je pour vous ?

– J'espère que vous allez pouvoir me donner quelques infos…

– Pas grand-chose, hélas. Il faudra attendre l'autopsie du Dr Wallace.

– Et si on commençait par l'essentiel ? Il a été égorgé, n'est-ce pas ?

Burns soupira.

– On dirait bien…

– Par-derrière ?

– Le type de blessure concorde effectivement avec l'analyse des éclaboussures de sang.

– Droitier ou gaucher ?

– Impossible à dire pour le moment. Il faudra attendre l'autopsie, et même ça ne vous donnera pas forcément la réponse.

Banks grommela.

– L'arme ?

– Lame très acérée. Rasoir ou scalpel… En tout cas, pas un couteau ordinaire. Un examen même superficiel montre une coupure nette, profonde. C'est l'hémorragie qui lui a été fatale. La lame a tranché la carotide et la jugulaire, sectionné la trachée. Le pauvre n'avait aucune chance.

– Comment est-ce arrivé, à votre avis ?

– Je ne suis pas mieux placé que vous pour le dire. Il y avait un témoin, je crois ?

– Oui. Une gamine. Elle a assisté à la scène. Je vais aller lui parler.

– Elle seule pourra vous en dire plus. Peut-être la suivait-il ?

– Dans quel but ? La mettre en garde, la protéger ?

– Ou l'agresser ?

Kev Templeton, l'assassin du Labyrinthe ? Banks se refusait à le croire, même s'il avait été le premier à avancer cette hypothèse.

– Ça m'étonnerait, dit-il.

– J'essaie d'envisager tous les angles…

– Je sais. Comme nous tous. Je me demande ce que l'assassin a pensé en le voyant…

– Comment cela ?

– Rien. Je pensais à autre chose…

L'affaire d'Annie revenait le hanter. Lucy Payne dans son fauteuil roulant, égorgée par une lame acérée, rasoir ou scalpel, une arme analogue à celle avec laquelle Templeton avait été tué.

– Je suis sûr que le Dr Wallace pratiquera l'autopsie dès que possible, déclara Burns. Elle devrait être capable de vous apporter davantage de réponses.

– Bien. Merci, docteur. Et maintenant, je vais aller parler au témoin.

Tout en s'éloignant, il pensait toujours à Lucy Payne. Dès que l'heure le permettrait, il téléphonerait à Annie, à Whitby, pour voir s'ils pouvaient se retrouver et comparer leurs notes.

Annie ne dormait guère – c'est-à-dire pas du tout. Si Banks l'avait appelée juste à ce moment-là, elle aurait été en mesure de soutenir une conversation. Un bruit l'avait tirée d'un cauchemar et elle était restée allongée dans son lit sans bouger, aux aguets, avant de décider que ce n'était qu'un craquement de poutre. Quoi d'autre, sinon ? Éric venu l'enquiquiner ? Phil Keane ? L'homme qui l'avait violée ? Elle ne pouvait pas se laisser gouverner par la peur. Malgré tous ses efforts, impossible de se rappeler son rêve.

Incapable de se rendormir, elle se leva et alla mettre la bouilloire sur le feu. Sa bouche était sèche et elle réalisa qu'elle avait presque entièrement descendu une bouteille de sauvignon blanc à elle toute seule, la veille. Ça devenait une habitude – une mauvaise habitude.

Jetant un coup d'œil entre les rideaux, elle porta son regard sur le port, par-dessus les toits de tuiles rouges. La lune givrait la surface des flots. Elle aurait peut-être dû aller passer la nuit chez elle, à Harkside, mais elle aimait les bords de mer. Cela lui rappelait son enfance à St Ives, les longues balades sur les falaises avec son père qui ne cessait de s'arrêter pour dessiner un outil agricole rouillé ou une formation rocheuse particulièrement pittoresque, tandis qu'elle-même devait s'amuser toute seule. C'était à cette époque qu'elle avait appris à se créer un monde, un univers où se réfugier quand l'autre devenait trop difficile à vivre. Elle ne se rappelait qu'une seule balade avec sa mère qui était morte alors qu'elle avait six ans. Tout au long du sentier escarpé, elles s'étaient tenues par la main, et sous le vent et la pluie battante, elle lui avait parlé d'endroits qu'elles visiteraient un jour : San Francisco, Marrakech, Angkor. Comme tant d'autres choses dans sa vie, ça ne devait pas se concrétiser.

La bouilloire se mit à siffler et Annie versa l'eau sur le sachet de thé au jasmin dans son mug. Une fois le temps d'infusion écoulé, elle sortit le sachet à l'aide d'une petite cuillère, ajouta du sucre et s'installa, la tasse au creux des mains, pour en humer le parfum tout en contemplant la mer, notant comment le clair de lune ourlait les crêtes des vagues, rehaussait le relief et les gris argentés des nuages contre le ciel bleu-noir.

À la longue, Annie finit par ressentir une étrange sympathie pour la jeune femme qui était venue à Whitby dix-huit ans plus tôt. Était-ce Kirsten Farrow ? Avait-elle joui de cette vue-là, tout en méditant sa vengeance ? Sans approuver son geste, Annie comprenait de l'intérieur ce psychisme torturé. On ne pouvait savoir ce qu'elle avait ressenti, mais si c'était bien elle la meurtrière – et si c'était bien Kirsten Farrow –, elle n'avait agi ainsi que pour se venger de l'homme qui l'avait condamnée à une existence de morte vivante. Certaines épreuves vous coupent à jamais du monde civilisé, de la morale et de la religion – « au-delà de cette limite habitent les dragons », disait-on

302

dans les temps anciens. La jeune femme avait connu l'horreur. Annie, pour sa part, ne s'était tenue qu'au bord du gouffre, mais c'était suffisant.

Elle avait l'impression accablante de se trouver à un carrefour de sa vie – mais quelle direction prendre ? Les panneaux indicateurs étaient soit vierges, soit flous. Elle n'arrivait pas à supporter l'intimité avec un homme. En conséquence, elle s'était laissée aller à boire et à coucher avec un gamin. Elle avait besoin de faire le point, de reprendre courage, de développer une nouvelle perspective et même un plan. Il faudrait peut-être une aide extérieure, même si cette simple idée la faisait se tétaniser et trembler de peur. Alors, peut-être pourrait-elle lire les panneaux indicateurs. En tout cas, l'important était de rompre ce cercle de folie et d'illusions dans lequel elle s'était enfermée.

Et puis, il y avait Banks, bien sûr ; il était toujours dans le décor. Pourquoi lui tenir la dragée haute ? Pourquoi avoir abusé de leur amitié la semaine précédente, s'être jetée à son cou sous l'emprise de l'alcool, avant de prétendre s'être disputée avec son petit ami quand il avait voulu l'aider ? Parce qu'il était là, disponible ? Parce qu'elle... ? Impossible. Malgré tous ses efforts, elle ne parvenait même pas à se rappeler la cause de leur rupture. Le problème avait-il été à ce point insurmontable ? Était-ce le boulot ? Ou cela n'était-il qu'une excuse ? Elle savait avoir été effrayée par la soudaine intensité de ses sentiments pour lui, leur intimité, et que cela avait été l'une des causes de sa dérobade – avec l'attachement qu'il avait fatalement pour son ex-femme et ses enfants. À l'époque, c'était un point très sensible... Les yeux sur l'horizon, elle dégusta son thé, songeant au cadavre de Lucy Payne abandonné sur la falaise. Sa dernière vision avait sans doute été celle-ci...

Annie savait qu'elle désirait davantage de Banks. Seigneur, si seulement elle avait su ce que c'était et comment l'obtenir sans heurter personne... Elle ne pouvait pas lâcher prise, c'était certain – pas des deux mains, pas même d'une seule ! Et bien des changements avaient eu lieu depuis leur rupture. Il semblait avoir résolu la plupart de ses problèmes matrimoniaux à présent qu'il avait accepté le remariage de Sandra et sa nouvelle maternité, et peut-être était-elle presque prête à assumer la puissance de ses sentiments – voire l'idée d'une intimité. En allant au bout de ce raisonnement, il lui fallait admettre qu'elle l'aimait toujours. Pas comme un ami, mais comme un amant, un compagnon... et... oh, quel merdier !

Il fallait se remettre en selle au plan professionnel, reparler à Banks de Kirsten Farrow et de son histoire, surtout depuis sa conversation avec Sarah Bingham. Si Kirsten avait disparu sans laisser de traces, il y avait de fortes chances pour qu'elle soit revenue à Whitby afin de tuer Eastcote, son bourreau. Sarah Bingham avait sans doute menti sur les faits et gestes de Kirsten, et sans ses mensonges, cette dernière n'avait plus aucun alibi.

Annie finit son thé et nota qu'il avait recommencé à pleuvoir légèrement. Le crépitement des gouttes contre la fenêtre l'aiderait peut-être à se rendormir, comme lorsqu'elle était petite, après la mort de sa mère, mais elle en doutait.

Le SARC, nouveau bijou de l'hôpital d'Eastvale, avait été conçu dans ses moindres détails pour mettre à l'aise les patientes. Les éclairages étaient tamisés – ni néons au plafond ni ampoules nues – et les couleurs reposantes : des verts et des bleus avec une touche d'orangé pour la chaleur. Un grand vase de tulipes était posé sur une table basse en verre ; marines et paysages champêtres égayaient les murs. Les fauteuils étaient confortables, et Banks savait que même les lits d'examen dans la pièce adjacente étaient aussi relaxants que possible : là aussi, les teintes étaient assourdies. Tout avait été pensé pour rendre cette seconde épreuve le moins pénible possible aux victimes.

Banks et Winsome se tenaient juste devant la porte avec le Dr Shirley Wong, que Banks connaissait et avec laquelle il avait même pris un pot, une ou deux fois, quoique toujours en tant que collègue. Le Dr Wong était une femme douce, dévouée à son métier, idéale pour ce poste. Elle se faisait un devoir de garder le contact avec toutes celles qui passaient par ici et sa mémoire pour les menus détails était enviée par Banks. C'était une femme toute petite, aux cheveux courts, ayant dans les quarante-cinq ans, et qui portait des lunettes à monture argentée. Banks était à chaque fois surpris par son accent du Tyneside, mais elle était née et avait grandi à Durham. Il fit les présentations et les deux femmes se serrèrent la main.

– Désolée pour votre ami, déclara le Dr Wong. Le major Templeton... Je ne l'ai pas connu, me semble-t-il.

– Ce n'était pas un ami, répondit Banks. Plutôt un collègue. Mais merci...

Il désigna la pièce.

– Comment va-t-elle ?

Le Dr Wong haussa les sourcils.

– Physiquement ? Bien. D'après ce que j'ai pu voir, elle n'a été ni blessée ni violée, mais vous devez déjà être au courant. Ce qui m'amène à vous demander pourquoi...

– Elle est ici ?

– Oui.

Banks expliqua la confusion régnant dans le Labyrinthe. La seule autre option aurait été d'emmener Chelsea au commissariat et de lui offrir une combinaison en papier pendant que ses vêtements auraient été fourrés dans des sacs en plastique et que ses parents auraient été dans tous leurs états, tout cela sous la lumière crue des néons.

– Dans ce cas, vous avez bien fait. À propos, les parents sont dans la salle d'attente, si vous voulez leur parler...

– Donc, vous n'allez pas nous dénoncer à votre administrateur pour dilapidation des deniers publics ?

– Nullement. Pas cette fois. En échange d'un don conséquent au fonds d'aide aux victimes, bien entendu, et d'un whisky de mon choix. Non, sérieusement, elle n'a rien physiquement, mais le choc a été terrible. Ça l'a instantanément dégrisée, je dois dire. Je lui ai donné un calmant léger – rien qui puisse l'assommer ni entrer en interaction avec l'alcool qu'elle a ingurgité – et elle devrait être capable de vous répondre, si vous voulez lui parler.

– C'est le cas, oui.

De l'épaule, le Dr Wong poussa la porte.

– Suivez-moi.

305

Elle les présenta à la jeune fille, et Banks s'installa en face d'elle dans un second fauteuil tout aussi profond. Winsome se mit un peu à l'écart et sortit son calepin sans se faire remarquer. Une musique douce passait en fond sonore. Banks ne connaissait pas, mais c'était évidemment calculé pour amener à une relaxation maximale. Ils auraient pu au moins diffuser la musique d'ambiance de Brian Eno, *Music for Airports* ou *Thursday Afternoon*. L'un ou l'autre aurait fait aussi bien.

Chelsea portait une blouse bleue et ses cheveux longs noués en queue-de-cheval lui donnaient l'air plutôt d'une petite fille que d'une femme. Ses yeux étaient bordés de rouge, mais son regard était franc, concentré. Elle avait un joli visage, songea Banks. Pommettes hautes et mâchoire forte, peau pâle, criblée de taches de rousseur. Elle avait les pieds sous les fesses et les avant-bras reposant sur les accoudoirs.

– Café ? proposa le Dr Wong.

Chelsea refusa mais les deux policiers acceptèrent.

– Ce n'est pas moi qui irai le chercher, vous savez, précisa le médecin. Ce serait m'abaisser…

– Peu importe, répondit Banks, du moment que c'est fort et corsé !

Le Dr Wong sourit.

– Je voulais juste que vous sachiez…

Puis elle quitta la pièce.

Banks sourit à Chelsea qui semblait se méfier de lui.

– Ah, les médecins…, dit-il en haussant les épaules.

Elle hocha la tête et l'ombre d'un sourire joua sur ses lèvres.

– C'est difficile, je sais, reprit Banks, mais je voudrais que tu me dises, avec tes mots à toi, ce qui s'est passé dans le Labyrinthe cette nuit, et mon amie Winsome notera tes propos. Et d'abord, qu'est-ce que tu faisais, là-bas ?

Chelsea jeta un coup d'œil à Winsome, puis au sol.

– C'était idiot de ma part. Un pari ! Mickey Johnston m'a lancé un défi. Cinq minutes. Je n'ai pas cru que… D'après les journaux, c'était son fiancé. Maman m'avait dit d'être prudente, mais je n'ai pas cru courir un danger…

306

Banks nota le nom dans un coin de sa tête. M. Mickey Johnston allait avoir un tas d'ennuis prochainement.

– OK. Mais tu as dû avoir quand même un peu la frousse ?

Une infirmière entra en silence avec deux cafés sur un plateau qu'elle posa sur la table, à côté des tulipes. Cela provenait de la machine au fond du couloir – Banks le comprit en voyant les gobelets en plastique. On avait mis du lait et du sucre. Il ne toucha à rien, mais Winsome vint prendre son gobelet.

– J'arrêtais pas de sursauter ! déclara Chelsea. J'avais hâte de sortir...

– Tu savais te repérer ?

– Oui. J'allais jouer là-bas quand j'étais petite.

– Dis-moi ce qui s'est passé.

Chelsea observa un silence.

– Les cinq minutes étaient presque écoulées, quand j'ai entendu... C'était pas vraiment un bruit, plutôt une sensation, des picotements au cuir chevelu. Une fois, on a eu une épidémie de poux à l'école, et l'infirmière des poux est venue. Moi, j'en avais pas, mais ma copine Shoane, oui, et je sais quel effet ça fait...

– Je vois ce que tu veux dire.

L'« infirmière des poux » était venue dans son école plus d'une fois et il n'avait pas toujours eu autant de chance que Chelsea.

– Continue...

– C'est ce que j'ai ressenti, d'abord. Puis j'ai cru entendre un bruit.

– Quel bruit ?

Elle haussa les épaules.

– Je sais pas. Derrière moi. Comme une présence. Une veste frôlant le mur... ce genre de chose.

– Tu n'as pas entendu de musique ?

– Non.

– Des pas ?

– Non. Plutôt un bruissement, comme ce qui se produit, parfois, avec un jean ou des collants qui frottent...

– Bon. Et ensuite, qu'as-tu fait ?

307

– J'ai voulu courir, mais quelque chose m'a dit de ralentir et de me retourner, ce que j'étais en train de faire, quand… quand…

Elle porta le poing à sa bouche.

– Du calme, Chelsea. Respire bien à fond. C'est ça. À ton rythme. Prends ton temps.

– C'est alors que je l'ai vu.

– À quelle distance était-il ?

– Je sais pas. Un mètre cinquante, deux mètres… Mais je me suis dit que si jamais je partais en courant, je pourrais le semer.

– Pourquoi ne pas l'avoir fait ?

– D'abord, il a fallu me déchausser, et là… il n'était plus seul. Et on s'était pétrifiés. Je pouvais plus bouger. C'est dur à expliquer. Il s'est arrêté en comprenant que je l'avais vu et a paru… je sais pas. Il ne portait pas de masque. Il faisait nuit, mais j'y voyais quand même. Je sais que c'est idiot à dire, mais il était vraiment beau mec et son visage, son expression, il semblait soucieux, comme s'il voulait… pas comme s'il avait voulu…

– A-t-il parlé ?

– Non. Il… il venait d'ouvrir la bouche, quand…

– Allons. Que s'est-il passé ?

La jeune fille étreignit ses genoux.

– C'est arrivé à la fois très vite et comme dans un film au ralenti. C'était tout flou. J'ai vu un truc bouger derrière lui, une autre silhouette.

– As-tu vu son visage ?

– Non.

– Portait-elle un masque ?

– Non, peut-être un foulard, sur la bouche. Comme quand on revient de chez le dentiste et qu'il fait froid. J'ai eu l'impression que presque tout le visage était caché. C'est marrant, je me rappelle avoir pensé que c'était comme un genre de justicier masqué, un super-héros de bande dessinée…

– Cette silhouette était-elle plus grande ou plus petite que l'homme ?

– Plus petite.

– De combien ?

308

– Une dizaine de centimètres…

Templeton mesurant un mètre soixante-dix-sept, son assaillant mesurait dans les un mètre soixante-sept, calcula Banks.

– Et après ?

– Tout est flou. La seconde silhouette a passé son bras devant la gorge de l'autre, comme pour jouer, et sa main a fait comme ça…

Elle fit le geste d'effleurer sa gorge latéralement.

– Très doucement, en fait.

– As-tu vu une lame ?

– Quelque chose a brillé, mais je n'ai pas vu quoi.

– C'est très bien, Chelsea. On en a presque terminé.

– Je vais pouvoir rentrer à la maison ?

– Oui. Tes parents attendent au fond du couloir.

Chelsea fit la grimace.

– C'est un problème ?

– Non… non. Enfin, maman, ça va, mais mon père…

– Quoi, ton père ?

– Oh, il est toujours après moi, à critiquer ma manière de m'habiller, de parler. Le chewing-gum, la musique…

Banks eut un sourire.

– Le mien, c'était pareil. Et il n'a pas changé.

– Non ?

– Non…

– C'est drôle. J'ai toujours cru que je les aimais pas ; ils sont trop nuls, mais à des moments pareils…

Une larme roula sur sa joue.

– Je comprends. Ne t'en fais pas. Tu vas vite les retrouver. Bientôt, tu seras bien au chaud dans ton lit.

Chelsea essuya sa joue d'un revers de la main.

– J'étais clouée sur place. Je me demandais ce qui se passait. Celui qui me suivait s'était arrêté et semblait surpris. Je ne crois pas qu'il a compris ce qui arrivait. *Moi*, j'ai pas compris ! J'ai senti un truc chaud m'asperger la figure, et j'ai dû hurler. Ça s'est passé si vite…

– Et ensuite ?

– Il est tombé à genoux. J'ai entendu le craquement. J'ai pensé qu'il avait dû se faire mal, mais il n'a pas crié, ni rien… Il avait juste l'air surpris. Puis, il a mis la main à sa gorge, l'a contemplée, et puis il est tombé en avant, sur la figure. Un bruit terrible. Je suis restée là. Sans savoir quoi faire. Je sentais tout ce... truc sur moi, chaud et gluant, comme sorti d'un vaporisateur, sans comprendre que c'était du sang. C'est bête, mais j'ai cru qu'il avait éternué sur moi et je me suis dit : « Super, je vais attraper un rhume et je pourrai plus aller au boulot. » Quand j'y vais pas, on me paie pas, vous savez...

– Tu as vu distinctement son agresseur ?

– Non. Elle était plus petite que lui, donc il la cachait au début, et ensuite, quand il est tombé, elle s'est fondue dans le noir et je ne l'ai plus vue.

– Tu as dit : « elle »...

– Ah bon ?

– Oui.

Chelsea fronça les sourcils.

– C'est l'impression que j'ai eue. À cause de sa taille. Mais je suis sûre de rien.

– Et si c'était un homme ?

– Possible, mais j'ai eu l'impression que c'était une femme. Je ne sais pas vraiment pourquoi, et je ne pourrais pas le jurer, bien sûr.

– Tu n'as pas vu ses traits ?

– Non. Elle portait un chapeau. Ça aussi, je m'en souviens. Genre béret. Ça doit être sa façon de bouger qui m'a fait penser à une femme. Je peux pas être sûre. Je peux me tromper.

– Possible, dit Banks avec un regard en direction de Winsome, qui indiqua qu'elle avait tout noté. Mais ce pourrait être une femme ?

Chelsea réfléchit un moment.

– Oui. Oui, c'est très possible.

– Que portait-elle ?

– Un jean et une veste noire. Peut-être en cuir.

– Quel âge lui donnerais-tu ?

– Je ne l'ai pas bien regardée. Désolée... Pas très vieille. Elle était très vive.

– Et ensuite ?

– Je crois que j'ai encore crié, puis je me suis précipitée vers la place, le pub The Fountain. Je savais que c'était là

310

que j'aurais le plus de chances de trouver un policier, et que même si personne n'était en train de surveiller, le commissariat était en face. Enfin, vous savez ça...

– C'était bien raisonné.

Chelsea frissonna.

– J'en reviens pas. Qu'est-ce qui s'est passé, monsieur Banks ? Qu'est-ce que j'ai vu ?

– Je l'ignore. Tout ce que je sais, c'est que tu ne risques plus rien, à présent.

Il jeta un regard à Winsome, qui prit Chelsea par la main.

– Allons, ma petite. On va te rendre à tes parents. Ils vont te ramener à la maison.

– Et mes vêtements ?

– On les garde pour le moment, pour des tests. Les taches de sang sont précieuses. Le Dr Wong va te trouver quelque chose.

En sortant, Chelsea regarda Banks.

– Cet homme, dit-elle. Il allait me tuer ?

– Non, répondit-il, je crois qu'il était là pour te protéger.

Une fois seul, il s'attarda dans la pièce, à méditer ce qu'il venait d'entendre. À présent, il était encore plus urgent de contacter Annie. Une femme assassin. Une lame acérée. Une gorge tranchée. Il ne croyait pas à des coïncidences pareilles, et Annie n'y croirait pas non plus.

14

Q UAND le téléphone sonna, le dimanche, à sept heures et demie du matin, Annie avait eu du mal à se rendormir après avoir été réveillée par le bruit et son cauchemar, à trois heures. Couchée dans son lit, elle avait réfléchi à Banks et Éric, Lucy Payne, Kirsten Farrow et Maggie Forrest et, avant de somnoler par intermittence, tout cela était devenu un écheveau inextricable dans son esprit. Et maintenant, le téléphone. Elle décrocha à tâtons et marmonna son nom.

– Pardon, je vous réveille ? fit-on au bout du fil.

Cette voix était bizarre. Du moins n'était-ce pas Éric.

– Peu importe. C'était l'heure, de toute façon.

– J'ai fait attention à ne pas appeler trop tôt, pourtant. J'ai d'abord contacté la police et on m'a donné ce numéro. Il est bien sept heures et demie chez vous, et on se lève tôt dans la police, non ?

– Oui, oui…, dit Annie.

À présent, elle identifiait cet accent. Australien.

– Seriez-vous Keith McLaren ?

– Tout juste. J'appelle de Sydney. Il est six heures du soir.

– Si seulement c'était le cas ici ! Ma journée de travail serait terminée…

L'autre se mit à rire. On l'aurait dit ici même, dans la chambre.

– Mais on est dimanche !

– Ah ! Comme si mon chef s'en souciait ! Enfin, c'est sympa de rappeler aussi vite… Merci.

312

– Je me demande ce que je vais bien pouvoir vous dire de nouveau, mais votre collègue m'a dit que c'était important.

Ginger avait joint McLaren grâce à la police de Sydney. Il n'avait pas de casier judiciaire, mais on les avait informés de ce qui lui était arrivé dans le Yorkshire, dix-huit ans plus tôt, et il était dans leurs dossiers.

– Ça se pourrait…, dit Annie, et elle coinça son téléphone sans fil sous le menton avant d'aller faire chauffer la bouilloire.

Elle était nue, ce qui lui semblait être un inconvénient, mais nul ne pouvait la voir, se répéta-t-elle, et il aurait été difficile de s'habiller et parler en même temps. Elle but un peu d'eau et ouvrit son calepin sur la table. Déjà, elle entendait l'eau frissonner dans la bouilloire.

– J'espère que ce ne sont pas des souvenirs trop pénibles, mais j'aimerais vous parler de ce qui vous est arrivé en Angleterre, il y a dix-huit ans.

– Pourquoi ? On a trouvé qui a fait le coup ?

– Pas encore, mais c'est peut-être lié à une affaire dont je m'occupe actuellement. C'est une éventualité. La mémoire vous est-elle revenue, avec le temps ?

– En partie, oui. Des petits détails. Ils n'étaient plus là – et soudain, les revoilà ! J'ai pris des notes au fur et à mesure. Mon médecin m'avait dit que ce serait une bonne thérapie et c'est vrai. Quand je note un détail, un autre me revient. Curieux. Dans l'ensemble, je peux me souvenir assez bien jusqu'à Staithes, puis c'est flou. Marrant, non ? Avoir gardé si peu de souvenirs de ces vacances absolument uniques… Quel gaspillage de fric, quand on y pense ! Je devrais peut-être demander à être remboursé… ?

– Certainement ! fit Annie en riant. Et cette journée à Staithes ? Quelqu'un a cru vous voir marcher près du port avec une jeune femme.

– Je sais. Comme je vous l'ai dit, c'est flou. Tout ce qui me reste, c'est la vague impression d'avoir parlé à quelqu'un sur le port, et il me semble que c'était une connaissance. Mais je ne sais même pas si c'était un homme ou une femme.

– C'était une femme. Où avez-vous pu la connaître ?

– Ça, je ne sais pas. Ce n'est qu'une impression, sans fondement. Les policiers m'ont dit que j'avais rencontré une fille au *bed-and-breakfast* de Whitby, et je me souviens bien d'elle aujourd'hui. Ils semblaient croire que c'était la même, mais moi... J'ai fait des rêves récurrents, des cauchemars, mais j'ignore jusqu'à quel point ils reflètent la réalité...

– Quels cauchemars ?

– C'est un peu... spécial.

– Je suis officier de police. Considérez-moi comme un médecin.

– Vous n'en êtes pas moins femme...

– Hélas, je n'y peux rien.

McLaren eut un petit rire.

– Je vais faire de mon mieux. C'est un peu sexuel, voyez-vous, ce rêve... On est dans les bois, par terre, en train de se bécoter, de se peloter...

– Jusque-là, ça va. Et, entre nous, je n'ai pas rougi !

L'eau était en train de bouillir et elle remit le téléphone sous son menton pour la verser sur le sachet de thé dans sa tasse en veillant à ne pas se brûler.

– Ensuite, ça vire au film d'épouvante. Tout à coup, ce n'est plus une jolie fille, mais un monstre à tête de chien, ou de loup – enfin de loup-garou –, et sa poitrine, ce n'est plus que de la chair à vif, avec un seul mamelon, qui saigne, et le reste, des lignes rouges qui s'entrecroisent, là où devraient être les seins et l'autre téton. Et là, ma tête éclate. Quand je vous disais que c'était bizarre...

– Normal, pour un rêve. Ne vous en faites pas, je ne veux pas vous psychanalyser.

– C'est déjà fait ! Bref, ça s'arrête là. Je me réveille tout en sueur.

Annie savait depuis sa conversation avec Sarah Bingham que Kirsten Farrow avait subi une intervention chirurgicale aux seins après l'agression, ainsi qu'au vagin et dans la région du pubis.

– Ça signifie quoi, à votre avis ?

– C'est ce que mon psy aurait voulu savoir. Aucune idée.

– Que faisiez-vous à Whitby ?

– Je venais de finir la fac et voulais voir le monde avant de me fixer. Avec mes économies, je suis allé en Europe, comme beaucoup d'Australiens. On est si loin de tout, et le pays est si gigantesque qu'on éprouve le besoin de faire un grand voyage avant sa vie d'adulte. Un de mes ancêtres venait de Whitby. Un déporté. Il avait volé une miche de pain, je crois. Donc, c'était un lieu dont j'avais beaucoup entendu parler étant môme, et j'avais envie de le visiter.

– Parlez-moi de cette fille que vous avez rencontrée.

– Une seconde, voulez-vous ? Je vais chercher mon carnet. Tout ce dont je me souviens est là-dedans.

– Super ! dit Annie.

Elle attendit environ trente secondes et McLaren reprit la ligne.

– Voilà ! Je l'ai rencontrée un jour dans la salle du petit déjeuner. Elle prétendait s'appeler Mary, ou Martha, quelque chose comme cela. Je n'ai jamais pu me rappeler...

Annie sentit s'accélérer son pouls. La femme venue voir Lucy à Mapston Hall s'appelait Mary.

– Pas Kirsten ?

– Ça ne me dit rien.

– Quelle impression vous a-t-elle faite ? demanda Annie, tout en dessinant la vue de sa fenêtre sur son calepin – la brume impalpable au-dessus des toits rouges, la mer vaporeuse sous son linceul, gris sur gris, et le soleil si pâle et faible qu'on aurait pu le contempler indéfiniment sans en être aveuglé.

– Je me souviens l'avoir trouvée intéressante. Pas de son apparence, mais elle était jolie, en tout cas. Je ne connaissais personne sur place. Je voulais juste bavarder, pas la draguer. Enfin, pas trop... Elle, elle était sur la défensive. Fuyante. Comme si elle préférait rester seule. J'ai peut-être été un peu lourd. Nous autres, les Australiens, on est souvent un peu trop directs. Bref, je lui ai demandé si elle voulait bien me montrer la ville, mais elle a répondu qu'elle était occupée. Sa thèse... Donc, je l'ai invitée à aller prendre un verre avec moi, le soir même.

– Vous n'abandonnez pas facilement, hein ?

– Il a fallu lui arracher ce oui ! Bref, elle a accepté de me retrouver dans un pub. Une seconde... Oui, c'est bien là... le Lucky Fisherman. Elle semblait connaître la ville.

– Le Lucky Fisherman ? fit Annie en écho.

Ses antennes se dressèrent. Le pub attitré de Jack Grimley, celui où il était allé le soir de sa disparition.

– Vous l'avez dit à la police ?

– Non. Je m'en suis souvenu des années plus tard, et on ne m'a plus jamais interrogé. Je ne croyais pas que c'était important.

– Ça ne fait rien, dit Annie.

Ferris avait raison. On n'avait pas les moyens de poursuivre toutes les enquêtes jusqu'au bout comme dans les séries télé. Des choses se perdaient.

– Elle est venue ?

– Oui. La conversation n'a pas été facile. Elle était comme absente... et n'avait jamais entendu parler de *Crocodile Dundee* ! Je m'en suis souvenu, des années plus tard. Un film ultracélèbre, à l'époque...

– Même moi, j'ai entendu parler de *Crocodile Dundee*.

– Ah, vous voyez ! Bref, j'ai vite eu l'impression qu'elle aurait préféré être ailleurs. Sauf que...

– Quoi ?

– Elle s'intéressait à la pêche. Les bateaux, quand et où ils déchargeaient leurs prises, et tout cela... Ça aussi, ça m'a paru étrange. À dire vrai, je commençais à me dire que j'avais fait une bêtise. Puis, je suis allé aux toilettes et, à mon retour, j'ai eu l'impression très nette qu'elle en regardait un autre...

– Qui ?

– Sais pas. Un autochtone. Il portait une sorte de pull de marin pêcheur. Pas mal, dans le genre rugueux, mais...

Jack Grimley ! Annie en aurait mis sa main à couper, même si ce n'était pas un pêcheur. Et si Kirsten l'avait observé, ça n'était sûrement pas pour son physique « rugueux ».

– Et après ?

– On est partis. On s'est un peu baladés dans la ville. Et on a fini par s'asseoir sur un banc, pour causer. Mais, là encore, j'ai eu l'impression qu'elle était ailleurs.

316

– S'est-il passé quelque chose ?

– Non. Oh, j'ai bien fait une tentative, genre passer mon bras autour de ses épaules, l'embrasser, mais comme ça ne donnait rien, j'ai laissé tomber et on est rentrés se coucher.

– Chacun dans sa chambre ?

– Bien sûr.

– L'avez-vous revue ?

– Pas que je sache, mais si la police a raison…

– Pas d'autre souvenir, au sujet de cette journée à Staithes ?

– Non, désolé.

– Si j'ai bien compris, vous avez été entre la vie et la mort pendant quelque temps ?

– J'ai de la chance d'être encore là. De l'avis général. J'ai encore plus de chance d'avoir pu reprendre ma vie et continuer. Devenir avocat, décrocher un bon boulot… Tout, sauf le mariage et les gosses. Ça, ça ne s'est jamais présenté. À l'époque, on avait parlé d'une lésion irréversible au cerveau. Mais les médecins anglais ne doivent pas très bien comprendre les cerveaux australiens. C'est bien plus dur qu'on ne croit !

– Heureuse de l'apprendre ! fit Annie en riant.

Elle appréciait ce type, du moins ce qu'elle en percevait au téléphone. Il avait l'air d'un gai luron. Et devait avoir le même âge qu'elle. Célibataire, de surcroît. Mais Sydney, c'était loin – très loin. Enfin, les fantasmes ne faisaient de mal à personne.

– Vous avez dû vous demander pourquoi. Pourquoi vous ?

– Tous les jours.

– Et alors ?

McLaren observa un silence.

– Personne ne m'a jamais balancé ça en pleine figure, à l'époque, parce que j'étais soit dans le coma, soit en train d'en émerger, mais j'ai eu la nette impression que la police n'excluait pas le fait qu'elle ait pu se défendre de moi…

Annie n'en fut pas surprise. Même si elle aurait rechigné à l'admettre, surtout après cette si agréable conversation avec McLaren, c'était ce qui lui serait venu à l'esprit

317

également. Était-ce parce qu'elle était une femme, ou officier de police – ou les deux –, elle n'en savait rien.

– On a insinué que vous aviez tenté de la violer ?

– Pas explicitement, mais le message était clair. C'est seulement le fait qu'il y avait deux morts inexpliquées dans les parages et qu'elle semblait avoir filé qui m'a sauvé de la prison.

– L'avez-vous vue nue ?

– Quelle question !

– Ça pourrait être important.

– La réponse est : non. Pas que je sache. Je vous le répète, je ne sais pas ce qui s'est passé dans les bois, ce jour-là, mais je crois que, sur ce point, je peux me fier à ma mémoire. Elle n'a pas voulu. Je l'ai embrassée une seule fois, sur le banc, près de la statue de Cook, mais c'est tout.

Donc, songea Annie, il n'avait pas pu connaître les blessures de Kirsten – si c'était bien Kirsten – avant l'épisode dans les bois, dont il n'avait aucun souvenir, mais le rêve indiquait que son subconscient savait, d'une certaine manière, pour ces blessures. Le jeune homme devait avoir tenté quelque chose, à ce moment-là, et c'était peut-être même réciproque, mais elle avait commencé à se débattre, à paniquer. Kirsten savait qu'elle ne pouvait pas avoir de relations sexuelles, alors qu'est-ce que ça signifiait ?

Si jamais McLaren avait compris qui elle était, chose possible même si elle avait modifié son apparence – si jamais il avait vu clair en elle et si elle avait cru compromis son projet de vengeance, pouvait-elle l'avoir attiré sciemment dans les bois pour se débarrasser de lui ? Pour, l'ayant amadoué, tenter de le tuer ? Quel machiavélisme ! Au moment même où elle croyait avoir des affinités avec Kirsten, la comprendre, celle-ci se dérobait une fois de plus.

– Que pensez-vous de la théorie de la police ? dit-elle.

– Pas valable. Ça peut vous paraître bizarre, mais je ne suis pas ainsi. Je n'ai pas la fibre. Pour vous, peut-être, tous les hommes sont des brutes en puissance, je n'en sais rien. Vous devez en avoir vu de belles dans votre travail, et vous êtes une femme, mais moi… je ne suis pas violent.

Annie avait déjà été violée, mais ne voyait pas pour autant en tout homme un violeur potentiel.

– Merci de toutes ces précisions, Keith. Vous m'avez été d'un grand secours. Et si ça peut vous consoler, moi non plus, je ne vous prends pas pour une brute épaisse...

– À la bonne heure ! Et si jamais vous venez à Sydney, faites-moi signe. Je vous emmènerai déguster les meilleurs fruits de mer de toute votre vie !

– Je n'y manquerai pas ! dit Annie en riant. Portez-vous bien...

Ayant raccroché, elle tint sa tasse tiède contre sa peau et contempla la mer. Sydney. Ce serait sympa. Des images du Harbour Bridge et de l'opéra qu'elle avait vues à la télévision lui vinrent à l'esprit. La brume était en train de se dissiper au-dessus des flots, s'élevant en fines volutes pour se volatiliser ; le soleil était plus ardent, plus difficile à regarder en face, et un chalutier vert se dirigeait vers la côte. Quelques minutes plus tard, son téléphone sonna de nouveau.

Kevin Templeton avait vécu dans un deux-pièces situé dans une ancienne école, au bord de la rivière, non loin de l'endroit où la profileuse Jenny Fuller habitait, quand elle n'était pas en voyage. Du balcon du troisième étage, on avait une vue splendide sur les jardins s'étageant jusqu'au majestueux château en ruine qui, perché sur sa colline, dominait la scène. Non loin, il y avait East Side Estate, une verrue dans le paysage urbain, mais une source d'emploi continuelle pour Banks et ses collègues. La cité ouvrière était cachée en grande partie par des arbres, mais à travers les branches dépouillées on pouvait voir les rangées de petites boîtes en briques rouges, toutes identiques.

L'appartement était une coquille vide, se dit Banks au milieu du salon. Une coquille ne révélant pas grand-chose de son occupant. Le mobilier était moderne, probablement du Ikea ou quelque chose de ce genre, sans doute assemblé en l'espace d'un week-end, dans une débauche d'agitation, avec une clé Allen, un pack de bières et force jurons.

Il y avait une radio DAB, mais ni chaîne hi-fi ni CD. Un écran large dominait un mur et, dessous, il y avait une bibliothèque bourrée de DVD. Beaucoup de sport, des films grand public et quelques séries télé américaines, comme *The Simpsons, 24* et *CSI*. Des livres, aussi, surtout des éditions de poche fatiguées : Ken Follett, Jack Higgins, Chris Ryan ou Andy McNab, ainsi que des textes sur le droit pénal et des volumes américains sur les techniques d'investigation. Pas de photos de famille sur la cheminée, et la seule décoration au mur était un poster dans son cadre bon marché : l'affiche du film *Vertigo*, le supplément gratuit d'un journal, l'an passé.

La salle de bains contenait les produits habituels – shampooing, pâte dentifrice, paracétamol, gel capillaire, rasoir, mousse à raser, et cetera. Aucun médicament. La serviette pendue au bord du lavabo était encore humide et des gouttelettes constellaient les parois et le fond de la baignoire ainsi que le carrelage.

Dans la cuisine, le congélateur ne contenait qu'un bac à glaçons et Banks trouva dans le frigo du lait, des œufs, du fromage, de la sauce brune HP, du ketchup, les reliefs d'un plat indien et un Tupperware plein d'un reste de spaghettis bolognaise. Il y avait aussi un présentoir avec de bonnes bouteilles et une coûteuse machine à espressos.

Restait la petite chambre, avec son lit double, sa table de chevet et sa lampe, la vaste penderie pleine de vêtements et chaussures. Les costumes étaient de bonne qualité. Ni Armani ni Paul Smith, mais Banks aurait eu des soupçons si Templeton avait pu s'offrir des vêtements de luxe avec sa paie. L'unique photo se trouvait sur la commode, sous la fenêtre. Une jeune fille – dix-huit ou dix-neuf ans –, ses longs cheveux flottant au vent, la main en l'air pour ne pas en avoir dans la figure, souriait au photographe en clignant légèrement des yeux à cause du soleil, au milieu d'un tourbillon de feuilles mortes. Qui était-elle et pourquoi Templeton conservait-il ce portrait dans sa chambre ? Sa petite amie ? Ils n'avaient jamais parlé de sa vie privée.

Dans le tiroir de la table de chevet, il n'y avait que de la petite monnaie, des préservatifs, un crayon et du papier. Dessus, une pendulette numérique réglée pour sonner à six heures du matin.

De retour au salon, Banks s'installa au bureau. L'ordinateur portable était protégé par un mot de passe et devrait être remis au service informatique pour analyse. Dans les tiroirs, il trouva une liasse de calepins au format cahier remplis de l'écriture en pattes de mouches de Templeton. Les passages étaient datés comme ceux d'un journal, mais il n'était question que d'enquêtes. En ouvrant le plus récent, Banks découvrit que Templeton avait noté ce qu'il avait fait dans la nuit du vendredi :

00 h 00. Accédé au Labyrinthe par le parking. Peu de lumière. Immeubles hauts, surplombants pour beaucoup. Impossible d'avoir l'œil sur tout. Bruits lointains, du côté de la place, quand les pubs ferment. Personne ne vient. Pas de bruits de pas.

00 h 23. Entendu bribes de « Fit But You Know It » des Streets – voiture qui passe ou porte entrouverte. Musique de discothèque assourdie du côté du Bar None. J'attends. Toujours rien. Pourtant, je suis certain d'avoir raison. Le tueur va frapper de nouveau, et on va bien se foutre de nous si jamais c'est au même endroit !

Résumé : sur place jusqu'à deux heures du matin, mais rien. La ville étant silencieuse pendant une demi-heure et comme il est clair que ce ne sera pas pour ce soir, j'ai décidé de mettre fin à cette surveillance.

Donc, la théorie selon laquelle Templeton avait pu faire cavalier seul était avérée. Maigre consolation. Sur un dernier coup d'œil autour de lui, Banks partit en refermant la porte à clé et retourna au commissariat avec le cahier.

La route était longue jusqu'à Eastvale et Annie se demandait si ce déplacement était justifié, mais les propos de Banks au téléphone l'avaient intriguée et perturbée. De toute façon, elle aurait été incapable d'aller se recoucher après le coup de fil de l'Australien. Donc, elle filait à travers les landes en ce dimanche matin, sans être ralentie par la moindre circulation. Le soleil avait complètement dissipé la brume et c'était une pimpante journée de printemps.

Quand Annie entra au QG du secteur ouest, à dix heures trente, elle sentit la tension. Même si Banks ne lui avait rien dit, elle aurait su aussitôt qu'un policier avait été tué. C'était une atmosphère très particulière. Les gens exécutaient leurs tâches avec des mines pincées, les coups de gueule étaient rares et l'ambiance pesante.

Banks était à son bureau et feuilletait un tas de papiers, Winsome debout à côté de lui. Il se leva pour l'accueillir et elle ne décela pas la moindre trace d'hostilité, contrairement à ses craintes. Cela ne fit qu'augmenter son sentiment de culpabilité. Il aurait dû la haïr ! Des deux, seule Winsome fut glaciale. Elle s'en alla aussitôt sur un brusque « Hello ». Banks fit signe à Annie de s'asseoir et réclama du café.

– Pardon de t'avoir appelée si tôt. J'espère que tu n'avais pas fait la fiesta, hier soir… ?

– Qu'est-ce qui te fait croire ça ?

– Rien. Mais un samedi soir… Les gens ont tendance à sortir. Peut-être es-tu restée à la maison avec ton fiancé… ?

– Quel fiancé ?

– Celui dont tu m'as parlé l'autre soir. Le jeune…
Annie rougit.

– Oh, lui ! Tu… as-tu déjà fait la fiesta à Whitby ?

– Souvent, dit Banks avec un sourire.

– Alors, tu en sais plus que moi sur les charmes cachés de ce bled. Bref, j'étais déjà debout et au travail quand tu as appelé… Tu sais, je suis sincèrement désolée pour Kev. Je ne l'appréciais guère, comme tu sais, mais en dépit de mon opinion sur lui comme homme ou comme policier, je déplore ce qui lui est arrivé.

– Ce n'était pas encore un homme. Juste un gamin. Beaucoup d'entre nous l'oubliaient…

– Que veux-tu dire ?

– Il était têtu, emporté, immature.
Annie esquissa un sourire.

– Depuis quand ces travers sont-ils devenus la prérogative de la jeunesse ?

– *Touché !* dit Banks. Bon, c'est de cela que je voulais te parler, en fait. De ce qui est arrivé à Kev.

Il lui fit un rapide résumé de ce qu'il savait pour le moment et qui correspondait, en grande partie, à ce qu'il avait reconstitué à partir du témoignage de Chelsea Pilton et des bribes d'informations fournies par l'agent Kerrigan, Stefan Nowak et le Dr Burns.

– Tu es d'accord pour reconnaître qu'il y a des similitudes avec l'assassinat de Lucy Payne ?

– Et comment ! Si je m'étais douté…

Elle lui parla de ses conversations avec Sarah Bingham et Keith McLaren, et du fait que le nom de la mystérieuse Kirsten Farrow ne cessait de revenir.

– Mais enfin, que se passe-t-il, Alan ?

– Si seulement je le savais… En tout cas, je n'aime pas ça.

– Moi non plus. Une idée sur l'identité de la femme mystère ?

– Ce pourrait être cette Kirsten. Rien sur Maggie Forrest, pour le moment ?

– Si. Ginger a retrouvé sa trace grâce à ses éditeurs. Elle est revenue à Leeds. J'avais l'intention d'aller lui rendre visite cet après-midi. Mais qu'est-ce qui te fait penser à elle ? Elle pouvait avoir une bonne raison d'assassiner Lucy Payne, mais aucune pour tuer Templeton, que je sache…

– Exact. Ce pourrait être deux tueurs différents. On va essayer de ne pas avoir d'idée préconçue, mais moi je crois, comme toi, que si ce n'est pas Maggie, c'est peut-être Kirsten Farrow. Mais comment ou pourquoi – qu'est-elle devenue et où se trouve-t-elle ? Je ne sais pas. Je ne sais même pas par où commencer. Elle a disparu depuis plusieurs années. Quel dommage que l'Australien n'ait pas complètement recouvré la mémoire… !

– Moi, je n'ai pas d'idée, sinon retourner à la source de cette fuite…

– Quelle fuite ?

– C'est l'une des premières choses auxquelles on a commencé à réfléchir, quand on a découvert que Karen Drew était en réalité Lucy Payne. Qui a su et comment ?

– Et… ?

– On n'est pas plus avancés. Nos hommes ont questionné le personnel de Mapston Hall, et la police de Nottingham nous a aidés à l'hôpital et auprès des services sociaux. C'est coton. N'importe qui a pu mentir, et ce serait difficile à prouver.

– Ce qu'il nous faudrait, c'est un lien entre l'une des personnes qui savaient que Karen était Lucy, et quelqu'un qui pourrait être Kirsten Farrow ou Maggie Forrest, ou *connaître* l'une d'elles.

– Oui, mais comment faire ? On ne sait même pas dans quelle direction aller pour trouver Kirsten ! On ne sait même pas si c'est bien elle qui a tué ces hommes, il y a dix-huit ans !

– Mais tu as la forte impression que c'est le cas, non ?

– Oui.

– Qu'est-elle devenue, à ton avis ?

Annie réfléchit un moment. Son cerveau fonctionnait au ralenti, mais elle se rappela le récit de Les Ferris, ce qu'elle avait appris grâce à Keith McLaren et Sarah Bingham, et elle tenta d'agencer ses pensées dans un ordre logique.

– Pour moi, Kirsten a dû découvrir l'identité de son agresseur, sans transmettre cette information à la police, préférant se faire justice elle-même. Elle a finalement retrouvé sa trace à Whitby – comment, je n'en sais rien – puis, après un faux départ avec le malheureux Jack Grimley, elle l'a tué.

– Et l'Australien ?

– Je ne sais pas. On en a parlé. Il a pu sentir ce qui se tramait. S'il avait appris qu'elle était la même personne présente à Whitby quand Grimley était mort et qu'il avait pu la dénoncer… ? Keith McLaren m'a dit qu'il l'avait vue dévisager un type au Lucky Fisherman – et c'est une chose dont il ne s'est rappelé que récemment – donc, elle a pu se sentir menacée par lui. Ou bien…

– Oui ?

– Nous savons qu'il a été retrouvé dans un bois, près de Staithes, après avoir été vu en compagnie d'une jeune femme. S'ils se sont promenés dans le bois et que c'est allé un peu trop loin pour Kirsten – rappelle-toi qu'elle était totalement traumatisée par son expérience et mutilée –, elle a pu l'assassiner, ou croire l'avoir fait.

– Autodéfense ?

– À ses yeux, en tout cas. Pour moi, Keith McLaren n'est pas un violeur.

– OK. Et après ?

– Je ne peux pas dire ce qu'elle a ressenti après avoir tué Eastcote, mais elle n'a pas pu reprendre son ancienne vie. Elle a traîné un peu dans les marges, revu Sarah plusieurs fois, ses parents, jouant peut-être à être normale, avant de disparaître. À ce moment-là, ce n'était pas vraiment une suspecte. Elle avait un alibi et, à notre connaissance, aucun moyen de savoir que Greg Eastcote était son agresseur. Cela n'est apparu que plus tard, quand la police a fouillé sa maison. C'est seulement maintenant qu'elle semble être devenue suspecte dans quatre meurtres, dont deux ont été perpétrés dix-huit ans après les autres. N'importe quoi a pu se passer depuis. Elle a pu aller n'importe où, devenir une autre…

– Que savons-nous d'elle ? Elle aurait, quoi – quarante ans, aujourd'hui ?

– Oui, si elle avait fini la fac en 1988.

– Et elle pourrait être devenue… n'importe qui ?

– Oui. Mais n'oublions pas qu'elle avait un diplôme universitaire. En lettres, ce qui limitait ses choix, mais même ainsi… de l'avis général, c'était une fille intelligente qui avait de l'avenir. On a peut-être affaire à une femme ayant fait carrière.

– À moins que son expérience ne l'ait complètement minée, mais c'est un bon point. Si elle a vraiment fait ce que nous croyons qu'elle a fait, c'est une femme incroyablement déterminée, organisée, débrouillarde. Donc, cela réduit les possibilités. On pourrait consulter les archives de sa faculté. On recherche une femme qui travaille, probablement, et qui pourrait avoir su que Karen Drew était Lucy Payne.

– Julia Ford, l'avocate de Lucy, pour commencer. Ginger est retournée lui parler, vendredi après-midi, et elle n'est pas convaincue qu'elle nous ait tout dit.

– Les avocats sont toujours cachottiers.

– Je sais, mais Ginger pense qu'il y a autre chose et je me fie à son instinct.

– Je devrais peut-être aller parler à maître Ford. Il y a longtemps qu'on n'a pas croisé le fer, elle et moi !

– Sarah Bingham est avocate, elle aussi, bien qu'elle prétende ne pas avoir revu Kirsten depuis des années.

– Tu la crois ?

– Oui.

– OK. Qui d'autre ?

– Un médecin ? Quelqu'un de l'hôpital où se trouvait Lucy, près de Nottingham. Ou Mapston Hall. Il y a des médecins et des infirmières, là-bas...

– C'est vrai.

– Un point me tracasse. Si on est sur la bonne piste, pourquoi aurait-elle tué Templeton ?

– Une autre bévue ? Elle l'aurait pris pour l'assassin suivant la fille, alors qu'en fait il la protégeait, comme elle avait cru voir en Grimley son agresseur ? Mais tu as raison. Il faudrait avoir plus d'éléments prouvant que ces meurtres sont liés. Qui est votre coordinateur de la scène de crime ?

– Liam MCullough.

– Parfait. Mets-le en contact avec Stefan. Il doit bien exister des indices communs : cheveux, fibres, sang, dimensions de la plaie, quelque chose reliant Lucy Payne à Kev. Tâchons de faire en sorte aussi que les deux légistes se parlent quand le Dr Wallace en aura fini avec Kev.

– OK. Les Ferris a retrouvé les boucles de cheveux concernant l'affaire Eastcote. Il veut comparer ceux de Kirsten avec ceux trouvés sur Lucy Payne. Cette comparaison devrait avoir lieu demain matin. Cela pourrait nous indiquer une bonne fois pour toutes si c'est bien elle qu'on cherche. Il faudrait également savoir pourquoi, si c'est bien Kirsten, elle a remis ça après tout ce temps.

– Si nous avons vu juste au sujet de son mobile, c'est parce que, jusque-là, elle n'avait plus été en contact avec des auteurs de crimes sexuels. J'ai l'intention d'aller cette semaine à Leeds. J'en profiterai pour parler à Julia Ford, voir si je peux la pousser dans la bonne direction, et je relirai les rapports d'autopsie concernant l'« affaire Caméléon » que Phil Hartnell a sortis. C'est à vérifier, mais je crois me souvenir que les blessures infligées par les Payne à leurs victimes étaient analogues à celles infligées à Kirsten par son agresseur, d'après ce que tu m'as dit. Je sais que ça ne pouvait pas être le même assassin, mais ces similitudes ont pu la frapper...

– Mais comment Kirsten aurait pu savoir que les Payne infligeaient les mêmes blessures... ?

– La presse a sorti pas mal d'articles au moment de l'enquête et ensuite, quand Lucy Payne a échappé à son procès. Les journaux n'ont pas manqué de rappeler quel monstre avait été relâché dans la nature grâce à notre système pénal – même si elle était en fauteuil roulant. Kirsten Farrow est marquée physiquement. Cela aussi pourrait nous aider.

– Je ne vois pas comment. On ne peut quand même pas demander à toutes les femmes concernées par l'affaire de se mettre torse nu !

– Hélas... Mais tu as raison.

Annie leva les yeux au ciel.

– Bref, on a assez de matériau pour se remettre au boulot. On comparera de nouveau nos notes après ton entrevue avec Maggie Forrest.

Annie se leva.

– Entendu !

À la porte, elle marqua une pause.

– Alan ?

– Oui.

– C'est chouette de retravailler ensemble.

Le reste du dimanche de Banks se déroula dans un tourbillons de réunions et de conversations, dont aucune n'éclaira davantage les meurtres de Hayley Daniels et Kevin Templeton – tous deux ayant, apparemment, été victimes de deux tueurs différents, pour différentes raisons, au même endroit.

Les parents de Templeton vinrent de Salford identifier le corps, et Banks eut un bref entretien avec eux à la morgue. Étant donné les circonstances, c'était la moindre des politesses. Il préféra leur faire croire que leur fils avait été tué dans l'accomplissement de son devoir plutôt qu'en faisant cavalier seul. La mère fondit en larmes et dit qu'ils ne s'étaient pas assez occupés de lui, et que tout cela remontait à l'époque où sa sœur avait fugué à dix-sept ans, même si elle jurait que ce n'était pas leur faute, qu'on ne pouvait pas garder une fille qui couchait à droite et à gauche, quand on était des gens respectables. On avait essayé de la retrouver par la suite, expliqua le père, on avait même alerté la police sur sa disparition, mais sans succès. Et maintenant, ils avaient de surcroît perdu leur fils.

Banks se dit qu'il savait à présent qui était sur la photo, chez Templeton, et pourquoi Kev était parfois si dur avec les familles qu'il interrogeait. Merde, songea-t-il, tous ces secrets et fardeaux qu'on trimbale avec soi...

Il avait besoin de parler de nouveau à Stuart Kinsey de cette bribe de musique qu'il avait entendue dans le Labyrinthe, la nuit où Hayley avait été tuée. Templeton avait dit dans ses notes qu'il avait entendu une chose similaire, et Banks avait une théorie qu'il désirait tester.

En conséquence, il était plus de dix-huit heures quand il réalisa qu'il n'avait pas téléphoné à Sophia au sujet de la balade promise. Non qu'il n'eût pas pensé souvent à elle au cours de la journée. En fait, elle était là, dans ses pensées – et pas qu'un peu pour quelqu'un qu'il venait de rencontrer –, mais les événements avaient conspiré à lui faire oublier ce coup de fil. Pour la promenade, c'était trop tard, songea-t-il en décrochant, mais il pouvait au moins s'excuser. Il composa le numéro qu'elle lui avait donné. Elle décrocha à la quatrième sonnerie.

– Sophia ? C'est Alan. Alan Banks.

– Oh, Alan ? Merci d'appeler. J'ai appris la nouvelle, aux actualités. J'ai compris que vous seriez bien occupé...

– Pardon pour la balade.

– Ce sera pour une autre fois.

– Vous rentrez chez vous, mardi ?

– Oui, mais je reviendrai.

– Écoutez, même dans les circonstances actuelles, il faut bien que je me nourrisse... Je n'ai mangé que des biscuits depuis ce matin. Il y a un bistro sympa sur Castle Hill : le Café de Provence. Et si on dînait ensemble ?

Il y eut un imperceptible temps d'hésitation.

– Oui, ça serait sympa. Si vous êtes sûr de pouvoir vous libérer...

Banks sentit un nœud se former dans sa poitrine.

– J'en suis sûr. Je ne pourrai peut-être pas rester très longtemps, mais c'est mieux que rien. Dix-neuf heures ? C'est trop tôt ?

– Dix-neuf heures, c'est bien.

– Je passe vous prendre ?

– J'irai à pied. Ce n'est pas loin.

– OK. Alors, retrouvons-nous là-bas. Dix-neuf heures.

– Entendu.

Quand il raccrocha, il avait la paume moite et le cœur battant. « Tu n'es plus un petit garçon !» se dit-il. Puis il se leva et alla prendre sa veste.

Non seulement Maggie Forrest vivait et travaillait comme illustratrice de livres pour enfants en Grande-Bretagne, mais elle habitait Leeds. Elle avait passé trois ans à Toronto avant de revenir sous-louer un appartement, au bord du canal, pour reprendre son activité.

Granary Wharf avait été construit à la fin des années quatre-vingt dans une zone de vieux entrepôts délabrés, au bord de la rivière Aire et du canal Leeds-Liverpool derrière la gare. C'était à présent un quartier prospère, avec ses boutiques, un marché, des appartements, des restaurants, des lieux de plaisir et une promenade pavée le long du canal. Le dimanche après-midi, quand Annie arriva sur le parking, près du bassin, tout était calme. Maggie Forrest habitait au troisième étage. Les deux femmes avaient été en contact au temps de l'affaire Caméléon, mais Maggie ne parut pas s'en souvenir. Annie lui présenta sa carte et entra.

L'appartement était spacieux, peint dans de clairs et chaleureux tons d'orange et de jaune. La lumière entrait à flots par un grand Velux, ce qui devait être bien utile pour dessiner, songea Annie.

– De quoi s'agit-il ? demanda Maggie, comme sa visiteuse prenait place sur le divan beige.

Elle-même s'installa en tailleur dans une bergère. La fenêtre donnait sur un immeuble en construction derrière les locaux du *Yorkshire Post* – d'autres cages à lapins. Vue de près, Maggie Forrest avait sans aucun doute la silhouette svelte, fine, qui correspondait à la description par Chelsea Pilton de la tueuse, comme à celle de la « Mary » de Mel Danvers, l'infirmière de Mapston Hall. Son nez était un peu trop long, son menton un peu trop pointu, mais sinon c'était une femme séduisante. Ses cheveux étaient courts, poivre et sel. Son regard semblait hanté, nerveux. Annie se demanda si quelqu'un – Mel, Chelsea – pourrait l'identifier au poste.

– Bel appart..., dit Annie. Vous êtes ici depuis longtemps ?

– Dix-huit mois.

– Vous n'êtes jamais allée voir vos amis sur la Colline ? Ruth et Charles Everett. Ce n'est pas loin. Ils ne savent même pas que vous êtes ici.

Maggie détourna les yeux.

– C'est ma faute. Ils ont été bons avec moi.

– Et Claire Toth ? Vous devez lui manquer.

– Elle doit me détester. Je l'ai laissée tomber.

– Elle a besoin d'aide, Maggie. C'est une adulte à présent et le sort de sa copine l'a beaucoup marquée. Vous pourriez lui faire beaucoup de bien.

– Je ne suis pas psychiatre ! Vous ne trouvez pas que j'en ai fait assez ? Cette page de ma vie est tournée. Je ne peux plus retourner là-bas.

– Pourquoi ne pas aller ailleurs, dans ce cas, pour rompre tout à fait ?

– Parce que je suis originaire d'ici. J'ai besoin d'être près de mes racines. Et d'ailleurs, c'est assez loin...

D'un geste vague, elle désigna la fenêtre.

– Ce pourrait être n'importe quel programme immobilier, dans n'importe quelle ville.

C'était vrai, songea Annie.

– Mariée ? dit-elle.

– Non, bien que ça ne vous regarde pas. Et je n'ai pas d'ami, non plus. Il n'y a pas d'homme dans ma vie. Je suis très heureuse.

– Bien, dit Annie.

Elle-même pourrait-elle être heureuse sans homme ? Avec, elle ne l'avait guère été. Mais, là encore, peut-être était-elle condamnée à répéter les mêmes erreurs...

Maggie ne proposa ni thé ni café, et Annie avait la bouche sèche. Elle s'offrirait quelque chose plus tard, dans une cafétéria du centre-ville.

– Vous avez une voiture ?

– Oui. Une Mégane rouge. Qu'est-ce que j'ai fait ?

– C'est ce qu'on cherche à savoir. Où étiez-vous, dimanche dernier ? Le jour de la fête des Mères.

– Ici, bien sûr. Où pouvais-je être ?

– Pas du côté de Whitby ? Vous y êtes déjà allée ?

– Oui, plusieurs fois, mais pas dimanche dernier.

– Vous connaissez cette résidence, Mapston Hall ?

– Seulement par les actualités. Il s'agit de Lucy Payne, n'est-ce pas ? J'aurais dû m'en douter.

– Je ne vous le fais pas dire. Oui, c'est au sujet de Lucy Payne.

– Vous pensez que je l'ai tuée ?

– Je n'ai jamais dit ça.

– Mais vous le croyez, n'est-ce pas ?

– L'avez-vous tuée ?

– Non, j'étais là. Je vous l'ai dit.

– Seule ?

– Oui, seule. Je suis toujours seule. C'est un choix. Quand on est seul, personne ne peut vous blesser, et on ne peut blesser personne.

– Sauf soi-même...

– Ça ne compte pas.

Un train diesel émit un sifflement en entrant en gare.

– Donc, vous n'avez aucun moyen de prouver que vous étiez bien là ?

– Je n'ai jamais pensé que j'aurais besoin d'un alibi.

– Qu'avez-vous fait ?

– Je ne me rappelle pas.

– C'était il y a seulement une semaine. Faites un effort. Avez-vous rendu visite à votre mère ?

– Elle est morte. Je devais être en train de lire les journaux. C'est mon habitude, le dimanche matin. Parfois, s'il

331

fait beau, je vais m'installer à la terrasse d'un café, mais ce matin-là, il faisait froid et venteux.

– Tiens ? Vous vous souvenez de ça ?

– C'est la raison pour laquelle je suis restée ici.

– Connaissez-vous Karen Drew ?

Maggie parut surprise par la question.

– Non... Je ne vois pas qui c'est...

– C'est drôle. Pourtant, les journaux ont cité ce nom à propos de Lucy Payne. C'était son nom d'emprunt.

– Je l'ignorais. J'ai dû louper ça.

– Quels sont vos sentiments à l'égard de Lucy ?

– Cette femme a tenté de me tuer. Alors qu'elle aurait dû être jugée, on m'a informée que le parquet n'allait même pas se donner la peine d'engager des poursuites contre elle. Quels sentiments pourrais-je bien éprouver ?

– De la rancune ?

– Pour commencer. Lucy Payne a abusé de ma confiance, elle a profité de mon aide quand elle en avait besoin, pour me trahir, et elle m'aurait même tuée sans l'intervention de la police. Qu'est-ce que je ressens, à votre avis ?

– De la colère ? Une colère assez forte pour pousser à tuer ?

– Oui. Mais je ne l'ai pas tuée. Et d'abord, je ne savais pas où elle se trouvait.

– Connaissez-vous Julia Ford ?

– Je l'ai rencontrée. C'était l'avocate de Lucy.

– Avez-vous gardé le contact ?

– Je m'adresse à son cabinet quand j'en ai besoin, ce qui n'est pas fréquent. Mais joue-t-on au golf ou allons-nous en boîte ensemble ? Non. D'ailleurs, je n'ai pas besoin d'un avocat pénaliste. En général, j'ai affaire à Constance Wells. Nous éprouvons de la sympathie l'une pour l'autre. C'est elle qui m'a trouvé cet endroit.

Bien sûr, songea Annie, qui se rappela l'illustration encadrée sur le mur de Constance Wells. Une œuvre de Maggie, sans doute.

– Vous lui avez donné un dessin représentant Hänsel et Gretel.

Maggie parut surprise.

– Oui. Vous l'avez vu ?

– Dans son bureau, la semaine dernière. C'est très réussi.

– Inutile de prendre ce ton protecteur.

– Je suis sincère.

Maggie eut un haussement d'épaules.

– Où étiez-vous hier soir, à minuit ?

– Je venais de rentrer de Londres. J'avais eu un rendez-vous avec mes éditeurs le vendredi après-midi et j'avais décidé de rester jusqu'à samedi, pour faire du shopping. Je ne supporte plus Londres…

– Où avez-vous dormi ?

– Au Hazlitt, Frith Street. Mon éditeur me réserve toujours une chambre là-bas. C'est très pratique.

– Ils confirmeront ?

– Bien sûr.

Eh bien, songea Annie en se levant pour partir, ils avaient tenté le coup, mais, sauf si son alibi n'était pas corroboré, Maggie Forrest ne pouvait pas avoir tué Kevin Templeton. Pour Lucy Payne, cependant, elle figurait encore en bonne place sur la liste des suspects. Et n'avait pas d'alibi pour cela.

Banks fut le premier à arriver, et il n'y avait pas tant de monde que Marcel, l'authentique maître d'hôtel français, ne pût lui offrir un accueil démonstratif et une table à l'écart, avec nappe blanche en lin et jolie rose dans son soliflore. Il espérait qu'il n'en faisait pas trop, que Sophia n'allait pas croire qu'il cherchait à l'impressionner. Il n'attendait rien de spécial, se réjouissant suffisamment de dîner avec une femme belle et intelligente. Depuis combien de temps cela ne lui était-il pas arrivé ?

Elle arriva à l'heure, et il put la voir confier son manteau à Marcel et se diriger vers leur table en croisant son regard, sourire aux lèvres. Elle portait un jean de créateur et une sorte de haut « portefeuille » qui se fixait dans le dos, au creux des reins. Les femmes étaient douées pour nouer des machins dans leur dos, avait-il remarqué au fil des ans. Elles passaient leur temps à attacher des trucs genre queues-de-cheval, soutiens-gorge, vêtements japonais et fermoirs compliqués de colliers.

Sophia évolua avec élégance dans sa direction, sans hâte, et parut se couler naturellement dans une position confortable quand elle prit place. Ses cheveux étaient de nouveau noués lâchement sur sa nuque gracieuse ; quelques boucles frisaient sur ses joues et son front. Ses yeux étaient comme dans son souvenir, d'un noir brillant d'obsidienne à la lueur des bougies. Pas de rouge, mais ses lèvres pleines étaient d'un rose naturel, rehaussé par le teint olivâtre de sa peau de satin.

– Heureux de vous voir, dit-il.

– Et réciproquement ! J'ai compris que notre promenade était compromise en suivant les actualités. Quelle mine de déterré ! Je parie que vous n'avez pas beaucoup dormi...

– Je n'ai pas dormi du tout ! dit Banks.

En parlant, il réalisa que, non seulement il n'avait ni dormi ni mangé depuis la nuit dernière, mais qu'il n'était même pas allé chez lui et portait les mêmes vêtements qu'à la fête, chez Harriet. Il faudrait penser à garder une tenue de rechange au commissariat. C'était gênant, mais Sophia était visiblement trop bien élevée pour faire une réflexion à ce sujet. Elle étudia le menu et en commenta certains points – se révélant un fin gourmet doublé d'un cordon-bleu – et Banks commanda une bonne bouteille.

– Donc, vous vous appelez Sophia..., dit-il quand ils eurent commandé – steak-frites pour lui et bar pour Sophia, précédés d'une salade aux noix, poire et fromage stilton.

– Sophia Katerina Morton.

– Pas Sophie ?

– Non.

– Kate ?

– Oh, non !

– Sophia, donc...

– Tout ce que je vous demande, c'est de ne pas m'appeler *sugar*.

– Quoi ?

Elle sourit.

– C'est une chanson. Thea Gilmore. Un peu osée, d'ailleurs.

– Je connais. Elle a repris une vieille chanson des Beatles dans un disque-cadeau du magazine *Mojo*. Ça m'a plu assez pour que j'achète un CD de ses autres reprises.

– *Loft Music* ! C'est pas mal, mais vous devriez écouter ses propres chansons.

– Je n'y manquerai pas. Vous êtes dans la musique ?

– Non, je suis productrice à la BBC. Dans les programmes artistiques, ce qui fait que je participe parfois à des soirées-concerts. J'ai fait une série sur John Peel il n'y a pas longtemps, et quelques émissions avec Bob Harris.

– Le Bob Harris de l'*Old Grey Whistle Test* ?

– C'est cela. Il m'a invitée à son anniversaire et présentée à Thea.

– Je suis ébloui !

– Et encore, si vous aviez été là… Il y avait aussi Robert Plant. Mais je n'ai pas rencontré votre fils.

– Ah, je vois ! On me courtise dans le but de l'atteindre. Toutes pareilles… ! Ça ne marchera pas, vous savez.

Sophia rit, ce qui illumina ses traits.

– Vous trouvez que je vous courtise ?

– Vous voyez ce que je veux dire…

Banks se sentit rougir.

– En effet. Il a pas mal de succès, votre Brian… Et très mignon, en plus. Vous devez être fier de lui.

– Oui, mais il m'a fallu du temps, vous savez. Mignon ? Je ne sais pas – vous auriez dû le voir en ado boutonneux et grincheux –, on ne réagit pas forcément très bien quand son fils décide d'abandonner ses études pour former un groupe de rock.

– J'imagine…

– Si je puis me permettre, que faisiez-vous donc chez Harriet, l'autre soir ? Je dois avouer que vous n'aviez pas l'air tout à fait dans votre élément.

– C'est vrai. Et je n'avais pas l'intention de venir, en fait.

– Alors, pourquoi…

– Je ne voulais pas rater l'occasion de rencontrer le superflic d'Eastvale !

– Sérieusement…

– Sérieusement ! J'avais tant entendu parler de vous... Ça va vous sembler bête, mais j'avais l'impression de vous connaître depuis toujours. Quand tante Harriet m'a dit vous avoir invité, j'ai dit que je ferais mon possible pour venir. En réalité, j'ai hésité. D'où mon retard. Je me suis décidée à la dernière minute, craignant de le regretter si je ne profitais pas de cette occasion. J'aurais pu m'ennuyer à périr, mais...

– Mais ?

– Eh bien, non ! (Elle sourit.) Vous aussi, vous vous êtes tellement amusé que vous n'avez même pas voulu vous changer. C'est la première fois, je dois dire, que je sors avec un homme portant la même tenue deux soirs d'affilée.

Donc, elle n'était pas si bien élevée, songea Banks. Tant mieux. Il lui rendit son sourire et ils éclatèrent de rire.

Les hors-d'œuvre arrivèrent, et ils les attaquèrent avec appétit. Banks aurait préféré un burger-frites plutôt que cette délicate salade si bien présentée, mais il essaya de ne pas trop montrer sa faim de loup. Enfin, le steak-frites le calerait. Sophia prenait de petites bouchées et semblait savourer chacune. Tout en mangeant, ils parlèrent musique, Londres, randonnées à la campagne, – de tout sauf d'assassinat – et Banks découvrit qu'elle vivait dans une petite maison à Chelsea, qu'elle avait été jadis mariée à un gros producteur de disques mais était à présent divorcée, sans enfants, qu'elle adorait son métier et appréciait de pouvoir profiter de l'appartement de son père à Eastvale quand elle venait dans la région.

Elle était mi-grecque, mi-anglaise. Banks se rappela que Harriet avait un frère diplomate ; ce devait être le père de Sophia. Il avait connu sa femme alors qu'il était en poste à Athènes, où elle travaillait dans la taverne familiale. Contre l'avis général, ils s'étaient mariés et avaient récemment célébré leurs noces de rubis. Pour le moment, ils se trouvaient en Grèce.

Dans son enfance, Sophia avait si souvent déménagé, ne restant jamais assez longtemps quelque part pour s'y faire des amis, qu'elle appréciait ceux qu'elle avait à présent. Grâce à son travail, elle avait rencontré plein de gens intéressants dans tous les arts – littérature, musique, peinture, cinéma – et se rendait à un tas de concerts, d'expositions et de festivals.

Une existence fatigante, aux yeux de Banks – un véritable tourbillon. Lui-même n'aurait tout simplement pas eu le temps. Son travail absorbait toute son énergie, et ses rares moments de loisir, il les consacrait à écouter de la musique ou à visionner un DVD avec un verre de vin. Il allait à l'opéra lorsqu'il avait le temps, marchait dans les collines quand il faisait beau, passait une soirée folk au pub local d'Helmthorpe à l'occasion, quoique moins souvent depuis que Penny Cartwright, la femme fatale du coin, l'avait rembarré.

Comme la soirée se poursuivait et qu'ils remplissaient leurs verres, Banks eut la même impression que sous le réverbère, devant la maison de Harriet : comme si le cercle lumineux de leur univers était le seul endroit réel, l'extérieur étant aussi inconsistant que des ombres. Cette illusion prit fin au moment où Marcel apporta la note. Banks paya, en dépit des protestations de Sophia, et ils se retrouvèrent de nouveau dans la rue, à se dire au revoir. Banks devait aller au commissariat voir s'il y avait du nouveau. C'était une chance de n'avoir été ni bipé ni appelé sur son mobile pendant le repas.

Sophia le remercia, puis ils se penchèrent pour ces bises maladroites qui étaient devenues à la mode, mais sans qu'il ait eu le temps de comprendre ce qui lui arrivait, il sentit leurs lèvres se toucher pour un long, vrai et doux baiser. Après quoi, chacun alla dans une direction opposée. En descendant vers le commissariat, Banks se rendit compte qu'il n'avait rien prévu pour la revoir et au bout de quelques pas, il se retourna. Presque au même moment, Sophia regarda en arrière, elle aussi, et ils échangèrent un sourire. Étrange, songea Banks. Il ne regardait *jamais* en arrière, et il aurait parié qu'elle non plus…

15

L E LUNDI MATIN, Annie se retrouva de bonne heure au commissariat, après une bonne nuit de sommeil et rien de plus grisant qu'un chocolat chaud au cours de la soirée. Elle était justement de train de bourrer la machine de coups de pied, comme il convenait pour obtenir une tasse, quand le commissaire Brough passa par là.

– Dans mon bureau, Cabbot. Tout de suite !

Annie eut un frisson. Brough était-il le protecteur de la machine ou Éric avait-il commencé à mettre ses menaces à exécution ? Avait-il pris d'autres photos et les avait-il envoyées à Brough ? Ou avait-il signalé sa conduite de l'autre nuit ? Elle n'osait même pas y penser.

Le bureau était spacieux et bien décoré, ainsi qu'il seyait à un chef. Il s'installa à son bureau et la pria d'un air bourru de prendre la chaise. Le cœur de la jeune femme battait à grands coups. Elle pouvait plaider l'ivresse, mais ce n'était pas vraiment un point en sa faveur.

– Qu'avez-vous à dire pour votre défense ? lança-t-il, ce qui n'était guère encourageant.

– À propos de quoi ?

– Vous le savez très bien. Le meurtre de Lucy Payne. J'ai la presse au cul et absolument rien à lui dire. Ça fait une semaine, et vous marquez le pas…

Assez bizarrement, elle se sentit soulagée de constater qu'il ne s'agissait pas d'Éric. Il ne l'avait plus contactée depuis qu'elle était allée le voir chez lui, le vendredi, et c'était bon signe. Il avait peut-être compris l'allusion,

338

aussi subtile qu'un coup sur la tête avec un objet conton-
dant.

Là, c'était professionnel. Elle pouvait gérer.

– Avec tout le respect que je vous dois, monsieur, nous
avons fait tout notre possible pour retrouver la trace de la
femme mystère, mais elle semble s'être volatilisée. Nous
avons questionné à deux reprises tout le monde à Mapston
Hall – personnel et patients, chaque fois que c'était possible – mais personne n'a paru capable de nous fournir la
moindre piste ou information. Personne ne savait quoi que
ce soit sur Karen Drew. Et on ne peut pas dire qu'ils aient
une vie riche en mondanités...

Brough grommela :

– Et si quelqu'un mentait ?

– Possible. Mais les membres du personnel ont tous un
alibi. Si quelqu'un est impliqué dans ce meurtre, c'est
pour avoir confié à une tierce personne que Karen Drew
était Lucy Payne, et non pour avoir commis le meurtre.
Croyez-moi, monsieur, on travaille...

– Pourquoi est-ce aussi long ?

– Cela prend du temps, monsieur. Il faut fouiller dans le
passé. Dénicher des informations.

– J'ai ouï dire que vous êtes allée déterrer une vieille
affaire, que vous cavalez sans arrêt entre Leeds et Eastvale
pour parler à votre ex. Je ne dirige pas une agence matri-
moniale, inspectrice. Vous feriez bien de vous en souvenir.

– Je m'insurge contre cette insinuation ! dit Annie.

Elle avait l'amour-propre chatouilleux et l'esprit de
rébellion inculqué par son anarchiste de père se manifesta
– tant pis pour les conséquences.

– Et vous n'avez pas le droit de me parler comme ça !

Brough parut déstabilisé par cet éclat et cela le dégrisa.
Tirant sur sa cravate, il se cala dans son fauteuil.

– Vous ne savez pas toutes les pressions que j'endure
pour parvenir à un résultat, dit-il en guise d'excuse.

– Dans ce cas, je pense qu'il serait plus efficace d'encourager la brigade et de la soutenir, plutôt que de recourir
aux insultes personnelles, monsieur.

La figure de Brough était devenue carrément écarlate. Il
s'énerva, parla à tort et à travers, puis en vint à lui deman-

der où elle croyait aller, exactement, avec la piste Kirsten Farrow.

– Je ne suis pas certaine d'aller quelque part, mais je commence à penser que c'est le même assassin qui a remis ça.

– Ce policier d'Eastvale. Templeton. Sale affaire.

– En effet, monsieur. Je le connaissais.

Elle faillit ajouter que c'était un ami, mais préféra le laisser puiser dans ses réserves de compassion et de solidarité professionnelles – s'il en avait.

– Et à mon avis, il a été tué par le même individu que celui qui a tué Lucy Payne. Nous n'avons pas tant de meurtriers dans la région, pour commencer, la distance n'est pas très grande, et combien en avons-nous, selon les témoins, à avoir été commis par une mystérieuse femme usant d'un rasoir, ou d'une lame similaire, pour égorger sa victime ?

– Mais Templeton n'est pas notre affaire, bon sang !

– Si, s'il s'agit du même assassin. Croyez-vous vraiment qu'on ait deux femmes se baladant dans la région pour égorger des gens – des gens pris par elles pour de dangereux tueurs ?

– Présenté comme cela...

– Et trouvez-vous si difficile de croire que cela puisse être lié à une affaire non résolue dans laquelle une femme a pu tuer deux hommes, l'un étant un tueur en série, l'autre ayant pu être à tort pris pour lui ?

– « Ayant pu ». Vous avez dit « ayant pu ». J'ai consulté les dossiers, Cabbot. Rien ne prouve que Greg Eastcote ait été assassiné, soit par cette femme, soit par quelqu'un d'autre. Se sentant sur le point d'être démasqué par la police, il pourrait avoir mis en scène sa disparition. En fait, c'est l'explication la plus logique.

– C'est possible, en effet, sauf que la police n'était pas sur ses traces ! Et une femme a été vue avec Jack Grimley et le jeune Australien, Keith McLaren – femme qui, comme par hasard, a disparu, elle aussi...

– Mais c'était *il y a dix-huit ans*, nom d'une pipe ! On ne peut pas prouver que cette Kirsten, si c'est bien elle, savait que son agresseur était Eastcote. C'est absurde.

– Pas plus que la plupart des affaires où l'on n'a pas tous les éléments en main. J'essaie également de retrouver le psychiatre de Kirsten. Elle a eu des séances d'hypnose, à Bath, en 1988, et cela a pu l'aider à retrouver la mémoire, concernant cette agression.

Brough râla. Pas convaincu par la thèse de l'hypnothérapie.

– Le mode opératoire est totalement différent, argumenta-t-il. L'agresseur a frappé Keith McLaren avec une pierre, mais Lucy Payne a été tuée à l'arme blanche.

– Le mode opératoire peut changer. Ça s'est vu.

– Pure spéculation.

– Quand on ne spécule pas, on n'arrive à rien.

– Mais j'ai besoin d'avoir quelque chose à dire à la presse. Quelque chose de réel, de substantiel !

– Depuis quand la presse s'intéresse-t-elle à la réalité ?

– Cabbot !

– Pardon, monsieur. Et si vous leur déclariez qu'on est sur une nouvelle piste, sans pouvoir en dire plus pour le moment ? Ils comprendront.

– Quelle nouvelle piste ?

– Kirsten Farrow. On va aller interroger tous ceux qui, à notre connaissance, ont été en contact avec Karen – Lucy – jusqu'à ce qu'on ait un lien avec l'assassin.

– C'est-à-dire Kirsten Farrow ?

– Oui. Mais vous n'êtes pas obligé de leur dire cela. Même si je me trompe, on est sur la bonne voie. Je n'ai pas d'œillères. Quelqu'un savait que Karen était Lucy, et ce quelqu'un l'a tuée lui-même, ou a parlé d'elle à l'assassin. Et j'essaie d'obtenir la preuve que c'est bien Kirsten l'assassin de Lucy. Avec un peu de chance, on l'aura avant la fin de la journée.

– OK. Voilà le genre de choses que j'aime à entendre. Et là, j'ai bien compris votre point de vue. C'est clair. Mais attention où vous mettez les pieds. Les médecins et leurs pareils… ça se froisse facilement !

– Oh, ne vous en faites pas. Je ne les mangerai pas ! Et maintenant, puis-je m'en aller ?

Le commissaire eut un mouvement sec de la tête.

– Allez-y ! Au boulot ! Et ne perdez pas de temps. N'oubliez pas que j'attends des résultats tangibles avant la fin de la journée.

– Oui, chef ! dit Annie en quittant son bureau, les doigts croisés.

Bien que claqué, Banks n'avait pas bien dormi quand il était rentré chez lui du commissariat, ce lundi-là, bien après minuit. On n'était pas près de trouver l'assassin de Templeton, ni celui de Hayley Daniels, d'ailleurs, et une partie de la journée serait consacrée à revoir entièrement les deux affaires.

S'agissant du meurtre de Hayley Daniels, tout désignait un violeur effrayé, quelqu'un connu de la victime, qui l'avait étranglée pour éviter d'être dénoncé et condamné, quelqu'un qui avait pu aussi avoir honte de son acte et disposer le corps dans une posture suggérant plutôt le sommeil que le meurtre. Mis au pied du mur, Joseph Randall avait avoué avoir touché Hayley et s'être masturbé sur place, mais il niait avoir changé la position du corps, et Banks le croyait. Au point où il en était, ce type n'avait aucune raison de mentir.

Le meurtre de Templeton, quoique net et sans bavure, semblait avoir été une erreur de la part de l'assassin, qui dans l'obscurité du Labyrinthe avait cru protéger Chelsea Pilton et débarrasser le monde d'un tueur en série en devenir.

Lorsque Banks se demandait qui cela pouvait être, et pourquoi, il en revenait à Kirsten Farrow. Et nul ne savait ce qu'elle était devenue. La seule chose mettant un doute dans son esprit sur la culpabilité de Kirsten, c'était que les premiers meurtres, ceux de 1989, impliquaient quelqu'un lui ayant fait directement du mal, la mutilant, alors qu'elle n'avait pas été une victime de Lucy et Terence Payne. Si c'était bien elle, elle avait élargi son champ d'action.

Ou bien, songea-t-il avec un certain frisson, peut-être avait-elle effectivement un rapport avec les Payne. Lequel ? Il n'en savait rien, mais c'était une piste digne d'être explorée, et il faudrait en parler à Annie, si elle n'y avait pas songé elle-même. Hier, elle avait eu raison de dire que c'était chouette de retravailler ensemble. Problèmes personnels mis à part, il découvrait seulement à quel point elle lui manquait depuis son détachement dans le secteur est.

En priorité, il convenait de revisionner les bandes des caméras de surveillance dans les deux affaires. Celles de Hayley Daniels, d'abord. Une fois l'équipe réunie – Banks, Winsome, Hatchley, Wilson, malgré l'absence criante de Templeton et des commentaires saugrenus que chacun en était venu à attendre de sa part –, ils se repassèrent les séquences.

Une fois de plus, la vision familière de la place du marché à l'heure de fermeture des bars, les jeunes vomissant, se querellant, chantant bras dessus, bras dessous. Puis le groupe du pub The Fountain stationnant un moment tandis que Hayley expliquait qu'elle allait faire pipi dans la ruelle, et ensuite… ? Eh bien, elle ne leur avait pas dit où elle irait, ensuite. Chez Malcolm Austin, peut-être.

Mais pourquoi ? Elle avait dix-neuf ans, était ivre, en goguette avec ses copains. Pourquoi vouloir retrouver un vieil amant, qui devait être en pantoufles, en train de siroter un cherry tout en regardant un film tourné bien avant sa naissance à elle ? L'amour est aveugle, dit-on, mais il doit aussi être ivre… Enfin, aucune importance. De toute façon, Hayley n'était allée nulle part. Quelqu'un l'avait interceptée, et sauf si c'était un individu embusqué et guettant *n'importe quelle* victime, comme l'avait cru Templeton, alors c'était forcément quelqu'un qui savait qu'elle serait là, après une décision qu'elle n'avait prise qu'à la dernière minute.

De nouveau, Banks considéra ces petits jeunes. Stuart Kinsey, Zack Lane et les autres. Leurs noms étaient sur fiches. Leurs alibis avaient été vérifiés et revérifiés, leurs dépositions prises. On pouvait les interroger de nouveau. Quelqu'un savait forcément quelque chose, cherchait éventuellement à protéger un ami s'il le soupçonnait d'être le coupable.

La voiture passa, le couple revenant du restaurant. Puis, il y avait cette horripilante bande de lumière scintillante,

343

comme sur les copies non restaurées de vieux films en noir et blanc. Il faudrait demander au service technique si on pourrait s'en débarrasser, même si cela ne donnerait sans doute rien. Puis, Hayley s'engagea dans la ruelle, et les autres se dirigèrent vers le Bar None.

On savait que Stuart Kinsey s'était éclipsé par la petite porte presque aussitôt pour aller espionner la jeune fille, mais les autres ? Ils prétendaient être restés au Bar None jusqu'à deux heures du matin environ et tant le personnel, les clients que les portiers prétendaient les avoir vus pendant tout ce temps. Mais ça ne prenait pas beaucoup de temps de s'éclipser, et un malin pouvait avoir laissé la porte ouverte en espérant que personne ne s'en apercevrait. Mais pourquoi Hayley se serait-elle attardée dans le Labyrinthe après avoir fait ses besoins ? Elle n'avait aucune raison, sauf si elle avait donné rendez-vous à quelqu'un, et pourquoi aurait-elle donné rendez-vous à quelqu'un, puisque Malcolm Austin l'attendait ? Ou alors, il y avait un autre amant.

Absurde. Le tueur savait forcément qu'elle allait dans le Labyrinthe et il avait donc dû agir très vite. Quel temps faut-il à une femme pour se soulager dans le noir ? Elle était ivre, ce qui avait dû ralentir ses gestes. D'un autre côté, ses vêtements trop courts n'avaient pas dû l'embarrasser. On pourrait demander à une collègue d'aller là-bas et la chronométrer. Ce serait aussi facile que de demander à toutes les femmes mêlées au meurtre de Lucy Payne de se mettre torse nu. Parfois, la voie la plus facile et la plus évidente était justement celle qu'on ne pouvait emprunter.

Banks estima le temps à cinq minutes, et encore, en étant large. L'assassin avait donc eu trois ou quatre minutes pour la suivre et l'assaillir avant qu'elle eût fini. Stuart Kinsey était allé à sa recherche trois ou quatre minutes plus tard, donc il était improbable qu'un autre client du Bar None ait pu suivre le même chemin, au même moment. Ils se seraient tamponnés. Et Stuart Kinsey avait entendu, partiellement, l'agression, et dit qu'il n'avait vu personne d'autre dans le Labyrinthe.

Les bandes défilaient – Jamie Murdoch partant à vélo à deux heures trente, quelques traînards devant le Bar None, chahutant, puis plus rien. Doug Wilson éteignit le magné-toscope, ralluma et ils s'étirèrent. Plus de trois heures s'étaient écoulées, et rien. Il était temps d'envoyer l'équipe parler de nouveau aux gens, et Banks avait un rendez-vous auquel il aurait bien aimé pouvoir se soustraire.

Banks s'appuya au mur de l'hôpital, le petit vent froid du mois de mars soufflant autour de lui. Il avait envie de vomir et prit quelques lentes et profondes inspirations. Le Dr Wallace avait autopsié Kevin Templeton avec sa dili-gence et son adresse coutumières, mais la scène avait été pénible. Il n'y avait eu ni blagues ni humour noir – pas un mot d'échangé, en fait – tandis qu'elle travaillait avec une concentration et un détachement extrêmes.

Et tout cela, en vain.

La cause du décès, c'était la gorge tranchée ; l'heure avait été fixée par le témoin oculaire, Chelsea Pilton, et, à l'instant de sa mort, Templeton était en bonne santé. L'autopsie n'avait rien révélé sur l'arme, le Dr Wallace penchant toutefois pour un rasoir passé de gauche à droite, coupant carotide, jugulaire et trachée. Cela avait été rapide, comme le Dr Burns l'avait noté sur place, mais assez long pour que Templeton ait compris ce qui lui arri-vait tandis qu'il s'asphyxiait et se sentait faiblir en raison du manque de sang et d'oxygène. Certes, on pouvait se dire qu'il n'avait pas dû beaucoup souffrir, mais en défini-tive, qui pouvait en jurer ?

Ayant repris contenance, Banks décida de retourner à la fac afin de parler de nouveau avec Stuart Kinsey. En che-min, il eut le courage d'appeler Sophia et lui proposa de prendre un verre avec lui, plus tard. Elle accepta.

Stuart se trouvait au foyer, et ils dénichèrent un coin au calme, à l'éclairage tamisé. Banks rapporta du comptoir deux cafés au lait et deux KitKat.

– Qu'est-ce que vous voulez, maintenant ? fit le jeune homme. Il me semblait que vous m'aviez cru...

– Mais je t'ai cru ! Du moins, je crois que tu n'as pas assassiné Hayley.

– Alors, quoi ?

– J'ai encore quelques questions à te poser, c'est tout.

– J'ai cours à quinze heures.

– OK. On aura fini depuis longtemps, si on s'y met maintenant.

– Très bien, dit Stuart en prenant une cigarette. Que voulez-vous savoir ?

– C'est au sujet de la nuit où tu as suivi Hayley dans le Labyrinthe.

– Je ne l'ai pas suivie !

– Mais tu es allé l'espionner. Tu savais qu'elle serait là-bas…

La fumée flotta vers lui et raviva son envie de nicotine. Sûrement le stress d'avoir vu charcuter Templeton. Il combattit cette envie qui s'estompa.

– Je ne l'espionnais pas ! protesta Stuart en regardant autour de lui pour s'assurer qu'on ne pouvait pas les entendre. Je ne suis pas un vicieux ! Je vous l'ai dit : je voulais savoir où elle allait.

– Tu pensais qu'elle allait rejoindre quelqu'un ?

– Là-bas ? Non. C'était pas le genre à se faire culbuter dans une ruelle sordide. Non, elle était allée pisser, et c'est tout. Je croyais qu'elle irait voir ensuite quelqu'un ailleurs.

Banks ôta le papier d'argent de son KitKat.

– Hayley a-t-elle montré, ce soir-là ou à un autre moment, qu'elle avait des soucis ?

– Non, je ne vois pas. Pourquoi ?

– Rien ne la tracassait ?

– Vous m'avez déjà posé la question. Vous ou votre collègue.

– Eh bien, je te la repose.

– Non. Rien. Hayley était gaie. Je ne l'ai jamais vue déprimée.

– Pourtant, elle pouvait se mettre en colère…

– Elle avait du caractère. Et c'était une grande gueule. Mais il en fallait pour la faire sortir de ses gonds.

– Elle s'est bien mise en colère au pub The Fountain, pourtant ? Et elle a passé cette colère sur Jamie Murdoch.

– Ça, oui ! Qu'est-ce qu'il a dégusté ! Elle l'a traité de tous les noms : « Bite molle », « Tête-de-nœud » et j'en passe. Elle était enragée.

– Comment l'a-t-il pris ?

– À votre avis ? Il n'a pas apprécié...

– Il m'a dit que ce n'était pas grave.

– Évidemment ! Il n'allait pas laisser entendre qu'il aurait eu des raisons de lui faire du mal.

– C'est le cas ? Il a mal réagi ?

– Je ne sais pas. Je dirais qu'il était plutôt gêné. Il nous a virés assez vite, ensuite.

– Ont-ils jamais été proches, Hayley et Jamie ?

– Quelle idée ! Jamie est un raté. Il a arrêté ses études, et maintenant il est coincé dans ce pub sordide, nuit après nuit, toujours seul pendant que le patron se dore au soleil, en Floride.

– Quelqu'un, cette nuit-là, dans l'un ou l'autre de ces pubs, s'est-il particulièrement intéressé à Hayley, en dehors du maroquinier ?

– Les hommes la remarquaient, oui, mais pas de façon malsaine. C'était comme d'habitude. Et on a été les derniers à quitter ce pub. Personne ne nous a suivis.

– OK, Stuart. Revenons-en au Labyrinthe.

Le jeune homme se trémoussa sur son siège.

– C'est obligé ?

– C'est important.

Banks désigna le second KitKat sur la table.

– Tu n'en veux pas ?

Stuart hocha la tête. Banks le prit et commença à le grignoter. Il avait presque oublié sa faim.

– J'aime pas trop y penser. J'ai beaucoup réfléchi depuis notre dernière conversation, et je suis sûr et certain d'avoir entendu ce qui se passait. Si j'avais agi, j'aurais pu l'arrêter. En faisant du bruit, comme cogner un couvercle de poubelle contre le mur, par exemple. Mais je me suis dégonflé. J'ai eu la trouille et je suis parti en courant. Et par ma faute, Hayley est morte.

– Tu n'en sais rien. Cesse de te torturer. Ce qui m'intéresse, c'est ce que tu as entendu...

– Je vous l'ai déjà dit.

– Oui, mais tu as aussi parlé d'une musique, une bribe de chanson, comme provenant d'une voiture qui passe. Du

347

rap. Un truc familier. Tu n'as pas pu te rappeler quoi, la dernière fois qu'on s'est parlé. La mémoire t'est revenue ?

– Oh, ça... Je crois. Depuis qu'on s'est parlé, j'ai réfléchi et je crois que c'était les Streets : « Fit But You Know It ».

– Je connais. Tu es sûr ?

Si Stuart fut étonné de découvrir qu'il connaissait ce groupe, il n'en montra rien.

– Oui, dit-il. J'ai le CD. Mais je ne l'avais pas écouté depuis longtemps.

– Et tu es certain d'avoir entendu ça à peu près au même moment que le reste ?

– Oui. Pourquoi ? C'est important ?

– Éventuellement, dit Banks.

Il consulta sa montre.

– Tu vas être en retard à tes cours, dit-il en se levant. Merci.

– C'est tout ?

– C'est tout.

Banks finit son café au lait, froissa l'emballage du KitKat, le jeta dans le cendrier et partit en pensant qu'il avait compris pourquoi aussi bien Stuart que Templeton avaient entendu la même musique, des soirs différents.

La nuit venait de tomber quand Annie se retrouva à flâner sur le port de Whitby, passant sur le petit pont reliant les deux rives et le tableau noir où s'affichaient les horaires des marées. Les guirlandes lumineuses du pont s'étaient allumées et formaient un halo rouge et jaune dans la brume. Elles se reflétaient, en se balançant, dans les courants de la marée descendante. Des bateaux de pêche étaient couchés dans la vase, penchés. Leurs mâts étaient inclinés en direction de la lumière évanescente et cliquetaient sous la brise. Une lune spectrale était tout juste visible du côté de la mer, au-dessus des volutes de brume. Ça sentait l'iode et le poisson mort. Il faisait frisquet, et Annie se félicita d'avoir mis son manteau de laine et une étole.

Elle marchait le long des palissades. Les boutiques étaient fermées pour la soirée. Une lueur signalait des pubs et un ou deux cafés servaient encore des *fish and*

348

chips. Les odeurs de vinaigre et de friture se mêlaient à celles du port. Vêtus de noir, visage enfariné, des gothiques fumaient et bavardaient du côté des baraques, près du Monde de Dracula ; et, même si l'été était encore loin, quelques touristes en couple marchaient main dans la main tandis que des parents s'efforçaient de maîtriser leur turbulente progéniture. La grande salle de jeu avait du succès, songea Annie, presque tentée d'entrer pour perdre quelques sous dans le bandit manchot. Mais elle résista.

Elle était tout émue parce que Les Ferris avait téléphoné tard dans l'après-midi pour lui dire que l'expert en cheveux et fibres, Famke Larsen, avait associé la boucle de Kirsten Farrow, vieille de dix-huit ans, à un cheveu trouvé sur le plaid de Lucy Payne la semaine dernière. C'était bien elle. Elle avait eu raison. L'audace d'Annie avait payé et elle pouvait de nouveau se fier à son instinct de flic. Cela lui donnait une perspective et apaiserait le commissaire Brough pendant quelque temps.

Selon Larsen, les similitudes de couleur, diamètre, structure médullaire et l'intensité des granules pigmentaires étaient convaincantes, mais cela ne tiendrait pas devant un jury. Annie s'en fichait ; elle s'y attendait. Ferris lui avait rappelé qu'il n'était pas possible de rattacher formellement un cheveu à une seule tête – mais, pour l'objectif qu'elle poursuivait, cette identification était suffisante. Les deux échantillons étaient fins, appartenaient à une personne de race blanche, présentaient un pigment également ment distribué et une coupe légèrement ovale.

En prime, le cheveu trouvé sur le plaid de Lucy Payne n'avait pas été coupé : il était venu avec sa racine. Le seul hic, avait expliqué Famke, c'était qu'il se trouvait en « phase télogène ». En d'autres termes, il n'avait pas été arraché, mais était tombé, et il n'y avait donc pas de cellule racine saine avec un peu de matière. Au mieux, on pouvait espérer de l'ADN mitochondrial, c'est-à-dire de l'épiderme provenant de l'extérieur du noyau des cellules, et de la mère. Même ainsi, ça ne pouvait pas servir à définir le profil ADN de Kirsten Farrow, l'assassin de Lucy Payne.

C'était marée basse, et Annie descendit sur la plage. Il n'y avait plus personne, peut-être à cause du froid. Tout en marchant, elle s'interrogea sur Jack Grimley. Une chute du haut des falaises l'aurait-elle tué ? La plage n'était pas particulièrement rocheuse. Elle regarda en arrière, vers l'imposante muraille. Possible. Mais s'il était resté étendu sur le sable pendant un moment, on aurait dû le voir. Et si Kirsten l'avait attiré ici, le prenant pour son violeur, et l'avait tué ? Il y avait de petites grottes au pied des falaises. Annie entra dans l'une d'elles. Il y faisait nuit noire et ça sentait les algues et les flaques d'eau de mer. Ce n'était pas très profond mais ça l'aurait été assez pour y cacher un corps, la nuit tout spécialement, jusqu'à ce que la marée vienne l'emporter.

Quittant la plage, elle remonta les marches et alla s'asseoir près de la statue de Cook pour réfléchir. C'était là que Keith était venu avec Kirsten, là qu'il l'avait embrassée sans obtenir de réaction. Avait-elle été obnubilée par sa vengeance au point de se montrer inhumaine ? C'était aussi près d'ici qu'une femme avait été vue avec Jack Grimley, et si elle n'avait pas été identifiée comme étant Kirsten, Annie était certaine que c'était néanmoins bien elle. De quoi avaient-ils parlé ? L'avait-elle attiré ici en lui promettant une partie de jambes en l'air et l'avait-elle tué ? Était-ce également ainsi qu'elle avait attiré Keith McLaren dans les bois ?

Non loin de là, elle remarqua des lumières et l'enseigne d'un pub. Comme elle se levait pour s'en approcher, elle vit qu'il s'agissait du Lucky Fisherman. Curieuse, elle entra. La porte de gauche ouvrait sur un petit bar enfumé où cinq ou six hommes bavardaient, debout, deux d'entre eux fumant la pipe. Un match de foot passait à la télévision, au-dessus de la porte, mais personne ne regardait vraiment. Lorsque Annie entra, ils la dévisagèrent, se turent, puis les conversations reprirent. Il n'y avait que quelques tables, l'une occupée par une vieille femme et son chien, et Annie ressortit pour entrer par la porte de droite. Ici, c'était la salle, un espace bien plus grand mais presque désert. Des gamins jouaient au flipper et quatre personnes s'étaient agglutinées devant la cible de fléchettes. Comme il faisait assez chaud, elle ôta son manteau, commanda une pinte et alla s'installer dans un coin. Personne ne lui accorda la moindre attention.

Voilà où Keith avait retrouvé Kirsten et où cette dernière avait vu Jack Grimley, l'homme qu'elle avait pris pour son violeur. Elle n'était pas allée lui parler, d'après Keith, et avait donc dû revenir une autre fois. Elle l'avait peut-être attendu au-dehors. Ce n'est pas difficile d'amener un homme à vous suivre quelque part quand on est jeune et jolie. Il n'avait pas dû se faire prier.

Savourant sa bière, Annie réfléchit au passé tout en feuilletant le dernier *Hello !*, acheté un peu plus tôt et trimbalé dans son sac à bandoulière. Au bout d'un moment, elle sentit une présence. Lentement, elle releva la tête et vit un gaillard baraqué, au crâne rasé et arborant une moustache en guidon de vélo, qui semblait avoir la cinquantaine.

– Vous désirez ? dit-elle.

– Vous êtes de la police ?

– Inspectrice Cabbot, oui. Pourquoi ?

– J'ai vu votre photo dans le journal, ce matin. Vous cherchez l'assassin de la paralytique, pas vrai ?

– Il paraît…

Annie reposa son magazine.

– Pourquoi ? Vous savez quelque chose ?

Il lui jeta un regard interrogateur, et elle comprit qu'il demandait la permission de s'asseoir à sa table. Elle hocha la tête.

– Non, dit-il. Je ne sais rien. Et si j'ai bien compris, elle l'avait bien mérité. Mais quand même, c'est une mort affreuse, quand on est en fauteuil roulant, incapable de se défendre… Pour moi, c'est l'œuvre d'un lâche.

– C'est possible, dit Annie en prenant une gorgée de bière.

– Mais je voudrais vous interroger sur autre chose. On dit en ville que la police pose des questions sur un crime plus ancien, concernant un de mes amis.

– Ah ? Qui ça ?

– Jack Grimley.

– Vous le connaissiez ?

– On était très potes. Alors, c'est vrai ?

– Je ne sais pas d'où vous tenez cela, mais on s'intéresse à cette affaire, oui.

– Plus qu'à l'époque...

– Je n'étais pas là...

Il la regarda de travers.

– Je vois ça !

Annie se mit à rire.

– Monsieur... ?

– Kilbride.

– Monsieur Kilbride, même si c'est un plaisir de bavarder avec vous, je dois me remettre au travail. Vous avez quelque chose à me dire ?

Il gratta la virgule d'une barbe sous sa lèvre.

– C'est que... ce qui est arrivé à Jack... j'ai jamais été convaincu.

– La police vous a parlé, à l'époque ?

– Oh, oui ! Tous ses potes ont été interrogés. Une autre pinte ?

Il restait un tiers de bière dans le verre d'Annie. Elle préférait en rester là.

– Non, merci, dit-elle. Ça me suffit.

– Comme vous voudrez...

– Vous disiez, à propos de Jack Grimley ?

– C'est moi qui l'ai vu avec cette femme, debout près des palissades, près de la statue du capitaine Cook.

– Vous êtes sûr que c'était une femme ?

– Oh, oui ! Je savais faire la différence. (Il sourit.) Encore maintenant. Une petite maigrichonne, mais c'était bel et bien une fille. J'aurais jamais cru ça de Jack. Ça lui ressemblait pas.

– Comment cela ?

– Question femmes, c'était le type sérieux. Pas capable de voir une fille à son goût sans en tomber amoureux. On aimait bien le taquiner là-dessus, et il devenait rouge comme une tomate !

– Mais il n'avait jamais parlé de celle-ci ?

– Non. Pas à moi. Ni aux autres. Et c'est ce qu'il aurait fait, normalement.

– Mais elle était nouvelle. Ils venaient de se rencontrer. Ils ne se connaissaient pas encore bien...

– Pour être nouvelle… Elle était déjà venue ici une fois, quelques jours plus tôt, avec un jeune type. Je l'ai bien reconnue. C'était pas tant ses traits que sa façon de bouger. Et voilà qu'elle était de nouveau dans le coin, dehors, avec Jack…

– Mais cette fois, elle n'était pas entrée… ?

– Non. Elle avait dû l'attendre dehors.

– Et vous êtes sûr qu'il n'a jamais parlé d'une nouvelle amie, d'une nouvelle rencontre ?

– Non.

– L'avez-vous revue ?

– Non. Ni elle ni Jack.

– Je regrette, pour votre ami…

– La police a prétendu qu'il était tombé de la falaise, mais il était trop prudent… Il a grandi ici, il connaissait l'endroit comme sa poche.

– Je suis allée sur la plage. Croyez-vous qu'une chute aurait été mortelle ? Il n'y a pas tellement de rochers…

– C'est assez dur comme ça, si on tombe de cette hauteur, mais certains s'en sont tirés avec une jambe ou les deux cassées.

– On a dit qu'il aurait pu sauter…

– Encore plus ridicule ! Jack était content de vivre. C'était un type simple qui aimait les joies simples, croyait au travail bien fait. Il aurait fait un bon mari et un bon père de famille… (Il secoua la tête.) Non, il se serait jamais suicidé.

– Que s'est-il donc passé, selon vous ?

– Elle l'a tué, point final.

– Pourquoi ?

– Qu'est-ce que j'en sais, moi ? Ce qui se passe dans la tête des femmes… Elle avait peut-être pas de raison. C'était peut-être une tueuse en série. Mais elle l'a tué, ça oui ! Il serait allé n'importe où avec une jolie jeune femme, notre Jack. Malléable comme il l'était… Ce pauvre con devait être amoureux d'elle quand elle l'a zigouillé !

Il se leva.

– Voilà, je voulais pas vous embêter. C'est juste que je vous ai reconnue et que j'ai voulu vous dire que si vous enquêtez sur ce qui est arrivé à Jack, vous pouvez me croire sur parole – il a bien été tué.

Annie finit sa bière.

– Merci, monsieur Kilbride, dit-elle. Je garderai cela à l'esprit.

– Et, mademoiselle... ?

– Oui ? dit Annie, bien plus flattée par ce « mademoiselle » que par toutes les flatteries du monde.

– Vous avez l'air déterminé. Quand vous aurez trouvé, vous viendrez nous le dire... ? Je suis ici presque tous les soirs.

– Oui, dit Annie en lui serrant la main. Oui, promis. Je n'y manquerai pas.

En retournant au *bed-and-breakfast*, elle nota dans un coin de sa tête qu'il faudrait informer tant Kilbride que Keith McLaren de l'issue de cette enquête.

Quand Banks entra dans le nouveau bar à vins, sur Market Street, où ils s'étaient donné rendez-vous, Sophia était déjà là. Il s'excusa pour ses cinq minutes de retard et prit place en face d'elle. C'était plus calme et nettement moins enfumé qu'un pub. Un cadre bien plus intime, avec tables rondes à plateau d'ardoise, ornées d'une bougie flottant dans un bol parmi des pétales de fleurs, tabourets chromés, miroirs, affiches espagnoles bariolées, et éclairages de style contemporain. L'établissement n'était ouvert que depuis un mois et Banks n'était jamais venu ; c'était Sophia qui avait eu l'idée. Quand était-elle venue et avec qui ? – mystère. La musique était du jazz vocal mélancolique, et Banks reconnut Madeleine Peyroux chantant « You're Gonna Make Me Lonesome When You Go » de Bob Dylan. Cela convenait à son humeur, car demain Sophia serait repartie pour Londres et il ignorait quand il la reverrait – s'il la revoyait.

– Journée chargée ? dit-elle quand il fut installé.

– J'ai connu plus calme, dit Banks en se massant les tempes.

Il pensait encore à l'autopsie de Templeton et à sa conversation avec les parents affligés.

– Et vous ?

– Un grand jogging ce matin et boulot l'après-midi.

– Boulot... *boulot* ?

– Oui. J'ai une série en cinq parties sur l'histoire du Booker Prize, et je dois donc lire tous les lauréats. Enfin, la plupart. Qui se souvient de Percy Howard Newby ou James Gordon Farrell ?

Elle mit le poing devant sa bouche.

– J'en bâille encore... Vous avez faim ?

– Ils font des burgers-frites ?

Sophia eut un grand sourire.

– Quel gourmet vous faites ! Non, ils n'en font pas, mais on pourrait avoir un brie chaud à l'ail et de la baguette, si je demande gentiment. Le patron est un vieil ami de mon père.

– Bon, je m'en contenterai. Et pour avoir un verre, comment fait-on ?

– Ça, par exemple, quelle impatience ! La journée a dû vraiment être épouvantable !

Elle capta l'attention de la serveuse et commanda un grand verre de rioja pour lui. Quand il fut servi, elle leva son verre et porta un toast.

– Aux idées géniales au cœur de la nuit !

Banks sourit et ils trinquèrent.

– J'ai un cadeau pour vous, dit-elle en lui passant un petit paquet à l'emballage familier.

– Oh ?

– Vous pouvez regarder...

Banks déballa et trouva un CD : *Burning Dorothy*, de Thea Gilmore.

– Merci, dit-il. J'allais l'acheter.

– Eh bien, ce n'est plus la peine.

Déjà, il se sentait plus détendu – le stress de la journée se dissipait, les images macabres et les misères humaines dans toute leur crudité reculaient à l'arrière-plan. Ce bar à vins était un bon choix, devait-il admettre. C'était plein de couples devisant doucement, discrètement, et la musique continua dans la même veine. Sophia parla de son travail et Banks en oublia le sien. Ils abordèrent brièvement la politique, se découvrirent une haine commune pour Bush, Blair et la guerre en Irak, et enchaînèrent sur la Grèce, que Banks aimait et que Sophia connaissait bien. Tous deux estimaient que Delphes était l'endroit le plus magique au monde.

Une fois avalé le brie à l'ail pané, et alors qu'ils en étaient au second verre de vin, il ne restait plus qu'eux et le personnel. La conversation s'orienta vers la musique, le cinéma, le vin et la famille. Sophia adorait les années soixante et leurs imitateurs contemporains, elle appréciait les films de Kurosawa, Bergman et Truffaut. Elle buvait de l'amarone quand elle en avait les moyens et avait une famille très dispersée, quoique unie. Elle aimait son travail, qui lui laissait beaucoup de temps libre, à condition de s'organiser, et aimait passer ses vacances en Grèce, dans la famille de sa mère.

Banks était ravi de l'écouter tout en sirotant son vin, bercé par sa voix et le spectacle émouvant de son visage qui reflétait toute une palette de sentiments. Ici, l'enthousiasme, là une touche de tristesse. Parfois, il regardait sa bouche et se rappelait ce baiser, le contact de ses lèvres, même si aucune allusion à cela n'avait été faite au cours de la soirée. Il était également conscient de ses épaules nues et du doux renflement sous le chemisier, qui l'excitait sexuellement, à son corps défendant. Le simple fait d'être là, avec elle, lui semblait si naturel qu'il n'en revenait pas de la connaître seulement depuis trois jours – d'ailleurs, « connaître » était très exagéré. Il ne savait quasiment rien d'elle.

La soirée touchait à son terme, ils avaient presque fini le vin. Corinne Bailey Rae, originaire de Leeds, chantait « Till It Happens to You ». Sophia insista pour payer et disparut un moment aux toilettes. Banks contempla les scènes espagnoles aux murs et se laissa envahir par la musique. Sophia revint à sa place, coudes sur la table. Banks se pencha et lui prit la main. Elle avait la peau douce et tiède. Il sentit la légère pression indiquant que ce contact était accepté.

Ils restèrent ainsi un moment sans rien dire, à se regarder.

– Rentre avec moi, dit-il enfin.

Elle ne dit rien, mais ses yeux parlèrent à sa place. Dans un même mouvement, ils se levèrent et partirent.

16

– Vous êtes bien alerte, inspecteur ! déclara la commissaire Gervaise, quand Banks entra dans son bureau, le mardi, en fin de matinée. Quel bon vent vous amène ? Auriez-vous eu une idée géniale ?

– Je crois.

– Fermez la porte.

– J'ai quelque chose à vous montrer. Voulez-vous me suivre ?

La commissaire prit l'air soupçonneux.

– J'espère pour vous que ça en vaut la peine. J'allais commencer à examiner nos statistiques criminelles du mois dernier.

– J'ai reçu un appel du service technique, ce matin, expliqua Banks en descendant avec elle dans la salle de projection au rez-de-chaussée. J'avais demandé à ce qu'on nettoie un peu les bandes des caméras de surveillance...

– L'affaire Hayley Daniels ?

– Oui.

Banks lui ouvrit la porte. La pièce était dans une demi-pénombre et Don Munro, le technicien, les attendait. Gervaise prit place et lissa sa jupe.

– Je suis à vous. Vous pouvez tourner la manivelle...

– C'est que... y a plus de manivelle, expliqua l'autre. Quoique, dans le fond...

– Oh, eh bien, envoyez la sauce, quoi...

Munro s'affaira devant le matériel, et les images de Hayley et ses amis quittant le pub et formant un petit groupe sur la place s'inscrivirent à l'écran.

– Là ! dit Banks, désignant la bande scintillante de lumière.

– Oui ? fit la commissaire.

– Eh bien, madame, déclara Munro. L'inspecteur nous avait demandé de gommer cette brillance.

– Je comprends. Ça me rappelle quand j'ai revu *Casablanca* pour la dernière fois.

Munro lui lança un regard admiratif.

– Un de mes films favoris, madame.

Gervaise le gratifia d'un sourire.

– Au fait, je vous prie !

– Quand j'ai tenté de corriger ce problème, j'ai découvert que ce n'était ni un défaut, ni un signal lumineux, mais une partie intégrante de l'image.

– « Une partie intégrante de l'image » ? (Gervaise jeta un regard à Banks.) Quézaco ?

– Si on regarde de près, reprit Banks, on constate que c'est en fait une lame de lumière, qui scintille parce qu'elle est très vive et que la bande est très sensible. Alors qu'on dirait juste un défaut.

– Et c'est, en réalité… ?

Banks consulta Munro du regard.

– Le rai lumineux correspondant à l'entrebâillement d'une porte, expliqua le technicien.

– Ce qui signifie ?

– Ce qui signifie, reprit Banks, que la porte du pub The Fountain était entrouverte quand Hayley et ses copains étaient dehors à discuter et – plus important – quand Hayley a déclaré qu'elle allait dans la ruelle pour…

– Pour pisser, dit Gervaise. Oui, je sais. Et… ?

– Jamie Murdoch nous a dit avoir fermé la porte juste après leur départ et ignorer où allait cette jeune fille, mais ceci – Banks désigna l'écran – indique qu'il écoutait, et devait même les surveiller… Il a menti. Il savait exactement ce qu'elle allait faire et qu'elle serait seule…

– Je ne vois toujours pas où cela nous mène. Il n'est pas possible d'aller dans le Labyrinthe à partir du pub sans être filmé par les caméras, et Jamie Murdoch n'apparaît pas...

– Je sais. Mais ça m'a fait réfléchir...

Munro éteignit la télévision et ralluma dans la pièce.

– Vous n'avez plus besoin de moi ? dit-il.

– Non, répondit Banks. Merci beaucoup, Don. Vous avez été chouette.

Munro salua la commissaire d'un léger signe de tête et s'en alla.

– « Le début d'une belle amitié... », marmonna Gervaise derrière lui.

Ils le virent rire comme un bossu.

– Bon, inspecteur, qu'alliez-vous dire ?

– C'est une théorie que je voulais vous soumettre.

Elle remua dans son fauteuil.

– Je suis tout ouïe.

– Comme je l'ai déjà dit, Murdoch a prétendu qu'une fois les derniers clients partis – Hayley et ses amis –, il avait fermé et était allé nettoyer les toilettes vandalisées.

– Il a peut-être mis quelques secondes pour fermer... Ça n'est pas forcément significatif.

– Ça fait plus d'une minute. Et c'est long, une minute... De plus, durant cette période, Hayley a dit ce qu'elle allait faire et quitté les autres, qui sont allés au Bar None. Nous savons que Stuart Kinsey est sorti furtivement de ce bar par la porte de derrière et qu'il a vraisemblablement entendu l'agression...

– Où voulez-vous en venir ? Suis-je à ce point bouchée ?

– Non, madame. J'ai mis un certain temps à comprendre.

– Ah, je me sens mieux ! Alors, quoi ? Je ne vois toujours pas comment Jamie Murdoch pouvait aller dans le Labyrinthe sans être vu, pour violer et tuer cette pauvre fille avant de rentrer nettoyer les chiottes...

– Moi non plus, au début... Jusqu'au moment où j'ai réalisé que personne n'avait perquisitionné à fond dans son pub. C'est un mini-labyrinthe en soi. Avec toutes sortes de pièces – étage, cave, j'en passe – et c'est une vieille maison. Du dix-huitième siècle. Quand on y pense, il serait logique qu'il y ait une issue secondaire...

– Un passage secret ? Vous plaisantez ?

– Quoi d'extraordinaire, dans cette région du monde ? Moyen commode pour échapper à des visiteurs importuns.

– D'accord. Je connais mon histoire. Les pièces dérobées où se cachaient les prêtres… Vous avez peut-être raison.

– Et cela m'a fait penser à autre chose…

Gervaise sourcilla.

– Dites !

– Quand Winsome a parlé avec Jill Sutherland, la fille qui bosse au Fountain, Jill lui a dit qu'une des raisons pour lesquelles elle n'aimait pas cet endroit, c'est que Murdoch écoulait de l'alcool et des cigarettes de contrebande, et qu'il avait même essayé de lui faire rapporter de la marchandise de France.

– Tout le monde en fait autant. C'est illégal, je sais, mais pour combattre cela…

– Ce n'est pas ce que je veux dire. Ce que je veux dire, c'est que lorsque Templeton est allé sur place, il n'a rien trouvé. Moi non plus.

– « Rien ne peut venir de rien. » Qui a dit ça ?

– Shakespeare, madame.

– Ah, bravo !

– J'ai répondu au pif ! Quand on répond Shakespeare, on a en général quarante-neuf pour cent de chances d'avoir raison, peut-être plus…

– Et les cinquante et un pour cent restants ?

– Quarante-neuf pour cent, la Bible, et le reste… Surtout Oscar Wilde.

– Intéressante thèse. Poursuivez.

– Eh bien, au début j'ai cru que l'activité policière avait poussé Murdoch à se débarrasser de sa came ou à la mettre ailleurs, et puis j'ai compris que, s'il avait une bonne planque à l'origine, et si la came n'était pas dans…

– … un des endroits visités par Templeton, c'était donc ailleurs. Une cachette ?

– Précisément. Et cette cachette pourrait bien déboucher dans le Labyrinthe.

– C'est tiré par les cheveux, comme histoire. Je ne suis pas sûre de marcher...

– On peut toujours aller voir, non ? Si vous pouvez me procurer deux mandats de perquisition, l'un pour chez lui, pour qu'on soit sûr qu'il n'ait rien planqué là, l'autre pour qu'on puisse fouiller le pub : murs, sol et plafond...

– Je ne suis pas certaine qu'on ait assez d'éléments justifiant un mandat de perquisition.

– Mais on peut essayer, non ?

Gervaise se leva.

– On peut essayer, dit-elle.

– J'ai procédé à quelques vérifications ce matin et j'aurais encore un test à faire, avec votre complicité. Qui sait ? Cela pourrait même s'ajouter à notre lot de preuves.

– Au point où nous en sommes, ça ne serait pas du luxe. Dites toujours...

– Maggie Forrest en a bien bavé, dit Annie à Ginger, autour d'un déjeuner tardif, dans un pub sur Flowergate. Cela l'a forcément affectée.

– C'est le risque quand on copine avec des fous criminels, rétorqua Ginger en piochant dans ses frites. Mais depuis le « test cheveux », la voilà disculpée, n'est-ce pas ?

– Pas forcément. Il faut garder l'esprit ouvert. De plus, on n'a jamais été sûr que Lucy Payne avait tué...

– Tu ne vas pas prétendre qu'elle était innocente, j'espère ?

Annie prit une autre bouchée de salade et écarta son assiette.

– On n'a jamais cru vraiment qu'elle tuait les victimes, dit-elle, mais elle participait aux sévices. Le tueur était son mari – d'après les preuves réunies – mais elle l'aidait à enlever ces jeunes filles. À mes yeux, cela les rend pareillement coupables.

– On est moins méfiant si c'est une femme, ou un couple, qui vous aborde...

– C'est vrai. C'est la douceur même, une femme...

Ginger fit la grimace et essuya sa lèvre supérieure où s'était déposée un peu de mousse de bière. L'ambiance

361

était animée ; la plupart des tables étaient occupées par des vendeurs ou des bureaucrates qui profitaient bien de leur pause-déjeuner.

– En tout cas, dit-elle, c'est vrai qu'il ne faut pas avoir d'œillères. Ce truc des cheveux n'est pas concluant. Et même si on l'a trouvé sur le plaid, et même s'il pourrait bien provenir de la tête de Kirsten Farrow, ça ne signifie pas pour autant que Maggie Forrest n'a pas tué Lucy Payne, n'est-ce pas ?

– Effectivement. Pour commencer, elle n'a pas d'alibi.

– Et si on allait parler à son psy ?

– Les psychiatres ne disent jamais rien. Ils sont pires que les prêtres et les avocats, mais on pourrait toujours essayer. Je voudrais parler à la psy de Kirsten Farrow, également. Celle qui l'a hypnotisée. J'ai trouvé un nom dans les dossiers : Laura Henderson. Je vais essayer de la joindre par téléphone, cet après-midi. Et Templeton ? Comment s'insère-t-il dans tout ça ?

– Ton copain ?

– Ce n'était pas mon copain, et c'était un flic épouvantable, à la vérité. Pauvre bougre. Quelle fin, tout de même...

– Au moins, ç'a été rapide.

– J'imagine, dit Annie.

Elle eut une pensée triste pour Templeton, ses costards chics, ses cheveux gominés et sa vanité. Le pauvre en pinçait à mort pour Winsome depuis qu'elle avait intégré la brigade, mais il n'avait jamais trouvé grâce à ses yeux. On ne pouvait pas lui donner tort, à cette fille : Annie aurait eu la même réaction s'il lui avait fait des avances. Malgré tout, elle avait parfois eu pitié de lui en voyant combien il l'avait raide. Certains soirs, il devait avoir du mal à rentrer chez lui.

– Qu'est-ce qu'il y a de drôle ?

– Rien. Je pensais à lui, c'est tout. Les souvenirs... Ce soir, on se réunit au Queen's Arms en son honneur.

– Tu vas y aller ?

– Peut-être.

– Voilà ce qui nous reste, en définitive. Les souvenirs...

– C'est bien déprimant. Qu'est-ce qu'on a, jusqu'à présent ? On s'est rapprochés de la source de la fuite ?

Ginger finit ses frites et secoua la tête, la bouche pleine. Puis elle se tapota la poitrine et prit une autre gorgée de bière. Le soleil perça momentanément les nuages et brilla à travers les vitraux.

– *Nada !* Mais je n'aime toujours pas Julia Ford, ni l'autre – celle qu'on a rencontrée la première fois.

– Constance Wells ?

– Oui, elle. Quelle mijaurée…

– Allons, allons, Ginger ! Rentre tes griffes !

– Oh… Bon…

– Donc, ni l'une ni l'autre n'avouent avoir révélé l'identité réelle de Karen Drew à quelqu'un ?

– Non, évidemment. Leurs lèvres sont encore plus scellées que le sphincter d'un Écossais, si tu veux bien me passer l'expression…

– Rien d'intéressant en amont ?

– Pour le moment, non. L'habituel truc universitaire. Je crois que Constance Wells a appartenu à la Société marxiste quand elle était étudiante, figure-toi ! Je parie qu'elle n'aimerait pas que ça se sache, au bureau…

Annie eut un sourire.

– Tu ne vas pas cafter ?

Ginger lui adressa un sourire malicieux.

– On verra. Qui sait ?

Elle termina sa bière.

– Heureusement qu'il n'y a pas de calories là-dedans !

– Et maintenant ? Un petit pudding ?

Ginger se caressa l'estomac.

– Non, j'ai mon compte. Cela dit, un truc m'a frappée, au cours de mes recherches. Ça ne veut rien dire, mais c'est intéressant.

– Ah ? Quoi ?

– Eh bien, Julia Ford n'a pas entamé ses études tout de suite. Elle avait un peu plus de la vingtaine.

– Et après ?

– La plupart des jeunes enchaînent directement après le bac. Droit, médecine… Ils sont pressés d'achever leurs études pour pouvoir commencer à gagner leur vie et rembourser leur prêt étudiant le plus tôt possible.

363

– OK. C'est logique. Je crois que c'étaient des bourses à l'époque, pas des prêts, mais c'est un point intéressant. S'il y a une chance que Maggie Forrest soit en réalité Kirsten Farrow, Julia Ford pourrait l'être aussi, n'est-ce pas ?

Ginger parut surprise.

– Ce n'était pas là où je voulais en...

– Minute ! Elle aurait l'âge, elle est élancée, et si elle a caché ses cheveux sous un chapeau, qu'elle s'est habillée comme Madame Tout-le-monde... Ça pourrait bien être elle, non ?

– Julia Ford ? Merde alors ! Mais c'était l'avocate de Lucy Payne !

– Elle connaissait également son identité et savait où elle était. Bon, OK, nous avons un problème pour le mobile. C'est contradictoire. Mais peut-être y a-t-il une raison à cela. Un fait qu'on ignore.

– Tu as peut-être raison. Tu veux que je poursuive mes recherches ?

Annie acquiesça.

– Oui. Vois si tu peux trouver où elle était entre 1985, année où Kirsten a dû entrer en fac, et 1991 ou 92, date où on la perd de vue. Mais sois prudente.

– Et les alibis ?

– Ça va être difficile à faire sans qu'elle le sache, mais si tu pouvais découvrir où elle se trouvait au moment où Lucy Payne et Templeton ont été assassinés, ce serait d'un grand secours.

– Je vais voir. Mais ce que j'allais te dire...

– Oui ?

– Julia Ford a passé un autre diplôme avant son droit. Pas en lettres. Psychologie. À Liverpool.

– Ça ne l'innocente pas pour autant. Et son droit ?

– À Bristol.

– Kirsten Farrow était de Bath. C'est tout près.

– Maître Ford a partagé un appartement pendant qu'elle était là-bas. Les deux premières années.

– Comme beaucoup d'étudiants...

– Il se trouve que j'ai eu un contact avec une jeune femme fort bavarde et serviable, du foyer des étudiants, qui avait tous les dossiers concernant les années passées.

Bref, Julia Ford a cohabité avec Elizabeth Wallace, qui étudiait la médecine à l'époque. Maintenant, corrige-moi si je me trompe, mais Elizabeth Wallace... n'est-ce pas la légiste du secteur ouest ?

– En effet.

– C'est intéressant. Elles étaient copines, elle et Julia Ford. Et...

– Et quoi ?

– J'ai fait quelques recherches, et elles sont toutes deux domiciliées à Harrogate, à présent.

– C'est vaste...

– Toutes deux appartiennent au club de golf local.

– Entre consœurs... C'est logique. Mais tu as raison, Ginger, c'est intéressant. Penses-tu que Julia Ford aurait pu le dire au Dr Wallace ?

– Et le Dr Wallace commettre à son tour une indiscrétion... ? Bon, c'est possible, n'est-ce pas ?

– Je me demande si le Dr Wallace pourrait nous en dire plus ?

– Tu crois qu'elle crachera le morceau plus que Julia Ford ? Un médecin ! C'est pire qu'un avocat. À supposer qu'il y ait un morceau à cracher, d'ailleurs...

– Peut-être pas. Mais quand on sera rentrées au commissariat, continue à fouiller dans le passé de Julia Ford. Discrètement, bien sûr. Revois ta copine de Bristol et regarde si elle ne pourrait pas sortir d'autres noms rattachés à cette époque. D'autres jeunes filles ayant partagé le logement, été membres des mêmes sociétés, ce genre... J'aurai peut-être intérêt à aller parler avec le Dr Wallace si jamais tu trouves quelque chose. Je l'ai déjà rencontrée. Elle a l'air correcte.

– À quoi penses-tu ?

Annie saisit son porte-documents et se leva. Elles sortirent sur Flowergate pour se mêler au flux humain.

– À quoi je pense... ? Tu sais, on boit un verre au dix-neuvième trou – la météo est propice au golf, en ce moment – et les langues se délient. « Devine qui est notre cliente et ce qu'on a fait pour elle », dit Julia. « Oh ? » répond le Dr Wallace. Et ainsi de suite.

– Bavardages entre filles ?

– Quelque chose dans ce goût-là. Et le Dr Wallace répète cela à quelqu'un d'autre, une autre ancienne condisciple ou… Qui sait ? Quel est le nom du psychiatre de Maggie Forrest ?

– Simms. Dr Susan Simms.

– Où a-t-elle fait ses études ?

– J'en sais rien.

– Trouve. A-t-elle jamais travaillé pour la police ?

– Je vais vérifier.

– Bien. Cela pourrait la relier à Julia Ford par le biais des tribunaux. Elle a pu être sollicitée professionnellement par le cabinet de Julia. Le Dr Simms est déjà reliée à Maggie Forrest. Ça fait beaucoup de possibilités…

– Vrai, chef !

– Je ne sais pas où tout cela pourrait nous mener, dit Annie, mais on est peut-être sur la bonne voie.

Elle sortit son mobile.

– Je devrais peut-être mettre Alan au courant.

– Si tu le penses…

– Et, Ginger ?

– Oui, chef ?

– Fais gaffe où tu mets les pieds. Non seulement on est en train de renifler autour de l'engeance préférée du commissaire – les médecins et avocats – mais il y a aussi une tueuse dans la nature, et il ne faudrait surtout pas lui marcher sur la queue et la déranger sans s'en apercevoir…

Banks se rendit à pied depuis le QG du secteur ouest jusqu'au pub The Fountain, tard dans l'après-midi, tout en ruminant ce qu'il venait d'apprendre grâce au coup de fil d'Annie. Julia Ford et Elizabeth Wallace, ex-colocataires et copines de golf. Bon, logique. Puisqu'elles s'étaient connues à la fac, et toutes deux étant des femmes de tête, célibataires, vivant à Harrogate, elles pouvaient être amies, et membres du même club de golf.

La connexion Maggie Forrest était celle qui l'intéressait réellement, cependant. Selon Annie, elle avait recours à Constance Wells, employée dans le cabinet de Julia Ford, pour négocier certains contrats, et connaissait par ailleurs un peu Julia Ford. Donc, elle pouvait facilement avoir entendu parler de Karen Drew dans les bureaux, ou avoir vu un document révélateur. Julia Ford avait été l'avocate de Lucy Payne, et Maggie avait pris le parti de Lucy. Cela n'avait duré qu'un temps, bien sûr, mais il y avait bel et bien eu un contact.

Ensuite, ce cheveu. Annie lui avait dit que l'expert, Famke Larsen, avait associé la boucle de cheveux de Kirsten Farrow trouvée dans la maison de Greg Eastcote en 1989 au cheveu sur le plaid de Lucy Payne. Ce n'était pas concluant, bien entendu, mais suffisant pour confirmer que Kirsten était réapparue et était impliquée dans le meurtre de Lucy. Qui était-elle ? – mystère. Le cheveu sur la couverture, avait aussi dit Annie, allait révéler un profil ADN mitochondrial qui pourrait aider ultérieurement à identifier la criminelle. Cela prendrait quelques jours, et il faudrait faire des prélèvements sur toutes les suspectes pour comparer, mais c'était un progrès décisif.

Pour le moment, il fallait se concentrer sur l'affaire Hayley Daniels. On se rapprochait ; il le sentait dans la moelle de ses os.

– Salut, Jamie, dit Banks en allant se planter au comptoir. Jill...

Jill lui sourit, mais pas Murdoch. Campé devant une machine à sous, un ado en longue gabardine tourna furtivement la tête dans sa direction. Banks le reconnut : un jeune du lycée polyvalent. Mineur séchant l'école. Mais il n'était pas venu pour ça, aujourd'hui. S'il s'en souvenait, il téléphonerait peut-être plus tard au principal. Il s'entendait assez bien avec Norman Lapkin et ils prenaient un pot ensemble de temps en temps. Lapkin comprenait les problèmes que représentaient les jeunes fugueurs.

– C'est quoi, cette fois ? protesta Murdoch. Vous ne pouvez pas me foutre la paix deux minutes ? J'ai du boulot.

– Je ne vais pas vous gêner, dit Banks. En fait, je vais peut-être même augmenter votre chiffre d'affaires. Une Black Sheep, si ça ne vous fait rien !

Murdoch chercha le regard de Jill, qui prit un verre et se mit à tirer une pinte.

– Alors, comment vont les affaires ? demanda Banks.

– Pas terrible. Surtout depuis le week-end dernier.

– Oui, notre collègue aurait pu quand même s'abstenir d'aller se faire égorger à deux pas d'ici, non ? Un meurtre, ça fait marcher le commerce, ça attire les curieux... mais deux ?

Murdoch pâlit.

– Je n'ai pas voulu dire ça. Vous le savez bien. Vous me faites dire des choses... J'ai été désolé d'apprendre ce qui est arrivé à M. Templeton, c'est vrai... C'était un bon flic...

– N'exagérons pas, Jamie. D'ailleurs, vous n'y êtes pour rien, n'est-ce pas ?

– Bien sûr !

Jill sourit quand Banks lui donna un billet de cinq livres en lui disant de garder la monnaie. Murdoch se pencha de nouveau sur ses menus, et Jill se remit à laver des verres. Ils semblaient déjà propres.

Une cassette, ou la station satellite, passait « I Only Want to Be With You » de Dusty Springfield. Banks songea à Sophia et se demanda comment tournerait leur histoire. Il avait écouté le CD de Thea Gilmore ce matin, et enfin compris pourquoi elle avait qualifié d'« osée » la chanson « Sugar ». Le personnage de la chanson disait que le type qu'elle avait rencontré pouvait la ramener chez lui et coucher avec elle, mais pas lui dire « Sugar ». Banks ne l'avait pas appelée « Sugar ». Si seulement il avait pu tout plaquer et partir avec elle comme il en aurait eu envie... Maintenant elle était rentrée à Londres, retrouvant ses habitudes, ses amis, le travail et ses prenantes obligations mondaines. Et si elle l'oubliait ? Et si elle jugeait que c'était une folie ? Peut-être en était-ce une. Mais pourquoi ne pouvait-il cesser de penser à elle, et pourquoi était-il subitement si jaloux de tous ceux qui étaient plus jeunes et plus libres que lui ?

Il jeta un coup d'œil dans la salle. Cinq ou six clients, mais leur nombre augmenterait bientôt avec la fermeture des bureaux du centre-ville. Jamie Murdoch avait raison, cependant. Une atmosphère sinistre planait sur Eastvale depuis le meurtre de Templeton, et ça ne s'arrangerait que lorsque la coupable serait arrêtée. Et si on ne la trouvait pas bientôt, les divers experts de toute l'Angleterre

368

débarqueraient pour s'en occuper, comme Scotland Yard, jadis. Déjà, la presse s'en frottait les mains, dénonçant l'incompétence de la police d'un côté, condamnant de l'autre un policier pour brutalités.

Banks savoura sa pinte. Dusty fit place à « Theme for Young Lovers » des Shadows, ce qui redoubla sa nostalgie. Cette chanson passait sur son transistor quand il avait volé son premier baiser, au bord de la rivière, par une belle journée de printemps en 1964. Elle s'appelait Anita Long-bottom et ne s'était pas laissé toucher les seins.

– Pouvez-vous baisser un peu, Jill ? dit Banks. J'ai du mal à m'entendre penser...

Jill baissa le volume. Personne ne s'en plaignit. Banks se demanda si ça manquerait à quelqu'un, mais il savait que certains étaient perturbés par le silence. Il sirota sa bière et songea avec plaisir que même si la commissaire Gervaise était entrée à ce moment-là, il n'aurait pas eu d'ennuis. Elle avait adopté sa suggestion et pensait comme lui qu'il fallait avoir l'air le plus naturel possible. C'était à peu près le seul point positif ayant résulté du meurtre de Templeton, en plus du fait que Banks avait dû ajourner ses rendez-vous chez le docteur et le dentiste.

– Vous semblez nerveux, Jamie, dit Banks. Des soucis ?

– J'ai la conscience tranquille, monsieur Banks.

– Ah, vraiment ? Vous n'auriez pas plein de gnôle espagnole et de cigarettes françaises planquées quelque part ? Il m'a semblé que vous empestiez la gauloise, il y a une minute.

– Très drôle. Vous plaisantez ?

– Pas du tout.

– Ben, la réponse est non.

Murdoch jeta un regard noir à Jill, qui se concentra de nouveau sur ses verres.

– Autre chose... Un témoin aurait entendu une bribe de musique dans le Labyrinthe au moment où Hayley Daniels était assassinée.

– Vous l'avez déjà dit. Moi, je n'ai rien entendu.

– On ne savait pas trop d'où ça venait. Une voiture qui passait, une porte entrouverte... un truc comme ça.

– Désolé, je ne peux pas vous aider.

– Puis, j'ai eu une idée.

– Ah ?

– Oui. Le témoin s'est rappelé que c'était « Fit But You Know It », une chanson des Streets, et j'ai vu sur le Net qu'on pouvait acheter ça en ligne...

– Et alors ?

– Comme sonnerie de téléphone.

Murdoch n'eut rien à répliquer à cela, et avant que Banks ait pu ajouter quelque chose, il entendit « Fit But You Know It » sortir de la poche de Murdoch. Comme convenu, la commissaire Gervaise appelait le numéro qu'ils s'étaient procuré par l'opérateur. Le visage de Murdoch devint tout pâle, ses yeux se reportèrent sur Banks, puis il sauta par-dessus le comptoir et fonça sur la place du marché.

Banks se lança à sa poursuite.

– Jamie, fais pas le con ! cria-t-il, au moment où le jeune homme dispersait un groupe de personnes âgées en goguette. Tu ne peux pas nous échapper !

Mais Murdoch traversa la place. Les agent en uniforme postés à l'extérieur du commissariat dans cette éventualité passèrent à l'action et, voyant sa route coupée, Murdoch changea de cap pour se diriger vers le centre commercial. Là, il bondit dans l'escalator, Banks à ses trousses, haletant, et se précipita dans la galerie marchande du niveau 1.

Les femmes serraient leurs enfants et hurlaient tandis que valsaient paquets et bonshommes. Banks sentit dans son dos deux policiers en uniforme, et soudain il vit Winsome rappliquer très vite sur sa gauche. Quelle vision – la tête rejetée en arrière, les coudes comme des pistons, ses longues jambes d'athlète avalant les distances.

Murdoch s'engouffra à l'intérieur du rayon alimentaire du Marks & Spencer, bousculant les paniers de la clientèle au passage. En se fracassant par terre, une bouteille de vin projeta du rouge dans toutes les directions. Quelqu'un poussa un cri, et Murdoch faillit s'étaler par-dessus un jeune enfant qui se mit à pleurer, mais il reprit son équilibre et cavala en direction du rayon « Hommes ».

Banks n'était pas en mesure de le rattraper. Il n'avait pas la forme et n'avait jamais été bon à la course. Winsome, en revanche, participait à des marathons et elle avançait avec aisance et grâce derrière lui, se rapprochant à chaque foulée. Murdoch jeta un coup d'œil en arrière et se vit talonné. Renversant une femme âgée qui se trouvait sur son passage, il piqua un sprint vers la sortie.

Ensuite, Banks ne devait pas en croire ses yeux. Le fuyard n'était plus qu'à un ou deux mètres d'elle quand Winsome se propulsa dans les airs – ça tenait à la fois du plongeon et du plaquage de rugbyman –, le ceintura au niveau des cuisses de ses longs bras musclés et le fit tomber à plat ventre. Quelques instants plus tard, Banks se tenait au-dessus d'eux, haletant. Winsome, un genou sur le dos de sa prise, faisait sa Super-Jamie, disant : « Tu es en état d'arrestation, mon petit... », lui énonçant ses droits comme un vrai flic américain. « Tu as le droit de garder le silence... »

Malgré sa douleur au thorax, Banks ne put réprimer un sourire. Ce n'était pas le laïus officiel et, évidemment, Winsome était trop jeune pour avoir vu la série *Super-Jamie*.

– C'est bien, Winsome, dit-il, toujours aussi essoufflé. Bravo. Remettez-le sur ses pieds et passez-lui les menottes. On va s'occuper de lui au commissariat...

17

BANKS, Winsome et Jamie Murdoch s'installèrent dans la morne salle d'interrogatoire. Murdoch, en combinaison orange, se rongeait les ongles. Son avocate commise d'office, maître Olivia Melchior, était assise dans un coin. Elle s'était déjà entretenue avec lui pour lui expliquer la situation, lui conseillant de répondre simplement et honnêtement, sauf quand ses réponses pourraient lui nuire ou représenter une violation de ses droits – et de cela, elle serait juge. Banks mit en marche magnétophone et magnétoscope, déclina comme d'habitude l'heure, la date et l'identité des personnes présentes, puis délivra la mise en garde habituelle, celle portant sur les inconvénients qu'il y aurait à ne pas dire maintenant quelque chose sur quoi l'accusé pourrait s'appuyer au tribunal. Murdoch se contentait de fixer ses ongles.

– Bon, dit Banks. Pourquoi t'es-tu enfui, Jamie ?

– Vous allez me piéger, non ?

– Comment cela ?

– Pour la contrebande. Les cigarettes et l'alcool. Vous allez me piéger. Ça existe, il paraît.

– Il ne s'agit pas de contrebande, Jamie.

– Non ?

– Non.

– De quoi, alors ?

– Du viol et du meurtre de Hayley Daniels.

De nouveau, Murdoch baissa les yeux sur ses ongles.

– Je vous l'ai déjà dit : je sais rien là-dessus.

– Allons donc, tu étais juste à côté…

– Les murs sont épais. On n'entend pas grand-chose du pub.

– Mais quand la porte est ouverte, c'est différent, n'est-ce pas ? dit Winsome.

Murdoch la regarda fixement.

– Quoi ?

– Quand Hayley et ses amis sont partis, vous avez laissé la porte entrouverte et avez pu entendre ce qu'ils disaient. Nous pensons que vous l'avez entendue dire qu'elle allait dans cette ruelle toute seule.

– Et alors ?

– L'admettez-vous ?

– C'est possible. C'est malpoli de claquer la porte derrière les derniers clients. On attend quelques secondes. Au cas où quelqu'un aurait oublié un truc. Un sac, une veste…

– Très délicat de ta part, dit Banks. Moi qui croyais que tu fermais au plus vite, pour éviter les agressions.

– Oui, c'est vrai. Mais…

– Hayley t'avait salement engueulé, hein ?

– Comment ça ?

– Quand tu lui as dit que les toilettes n'étaient pas utilisables, elle t'a engueulé comme du poisson pourri. Allons, Jamie, on connaît la musique.

– C'était ignoble…, dit Murdoch, secouant lentement la tête. Je n'avais jamais entendu des mots aussi ignobles sortir d'une…

– … aussi jolie bouche ? C'était une jolie fille, n'est-ce pas ? Bien faite…

– Je ne sais pas.

– Oh, allons donc ! Ne me dis pas que tu n'avais pas remarqué. Même moi, je l'ai remarqué, et pourtant elle était morte.

L'avocate lança à Banks un regard d'avertissement. De toute évidence, elle savait qu'il avait tendance à dépasser les bornes, à pousser les suspects à abandonner leurs histoires bien rodées.

– Elle était assez bien roulée.

– « Fit and she knows it » : « Bien roulée et consciente de l'être ».

– C'est en général le cas.

– Qu'entends-tu par là, Jamie ?

– C'est comme j'ai dit. Les filles comme elles. Elles se savent bien roulées.

– Est-ce pour cela que tu aimes cette chanson, que tu t'en sers comme sonnerie de téléphone ?

– C'est juste pour rigoler.

– Elles aiment bien s'exhiber, ces jolies filles, hein ?

– Faut voir comment elles s'habillent – si on peut appeler ça s'habiller !

Il eut un rire âpre, déplaisant.

– Comme Jill ?

– Jill ?

– Oui, celle qui travaille pour toi. Jill Sutherland. Jolie fille, hein ? Elle a l'habitude de passer par le Labyrinthe pour venir travailler chez toi. C'est ce qui t'a donné l'idée ?

– Quelle idée ?

– L'idée que c'était un endroit adéquat pour un guet-apens.

– C'est ridicule !

– Mais il n'en faut pas plus pour rendre fou un type un peu soupe au lait, non ? Leur accoutrement et ce qu'elles disent...

– Ne répondez pas, Jamie ! déclara l'avocate. Il oriente vos réponses.

À Banks, elle jeta un regard sévère.

– Et vous, cessez ! Restez-en aux questions pertinentes.

– Oui, maître...

Maître Melchior le fusilla du regard.

– Depuis combien de temps connaissiez-vous Hayley ? demanda Winsome.

– Je ne la connaissais pas. Je la voyais seulement quand elle venait avec ses copains.

– Mais, selon nos informations, vous avez été en première année de fac ensemble, avant que vous n'abandonniez vos études...

Ajustant ses lunettes de lecture, la jeune femme tapota le dossier sur la table.

– C'est possible. C'est une grande université.

– Vous l'avez invitée à sortir ?

– C'est possible. Et après ?

– Donc, vous vous connaissiez...

Winsome ôta ses lunettes et s'adossa à son siège.

– Dès le début, elle t'a plu, hein ? dit Banks.

– Où est le mal ?

– Mais elle ne voulait pas de toi. Une fille difficile, Hayley ! Préférant les types plus âgés, les professeurs, avec plus d'expérience, de fric, d'intelligence...

Murdoch frappa du poing sur la table.

– Du calme, Jamie, dit maître Melchior. Vous pensez que ça nous mène quelque part tout ça ? demanda-t-elle à Banks.

– Oh, que oui ! dit-il. N'est-ce pas, Jamie ? Tu sais où cela nous mène, pas vrai ? Le samedi 17 mars. Jour de la Saint-Patrick. En quoi était-ce un jour spécial ?

– En rien. Je ne vois pas.

– Des voyous avaient bien saccagé les toilettes, pourtant ?

– Oui.

– Que s'est-il passé ? Ont-ils trouvé le trou dans le mur de la réserve, celui par lequel tu espionnes les filles dans les toilettes ?

Murdoch se figea.

– Quoi ?

C'était une hypothèse hasardeuse de la part de Banks – personne n'avait jamais fait mention d'une telle chose – mais il semblait avoir visé juste. C'était digne d'un type comme Murdoch.

– On va laisser cela pour l'instant, dit-il. Ce soir-là, Hayley était particulièrement à son avantage, non ? La mini-jupe, le décolleté. Un peu vulgaire, quand même ?

– Inspecteur, l'interrompit l'avocate. Trêve de ces commentaires, voulez-vous ?

– Désolé, dit Banks. Mais elle te plaisait, pas vrai, Jamie ?

– Elle était très mignonne.

– Et tu avais envie d'elle depuis longtemps.

– Je l'aimais bien, oui.

– Elle le savait ?

– Oui, je pense.

– Et c'est alors qu'il y a eu l'affaire des toilettes…

– Elle n'aurait jamais dû dire ces choses-là…

– Elle t'a humilié devant tout le monde…

– Elle n'aurait pas dû employer ces mots-là.

– Quels mots, Jamie ?

– Des mots terribles. Insultant ma virilité, entre autres…

Il jeta un regard sournois à maître Melchior, qui semblait captivée.

– Elle t'a traité d'impuissant, n'est-ce pas ? De « bite molle ». Ça t'a rendu furax, pas vrai ?

– Comment elle a pu dire ça ? Elle savait bien que je… Elle savait que je l'aimais bien. Comment pouvait-elle être aussi cruelle ?

– Elle était ivre. Et elle avait envie de pisser.

– Monsieur Banks !

Banks leva les mains en l'air.

– Pardon…

– Je n'y étais pour rien ! Ce n'était pas moi qui avais foutu en l'air ces chiottes !

Banks entendit frapper à la porte. Winsome alla ouvrir et revint lui chuchoter quelques mots à l'oreille.

– Cet interrogatoire est suspendu à six heures treize, dit-il. L'inspecteur Banks et le brigadier Jackman quittent la pièce, l'agent Mellors entre pour surveiller le suspect.

Il jeta un coup d'œil à l'avocate.

– Vous venez ?

Elle parut déchirée entre rester auprès de son client et la curiosité.

– Jamie, ça ira ? dit-elle.

– Vous pouvez être tranquille, madame, dit l'agent.

Murdoch opina en détournant les yeux.

– Bon, dans ce cas…

Rassemblant ses papiers et son porte-documents, maître Melchior trottina à la suite de Banks et Winsome et traversa avec eux la place jusqu'au pub The Fountain. Un vent assez vif s'était levé et, tout en marchant, elle devait retenir sa jupe. Un attroupement s'était déjà formé devant l'établissement, et les deux agents en uniforme qui en défendaient l'accès avaient bien du mérite.

Ayant signé le feuillet, Banks et les autres furent autorisés à pénétrer dans le pub où une perquisition approfondie – et tout à fait légale – était en cours depuis qu'on avait emmené Murdoch au poste. Les spécialistes avaient revêtu combinaisons protectrices, casques et masques antipoussière, et un assistant distribua la même panoplie à Banks, Winsome et l'avocate, qui parut un peu gênée dans cette tenue.

C'était un vrai chantier. Partout, de la poussière et du plâtre effrité. Quand il découvrirait ça, le patron serait furax, songea Banks, même si, avec un peu de chance, il aurait à ce moment-là d'autres soucis. Ils suivirent Stefan Nowak à l'étage, dans l'une des réserves au-dessus du bar contiguës à Taylor's Yard et au Labyrinthe. Quelqu'un avait arraché les vieilles boiseries, révélant un trou assez grand pour permettre le passage d'un homme. Banks entendit des voix et vit le faisceau d'une torche agitée de l'autre côté.

– Il n'y a pas d'interrupteur, dit Nowak, tendant des lampes de poche. Pas de fenêtre non plus.

Il se pencha et passa en premier. Banks le suivit. Maître Melchior parut hésiter, mais Winsome resta en arrière pour la laisser passer et ferma la marche. Grâce à toutes ces torches, la pièce où ils se retrouvèrent était plus qu'assez éclairée. Ça sentait le moisi et le renfermé, ce qui était normal ; des caisses de bières et des cartons de cigarettes étaient entassés contre un mur.

– C'est tout ? dit Banks, déçu. Il n'y a pas d'accès au Labyrinthe ?

– Patience ! dit Nowak, qui alla au fond de la pièce, où il fit pivoter un panneau sur ses gonds.

La seconde pièce était tout aussi exiguë et moisie, mais un escalier raide en bois conduisait au rez-de-chaussée, où une porte aux gonds bien huilés et récemment munie d'une clé à barillet ouvrait sur la ruelle anonyme, au fond de Taylor's Yard, qui n'était pas surveillée par une caméra.

– Bingo ! fit Banks.

– C'est comme dans *Le Fantôme de l'Opéra*, dit Nowak. Des passages secrets…

– Secrets pour nous, uniquement ! Les maisons et espaces de stockage mitoyens sont souvent raccordés par ce genre de boyaux. Murdoch a tout simplement trouvé un moyen d'ôter et de replacer ce qui masquait l'accès pour aller et venir à sa guise. À l'origine, c'était l'endroit idéal pour cacher sa marchandise de contrebande, mais quand Hayley Daniels l'a mis en pétard, cela lui a permis de la rattraper. Il savait où elle allait et qu'il pourrait arriver là-bas en quelques secondes sans être vu. Combien de temps a-t-il dû mettre pour aller dans le Labyrinthe par ce chemin-ci ?

– Moins de cinq minutes, répondit Nowak.

– Inspecteur ?

L'un des techniciens les abordait, éclairant un coin.

– Qu'est-ce que c'est ? dit Banks.

– On dirait un sac en plastique, dit Nowak.

Il prit des photos, le flash les aveuglant momentanément dans cet espace confiné, puis ramassa soigneusement le sac de ses mains gantées et l'ouvrit.

– Voilà, dit-il en montrant le contenu à Banks. Vêtements, préservatifs, brosse à cheveux, chiffon, bouteille d'eau.

– Ses petites affaires ! dit Banks. Templeton avait raison. Ce fumier était si content de lui qu'il s'apprêtait à recommencer.

– Ou bien c'est qu'il méditait son coup depuis longtemps, ajouta Nowak. Ou les deux.

– Ce ne sont que pures suppositions, lança l'avocate, toute pâle, qui visiblement s'était remise sur le mode « avocat commis d'office » et s'efforçait de faire son boulot en dépit de l'horreur croissante que devait lui inspirer son client.

– Nous verrons ce qu'en dira le labo, fit Banks. Bon travail, Stefan, les gars... Bon, retournons à la salle d'interrogatoire. Il ne faudrait pas faire patienter trop longtemps M. Murdoch, n'est-ce pas ?

Après avoir déjeuné avec Ginger, Annie revint au commissariat pour voir s'il y avait du nouveau. Elle espérait d'autres bonnes nouvelles de la part des experts, mais l'expérience lui avait appris à être patiente. En attendant, elle entreprit de localiser le Dr Henderson, qui, s'avéra-t-il, pratiquait toujours à Bath. Après être tombée plusieurs fois sur une ligne occupée, Annie réussit à la joindre et se présenta. Le Dr Henderson, naturellement soupçonneuse, voulut absolument la rappeler elle-même sur son poste fixe, en passant par le standard automatique.

– Ne m'en veuillez pas, expliqua-t-elle alors, mais dans mon métier, on n'est jamais trop prudent.

– Dans le mien aussi. Pas de problème.

– Que puis-je donc pour vous ?

– Vous rappelez-vous une patiente nommée Kirsten Farrow ? Aux alentours de 1988, début 1989. Je sais que ça date...

– Mais bien sûr ! Il y en a qu'on n'oublie pas. Pourquoi ? Il lui est arrivé quelque chose ?

– Pas que je sache. En fait, c'est tout le problème. Personne ne l'a vue depuis seize ans. Vous aurait-elle fait signe ?

– Non.

– Quand l'avez-vous vue pour la dernière fois ?

– Pouvez-vous patienter un moment ? Je vais chercher dans mes dossiers. À l'époque, je n'avais pas encore d'ordinateur...

Annie attendit, en pianotant sur son bureau avec son stylo. Quelques instants plus tard, le médecin était de retour.

– Notre dernière séance a eu lieu le 9 janvier 1989. Je ne l'ai pas revue, depuis...

Ce n'était pas ce qu'avait espéré Annie.

– Pourquoi a-t-elle cessé de venir ?

À l'autre bout du fil, il y eut un long silence.

– Je ne suis pas certaine de devoir aborder ce sujet avec vous...

– Je m'efforce de la retrouver, dit Annie. Toute information de votre part pourrait nous aider. Je ne vous demande pas d'indiscrétions.

– Pourquoi la cherchez-vous ?

– Elle détient peut-être des renseignements touchant à une enquête que je mène.

– Quelle enquête ?

Annie eut envie de se dire tenue par le secret professionnel, mais à quoi bon jouer à ce petit jeu stupide ? Il fallait savoir donner un peu de son côté, pour avoir une chance d'obtenir autre chose en échange.

– Une femme a été assassinée dans un coin apparemment fréquenté par Kirsten...

– Oh, mon Dieu ! Vous croyez qu'il est de retour, hein ? L'assassin...

Ce n'était pas ce qu'Annie s'apprêtait à dire, mais elle saisit la perche ainsi tendue.

– C'est une éventualité, dit-elle. Il n'a jamais été arrêté.

– Mais je ne vois toujours pas comment je pourrais vous aider.

– Pourquoi Kirsten a-t-elle cessé de vous voir ?

Il y eut une autre pause, et Annie sentit l'esprit du Dr Henderson en proie à un débat. Heureusement, les « pour » semblèrent l'emporter sur les « contre ».

– Ces séances lui étaient trop pénibles, c'était la raison qu'elle invoquait.

– Comment cela ?

– Il faut comprendre qu'elle avait refoulé l'agression, ce qui entraînait toutes sortes de problèmes : dépression, cauchemars, crises de panique. En plus des autres...

– L'incapacité à avoir des relations sexuelles et des enfants ?

– Vous êtes au courant ?

Le médecin semblait surpris.

– Un peu.

– Eh bien, oui... avec tous ces problèmes... vous devez savoir aussi qu'elle a tenté de se suicider. Ce doit être dans les rapports de police.

– Oui, mentit Annie.

Inutile de lui faire comprendre qu'elle avait trop parlé. Elle se rétracterait.

– J'ai suggéré des séances d'hypnose, et elle a été d'accord.

– Dans quel but ?

– Curatif, bien sûr. Parfois, il faut se confronter à ses démons pour les vaincre, et c'est impossible si on fait un blocage sur ses souvenirs.

Annie eut le sentiment qu'elle savait déjà une ou deux choses sur la question.

– Et alors ?

– Rien. Trop pénible pour elle. Elle approchait de trop près... Au début, ce fut lent, puis elle s'est mise à se rappeler trop – et trop vite. Je crois qu'elle avait la sensation de perdre le contrôle et qu'elle a paniqué.

– Je croyais qu'affronter ses démons était le but ?

– Il faut du temps. Parfois, on a besoin d'énormément de préparation. Il faut être prêt. Je ne crois pas qu'elle l'était. Ç'aurait été comme rouler sur une autoroute encombrée sans avoir appris à conduire.

– Qu'est-ce que cela a donné ? S'est-elle rappelé quelque chose d'utile sur son agresseur ?

– Ce n'était pas l'objet du traitement.

– Bien entendu, docteur. Mais peut-être un bénéfice secondaire ?

– Je ne sais pas trop...

– Qu'entendez-vous par là ?

– À la dernière séance, sa voix était presque inaudible, ses paroles à la limite de l'intelligible. Ensuite, au sortir de sa transe, elle a paru stupéfaite de ce dont elle s'était souvenue. Plus qu'à l'ordinaire.

– C'était quoi ?

– Je ne sais pas. Vous ne comprenez pas ce que je vous dis ? Je ne sais pas. Elle est partie précipitamment et ne s'est plus manifestée, sauf auprès de ma secrétaire pour dire qu'elle ne reviendrait plus.

– Mais à votre avis, qu'est-ce que c'était ? Qu'est-ce qui l'a choquée à ce point ?

De nouveau, le Dr Henderson fit une pause. Puis, Annie l'entendit dire, dans un murmure :

– Je crois qu'elle s'était rappelé ses traits...

– Où étiez-vous passés ? protesta Murdoch. Ça commence à bien faire ! Je veux rentrer chez moi.

– Pas encore, Jamie, dit Banks. Encore quelques questions. Allons droit au but. Autant faire court, non ? As-tu violé et tué Hayley Daniels ?

– Non ! Comment j'aurais fait ? Vous m'auriez vu. On ne peut pas sortir du pub sans être filmé par les caméras.

Banks chercha le regard de maître Melchior, qui semblait pâle et mal à l'aise. Elle ne dit rien. Banks se pencha en avant et joignit ses mains.

– Moi, je vais te dire ce qui s'est passé, à mon avis, et tu me corrigeras si jamais je me trompe. OK ?

Murdoch opina, les yeux toujours baissés.

– Tu avais eu une sale journée. En fait, ta vie n'est pas marrante, en ce moment... Ce pub minable dont tu as seul la responsabilité pendant que le patron bronze en Floride. En plus, Jill avait prévenu qu'elle ne viendrait pas ! Parce que ce n'était pas qu'une employée, hein ? Elle était chouette à voir, elle aussi, hein ? Mais elle ne voulait pas coucher avec toi, elle non plus. Peut-être as-tu caressé l'idée de te la faire, dans le Labyrinthe ? Tu savais qu'elle passait par-là pour gagner du temps. C'était peut-être ton idée, samedi soir. Tu en avais finalement le courage. Mais Jill a appelé pour dire qu'elle avait un rhume, gâchant ton petit plan. Jusqu'à l'arrivée de Hayley Daniels. Tu la voyais depuis des années, tu avais même essayé de sortir avec elle, quand tu étais à la fac, avant d'abandonner en première année. C'est pas vrai ?

Murdoch ne disait rien. Maître Melchior griffonnait sur son calepin et Winsome contemplait un point en hauteur, sur le mur.

– Samedi soir, après qu'elle t'a traité de tous les noms, insultant ta virilité, tu les as virés, elle et ses copains, et tu les as entendus parler dehors. Hayley avait de la voix, surtout quand elle était ivre et en rogne, comme là. Tu l'as entendue dire à ses amis que tu étais une lopette, une « bite molle », encore et encore, sur la place du marché, ce que tout le monde pouvait entendre, et tu as laissé la porte entrouverte pour continuer à les entendre. Jusque-là, c'est exact ?

Murdoch continuait à se ronger les ongles.

– Tu l'as entendue dire qu'elle allait se soulager dans la ruelle, même si je doute qu'elle ait employé un terme aussi châtié. Elle était forte en gueule, hein ?

Un bref instant, Murdoch releva les yeux.

– Elle était grossière, vulgaire…, dit-il.

– Et ça, tu n'apprécies pas de la part d'une femme, n'est-ce pas ?

Il secoua la tête.

– Donc, ses amis se dispersent et elle va toute seule dans le Labyrinthe. Tu n'as pas mis longtemps à savoir comment faire pour aller là-bas et lui donner une bonne leçon, n'est-ce pas ?

– Je vous l'ai dit, protesta Murdoch d'une voix ennuyée, je ne pouvais pas aller là-bas sans être vu.

– Jamie, tu ne connais pas l'existence de la réserve adjacente au pub, derrière les lambris, à l'étage ?

Le silence avant le « Non » de Murdoch dit à Banks tout ce qu'il avait besoin de savoir.

– On l'a trouvée, reprit-il. Inutile de t'accrocher à ce mensonge. On a trouvé la pièce, le passage, les vêtements que tu conservais là, les préservatifs, la brosse à cheveux – tout. Tu t'apprêtais à faire une grande carrière, hein ?

Murdoch devint très pâle et cessa de s'occuper de son ongle, mais il ne répondit pas.

– Tu en rêvais depuis longtemps, pas vrai ? Que de fantasmes… Tu avais même préparé le nécessaire pour effacer du corps toutes les traces, ôter tous tes poils pubiens. Très astucieux, Jamie. Mais tu ignorais que Hayley serait la première, n'est-ce pas ? Tu croyais que ce serait Jill. Peut-être aussi étais-tu déjà allé là-bas, après l'heure de fermeture, dans l'espoir qu'une fille, n'importe laquelle, se présenterait, mais là l'occasion était trop bonne ! Quel début de carrière ! Cette petite garce sexy, tentatrice, si grossière… !

– Monsieur Banks, pourriez-vous la mettre en sourdine ? déclara maître Melchior, mais le cœur n'y était pas.

– Pardon, dit Banks. Vous préférez les euphémismes ? C'est plus agréable à l'oreille… ?

Son attention se reporta sur le prévenu.

– Tu es sorti par ce passage, et tu as vu Hayley faire ses besoins dans la ruelle comme une vulgaire traînée. Ça a dû t'exciter, comme quand tu épies les filles aux toilettes par le trou dans le mur... ? Sans doute n'as-tu même pas dû attendre qu'elle ait fini. Tu connaissais la réserve du maroquinier, la fragilité du verrou, car c'est bien là qu'elle était accroupie, hein, juste à côté de la porte ? On a retrouvé des traces d'urine. Et elle avait vomi. Tu lui as sauté dessus sans lui laisser le temps de remettre sa culotte et tu l'as traînée à l'intérieur, jetée sur le tas de morceaux de cuir. Très romantique. Mais là, petit problème : dans ton excitation, tu avais oublié d'éteindre ton mobile ; or il a une sonnerie très particulière et assez forte, une véritable chanson des Streets : « Fit But You Know It », que tu avais achetée en ligne. Très approprié. Quelqu'un l'a entendue, Jamie. Il n'a pas identifié la chanson au début, mais une autre personne l'a entendue aussi, une semaine plus tard, alors que tu quittais le pub. Qui était-ce, Jamie ? Ton patron, appelant de Floride, selon son habitude, en fin de soirée ? N'ayant pu te joindre au pub, il avait appelé sur ton mobile. C'est ça ? Il devait être dans les sept heures du soir là-bas, il était en train de s'offrir un margarita avant de dîner avec une bimbo en bikini, et il voulait savoir, comme d'habitude, comment marchaient ses affaires. Que lui as-tu répondu, Jamie ? Pas très bien ? Tu as dû mentir comme tu mens dans tous les autres domaines. Mais c'est un autre problème. Tu aurais dû changer de sonnerie de mobile après avoir tué Hayley.

« Comment ça s'est passé ? Tu as dû la bâillonner d'une main, pour lui fourrer dans la bouche des chutes de cuir, en la menaçant de la tuer si elle se débattait ou te dénonçait, et puis tu l'as violée. Mon Dieu, tu l'as violée. Vaginalement et analement. Tu t'es senti mieux en faisant cela ? Tout-puissant ? Et après ? Je crois que tu t'es senti coupable, quand tu as réalisé ce que tu avais fait. Les fantasmes, c'est une chose, mais la réalité... Tu as dû éprouver un choc. Pas moyen de faire machine arrière. Elle te connaissait. Elle savait ce que tu avais fait. Un jour, d'une façon ou d'une autre, ça se saurait si elle restait en vie pour le raconter. Donc, tu l'as étranglée. Pas forcément avec plaisir. Je ne sais pas. Comme ça n'était pas très convenable de la laisser là, les cuisses ouvertes et dépoitraillée, que ça montrait trop clairement ce que tu avais fait, comme dans un miroir, tu l'as placée délicatement sur le flanc, rapprochant ses jambes, comme si elle dormait – courait dans son sommeil. C'était mieux. Moins moche. Je me trompe, Jamie ?

Murdoch ne disait rien.

– De toute façon, aucune importance, dit Banks qui se leva, mettant un terme à l'interrogatoire. Nous avons toutes les preuves nécessaires, et, quand les experts en auront fini, on te foutra en taule et ce sera pour longtemps...

Murdoch ne bougeait pas. Quand Banks le regarda de plus près, il vit des larmes tomber sur la table au plateau éraflé.

– Jamie ?

– Elle était si belle... et si odieuse. Elle a dit qu'elle ferait n'importe quoi. Quand je... quand nous... Elle a dit qu'elle ferait *n'importe quoi*, si je la laissais partir.

– Mais tu ne l'as pas fait ?

Murdoch regarda Banks, les yeux rougis.

– Je voulais, oui, je voulais, mais je n'ai pas pu. Comment faire autrement ? Vous devez comprendre que je ne pouvais pas. Pas après... Elle n'aurait pas tenu parole. Une fille pareille. Une salope pareille. Je savais qu'elle n'aurait pas tenu parole. Je devais la tuer.

Banks se tourna vers maître Melchior.

– Ça vous suffit ? dit-il, et il quitta la pièce.

Lorsque Annie arriva au Queen's Arms, la veillée funèbre en l'honneur de Templeton était bien entamée et elle s'aperçut, sitôt le seuil franchi, qu'on en profitait pour fêter l'arrestation de l'assassin de Hayley Daniels, ce qui donnait une atmosphère bizarrement réjouie. Réunis autour d'une longue table, Banks, Hatchley, Gervaise et les autres buvaient en racontant des histoires sur Templeton, comme à une vraie veillée funèbre. La plupart étaient drôles, certaines aigres-douces. Annie ne voulait pas se montrer hypocrite en y allant d'une anecdote attendrissante, mais pas non plus gâcher l'ambiance en formulant ce qu'elle pensait réellement de Templeton. Le pauvre était mort. Il n'avait pas mérité ça. Inutile de l'accabler.

Sans savoir pourquoi, elle se sentait spécialement de bonne humeur. Le moment était mal choisi, bien sûr, mais elle était heureuse d'être de retour à Eastvale – et au Queen's Arms avec toute la brigade. Le secteur est, c'était sympa, mais sa place était ici. Winsome semblait s'amuser. Accoudée au bar, elle bavardait avec le Dr Wallace. Annie les rejoignit. Winsome parut se raidir un peu, mais bientôt elle se détendit et lui offrit un verre.

– Une pinte de Black Sheep, s'il te plaît, dit Annie.

– Tu sais, fit Winsome, tu peux dormir chez moi, si tu... préfères...

C'était en partie pour se faire pardonner, en partie pour rappeler qu'il ne fallait pas boire et conduire.

– Merci, répondit Annie en trinquant avec elle. On verra. Je ne suis pas sûre d'avoir envie de me pinter. Comment allez-vous, docteur ? Annie Cabbot... On a déjà eu l'occasion de se rencontrer avant ma mutation dans le secteur est.

La légiste lui serra la main.

– Je me souviens, dit-elle. Je vais bien. Appelez-moi Liz.

– OK, Liz...

– Ils vous font trimer, là-bas, paraît-il ?

– Oh, que oui !

La boisson d'Annie arriva, et elle prit une longue gorgée.

– Ah, ça va mieux !

Hatchley venait de finir sa blague et toute la tablée éclata de rire. Même la commissaire. Elle avait les joues rouges et semblait un peu pompette.

– Votre enquête, ça avance ? demanda le Dr Wallace.

– Lucy Payne ? Laborieusement. Écoutez...

Annie lui effleura le bras. Un contact léger et fugitif, mais elle sentit l'autre tressaillir.

– Il faudrait se réunir un jour pour en parler, confronter nos notes.

D'un geste large, elle engloba le pub.

– Pas ici, ni maintenant, bien sûr. Ce n'est pas le moment. Mais il y a des analogies avec le meurtre de Templeton.

– J'en suis consciente, répondit le Dr Wallace. J'ai parlé avec le Dr Clarke, votre légiste. Pour commencer, les lames utilisées semblent similaires.

– Vous aviez parlé de rasoir, si je me souviens bien ?

– Oui. Du moins est-ce le plus probable.

– Ou un scalpel ?

– C'est possible aussi. Avec ce type de blessures, il est souvent impossible d'être plus précis. Très coupant, en tout cas. Les scalpels sont plus difficiles à se procurer pour l'homme de la rue.

– Ou la femme… ?

– Bien entendu. Comme vous dites, ce n'est ni l'endroit ni l'heure. Et si vous passiez à la morgue ? J'y suis presque tout le temps.

Elle sourit.

– Si vous voulez bien m'excuser, j'ai un mot à dire à madame la commissaire… avant qu'elle ne s'écroule !

– Dans ce cas, pressez-vous ! dit Annie en levant son verre. Cul sec !

Le Dr Wallace sourit, s'éloigna et alla prendre la place libre à côté de la commissaire.

– Rabat-joie ! dit Winsome.

Annie la regarda.

– Ça fait plaisir de voir que tu t'amuses, Winsome. Tiens, je te paie un verre. Pourquoi pas un truc bleu ou rose, avec une ombrelle ?

– Oh, je ne sais pas, rétorqua Winsome, en serrant sa Guinness contre son sein.

– Allons, voyons ! Laisse-toi aller…

Annie lui adressa un clin d'œil.

– On ne sait jamais ce qui pourrait se passer.

Elle se pencha au-dessus du bar et demanda à Cyril l'une de ses spécialités. Il répondit qu'il arrivait tout de suite.

– Écoute, au sujet de l'autre jour…, commença Winsome.

– Aucune importance…

– Si, justement ! Je tiens à m'excuser. Je ne voulais pas réagir ainsi. Ce que tu fais ne regarde que toi, et je n'ai pas à te juger. Je n'avais même pas le droit de juger Kev comme je l'ai fait.

– Comment cela ?

– Je ne suis pas un ange. J'ai laissé un type attaché à un lit, tout nu, alors que j'étais venue lui dire que sa fille était morte...

– Winsome, tu es ivre ou quoi ? De quoi parles-tu, mon Dieu ?

La jeune femme parla de Geoff Daniels et Martina Red-fern au Faversham Hotel. Annie éclata de rire.

– Cette ordure semble l'avoir mérité, de toute façon. Un raciste...

– Tu crois ?

– Bien sûr ! Je n'avais pas compris, au début... J'essayais de t'imaginer en train d'attacher un type à un lit, dans une chambre d'hôtel.

– Ce n'était pas moi !

– Oui, j'ai compris. C'était juste une image marrante, c'est tout. N'y pense plus.

Annie prit une autre longue gorgée. La spécialité maison arriva pour Winsome. C'était à la fois rose et bleu. Autour de la grande table, on en était aux chansons. Elle distinguait la voix grave de Banks dans ce chœur. Il chantait faux.

– On dirait des chats qu'on écorche ! s'exclama Annie.

Winsome s'esclaffa.

– Je suis sincère, tu sais, à propos de l'autre jour. Je te prie de m'excuser. J'ai manqué de tact.

– Tu sais, entre nous, j'étais à côté de la plaque. Tu as eu raison de me le dire. C'était une erreur. Une énorme erreur. Mais c'est du passé aujourd'hui.

– Alors, mes excuses sont acceptées ?

– Tout à fait. Et si j'ai bien compris, tu mérites des éloges. Personne ne te savait capable d'un tel plaquage. Tu comptes défendre les couleurs de l'Angleterre, l'an prochain ?

– Vu le niveau de l'équipe...

– Allons !

Annie la prit par l'épaule. Ensemble, elles allèrent avec leurs verres rejoindre la tablée et chanter.

18

B ANKS apprécia le trajet en voiture jusqu'à Leeds. Le temps était agréable, la circulation pas trop épouvantable, et l'iPod le régalait avec un choix authentiquement aléatoire de David Crosby, John Cale, Pentangle et Grinderman, entre autres. Une légère gueule de bois, consécutive à la soirée d'hommage à Templeton, lui martelait l'occiput sans relâche, un peu amortie par du paracétamol extrafort et énormément d'eau. Au moins avait-il eu le bon sens d'éviter les liqueurs et de dormir sur le canapé de Hatchley, même si ses gosses l'avaient réveillé à une heure atrocement matinale. Annie était partie de bonne heure, disant qu'elle reviendrait à Eastvale dans la journée pour parler à Elizabeth Wallace. Ils devaient se retrouver pour un déjeuner tardif et comparer leurs notes.

L'air un peu intrigué par sa requête au téléphone, mais parfaitement agréable et polie, Julia Ford avait accepté de le recevoir à onze heures du matin. À Leeds, il eut la chance de trouver une place de parking non loin de Park Square et arriva à l'heure. La jeune réceptionniste, qui bataillait avec un bouquet dans le vestibule, prévint l'avocate par l'interphone et lui montra le chemin.

Julia Ford se leva derrière son grand bureau bien rangé et se pencha pour lui serrer la main. Elle portait un très subtil, et sans nul doute onéreux, parfum.

– Inspecteur ! Quel plaisir de vous revoir. Vous avez l'air en forme !

– Vous aussi, Julia. Puis-je vous appeler Julia ?

– Bien entendu. Vous, c'est Alan, n'est-ce pas ?

– Oui. Vous n'avez pas vieilli d'un iota, depuis la dernière fois...

C'était vrai. Ses cheveux d'un brun soutenu étaient plus longs, bouclant sur les épaules, avec quelques fils gris. Son regard, toujours aussi vigilant et soupçonneux, indiquait un esprit perpétuellement en éveil.

Elle s'assit et tapota sa jupe.

– La flatterie ne vous mènera nulle part. Que puis-je pour vous ?

Elle était frêle et semblait écrasée par son bureau.

– C'est une affaire délicate, dit-il.

– Oh, j'ai l'habitude. Tant qu'on ne me demande pas de trahir un secret professionnel...

– Loin de moi cette idée ! En fait, il y a plusieurs choses. Tout d'abord, connaissez-vous une dénommée Maggie, ou Margaret Forrest ?

– Ce nom m'est familier. Je crois que nous avons travaillé pour elle. Pas dans une affaire criminelle, je m'empresse de le préciser. Ça, c'est ma partie. Les autres membres du cabinet ont des spécialités très diverses. Je crois que Mme Forrest est une cliente de Constance Wells.

– Lui avez-vous parlé récemment ?

– Pas personnellement, non.

– Peut-être pourrais-je parler à maître Wells ?

– Je n'en vois pas l'utilité. Mes associés sont aussi discrets que moi-même.

– Quelqu'un a pourtant manqué de discrétion...

Le regard de l'avocate se fit plus aigu.

– Qu'insinuez-vous ?

– Dans votre cabinet, on a toujours su que Karen Drew était Lucy Payne. C'est vous qui avez procédé au changement d'identité, inventé cette histoire d'accident, négocié le transfert à Mapston Hall. Lucy Payne était votre cliente. Vous preniez soin de ses intérêts.

– Bien sûr. C'était notre mission. Je ne vois pas où vous voulez en venir...

– Quelqu'un a découvert la vérité et tué Lucy.

– Mais d'autres devaient être au courant. Vous n'êtes pas en train d'accuser ce cabinet, n'est-ce pas ?

– Nous avons parlé à tout le monde…

Banks observa un silence.

– On en revient à vous, Julia. Vous pouvez nous aider.

– Je ne vois pas comment…

– Nous pensons que Lucy Payne a été tuée soit par Maggie Forrest, soit par la même femme qui a tué deux hommes dans la même région, il y a dix-huit ans. Kirsten Farrow est son nom, mais elle doit en avoir changé, aujourd'hui. Un cheveu trouvé sur le plaid de Lucy correspond aux cheveux de Kirsten. Le cheveu du plaid a également livré de l'ADN, qu'on est en train d'analyser. Cela nous aiderait beaucoup si on pouvait découvrir qui savait que Karen était Lucy et où cette information a pu aller. Avez-vous, vous-même ou l'un de vos associés, parlé à Maggie Forrest ?

– Moi, non, en tout cas. Je suis navrée, mais je ne peux vous aider. Notre discrétion a été absolue.

– Allons, Julia ! C'est important. Des gens sont morts.

– C'est en général le cas quand vous débarquez…

– Un policier est mort.

Julia se toucha les cheveux.

– Oui. C'est désolant. Je regrette de ne pas pouvoir vous aider.

– Avez-vous jamais entendu parler de Kirsten Farrow, la femme que je viens de citer ?

– Jamais.

– Elle devrait avoir la quarantaine, aujourd'hui. Comme vous.

– Je vous ai déjà dit que la flatterie ne vous mènerait nulle part !

– Connaissez-vous le Dr Elizabeth Wallace ?

Julia parut surprise.

– Liz ? Bien sûr. C'est une amie de longue date. Pourquoi ?

– C'est notre légiste, voilà tout.

– Je sais. Elle a toujours été brillante. Si elle se défend aussi bien dans son travail qu'au golf, alors c'est qu'elle est excellente.

– Connaissez-vous par ailleurs une psychiatre, le Dr Susan Simms ?

– Je l'ai rencontrée. Enfin, son bureau est de l'autre côté du square. Il nous arrive de déjeuner ensemble, quand nos chemins se croisent.

– Dans quelles circonstances se croisent-ils ?

– Eh bien, ce n'est pas un secret qu'elle assume parfois des expertises psychiatriques pour des clients que je défends.

– Connaît-elle aussi le Dr Wallace ?

– Comment le saurais-je ?

– Maggie Forrest a été l'une de ses patientes.

– Que voulez-vous ? Le monde est petit. Vraiment, je ne vois pas où vous espérez aboutir avec cela, Alan, mais je n'ai rien à vous dire.

Elle consulta sa petite montre plaquée or.

– J'ai un autre rendez-vous dans quelques minutes, et j'aimerais pouvoir m'y préparer. Y a-t-il autre chose… ?

Banks se leva.

– Ce fut un plaisir…, dit-il.

– Oh, ne mentez pas ! Vous croyez que je suis sur terre pour vous rendre la vie difficile. Je suis sincèrement désolée pour le policier qui a été tué. Un ami à vous ?

– Je le connaissais, répondit Banks.

Tout au long de son trajet à travers les landes, Annie parla avec Ginger sur son mobile quand elle pouvait obtenir un signal. C'était trop tôt pour des résultats ADN sur le cheveu, mais Ginger avait utilisé tous azimuts les lignes téléphoniques, circuits de fax et comptes de messagerie. Conclusion : Maggie Forrest ne pouvait pas être Kirsten Farrow. Maggie avait l'âge adéquat et était née à Leeds, mais elle avait grandi au Canada et, en 1989, était entrée à l'école des Beaux-Arts de Toronto, se spécialisant dans l'illustration graphique. Elle avait épousé un jeune avocat, union s'étant soldée par un divorce douloureux au bout de quelques années. Apparemment, c'était une brute qui la battait. Après son divorce, elle était revenue en Angleterre pour y travailler, occupant la maison de Ruth et Charles Everett et se liant d'amitié avec Lucy Payne, jusqu'aux événements dramatiques, six ans plus tôt, qui l'avaient fait rentrer au Canada.

Mais Maggie était revenue en Angleterre et, selon Ginger, voyait le Dr Simms. En soi, c'était étrange, aux yeux d'Annie. Pourquoi revenir ? Elle aurait sans doute trouvé autant de travail au Canada. Maggie avait affirmé que c'était pour retrouver ses racines, mais si c'était pour se venger de Lucy ? Ce n'était pas parce que Maggie n'était pas Kirsten Farrow qu'elle était innocente du meurtre de Lucy Payne.

Étant donné les liens entre ces femmes – Maggie Forrest, Susan Simms, Julia Ford et Elizabeth Wallace –, la question principale était : avait-elle été aidée par l'une d'elles ? Et si oui, pourquoi ? Et quel rôle jouait Kirsten Farrow dans tout cela ? On pouvait avoir déposé exprès l'un de ses cheveux sur le plaid de Lucy, mais comment et pourquoi ? Le cheveu aurait pu aussi avoir été mis à Mapston Hall, par exemple. Le personnel avait été interrogé et réinterrogé, mais ça ne ferait pas de mal de recommencer, en creusant la question, d'inclure les visiteurs, livreurs, ouvriers, facteurs – tous ceux qui mettaient le pied là-bas.

Annie se gara à Eastvale, sur la place du marché plutôt que derrière le commissariat. Cela représentait un bout de chemin pour aller à l'hôpital en descendant King Street, mais l'air frais lui ferait du bien. Ensuite, elle irait faire un tour au poste pour voir comment les autres se remettaient de leur soirée. Elle-même n'était pas peu fière de n'avoir bu qu'une seule pinte avant de rentrer en voiture à Whitby.

À la réception, on lui indiqua que le Dr Wallace était dans son bureau, au sous-sol. Annie n'aimait guère cet hôpital, surtout le sous-sol. Les couloirs était sombres, hauts de plafond, et ses pas résonnaient sur les vieux carreaux verts. C'était une monstruosité victorienne, et même si la morgue et la salle des autopsies avaient été modernisées avec leurs équipements, les abords gardaient un aspect vétuste et évoquaient les temps barbares où il n'y avait ni anesthésie ni hygiène. Elle frissonna en entendant cliqueter ses talons. Autre détail réfrigérant, on n'y croisait jamais personne. Elle ignorait ce qu'il y avait d'autre, par ici, en dehors de la morgue et des espaces de stockage.

Peut-être les poubelles où étaient jetés tous les membres amputés et organes extirpés ?

Le Dr Wallace était en salle de dissection. Installée à la longue table, elle mélangeait des produits chimiques au-dessus d'un bec Bunsen. Il y avait un cadavre sur la table. L'incision en Y avait déjà été pratiquée et les organes étaient étalés. Ça sentait la viande d'agneau – en fait, la chair humaine –, le formol et un désinfectant. Annie ressentit une vague nausée.

– Désolée, dit le Dr Wallace avec un faible sourire. J'étais en train de finir quand j'ai été retardée par ce test. Wendy a dû partir tôt – un problème avec un garçon – sinon, elle l'aurait fait pour moi.

Annie jeta un coup d'œil au corps. Hélas, elle-même ne pouvait évoquer des problèmes sentimentaux.

– Bon. J'aurais juste quelques questions à vous poser, comme je vous l'avais dit.

– Je vais le recoudre pendant ce temps, si ça ne vous fait rien. Ça vous ennuie ? Vous êtes toute pâle…

– Non, ça va.

Le Dr Wallace lui lança un regard amusé.

– Bon, quelles sont ces questions brûlantes qui vous ont menée jusqu'à mon petit repaire ?

– C'est ce dont nous parlions hier soir. Lucy Payne et Kevin Templeton.

– Je ne vois pas comment vous aider. Je n'ai pas autopsié Lucy Payne. Il y a des similitudes, j'en conviens, mais c'est tout…

– Là n'est pas la question, répondit Annie en se perchant sur un tabouret pivotant, tout près de la paillasse. Pas tout à fait, en tout cas.

– Oh ? Quoi, alors ? Je suis curieuse de le savoir…

Le Dr Wallace flanqua les organes sans cérémonie dans la cavité thoracique, puis passa du fil épais par le chas d'une grosse aiguille.

– Vous étiez en fac avec Julia Ford, l'avocate. Et vous êtes restées amies, n'est-ce pas ?

– C'est vrai. Julia et moi, on se connaît depuis long-temps. On est pratiquement voisines, et on joue de temps en temps au golf ensemble.

– Que faisiez-vous, avant ?

– Avant de jouer au golf ?

– Non, avant de faire médecine ! protesta Annie en riant. Vous aviez déjà un certain âge quand vous avez entrepris ces études, n'est-ce pas ?

– Je ne dirais pas que j'étais vieille, mais j'avais pas mal bourlingué, oui.

– Vous aviez voyagé ?

– Pendant quelques années.

– Où ?

– Un peu partout. Extrême-Orient. Amérique. Afrique du Sud. J'avais assumé un boulot sous-payé pendant quelque temps, avant de changer de vie.

– Et avant ?

– Quelle importance ?

– Ça n'en a pas forcément, si vous ne souhaitez pas en parler...

– En effet... (Le Dr Wallace regarda Annie.) J'ai reçu un coup de fil perturbant d'une vieille amie de fac, tout à l'heure, dit-elle. Elle voulait me dire qu'une certaine Helen Baker, de la police, l'avait appelée pour la questionner à mon sujet. Est-ce vrai ?

– Les nouvelles vont vite...

– Est-ce vrai ?

– OK. Écoutez, c'est un peu délicat, dit Annie. Mais Julia Ford était l'une des rares personnes à connaître la véritable identité de la pensionnaire de Mapston Hall, Lucy Payne. Son cabinet a pris des dispositions pour la placer là, gérer toutes ses affaires. Comme je vous l'ai dit, nous savons que vous êtes allées à la fac ensemble, toutes les deux, que vous êtes voisines et amies. Saviez-vous quoi que ce soit sur cet arrangement ?

Le Dr Wallace reporta son attention sur le cadavre.

– Non. Pourquoi ?

Annie crut détecter sinon un mensonge, du moins une réponse évasive. Le ton de cette voix n'était pas très juste.

– Je voudrais savoir si, au cours d'une soirée, elle n'aurait pas commis une indiscrétion, dont vous vous seriez fait l'écho sans le vouloir ?

La légiste s'arrêta de coudre pour la considérer.

395

– Êtes-vous en train d'insinuer que Julia aurait pu trahir un secret professionnel ? Ou bien... moi ?

– Cela arrive. On prend un verre. Ce n'est pas un drame. Ni la fin du monde.

– « Ni la fin du monde »... Quelle drôle de phrase. Non, je suppose que ce ne serait pas la fin du monde.

Elle se remit à coudre la chair morte. Annie sentait croître la tension dans la pièce, comme si l'oxygène venait à manquer. L'odeur en était encore plus répugnante.

– Alors, l'a-t-elle fait ?

Le Dr Wallace ne releva pas les yeux.

– Fait quoi ?

– Vous a-t-elle parlé des dispositions qu'elle avait prises pour Lucy Payne ?

– Et alors, ça changerait quoi ?

– Eh bien, ça changerait... cela voudrait dire que quelqu'un d'autre savait.

– Et alors ?

– Vous a-t-elle dit cela ?

– C'est possible.

– Et vous l'auriez répété à Maggie Forrest, par exemple ? Ou au Dr Susan Simms ?

Le Dr Wallace parut surprise.

– Non, bien sûr que non. Pour moi, Susan Simms est une consœur qui intervient parfois au cours d'un procès, mais nos domaines diffèrent. Je ne connais pas de Maggie Forrest.

– C'était la voisine qui avait sympathisé avec Lucy Payne et qui a failli périr de sa main.

– La pauvre ! Mais c'était il y a longtemps, non ?

– Il y a six ans. Mais Maggie est une personne perturbée. Elle avait des raisons sérieuses d'en vouloir à Lucy et pas d'alibi. On s'efforce seulement de déterminer si elle...

– ... savait que Karen Drew était Lucy Payne. Oui, je sais où vous voulez en venir...

– Karen Drew ?

– Quoi ?

– Vous avez dit Karen Drew. Qu'en saviez-vous ?

– J'ai dû lire son nom dans le journal, quand le cadavre a été découvert, comme tout le monde.

– Ah…, dit Annie.

Évidemment, c'était possible. Le corps avait été identifié comme étant celui de Karen Drew, mais on aurait pu penser qu'avec toutes les découvertes ultérieures et la publicité donnée à l'affaire Caméléon et à la « Maison des Payne », ce détail secondaire serait sorti de la tête de la plupart des gens. Maggie Forrest avait dit qu'elle n'avait pas retenu le nom de Karen, seulement celui de Lucy. Pour le public, avait cru Annie, la morte en fauteuil roulant était Lucy Payne. Elle s'était donc trompée.

– Je suis navrée de ne pas pouvoir vous aider, ajouta le Dr Wallace.

– De ne pas pouvoir ou de ne pas vouloir ?

Le Dr Wallace la considéra par-dessus le corps.

– Cela revient au même, n'est-ce pas ?

– Non. Soit vous ne savez rien, soit vous faites de l'obstruction, ce qui me semble étrange de la part d'un médecin légiste. Vous êtes censée être de notre bord, vous savez…

Le Dr Wallace la dévisagea.

– Qu'est-ce que vous dites ?

– Je vous demande si vous avez donné cette information à qui que ce soit, pour une raison quelconque.

Annie prit un ton radouci :

– Écoutez, Liz, vous aviez peut-être de bonnes intentions. Vous connaissiez peut-être la famille d'une victime, ou quelqu'un ayant souffert par la faute des Payne. Ça, je peux le comprendre. Mais il faut qu'on sache. Avez-vous dit à quelqu'un que Lucy Payne était hospitalisée à Mapston Hall sous le nom de Karen Drew ?

– Non.

– Étiez-vous au courant ?

Le Dr Wallace soupira, reposa son aiguille et se pencha au-dessus de la table.

– Oui, dit-elle, je le savais.

Dans le silence qui s'ensuivit, Annie sentit un nœud se former dans sa poitrine.

– Mais cela signifie…

– Je sais ce que cela signifie, dit le Dr Wallace. Je ne suis pas idiote.

Elle avait troqué son aiguille contre un scalpel et s'avançait.

— Alan, vieille branche ! fit l'inspecteur Blackstone, qui venait d'accueillir Banks au guichet du commissariat de Millgarth et lui faisait passer la sécurité. Quel bon vent t'amène ?
— Je crois qu'on a arrêté l'assassin de la petite Daniels.
Banks parla de la confession de Jamie Murdoch et de sa cachette.
— Donc, une affaire réglée, dit Blackstone. Je suis désolé, pour Templeton...
— Nous le sommes tous.
— Qu'est-ce que je peux faire pour toi ?
— Tu as sorti les dossiers du Caméléon, pour Annie Cabbot ?
— À propos, comment ça se passe, entre vous ?
— C'est mieux. Au moins, on retravaille ensemble. Cela dit, je ne sais pas très bien comment elle va...
— Vous n'êtes plus... ?
— Non, c'est fini depuis longtemps.
— Tu en vois une autre ?
— C'est possible. Ken, ces dossiers... ?
Blackstone se mit à rire.
— Ah oui, bien sûr ! Quelle concierge je fais, avec l'âge ! Excuse-moi. Les dossiers sont dans mon bureau. La plupart, en tout cas. Il n'y avait pas de place pour tout. Pas si je voulais pouvoir continuer à m'asseoir... Pourquoi ?
— Ça t'ennuie, si j'y jette un coup d'œil ?
— Pas du tout. C'était ton enquête. Partiellement, en tout cas. Il te faut autre chose ?
— Une tasse de café serait formidable. Noir, sans sucre. Avec un KitKat. J'aime bien ceux au chocolat noir.
— Tu finiras par te détraquer l'estomac. On ne te l'a jamais dit ? Je m'en occupe. Tu veux que je te laisse seul ?
— Pas du tout.
Ils allèrent dans le bureau de Blackstone, et Banks s'aperçut aussitôt qu'il n'avait pas exagéré. On pouvait à peine atteindre les cartons.

– Tu sais où est chaque chose ? demanda-t-il.

– Pas exactement.

Blackstone décrocha son téléphone et fit monter deux cafés et un KitKat au chocolat noir.

– Tu cherches un document précis ?

– J'ai réfléchi à l'enquête sur Kirsten Farrow. Il m'a semblé me rappeler que les blessures étaient similaires dans l'une et l'autre affaire, et je me suis demandé si ce n'était pas cela qui l'avait poussée à agir de nouveau, au bout de dix-huit ans. Cela, et le fait d'avoir découvert où Lucy Payne était cachée, a pu agir comme un détonateur.

– Mais *quid* de l'autre femme dont tu as parlé ? Maggie Forrest ?

– Elle n'est pas encore hors de cause. Il peut exister un lien entre elle et Kirsten Farrow. Il y a un certain nombre de liens curieux dans cette affaire, d'étranges tangentes, et je n'aurai de cesse d'avoir démêlé cet écheveau.

– Donc, il va te falloir les rapports d'autopsie ?

– En effet. Le légiste, c'était bien le Dr Mackenzie ?

Cafés et KitKat arrivèrent pendant qu'ils fouillaient dans les cartons. Blackstone remercia l'agent les ayant apportés et se remit à aider Banks. Ils mirent enfin la main sur les rapports d'autopsie, et Banks entreprit de les feuilleter tandis que Blackstone s'absentait.

C'était bien ce qu'il avait pensé. La plupart des corps étaient dans un état de décomposition avancé, ayant été enterrés dans la cave ou le jardinet. Mais chaque fois, le Dr Mackenzie avait pu identifier des estafilades dans la région des seins ou du pubis, sans doute faites à la machette – celle avec laquelle Terence Payne avait agressé et tué le collègue de Janet Taylor. Ces blessures ressemblaient à celles de Kirsten Farrow, même si l'arme était différente, et étaient assez typiques des crimes sexuels. Elles témoignaient d'une haine profonde à l'égard des femmes, considérées comme des traîtresses, des humiliatrices – d'après les psychologues, en tout cas. Bien entendu, tout homme ayant été trahi, humilié ou éconduit ne devenait pas automatiquement un violeur doublé d'un assassin, sinon la population féminine aurait été bien plus réduite et les prisons encore plus pleines qu'elles ne l'étaient déjà, songea Banks.

Vingt minutes devaient s'être écoulées et il lisait encore les macabres détails, dont il avait gardé un souvenir de première main pour la plupart, quand Blackstone revint.

– Alors, qu'est-ce que ça donne ?

– C'est bien ce que je pensais. À présent, j'ai besoin de savoir ce qui, parmi toutes ces informations, a été divulgué par la presse, à l'époque.

– Les journalistes ont été très bavards, si j'ai bonne mémoire. Pourquoi, Alan ? Tu as trouvé quelque chose ?

Banks avait laissé le dernier dossier tomber par terre, non parce que les détails étaient trop scabreux, mais à cause d'une feuille de papier qu'il avait vue attachée par un trombone à la liasse. C'était tout simplement la liste de toutes les personnes ayant participé à la préparation des rapports et des autopsies, par exemple les hommes ayant transporté les cadavres à la morgue ou les agents d'entretien qui avaient nettoyé ensuite.

– Incroyable ! C'était inscrit là, noir sur blanc, et je ne m'en doutais pas ! dit-il.

Blackstone se rapprocha.

– Quoi ? Qu'est-ce que c'est ?

Banks ramassa le document et pointa le doigt sur les noms. Parmi ceux impliqués dans les autopsies des victimes du Caméléon, il y avait plusieurs laborantins, stagiaires et assistants légistes, dont une certaine Elizabeth Wallace.

– J'aurais dû m'en douter ! Quand Templeton a plaidé pour qu'on mette des hommes à nous dans le Labyrinthe, disant qu'on avait affaire à un tueur en série débutant, le Dr Wallace a été la seule à le soutenir. Et elle a essayé de nous convaincre que l'arme était un rasoir, pas un scalpel.

– Et alors ? Je ne comprends pas.

– Tu ne vois pas ? Elle aussi était là. Elizabeth Wallace surveillait le Labyrinthe, et elle avait à sa disposition des scalpels. Il valait mieux nous faire croire que l'arme était un rasoir, une arme facile à se procurer. Ils n'avaient pas le même objectif, elle et Kev. Ils ne se parlaient pas. Ni lui ni elle ne savaient que l'autre serait là. Elizabeth Wallace a cru que Templeton allait violer et tuer Chelsea Pilton. De dos, elle n'a pas pu le reconnaître. Il faisait nuit. Et elle ne pouvait être là que pour une seule raison…

– Laquelle ?

– Tuer l'assassin. C'est elle, Kirsten Farrow. La femme que l'on recherche. Elle était stagiaire sur les autopsies des victimes du Caméléon. Voilà comment elle savait pour les blessures. Cela a ravivé ses propres souvenirs. Elle connaît Julia Ford, et Julia a dû laisser échapper que Lucy Payne était à Mapston Hall sous une fausse identité. Ça colle, Ken. Tout colle !

– Elle a tué Templeton ?

– Certainement. Par erreur, bien sûr, tout comme quand elle a tué Jack Grimley, il y a dix-huit ans. Mais elle l'a bel et bien tué. Son mode opératoire est différent, mais c'est un médecin accompli aujourd'hui. Donc, c'est logique. Et… tu sais quoi ?

Blackstone secoua la tête.

– Annie va la voir aujourd'hui pour la presser de questions sur son passé et son amitié avec Julia Ford. Seule. Elle est peut-être en danger…

Sortant son mobile, Banks appuya sur la touche du numéro d'Annie. Pas de signal.

– Merde ! J'espère qu'elle ne s'est pas déconnectée…

– Et si tu essayais le commissariat ?

– J'appellerai Winsome de ma voiture, dit Banks en se dirigeant vers la porte.

Il savait qu'il pourrait arriver à Eastvale en trois quarts d'heure, voire moins en mettant le pied au plancher. Il espérait que ça suffirait.

– Liz, qu'est-ce que vous faites ? dit Annie en se levant de son tabouret pour se déplacer vers la porte.

– Ne bougez pas ! Restez tranquille.

Le Dr Wallace brandit le scalpel. Il brilla à la lumière.

– Rasseyez-vous !

– Ne faites pas de bêtises, dit Annie en retournant à sa place. Ça peut s'arranger.

– Quel cliché dans votre bouche ! Vous n'avez pas compris que c'est trop tard ?

– Ça n'est jamais trop tard.

– C'était déjà trop tard, il y a dix-huit ans...

– Donc, vous êtes Kirsten, murmura Annie.

D'une certaine façon, elle l'avait su, du moins dans un recoin de son subconscient, depuis qu'elle avait parlé au Dr Wallace au Queen's Arms, la veille au soir, mais cela lui faisait une belle jambe à présent !

– Oui. Elizabeth est mon second prénom. Wallace est le nom qui m'est resté d'un mariage malavisé. Mariage de complaisance. Un étudiant américain. J'ai eu son nom, et lui, la nationalité britannique. Inutile de dire que notre union ne fut pas consommée. Si vous aviez poursuivi votre enquête, vous l'auriez su. Rien n'est caché. Il fallait tout simplement consulter le registre des mariages. Je n'ai même pas essayé de dissimuler cela. Quand je suis allée à la faculté de médecine, je me suis inscrite sous le nom d'Elizabeth Wallace. Autre nom, autre vie. Cela a causé un ou deux problèmes avec mes anciens dossiers, mais l'administration a été patiente et tout a fini par s'arranger. J'avais prétendu vouloir échapper à un mari violent et sollicité leur discrétion. Mais ils vous l'auraient dit, au bout du compte...

– Donc, vous avez déménagé, changé de nom et êtes devenue médecin.

– Je ne savais pas ce que j'allais devenir. Je n'avais pas de plans. J'avais fait ce qu'il fallait. Une chose horrible. Un crime. Le fait que la victime ne méritait pas de vivre, était un monstre, ne justifiait pas cet acte. Et ce n'était pas le premier. J'avais aussi tué un homme innocent et blessé un jeune idiot.

– J'ai parlé à Keith McLaren. Il va bien. Il s'est remis. Mais pourquoi lui ?

Le Dr Wallace esquissa un pâle sourire.

– Tant mieux. Pourquoi ? Cet Australien m'avait reconnue à Staithes, malgré mon déguisement. J'ai dû réfléchir très vite. Il avait été avec moi au Lucky Fisherman où j'avais vu Jack Grimley. Si jamais on l'interrogeait...

– J'y suis allée. Au Lucky Fisherman. Pourquoi Grimley ?

– Une erreur. Tout bêtement. Quand je me suis souvenue des traits de mon agresseur, je me suis aussi et surtout rappelé sa voix, son accent, ses paroles. C'est ce qui m'avait conduite à Whitby. Une fois là-bas, j'ai su que ce n'était qu'une question de temps avant que je le trouve. Rien d'autre ne comptait. Grimley avait la voix de mon agresseur. Je l'ai attiré sur la plage. Cela, ce fut la partie facile. Puis je l'ai frappé à la tête avec un presse-papiers en verre. Cela, ce fut difficile. J'ai dû m'y prendre à deux fois. Il ne voulait pas mourir. Quand il est mort, j'ai traîné son corps dans une grotte et laissé faire la mer. C'était marée montante. Oh, je pourrais me justifier : j'avais une mission à accomplir, et les erreurs étaient inévitables. Dommages collatéraux. C'est le prix de la guerre. Mais j'y suis finalement arrivée. J'ai eu celui que je cherchais. Le bon. Et ensuite, tout m'a semblé différent. Vous connaissez l'église St Mary, à Whitby ?

– Celle sur la colline, près de l'abbaye ?

– Oui, avec le cimetière où les noms sont devenus indéchiffrables. À l'intérieur, il y a des stalles. Certaines sont pour les visiteurs. C'est marqué : « Réservé aux étrangers ». Après avoir poussé Eastcote de la falaise, je suis allée là, je me suis recroquevillée sur un banc. J'y suis restée... oh, je ne sais pas combien de temps. J'ai pensé : S'ils viennent m'arrêter maintenant, c'est d'accord, c'est normal. Je vais attendre qu'on me trouve. Mais personne n'est venu. Et quand je suis ressortie, j'étais quelqu'un de différent. Calme. Absolument calme. Pouvez-vous le croire ?

Elle haussa les épaules.

– J'avais laissé ce que j'avais fait derrière moi. Je n'éprouvais aucun sentiment de culpabilité, aucune honte. Changer de nom m'a donc semblé tout naturel. J'avais utilisé des pseudonymes tout le temps : Martha Browne, Susan Bridehead. C'était comme un jeu, comme le reste. J'étais une étudiante anglaise. Par la suite, je me suis appelée Elizabeth Bennett pendant quelque temps, mais le nom de mon mari était Wallace.

– Comment avez-vous trouvé Greg Eastcote ? Comment aviez-vous découvert qui c'était vraiment ?

– Je vous l'ai dit, la mémoire m'était revenue, en partie grâce à l'hypnose... Il avait parlé, vous savez. Pendant le viol, il parlait, disait des choses. Je m'en suis souvenue. Il citait des endroits, le travail qu'il faisait. Et puis, il y avait cette odeur inoubliable. De poisson mort. J'ai additionné tout cela à la fin. J'ai fait des erreurs, effectivement, mais je l'ai eu. Je l'ai tué. Le bon. Je lui ai fait payer ce qu'il nous avait fait...

– Et ensuite ?

– D'abord, je suis retournée à Leeds, chez Sarah, puis chez mes parents, à Bath. J'ai essayé de renouer les fils, mais je n'étais plus la même. Je n'étais plus comme eux. Par mes actes, je m'étais coupée de ce milieu. Alors, je suis partie. J'ai beaucoup voyagé, partout dans le monde. Finalement, j'ai décidé de tourner la page et de devenir médecin. Je voulais aider les gens, les guérir. Étrange, non, après ce que j'avais fait ? Et pourtant, c'est la vérité. Qu'est-ce que vous en dites ? Au cours de mes études, j'ai été amenée à me spécialiser en pathologie. C'est drôle, n'est-ce pas ? Travailler avec les morts. Les vivants me rendaient nerveuse, mais je n'avais jamais aucun dégoût vis-à-vis des morts. Quand j'ai vu les blessures sur les victimes des Payne il y a six ans, je n'ai pas pu m'empêcher de revivre mon expérience. Et puis, il se trouve que ça m'est tombé dessus ! Un soir, Julia me l'a dit, après un dîner, alors qu'on venait de boire quelques verres... Elle ne se doutait pas, évidemment, de ce qu'elle faisait...

– Je vous en prie, reposez ce scalpel. Arrêtons cela avant qu'il y ait un nouveau malheur. On sait que je suis ici. On va venir...

– Ça n'a plus d'importance...

– Je peux comprendre la raison de votre geste. Croyez-moi. Moi aussi, j'ai été violée et j'ai failli mourir. Je le détestais. J'aurais voulu le tuer. Je ressentais une immense colère. Elle est toujours en moi. Nous ne sommes pas si différentes.

– Oh, que si ! Moi, j'ai tué. Je ne ressentais pas de colère. Pas de culpabilité non plus.

– Aujourd'hui, j'essaie d'empêcher les gens de violer, ou je les fais passer en justice, s'ils le font.

– Ce n'est pas pareil. Vous ne comprenez pas ?

– Pourquoi avez-vous tué Lucy Payne ? Enfin, elle était dans un fauteuil roulant ! Elle ne pouvait ni bouger ni parler. Pourquoi la tuer ? Ne souffrait-elle pas assez ?

Le Dr Wallace la dévisagea comme si elle avait affaire à une folle.

– Vous ne comprenez donc pas ? Ce n'était pas pour la faire souffrir. Ce n'était pas une question de souffrance. Pas la sienne, en tout cas. Je ne me suis jamais demandé si elle souffrait ou non.

– Alors, quel intérêt ?

– Elle pouvait se souvenir, n'est-ce pas ? murmura le Dr Wallace.

– Se souvenir ?

– Oui, c'est ce qu'ils font. Vous devez bien le savoir. C'est à cause de cela. Ils se rappellent chaque moment, chaque coup de couteau, chaque coup porté, toutes leurs sensations, leurs éjaculations, orgasmes, chaque goutte de sang versé. Ils revivent cela. Jour après jour. Tant qu'elle se souvenait, elle n'avait besoin de rien d'autre…

Elle se tapota le tympan.

– Là ! Comment la laisser vivre avec le souvenir de ses actes ? Elle pouvait les repasser éternellement dans son cerveau.

– Pourquoi ne pas l'avoir poussée dans le vide, tout simplement ?

– Je voulais qu'elle sache ce que je faisais et pourquoi. Je lui ai parlé jusqu'à la fin, comme Eastcote m'avait parlé, à partir du moment où la lame a touché sa gorge jusqu'à… la fin. Si je l'avais poussée dans le vide, il aurait pu se passer quelque chose. Ensuite, je n'aurais pas pu aller en bas pour finir ce que j'avais à faire. Elle aurait pu ne pas mourir.

– Mais Kevin Templeton ?

– Encore une erreur. Une autre victime innocente. J'ai cru que c'était l'assassin de la jeune fille. Il n'aurait pas dû se trouver là. Comment savoir qu'il était là pour protéger les autres ? Lui, il avait peut-être senti ma présence et me prenait pour l'assassin. Quand il s'est avancé vers la fille, c'était pour la prévenir, mais j'ai cru qu'il allait l'agresser. Je regrette. À présent, vous avez arrêté le véritable coupable.

405

Il ressemble à Eastcote et à Lucy Payne. Pour le moment, il donne peut-être l'impression d'avoir des remords, mais attendez... C'est parce qu'il vient d'être arrêté et qu'il a peur. Pire, il commence à comprendre qu'il ne pourra plus recommencer, revivre cette jouissance. Mais il a encore le souvenir de ce moment béni. Assis dans un coin de sa cellule, il va repasser chaque détail en revue. Chérissant la première seconde où il l'a touchée, l'instant où il l'a pénétrée et où elle s'est étouffée de douleur et de peur, le moment où il a répandu sa semence. Son seul regret sera qu'il ne pourra plus recommencer.

– À vous entendre, on dirait que vous connaissez cette sensation vous-même...

Avant que le Dr Wallace puisse réagir, des bruits de pas résonnèrent dans le corridor et Winsome apparut dans l'embrasure de la porte avec plusieurs policiers en uniforme derrière elle.

Le Dr Wallace fit le geste de se trancher la gorge.

– Stop ! N'avancez plus !

Annie leva le bras et Winsome se figea sur le seuil.

– Vous tous ! Allez-vous-en...

Ils disparurent, mais Annie savait qu'ils n'étaient pas loin et évaluaient leurs options. Elle savait aussi qu'un commando armé allait bientôt arriver et que, s'il y avait la moindre chance de convaincre Elizabeth Wallace de se rendre, il fallait faire vite. Elle consulta sa montre. Une demi-heure s'était écoulée depuis que le Dr Wallace s'était emparée du scalpel. Annie devait tâcher d'alimenter la conversation le plus longtemps possible.

Le Dr Wallace regarda en direction de la porte et, n'y voyant personne, parut un peu plus détendue.

– Vous voyez que je ne mentais pas ! dit Annie en s'efforçant de paraître plus calme qu'elle ne l'était. On savait que j'étais là. Ils sont venus. Ils ne partiront pas. N'aggravez pas votre cas. Donnez-moi ce scalpel.

– Ça n'a plus d'importance. C'est fini. J'ai fait tout ce que je pouvais. Mon Dieu, comme je suis fatiguée. Tous ces souvenirs...

Elle s'était adossée à la rigole recueillant le sang au bord de la table de dissection – le corps à moitié recousu était derrière elle. Annie n'était qu'à un mètre cinquante. Elle essaya de calculer si elle pourrait s'élancer pour lui arracher le scalpel. Mais non. Cette lame était trop coupante – trop risqué. Elle avait vu ce que ça pouvait faire.

– Il est encore temps, dit-elle. Vous pouvez raconter votre histoire. On comprendra. Moi, j'ai compris. On pourrait vous aider.

Le Dr Wallace sourit et, sur le moment, Annie vit ce qui restait de la jolie jeune fille pleine d'avenir, une jeune fille qui aurait pu mordre la vie à belles dents et réussir brillamment. Elle avait été à moitié tuée par un monstre, s'était vengée ; après quoi elle s'était réinventée, devenant médecin légiste. Mais aujourd'hui, elle semblait très lasse. Il y avait de profondes fissures dans son sourire.

– Merci, Annie, dit-elle. Merci pour votre compréhension, même si personne ne peut vraiment comprendre. J'aurais aimé vous connaître avant. Ça peut paraître étrange, mais je suis heureuse d'avoir passé mes dernières minutes sur cette terre avec vous. Vous prendrez bien soin de vous, n'est-ce pas ? Promettez-le-moi. Je vois que vous avez souffert, comme moi. On se ressemble, toutes les deux. Ne laissez pas gagner ces salauds. Vous voyez ce qu'ils peuvent faire… ?

Elle écarta les pans de sa blouse, et Annie faillit s'évanouir en voyant les zébrures rouges, le mamelon déplacé, la parodie de sein.

– Kirsten ! hurla-t-elle.

Mais ce fut trop rapide. Annie se jeta en avant au moment où Kirsten se tranchait la gorge. Le sang tiède arrosa le visage d'Annie, qui hurla en sentant ce geyser se répandre par saccades sur son chemisier, son jean. Le scalpel tomba de la main de Kirsten et rebondit sur le sol carrelé, laissant un zigzag rouge. Annie s'agenouilla auprès d'elle et sentit toute une agitation autour d'elle, des mots apaisants, des mains tendues, la voix de Winsome. Elle essaya de se rappeler ses notions de secourisme et appuya de toutes ses forces sur la carotide, mais en vain : le sang jaillissait encore plus vite de la jugulaire. Et Kirsten ne pouvait plus respirer. Comme Templeton, elle avait la carotide, la jugulaire et la trachée sectionnées. Annie n'avait pas trois mains et, autour d'elle, c'était le chaos.

Elle réclama de l'aide. C'était un hôpital, après tout : on ne devait pas manquer de médecins. Et ils faisaient de leur mieux. Des gens se répandirent dans la salle et la déplacèrent, se penchèrent au-dessus de Kirsten avec masques et seringues, mais quand tout fut fini, celle-ci était allongée par terre, dans une mare de sang, les yeux écarquillés, pâle – morte.

Annie entendit dire qu'il n'y avait plus rien à faire. Elle se frotta la bouche et les yeux du revers de la main, mais elle avait les yeux brûlants, le goût métallique et douceâtre du sang sur les lèvres. Mon Dieu, elle devait être belle à voir, assise par terre, à se balancer en pleurant, toute couverte de sang ! Et au bout d'une éternité, qui devait arriver, sinon Banks ?

Il s'agenouilla à son côté, lui baisa la tempe, puis s'assit par terre et la tint contre lui. Tout autour d'eux, on s'agitait, mais sa présence semblait réduire ces gens au silence et créer une bulle protectrice. Bientôt, ce fut comme s'ils n'étaient plus que trois, Annie, Banks et Kirsten, même si elle savait que c'était forcément une illusion. Le corps de Kirsten était recouvert et les lumières semblaient assourdies. Banks caressa son front ensanglanté.

– Pardonne-moi, Annie. J'aurais dû comprendre plus tôt. Je suis arrivé trop tard.

– Moi aussi, dit-elle. Je n'ai pas pu l'empêcher de…

– Je sais. Je crois que personne ne l'aurait pu. C'était le bout du chemin. Il n'y avait plus d'issue. Elle avait déjà eu une seconde chance. Elle n'avait plus envie de vivre. Tu imagines son calvaire quotidien ?

Il fit mine de se lever et de l'emmener.

– Ne me laisse pas ! s'écria-t-elle en s'agrippant à lui, l'immobilisant. Ne me quitte pas ! Pas encore. Reste. Je t'en prie. Encore un peu. Fais-les partir…

– Très bien, dit Banks, et elle sentit qu'il lui caressait les cheveux et fredonnait une berceuse.

Blottie contre sa poitrine, elle se cramponna à lui et, momentanément, ce fut comme si le monde entier s'était effacé.

REMERCIEMENTS

Je voudrais remercier les personnes qui ont lu et commenté le manuscrit de ce livre avant sa publication, en particulier Dominick Abel, Dinah Forbes, David Grossman, Sheila Halladay, Carolyn Marino et Carolyn Mays. Merci aussi aux nombreux secrétaires de rédaction et correcteurs qui ont travaillé dur pour l'améliorer, ainsi qu'à ceux qui, en coulisses, ont œuvré pour qu'il soit dans les librairies et n'y passe pas inaperçu.

DU MÊME AUTEUR

Aux Éditions Albin Michel

QUI SÈME LA VIOLENCE, 1993.

SAISON SÈCHE, 2000.

FROID COMME LA TOMBE, 2002.

BEAU MONSTRE, 2003.

L'ÉTÉ QUI NE S'ACHÈVE JAMAIS, 2004.

NE JOUEZ PAS AVEC LE FEU, 2005.

ÉTRANGE AFFAIRE, 2006.

LE COUP AU CŒUR, 2007.

« SPÉCIAL SUSPENSE »

MATT ALEXANDER
Requiem pour les artistes

STEPHEN AMIDON
Sortie de route

RICHARD BACHMAN
La Peau sur les os
Chantier
Rage
Marche ou crève

CLIVE BARKER
Le Jeu de la Damnation

INGRID BLACK
Sept jours pour mourir

GILES BLUNT
Le Témoin privilégié

GERALD A. BROWNE
19 Purchase Street
Stone 588
Adieu Sibérie

ROBERT BUCHARD
Parole d'homme
Meurtres à Missoula

JOHN CAMP
Trajectoire de fou

CAROLINE CARVER
Carrefour sanglant

JOHN CASE
Genesis

PATRICK CAUVIN
Le Sang des roses
Jardin fatal

JEAN-FRANÇOIS COATMEUR
La Nuit rouge
Yesterday
Narcose
La Danse des masques
Des feux sous la cendre
La Porte de l'enfer
Tous nos soleils sont morts
La Fille de Baal

CAROLINE B. COONEY
Une femme traquée

HUBERT CORBIN
Week-end sauvage
Nécropsie
Droit de traque

PHILIPPE COUSIN
Le Pacte Pretorius

DEBORAH CROMBIE
Le passé ne meurt jamais
Une affaire très personnelle
Chambre noire

VINCENT CROUZET
Rouge intense

JAMES CRUMLEY
La Danse de l'ours

JACK CURTIS
Le Parlement des corbeaux

ROBERT DALEY
La nuit tombe sur Manhattan

GARY DEVON
Désirs inavouables
Nuit de noces

WILLIAM DICKINSON
Des diamants pour Mrs Clark
Mrs Clark et les enfants du Diable
De l'autre côté de la nuit

MARJORIE DORNER
Plan fixe

FRÉDÉRIC H. FAJARDIE
Le Loup d'écume

FROMENTAL/LANDON
Le Système de l'homme-mort

STEPHEN GALLAGHER
Mort sur catalogue

LISA GARNER
Disparue

CHRISTIAN GERNIGON
La Queue du Scorpion
(Grand Prix de littérature policière 1985)
Le Sommeil de l'ours
Berlinstrasse
Les Yeux du soupçon

JOSHUA GILDER
Le Deuxième Visage

MICHELE GIUTTARI
Souviens-toi que tu dois mourir
La Loge des Innocents

JOHN GILSTRAP
Nathan

JEAN-CHRISTOPHE GRANGÉ
Le Vol des cigognes
Les Rivières pourpres
(Prix RTL-LIRE 1998)
Le Concile de pierre

SYLVIE GRANOTIER
Double Je
Le passé n'oublie jamais
Cette fille est dangereuse
Belle à tuer
Tuer n'est pas jouer

AMY GUTMAN
Anniversaire fatal

JAMES W. HALL
En plein jour
Bleu Floride
Marée rouge
Court-circuit

JEAN-CLAUDE HÉBERLÉ
La Deuxième Vie de Ray Sullivan

CARL HIAASEN
Cousu main

JACK HIGGINS
Confessionnal

MARY HIGGINS CLARK
La Nuit du Renard
(Grand Prix de littérature policière 1980)
La Clinique du Docteur H.
Un cri dans la nuit
La Maison du guet
Le Démon du passé
Ne pleure pas, ma belle
Dors ma jolie
Le Fantôme de Lady Margaret
Recherche jeune femme aimant danser
Nous n'irons plus au bois
Un jour tu verras...
Souviens-toi
Ce que vivent les roses
La Maison du clair de lune
Ni vue ni connue
Tu m'appartiens

Et nous nous reverrons...
Avant de te dire adieu
Dans la rue où vit celle que j'aime
Toi que j'aimais tant
Le Billet gagnant
Une seconde chance
La nuit est mon royaume
Rien ne vaut la douceur du foyer
Deux petites filles en bleu
Cette chanson que je n'oublierai jamais
Où es-tu maintenant ?

CHUCK HOGAN
Face à face

KAY HOOPER
Ombres volées

PHILIPPE HUET
La Nuit des docks

GWEN HUNTER
La Malédiction des bayous

PETER JAMES
Vérité

TOM KAKONIS
Chicane au Michigan
Double Mise

MICHAEL KIMBALL
Un cercueil pour les Caïmans

LAURIE R. KING
Un talent mortel

STEPHEN KING
Cujo
Charlie

JOSEPH KLEMPNER
Le Grand Chelem
Un hiver à Flat Lake
Mon nom est Jillian Gray
Préjudice irréparable

DEAN R. KOONTZ
Chasse à mort
Les Étrangers

NOËLLE LORIOT
Le tueur est parmi nous
Le Domaine du Prince
L'Inculpé
Prière d'insérer
Meurtrière bourgeoise

ANDREW LYONS
La Tentation des ténèbres

PATRICIA MACDONALD
Un étranger dans la maison
Petite Sœur
Sans retour
La Double Mort de Linda
Une femme sous surveillance
Expiation
Personnes disparues
Dernier refuge
Un coupable trop parfait
Origine suspecte
La Fille sans visage
J'ai épousé un inconnu
Rapt de nuit

JULIETTE MANET
Le Disciple du Mal

PHILLIP M. MARGOLIN
La Rose noire
Les Heures noires
Le Dernier Homme innocent
Justice barbare
L'Avocat de Portland
Un lien très compromettant
Sleeping Beauty
Le Cadavre du lac

DAVID MARTIN
Un si beau mensonge

LISA MISCIONE
L'Ange de feu
La Peur de l'ombre

MIKAËL OLLIVIER
Trois souris aveugles
L'Inhumaine Nuit des nuits
Noces de glace

ALAIN PARIS
Impact
Opération Gomorrhe

DAVID PASCOE
Fugitive

RICHARD NORTH PATTERSON
Projection privée

THOMAS PERRY
Une fille de rêve
Chien qui dort

STEPHEN PETERS
Central Park

JOHN PHILPIN/PATRICIA SIERRA
Plumes de sang
Tunnel de nuit

NICHOLAS PROFFITT
L'Exécuteur du Mékong

PETER ROBINSON
Qui sème la violence...
Saison sèche
Froid comme la tombe
Beau monstre
L'été qui ne s'achève jamais
Ne jouez pas avec le feu
Étrange affaire
Le Coup au cœur

DAVID ROSENFELT
Une affaire trop vite classée

FRANCIS RYCK
Le Nuage et la Foudre
Le Piège

RYCK EDO
Mauvais sort

LEONARD SANDERS
Dans la vallée des ombres

TOM SAVAGE
Le Meurtre de la Saint-Valentin

JOYCE ANNE SCHNEIDER
Baignade interdite

THIERRY SERFATY
Le Gène de la révolte

JENNY SILER
Argent facile

BROOKS STANWOOD
Jogging

JONATHAN STONE
La Froide Vérité

WHITLEY STRIEBER
Billy
Feu d'enfer

MAUD TABACHNIK
Le Cinquième Jour
Mauvais Frère
Douze heures pour mourir
J'ai regardé le diable en face
Le chien qui riait

THE ADAMS ROUND TABLE PRÉSENTE
Meurtres en cavale
Meurtres entre amis
Meurtres en famille

Composition Nord Compo
Impression CPI Bussière en décembre 2008
à Saint-Amand-Montrond (Cher)
Editions Albin Michel
22, rue Huyghens, 75014 Paris
www.albin-michel.fr
ISBN 978-2-226-19061-1
ISSN 0290-3326
N° d'édition : 25966 – N° d'impression : 083582/4
Dépôt légal : janvier 2009
Imprimé en France